BEST SELLER

Valerio Massimo Manfredi es profesor de arqueología clásica en la Universidad Luigi Bocconi de Milán. Ha realizado numerosas expediciones y excavaciones, y ha impartido clases en Italia y en diversas universidades internacionales. Ha publicado numerosos artículos y ensayos académicos, principalmente sobre rutas militares y comerciales e investigaciones sobre el mundo antiguo. Es autor de nueve libros de ficción, incluyendo la trilogía de *Aléxandros*, traducida a veinticuatro idiomas en treinta y ocho países. Los derechos cinematográficos han sido adquiridos por Universal Pictures para llevar a cabo una superproducción internacional. Ha escrito y dirigido documentales sobre el mundo antiguo para las cadenas más importantes de televisión, así como obras de ficción para el cine y la televisión. Actualmente vive con su familia en el campo, cerca de Bolonia en Italia.

Biblioteca

VALERIO MASSIMO MANFREDI

Paladión

Traducción de
Celia Filipetto

DEBOLSILLO

Título original: *Paladion*
Diseño de la portada: Departamento de diseño de Random House Mondadori
Fotografía de la portada: Atenea pensativa (460 a.C.), relieve. Museo de la Acrópolis, Atenas. © AISA, Archivo Iconográfico, S. A.

Primera edición en esta colección: junio, 2005

Printed in Spain – Impreso en España

ISBN: 84-9793-687-6 (vol. 496/11)
Depósito legal: B. 21.551 - 2005

Impreso en Cayfosa-Quebecor, Ctra. de Caldas, km. 3
Santa Perpètua de Mogoda (Barcelona)

P 836876

We are not impotent, we pale stones,
Not all of our power is gone…*

E. A. Poe

* Nosotras, pálidas piedras, no somos impotentes, / no ha desaparecido todo nuestro poder…

A Christine

El Paladión, la imagen más sagrada de la diosa Atenea, descendió de los cielos y el rey Laomedonte lo colocó sobre la roca de Troya. De allí lo retiró Ulises para regalárselo a Circe, la maga. Más tarde, Telégono, hijo del héroe y de Circe, se lo dejó a Latino, que le construyó un templo en la ciudad de Lavinium. Otros, en cambio, afirman que Eneas se lo arrebató a los griegos y, al huir de Troya, lo llevó consigo a Italia. La imagen tiene el poder de cerrar los ojos y de agitar la lanza y por eso se la reconoce, ya que muchas ciudades se jactan de poseer el verdadero simulacro.

SERVIUS

ANTECEDENTES

[illegible]

[illegible] ... pasar el [illegible] del [illegible]

[illegible] ... [illegible] de [illegible]

[illegible] ... de [illegible]

[illegible]

[illegible] ... los [illegible]

[illegible] ... todos los [illegible]

[illegible]

—¿Y qué?

[illegible]

[illegible] ... que [illegible]

[illegible] ... no podías [illegible]

[illegible]

—No [illegible]

[illegible]

[illegible]

[illegible] ... sobre [illegible]

[illegible]

[illegible]

[illegible]

[illegible] ... tengo [illegible]

[illegible]

[illegible]

Era un joven de unos treinta años, alto, robusto, de rasgos marcados, fáciles de recordar. No cabía duda de que era extranjero, no lo había visto nunca por la zona. Hacía rato que recorría sin parar el terraplén del río, deteniéndose de vez en cuando para mirar la corriente. En un par de ocasiones se había acercado al portón del taller, como si quisiera entrar, pero luego se había alejado.

Al llegar la hora de cerrar, el marmolista guardó sus herramientas y se dirigió hacia la salida.

Se lo encontró delante, imprevistamente.

De tez oscura, ojos grandes y profundos, los rayos oblicuos del sol le esculpieron duramente el rostro y los brazos desnudos.

–¿Eres tú el dueño de esto? –le preguntó.

–Sí, ¿por qué?

–Tendrías que hacerme un trabajo.

–Como ves, me disponía a cerrar. Hace rato que andas por aquí, ¿no podías haberte decidido antes?

El joven no le contestó.

–¿No puedes volver mañana?

–No, mañana debo partir... en un viaje. Estaré fuera mucho tiempo.

–Siendo así... –El marmolista volvió sobre sus pasos y abrió otra vez la puerta del taller.

–Y bien, ¿qué quieres que haga?

–Una lápida con una inscripción fúnebre.

–En estos días tengo muchas entregas pendientes.

–No es urgente.

–Entonces podré hacértela. Elige el material que te guste y déjame las medidas y el texto, por favor.

El joven escogió un mármol blanco de Luni, luego cogió un trozo de tiza y sobre la tabla de la mesa de trabajo escribió una frase.

–Listo –dijo–, éste es el texto.

Al marmolista le pareció que le temblaba la voz. Le echó un vistazo a la frase y luego miró al joven a los ojos. Le brillaban, relucientes e inmóviles, llenos de una infinita melancolía.

–¿Era tu hijo?

El joven negó con la cabeza. Un fulgor hosco se reflejó un instante en su mirada.

–¿Mi hijo? No –repuso–. Soy yo... yo soy el hijo.

El marmolista no le preguntó nada más. Estaba acostumbrado a hablar con personas a las que el dolor hacía desvariar.

–¿Cuánto te debo? –le preguntó el joven.

–No hay prisa, me puedes pagar cuando te entregue el trabajo.

El joven insistió en pagar, pues tenía que marchar a trabajar al extranjero y no sabía con exactitud cuándo volvería. El marmolista aceptó el dinero.

–La tendrás lista dentro de ocho o nueve días –le dijo.

–Cuando llegue el momento, alguien vendrá a recogerla. Adiós.

Se dio la vuelta y cruzó el patio con paso decidido. El marmolista cerró el taller y el portón y se dirigió hacia su casa. Antes de doblar la esquina de la calle se volvió.

Seguía allí, en el terraplén del río, inmóvil como una piedra. La brisa de las últimas horas de la tarde le alborotaba el pelo y hacía que se le pegara a los hombros musculosos la fina tela que los cubría.

Contemplaba el agua del río que fluía allá abajo.

PRIMERA PARTE

Moriar stando, contempturus
animam quam mihi febricula
eripiet una.*

Flavio Constante Juliano
Emperador de los romanos

* Moriré de pie, despreciando la vida que una fiebre insignificante me puede arrebatar.

I

Alabanda, Asia Menor, en el año DLXXIV *de la fundación de Roma, novena hora de la calenda del mes de sextil*

El centurión Publius Afranius dormitaba debajo de una higuera, al abrigo de la muralla de la ciudad, cuando lo despertó uno de sus hombres que venía jadeante del campamento:

–¡Centurión! Ha llegado un hombre a caballo y quiere hablar contigo inmediatamente. Dice que es un legado del senado.

–¿Cómo? ¿Un legado del senado? ¿Dónde?

–Está abajo, en el cuerpo de guardia, al parecer tiene mucha prisa.

El soldado se levantó de un salto y cogió el yelmo que colgaba de una rama de la higuera, se lo encasquetó de un manotazo y salió corriendo tras el legionario que lo precedía. Al llegar delante del cuerpo de guardia se detuvo un instante para arreglarse el uniforme, echó un rápido vistazo a un caballo cubierto de sudor y moscas y entró.

Desde el vano de la puerta, un rayo de luz iluminó a un joven oficial de caballería que tenía los ojos enrojecidos y el pelo y la barba blancos de polvo. Sobre su coselete de cuero resplandecían las insignias de tribuno militar. Publius Afranius lo saludó con ímpetu:

–Ave, soy el comandante de la guarnición, centurión de

primera línea Publius Afranius, quinta cohorte, sexta legión «Ferrata», a tus órdenes.

–Traigo un mensaje urgente del senado para el cónsul –repuso secamente el oficial–. ¿Dónde se encuentra?

–No lo sé, no he sido informado, pero puedo decirte que nos han dado orden de enviar los últimos abastecimientos a Termesos. Allí podrán decirte dónde se encuentran exactamente el cónsul y su ejército. En todo caso, queda fuera de tu ruta y me pregunto quién habrá sido tan tonto para enviarte aquí. Tendrías que haber seguido el camino que lleva a Tabai y luego a Kibyra.

–Es una ruta demasiado larga –le espetó el oficial–, y me han dicho que desde aquí puedo llegar a un puente sobre el río Harpasos; de allí se puede cortar camino por Tabai, con lo que me ahorraría un día de viaje.

–Sin duda –repuso el centurión, moviendo la cabeza–, y cruzarías una región infestada de salteadores pisidios y gálatas desbandados y enfurecidos por el hambre. Vaya consejo te han dado. ¿No era mejor hacerte llevar por mar directamente hasta Aspendos?

El tribuno hizo un gesto de enfado y respondió:

–En el mar de Cilicia hay más piratas que peces; no obstante, dejando de lado este aspecto, me habría hecho conducir en un barco de guerra si me hubieran informado que el cónsul había llegado tan lejos. ¿Por qué motivo abandonó la zona de operaciones que le había sido asignada por orden expresa del senado?

–Es mucho lo que quieres saber –le contestó el centurión–, yo recibí órdenes de mis superiores de vigilar este maldito agujero donde no hay más que cabras y tábanos. Pero si debes alcanzar al cónsul y en vista de que ya has llegado hasta aquí, te daré una escolta para que te conduzca hasta el puente. Una vez allí, te encontrarás nuevamente en el camino principal que está bajo nuestro control.

–De acuerdo, pues; prepárame a los hombres y dame un caballo de refresco y víveres para dos días, parto de inmediato.

El centurión abrió los ojos desorbitadamente y preguntó:

–¿De inmediato? Si me lo permites, creo que se trata de una decisión precipitada; la noche os sorprenderá antes de que podáis llegar al puente y tendréis que dormir en territorio peligroso. Deberías darte un baño, comer, descansar y continuar viaje mañana al amanecer. Ha sido ya una grave imprudencia venir hasta aquí sin escolta.

–La tenía; dos oficiales griegos del ejército del rey Eumenes de Pérgamo, pero a uno se le quedó cojo el caballo y el otro no logró mantener mi ritmo.

–Los griegos tienen el trasero demasiado blando –comentó el centurión con una risotada burlona–, con mis hombres te irá mejor. Entonces, ¿no quieres cambiar de parecer?

–Ya lo tengo decidido, centurión. Haz lo que te he dicho; mientras me preparas la escolta aceptaré con gusto tomar un bocado… y darme un baño.

–La fuente está ahí fuera, en el patio; en cuanto a la comida hay pan, queso y huevos duros; del vino puedes olvidarte, se nos ha agriado.

–Con esto me basta, centurión, démonos prisa.

Poco después, un pelotón de caballeros esperaba en el patio del cuerpo de guardia mientras el tribuno, secándose al sol, a torso descubierto, daba cuenta de una rápida comida. En cuanto hubo engullido el último bocado, el oficial volvió a vestirse, montó a caballo y dio la señal de partida.

–¡Un momento! –gritó el centurión acercándose a la carrera con una tabla encerada en la mano–. ¡El recibo! El tribuno estampó el sello con su anillo, espoleó luego a su robusto alazán siracusano, que había sustituido a su cabalgadura exhausta, y partió al galope.

Publius Afranius permaneció de pie en medio del patio, tratando de descifrar el sello estampado en la tabla y descubrió entonces que había entregado un caballo, ocho medidas de granos, tres medidas de harina, dos de cecina y seis caballeros del sexto escuadrón a Lucius Fonteius Hemina, hijo de Caius, tribuno de la tercera legión «Itálica».

Se quitó el yelmo y volvió a tenderse debajo de la higuera, pero ya no tenía sueño.

Al dejar atrás las murallas de Alabanda, el pelotón enfiló el sendero que conducía hacia las colinas de oriente y los hombres tuvieron que cubrirse la boca con un pañuelo para protegerse de la densa polvareda levantada por las cabalgaduras.

A medida que avanzaban, el paisaje circundante se fue haciendo cada vez más escabroso y los rayos del sol, que comenzaba a descender hacia el mar, esculpían los duros perfiles de los peñascos que se elevaban aquí y allá por la landa corcovada. En la distancia, delante de él, el tribuno alcanzaba a ver las montañas violáceas y purpúreas de Licaonia. Cuando el camino se estrechaba, los hombres de la escolta se abrían en abanico obligando a sus cabalgaduras a subirse a las laderas de las colinas para adelantarse a las trampas que aquella tierra salvaje podía ocultar y para escudar al enviado del senado y el pueblo romanos.

Al alcanzar una cresta bastante elevada, Lucius Fonteius detuvo su caballo y pidió al jefe de la escolta que se le acercara para analizar la posición en la que estaban y observar el terreno. Hacia occidente, las torres de Alabanda se habían perdido de vista hacía rato y la inmensa esfera del sol parecía recostarse sobre la ondulada extensión de las tierras de Misia. Una ráfaga de viento disipó un instante el penetrante olor de los caballos, relucientes de sudor y de baba espumosa.

El tribuno indicó una leve polvareda que se movía a gran distancia sobre el altiplano, iluminada a ratos por los rayos del sol agonizante.

–¿Salteadores? –preguntó el jefe de la escolta con la mirada llena de aprensión.

–Diría que no, van demasiado lentos. Al parecer es una caravana de nómadas o un rebaño que vuelve de pastorear.

–Según tú, ¿dónde estamos?

–Desde aquí resulta difícil decirlo, pero si logramos alcanzar aquella cresta antes de que el sol se ponga en el horizonte, tal vez podamos saberlo. ¿Ves esa hendidura en la roca? Desde allí, los últimos rayos del sol hacen brillar las aguas del Harpasos, y desde muy lejos podremos verlo en medio del paisaje sumido ya en las sombras.

–Deprisa, entonces, no perdamos tiempo.

Se lanzaron por la pendiente, cruzaron un pequeño valle y volvieron a trepar hasta la cresta en la que una abertura profunda todavía dejaba pasar los rayos del sol. En cuanto se asomaron, el jefe de la escolta hizo una señal al tribuno indicándole un punto lejano del horizonte donde vieron brillar durante breves instantes una cinta de plata, como las escamas de una serpiente que, al caer la noche, se refugia en su nido.

–Ése es el Harpasos –le dijo el jefe de la escolta–, lo cual significa que todavía faltan unas veinticinco millas para llegar al puente. Podemos acampar en el fondo del valle que acabamos de cruzar, dejaremos aquí un centinela y mañana podemos partir antes del amanecer.

El tribuno acarició con aire pensativo el cuello de su caballo y luego dijo:

–Tengo una idea mejor, descansaremos hasta medianoche y después reemprenderemos la marcha. Esta noche habrá luna llena, el cielo está despejado y no tendremos dificultad en seguir el sendero.

–Pero tribuno –objetó el jefe de la escolta–, los caballos están exhaustos y los hombres también están cansados.

–Vuestro centurión dice que los griegos tienen el trasero blando, pero veo que vosotros no les vais a la zaga –comentó el oficial con una risa sarcástica–. Es absolutamente imprescindible que alcance al cónsul; por tanto, a medianoche me pondré otra vez en marcha. Vosotros haced lo que queráis.

–Como tú digas –dijo el jefe de la escolta maldiciendo para sus adentros–, tú llevas el mando. –Hizo girar su caballo y alcanzó a sus hombres, que ya estaban en el valle.

A la mañana siguiente, con el sol ya alto, el grupo se acercaba al puente del Harpasos, poco más que una pasarela de madera en cuyo extremo opuesto montaba guardia un piquete de legionarios. El tribuno se volvió para saludar a sus compañeros de viaje.

–Adiós, amigos... ¡y gracias por vuestra compañía!

El jefe de la escolta levantó la mano con una sonrisa agria y murmuró para sus adentros: «Húndete en el averno. Por poco nos dejamos la piel en esta empresa... mira que cabalgar como posesos por ese sendero de cabras».

Y en voz alta le dijo:

–Gracias por el paseo, tribuno. ¡Que tengas buen viaje!

Lucius Fonteius alcanzó el piquete que esperaba en el otro extremo del puente, cambió de caballo y partió otra vez a galope tendido en dirección a Tabai. A la noche siguiente divisó a lo lejos Kibyra, poco más grande que una aldea, rodeada de una muralla de yeso crudo. En el altiplano, un viento bochornoso levantaba torbellinos de polvo y por las callejuelas oscuras arrastraba las ramas secas arrancadas a las colinas, quemadas por la sequía.

Cruzó la aldea al paso, cubriéndose la boca con la capa, hasta llegar al presidio romano, única construcción iluminada por la luz de una linterna. Durmió intranquilamente en un jergón fétido, y sucio y sudado por no haber podido lavarse, reemprendió la marcha al amanecer. Pasó por lugares horrendos y accidentados, deteniéndose algunas veces para consultar el mapa que le habían entregado los oficiales griegos de Esmirna. De vez en cuando, en las rocas ardientes que flanqueaban el camino, veía figuras gigantescas esculpidas en la piedra viva, imágenes de antiguos reyes y guerreros, resquebrajadas por la llama del sol.

Acampó en un lugar desierto del altiplano y se acurrucó entre las raíces de un pino solitario, junto a un mísero manantial de agua verdosa. Abrevó a su caballo pero él bebió el agua caliente de su bota.

Hacia oriente, cubiertas de nieve, se perfilaban ya las cimas de las cadenas del Taurus, y hacia occidente, sobre el horizonte oscurecido por una densa bruma, bajaba el sol como una inmensa yema henchida de sangre. Tuvo la impresión de que al rozar los picos cortantes la inmensa ampolla pudiera lacerarse e inundar el mundo de tabes rojizas. Pero quizá sería que un dios hostil de aquella tierra desolada atormentaba su mente en la hora que precede al sueño.

A la noche siguiente llegó agotado a las puertas de Termesos. La ciudad, tendida en los laterales de un valle boscoso, brillaba blanca bajo la luz de la luna. Los legionarios de guardia lo condujeron a la plaza central, que estaba rodeada de un pórtico y dominada por la grandiosa mole de un templo.

Las columnas, pintadas de azul turquí y perfiladas en oro puro, sostenían un tímpano colosal en el que pululaban las figuras de dioses y héroes de turgentes musculaturas, envueltas en pliegues de colores rutilantes, encendidos por los fulgores que desprendían los dos braseros que ardían lánguidamente sobre unos trípodes en la escalinata de entrada. En la hospedería del templo descansaba el legado de la sexta legión «Ferrata», comandante de la plaza.

Lucius Fonteius mandó que lo sacasen de la cama.

Para esa noche, el legado se había procurado la compañía de la hetaira más bella y refinada de la ciudad, una mujer cuyos favores se disputaban los hombres más poderosos de Asia y que, según se decía, había posado como Afrodita para un famoso escultor de la ciudad.

Liberado de sus brazos expertos, el oficial bajó al atrio mascullando todas las imprecaciones aprendidas en su larga vida de campamento. Se encontró delante de un hombre que a duras penas se tenía en pie y que lo miraba con ojos alucinados al tiempo que levantaba la mano para saludarlo:

–Ave, legado, soy Lucius Fonteius Hemina, tribuno de la tercera «Itálica»; por orden del senado debo ver inmediatamente al cónsul. ¿Dónde está?

El legado le contestó con tono sarcástico:

–Tribuno, apenas puedes tenerte en pie y te encuentras mal. Haré que te preparen un baño y una cama y mañana volveremos a hablar.

Lucius Fonteius sacó de un estuche que llevaba colgado del cuello un rollo de papiro y de inmediato se lo entregó al oficial.

–Este decreto –le dijo– me permite darte órdenes a pesar de que seas mi superior, y si no obedeces, puedo destituirte. Por última vez, ¿dónde está el cónsul?

El legado enmudeció, cogió el rollo y se acercó para leerlo a la antorcha que uno de sus legionarios había encendido para iluminar el atrio en sombras.

–¿Y bien? –inquirió una vez más el tribuno.

–Ayer por la mañana, el cónsul iba camino de Perga –respondió–, a estas horas estará acampado no muy lejos de Syllion, si no ha llegado ya, a espaldas del río Taurus, sobre el camino que lleva al paso.

Al tribuno le dio un vuelco el corazón; con el rostro ceniciento buscó en su alforja y sacó un mapa que desplegó debajo de la luz.

–Escúchame bien, legado –le dijo–, tengo que saber si existe aunque sea una posibilidad remota de alcanzar al cónsul antes de que llegue a Syllion.

–La posibilidad existe –admitió el legado–. El cónsul puede haber decidido que sus tropas debían descansar en Perga, o tal vez pudo haber tenido contratiempos con los pisidios. Los carros y las recuas pueden haber retrasado la marcha de la infantería en el terreno accidentado, o bien... –Prosiguió contando con la punta de los dedos.

–Ya basta –lo interrumpió el tribuno–, descansaré una hora. Tú, entretanto, prepárame un caballo de refresco y dos hombres que me sirvan de guía.

»Y no olvides despertarme si en algo estimas tu graduación –añadió el tribuno mientras seguía al legionario que lo conducía a una alcoba.

El legado no lograba convencerse del motivo de tanta prisa ni de por qué aquel hombre, que se encontraba en el límite de la resistencia, se sometía a una demoledora cabalgata en plena noche. Seguramente existiría algún motivo oculto. Eligió entonces al mejor de sus postillones y lo envió a ver al cónsul para advertirle de aquella extraña visita. Podía tratarse de una maniobra política, más aún, tenía que serlo sin lugar a dudas desde el instante en que no existían peligros inminentes que justificaran una intervención tan excepcional. Por otra parte, ¿qué motivo podía haber para enviar un mensaje de aquella manera, atribuyendo poderes extraordinarios a un simple tribuno militar? El cónsul le iba a estar sin duda agradecido por haberle advertido y tal vez se acordaría de él cuando regresaran a Roma. Así, cuando Lucius Fonteius llegó al campamento, la tienda pretoria estaba iluminada y el cónsul en persona, Cnaeus Manlius Vulso, lo esperaba en la puerta envuelto en su paludamento y rodeado de doce lictores. El tribuno desmontó del caballo y se le acercó con el brazo en alto.

–Salve, cónsul –dijo–, te traigo un mensaje del senado.

Manlius Vulso lo miró de arriba abajo y repuso:

–He de suponer que se trata de un mensaje muy importante si para traérmelo has quedado en este estado.

–Lo es –replicó el tribuno–, afortunadamente te alcanzo a tiempo. –Paseó la mirada a diestra y siniestra, estupefacto de toda aquella pompa en plena noche y añadió–: Me sorprende encontrarte despierto a estas horas, ¿esperabas quizás una visita importante?

–La tuya –repuso secamente el cónsul y entró en la tienda indicándole al oficial que lo siguiera.

Le ofreció una silla, se dejó caer en su curul y le dijo:

–Te escucho, tribuno.

–Traigo una orden del senado –comenzó a decir el tribuno no sin cierta incomodidad–, que te obliga a no cruzar la línea del monte Taurus bajo ningún concepto y doy gracias a los dioses por haber llegado justo a tiempo, si no me equivoco…

–No te equivocas –replicó el cónsul–, el Taurus está justo delante de nosotros a menos de un día de marcha, al otro lado del río que fluye detrás de nuestro campamento. Para serte sincero, tenía la firme intención de cruzar el río mañana mismo y llegar a Syllion antes del anochecer.

El tribuno sacó el papiro en el que estaba asentada la orden del senado y se lo entregó al cónsul.

–Está escrito aquí que no puedes hacerlo –le dijo con tono duro.

Intentó escrutar el rostro de Manlius Vulso mientras éste leía el documento. El cónsul giró la cabeza hacia la entrada, como si aguzara el oído para percibir las llamadas de los centinelas que se disponían a iniciar el tercer turno de guardia; luego se volvió nuevamente hacia su huésped y le dijo:

–Dice que no puedo hacerlo, pero no explica por qué. ¿Desde cuándo un cónsul en pleno uso de sus poderes es mantenido al margen de los motivos de una orden por lo demás inicua? ¿No será que detrás de la magnificencia del senado esperan, solapados, intrigantes y adversarios políticos? Conozco a varios de ellos y les temo como a las serpientes venenosas.

Volvió a enrollar el documento y el papiro crujió en el silencio profundo que envolvía el campamento. Lucius Fonteius se sintió vencido por el cansancio; cada vez que parpadeaba le ardían los ojos, como si los tuviera llenos de arena. Pero le quedaba todavía una parte del mensaje que le habían mandado comunicar de viva voz. Había llegado el momento… después iba a poder descansar, dormir.

–Escúchame, cónsul –dijo–, muchas señales de los dioses, contrarias a esta empresa tuya, han inducido al senado a consultar el oráculo de Delfos que pronunció una respuesta tremenda...

–¿El oráculo de Delfos? –inquirió el cónsul, asombrado.

–Sí –repuso el tribuno–, he aquí las palabras exactas del dios:

Exei gàr stratiè polyfértatos obrymòthymos
Télothen èx Asìes hóthen anatolài helìou
Eisìn, kài diabàs steinòn pòron Hellèsponton
Tèn Ròmen kài Italìan porthèsei
Eàn tò Tàuron òron yperbàinete.

El cónsul lo interrumpió con tono irónico:

–Me halagas, tribuno, mis conocimientos de griego no son tan vastos como para comprender unos versos tan difíciles y exquisitos. ¿Te importaría repetírmelos en latín?

–El oráculo amenazó con la ruina para Roma, una armada inmensa caerá sobre Occidente y arrasará Italia si nuestros ejércitos llegan a traspasar los límites del Taurus...

El cónsul se puso en pie de un salto dejándolo otra vez con la palabra en la boca:

–¿Te burlas de mí? –gritó–. ¿Quién en Roma puede ser tan estúpido como para no darse cuenta de que se trata de una maniobra del rey Antíoco de Siria para salvar lo que queda de su imperio y detener nuestras legiones al pie del monte Taurus? Y si no se trata de una estupidez crédula –prosiguió, recorriendo la tienda a grandes zancadas–, ¡entonces es envidia de mis éxitos, una maniobra para despojarme del honor de una gran victoria que, no lo olvides, podría procurarle a Roma nuevos territorios, amplios dominios, inmensas riquezas!

–Nadie es tan crédulo –le contestó el tribuno–, y como sospechaban que el rey Antíoco podía haber influido en el oráculo o tal vez corromperlo, los senadores solicitaron al sumo pontífice que consultara los libros sibilinos.

—¿Y bien?

—Han dado la misma respuesta: nuestros ejércitos no pueden cruzar el Taurus; de lo contrario, sobre la ciudad se abatirá una catástrofe de la cual no podrá recuperarse jamás.

Manlius Vulso se detuvo imprevistamente al oír esas palabras y se quedó inmóvil en medio de la tienda.

—Yo no creo en los oráculos —dijo—. Derrotamos a Aníbal, humillamos a Filipo de Macedonia, aniquilamos al rey de Siria. ¿Existe hoy un ejército en el mundo capaz de amenazar la potencia de Roma? Los débiles o los vencidos buscan la protección de los oráculos y agitan los simulacros de los dioses esperando infundir miedo a quienes ya no temen a ninguna fuerza humana.

El tribuno se puso de pie, se acercó al cónsul y le volvió a hablar tratando de convencer a aquel hombre orgulloso, pero en el fondo presentía que su inmenso esfuerzo había sido vano.

—Escúchame, Cnaeus Manlius, otros antes que tú han despreciado las señales de los dioses y lo han pagado caro... el cónsul Flaminio que murió junto con sus hombres en el lago Trasimeno...

—¡Flaminio era un inútil!

—Es posible... ¿Crees acaso que nuestra potencia durará eternamente? Miras a tu alrededor y en toda la tierra no ves un ejército capaz de desafiar a nuestras legiones... ¿Te consideras más grande que Ciro y Alejandro? Ellos también se creyeron amos del mundo y hoy se han convertido en polvo. Y surgieron de la nada, de manera imprevista, para provocar la ruina de sus enemigos.

Manlius Vulso miró fijamente a su interlocutor y le dijo, gélido:

—Tienes los ojos vidriosos, el cansancio te ha trastornado, por ello fingiré no haber oído tus insolencias. Has cumplido con tu misión y me has entregado el mensaje del senado, eso es todo. Vete a dormir, aún falta para el amanecer.

Llamó a un guardia y le ordenó que acompañara al oficial a su alojamiento, una tienda junto al cuartel de la caballería de Pérgamo. Completamente exhausto, Lucius Fonteius se dejó caer sobre el camastro de campaña y no tardó en sumirse en un sueño profundo como la muerte.

En el centro del campamento, la luz de la tienda pretoria se había apagado, pero el cónsul Vulso no se acostó todavía. Después de dejar el paludamento sobre un escabel, había salido de la tienda ataviado únicamente con la corta túnica militar.

A paso lento recorrió el eje decumano hasta llegar a la entrada oriental del campamento: delante de él se alzaba el poderoso bastión del Taurus y desde el fondo del valle se oía el chapoteo del río que fluía entre tupidos sauzales.

De repente, en la cima de la montaña, cual íncubos en la frente del gigante, brilló el fulgor de unos relámpagos. El cónsul levantó la vista y pensó: «Relámpagos de calor, no lloverá».

Lucius Fonteius despertó avanzado el día, pues su tienda estaba a la sombra de un frondoso sauce que la había resguardado de los rayos del sol conservando así el frescor de la noche. Aguzó el oído en los primeros instantes del despertar y percibió el chirriar de las cigarras y el trinar de los gorriones; de afuera no le llegó ningún otro ruido. Sin embargo, no había dormido en un lugar solitario, sino en medio de un campamento del ejército romano. Se ciñó el cinturón y salió apresuradamente de la tienda: el campo estaba desierto. ¡Imposible! Veinte mil hombres y mil caballos se habían movido sin despertarlo. No obstante, el estiércol de los caballos y las mulas comenzaba a secarse, el cónsul había movido su ejército sin sonido de trompetas ni ruido alguno, en el momento en el que su sueño era más profundo. Corrió al borde de la explanada y vio el rastro del ejército que descendía hacia el vado y no tardaba en perderse en medio del temblor del aire recalentado ya por los rayos del sol. Cayó de rodillas apretándose la frente con los puños.

A pocos pasos de distancia, su caballo mordisqueaba indolente las hojas de un arbusto de lentisco mientras se espantaba las moscas con el movimiento continuo de la cola. Se puso en pie, se acercó al animal y le acarició la frente y la cara.

Roma estaba lejos... más allá de los montes de Licaonia, al otro lado de las estepas quemadas de Axylon, más allá del lago amargo, y del cándido desierto de sal... Roma esperaba la palabra desdeñosa del cónsul, su veredicto de condena.

Trepó a los montes escarpados y desnudos de la cadena septentrional, subió por valles angostos, insensible ya a la fatiga y al hambre. Avanzó por el altiplano como un fantasma entre los vórtices de polvo, lentamente, conducido por su caballo que parecía seguir un rastro invisible. Llegó a Sinada, a Fontes Alandri y allí continuó tras el curso del sol, en dirección a occidente. Los soldados romanos que hacían guardia en las murallas de Kallatebos lo saludaron con un «ave, tribuno», pero él no los oyó porque en sus oídos resonaba incesante el monótono galopar de los cascos de su caballo.

A los cuatro días llegó a la costa, y un barco que zarpaba hacia Esmirna lo aceptó a bordo. Durante el viaje, el capitán, un griego de Patara, intentó hablarle en numerosas ocasiones pero nunca logró inducirlo a entablar una conversación y, por las noches, lo observaba mientras se paseaba por el puente durante horas. Al cabo de trece días, el capitán sintió como si se quitara un peso de encima cuando lo desembarcó al atardecer en el muelle meridional de Ostia.

Quedaba luz suficiente para llegar a Roma por lo que el tribuno llamó a un barquero y le pidió que lo llevase a la ciudad.

Un buen viento de poniente hinchaba la vela y la barca remontaba sin demasiadas dificultades las aguas del Tíber. A medida que las murallas y los tejados de la ciudad se fueron perfilando con más nitidez contra el cielo, Lucius Fonteius se sintió invadido por los pensamientos más opresivos, que en esos últimos días había logrado sepultar en lo más hondo de su alma: ¿qué iban a decir los senadores, qué iba a decir el sumo pontífice, qué le ocurriría a la ciudad sobre la que se cernía el oscuro vaticinio?

El sol se había puesto cuando la barca tocó la orilla cerca del ara de Hércules; el tribuno sacó dinero de la bolsa, pagó al barquero y se quedó unos instantes viéndolo arriar la vela y poner la proa en dirección de la corriente. Era un viejo enjuto, de blanca barba, y en la oscuridad que todo lo envolvía, las aguas del río le parecieron negras como las del Aqueronte.

Enfiló por el vicus Jugarius; al llegar al Capitolio comprobó que los templos de los dioses estaban iluminados por antorchas. Se dirigió a uno de los siervos que estaba cerrando las puertas del templo de Júpiter y le pidió que avisara al sumo pontífice que Lucius Fonteius Hemina había llegado de Asia y quería hablarle con urgencia; luego se sentó a esperar en los escalones del podio. Estaban tibios: debía de haber hecho mucho calor durante el día; la brisa, perfumada de pino y laurel, agitaba apenas la copa de los árboles que crecían al pie de la colina, y la luna llena asomaba lentamente desde el Quirinal iluminando las columnas y estatuas del Foro. Un ruido de pasos le advirtió que alguien se acercaba; el pontífice y un pequeño grupo de senadores subían por la vía Sacra y aparecían en ese instante de detrás de la tribuna de oradores.

–Salve, tribuno –lo saludó el pontífice al reconocerlo–; en cuanto supe de tu llegada mandé a avisar a los miembros del senado que están al corriente de tu misión; ven, entremos en el templo, allí podremos hablar tranquilos.

Dicho lo cual el pontífice empujó el portón y entró, seguido de los demás senadores.

–Te estamos agradecidos por la solicitud con la que nos has mandado avisar y sentimos impaciencia por escucharte. Y bien, ¿has visto al cónsul? ¿Le has transmitido nuestro mensaje?

–Lo he visto, estaba en Pisidia, más allá de Termesos.

–¿Y bien? –inquirió el pontífice con cierta aprensión.

–No quiso escucharme. Cnaeus Manlius Vulso condujo su ejército contra Syllion, cruzando el río que marca la frontera con Cilicia. Debo presumir que se internó por el camino del paso de montaña.

–¿Quieres decir que no estás seguro?

–Después de oír mi mensaje, el cónsul me despidió. Estaba tan cansado que no lograba tenerme en pie. Llevaba días sin dormir y en cuanto me acosté me sumí en un sueño profundo. Al despertar, el sol ya estaba alto y el ejército había partido en silencio, sin duda, siguiendo órdenes del cónsul. Vi el rastro que llevaba al vado, en dirección a Syllion. No tuve ni fuerzas ni valor para ir tras él y cruzar esa frontera, por lo que decidí emprender inmediatamente el regreso para informaros del malhadado fin de mi misión. Os ruego que me creáis, padres conscriptos –dijo dirigiéndose a los senadores, que lo escuchaban consternados–, lo intenté todo, no ahorré esfuerzos para cumplir con mi deber. Ahora lo sabéis. A vosotros corresponde tomar las decisiones más oportunas para que a la ciudad y al pueblo no les ocurra nada malo.

Calló y se puso en pie. El pontífice lo miró: había adelgazado y tenía la piel reseca y tirante; el fulgor de las lámparas que ardían en el templo daba a su mirada una expresión aturdida, por momentos siniestra.

–Puedes retirarte, tribuno –le dijo–, has hecho lo que debías y te estamos agradecidos. Ahora nos corresponde a nosotros proveer... Vete, y que los dioses te concedan una noche tranquila, la nuestra a buen seguro no lo será.

Durante unos instantes, entre las columnas del santuario reinó un profundo silencio: los seis ancianos quedaron sumidos en sus pensamientos y ni siquiera oyeron los pasos lentos y pesados de Lucius Fonteius Hemina que salió del templo, descendió la escalinata, se internó por la vía Sacra y no tardó en perderse en las sombras, pues una nube negra había ocultado la faz de la luna.

Roma, año DLXXV *de la fundación de Roma,*
hora segunda de los idus de febrero

–En este mismo momento nos ha llegado la confirmación –dijo el cuestor Furius Labeo–, no caben dudas: el ejército de Cnaeus Manlius Vulso fue atacado en Tracia cuando regresaba y sufrió graves pérdidas. Resulta increíble que nuestras legiones, que vencieron a Antíoco de Siria y a los gálatas hayan recibido un golpe tan duro de una banda de ladrones tracios.

–¿Dónde ocurrió el hecho? –inquirió el pontífice.

–En un paraje llamado Steinoporia, en el Quersoneso.

El pontífice palideció, y los cinco senadores, que llevaban reunidos en su casa desde la mañana temprano, se miraron consternados.

–Oh, dioses, dioses del cielo –murmuró el pontífice–, ésta es la señal con seguridad, la advertencia de que el oráculo se cumplirá. El vaticinio decía: *kài diabàs steinòn pòron Hellèsponton*, el ejército de Vulso fue derrotado cerca del Helesponto, en un lugar llamado Steinoporia; es una señal, no cabe duda, de que los dioses han sido neciamente desafiados. Venerables padres, éste no es más que el inicio, debemos prepararnos para desventuras harto terribles.

–Aunque lo que dices es cierto –intervino el cuestor–, no creo que debamos abatirnos así... Seguramente habrá algo que podamos hacer. Además, no podemos estar del todo seguros de que Manlius Vulso cruzó el Taurus hasta que no hayamos interrogado a los comisarios del senado destinados en el ejército de Asia.

–Desgraciadamente, a mí no me cabe ninguna duda –replicó el sumo pontífice–, y creo que no debemos perder tiempo. Hace ya mucho tiempo que circulan profecías espantosas...

–Desde hace tres años, cuando el cónsul Acilius Glabrio devastó las tierras del templo de Atenea en Beocia –precisó uno de los senadores.

–Así es –dijo el pontífice–, llegamos incluso a considerar la posibilidad de que esas profecías fueran fruto del odio que nos profesan tanto griegos como asiáticos. Pero como bien sabéis, fueron confirmadas por el oráculo sibilino, por lo que la amenaza sigue en pie. Es por ello que no debemos tardar en ofrecer un acto de expiación antes de que cunda el abatimiento, o algo peor: el pánico... Desde tiempos inmemoriales, en el templo de Lavinium, la ciudad honra a los penates que el padre Eneas trajo desde Troya y la imagen sagrada de la diosa, el Paladión.

–El oráculo de Apolo Esminteo –añadió el más anciano de los senadores– vaticinó que los romanos conservarían su ciudad mientras custodiaran el simulacro de la diosa caído del cielo.

–Por ello, padres conscriptos, es preciso que celebremos cuanto antes los ritos expiatorios en el templo de Lavinium y que tomemos las precauciones necesarias para la seguridad del templo y del mismo Paladión... hasta el momento en que la estatua sea trasladada al Capitolio. No olvidemos que la maldad de los hombres puede resultar tan dañina como la ira de los dioses. El barco *Águila*, que enviamos a Asia Menor en cuanto recibimos la noticia de la derrota del cónsul para satisfacer la voluntad de la diosa, debería estar ya de regreso con su preciosa carga. ¿Qué ocurriría si en un momento como éste alguien robara el Paladio del templo?

–Es imposible –objetó uno de los senadores–, las imágenes de la diosa son siete y nadie, excepto el sacerdote del templo, sabe cuál es el verdadero Paladio.

–Nada es imposible cuando la apuesta es tan alta –repuso el pontífice–. He decidido enviar urgentemente a Lavinium al tribuno Hemina para que ponga sobre aviso al sacerdote que custodia el santuario y pueda así ordenar la formación de un presidio que sirva para toda la zona sagrada. Entre tanto, yo mismo prepararé los ritos necesarios para la expiación y la solemne ceremonia que tendrá lugar en cuanto regrese el *Águila*. El oráculo sibilino no puede mentir y la derrota de nuestro ejército en Tracia es, casi sin lugar a dudas, la prueba de que Cnaeus Manlius Vulso ha violado la frontera del Taurus.

Los cinco senadores se pusieron en pie y salieron en silencio después de rendir homenaje al pontífice. El único que se detuvo en la puerta, como si quisiera seguir hablando, fue el cuestor Furius Labeo.

–¿Querías hablarme, cuestor? –inquirió el pontífice.

–Debo ser sincero –replicó con tono duro el magistrado–, aun a riesgo de parecer impío. En verdad no sé si la ira de Atenea amenaza la ciudad; en tal caso, justo será cumplir con los ritos expiatorios, pero tengo la impresión de que todo esto dañará seriamente al cónsul Manlius Vulso haciéndolo aparecer como el causante de la ira divina.

El sumo pontífice palideció pero el cuestor siguió hablando sin parpadear.

–Me pregunto –dijo–, a quién conviene todo esto, a quién beneficia la ruina del cónsul. Ya conozco la respuesta a esta pregunta, y creo que también la sabes tú, que eres tan amigo de Publius Cornelius Scipio, apodado el Africano, cuya gloria, sin duda resplandeciente, habría podido quedar oscurecida por las empresas del cónsul en Asia. No, venerado pontífice, no soy un impío, creo tanto en el poder de los dioses como en la perfidia de los hombres. Pero quiero que sepas que si el cónsul Vulso tiene muchos y muy poderosos enemigos en Roma, también cuenta con muchos amigos decididos a todo.

Después de echarse la toga sobre los hombros salió dando un portazo.

Lavinium, el día siguiente a los idus de febrero,
hora cuarta después del crepúsculo

Después de atar su caballo, el tribuno Hemina cruzó el patio desierto del templo, subió la escalinata del podio y llamó a la puerta, pero nadie acudió a abrirle. Dobló por la pared de la derecha para llegar a los aposentos del sacerdote que se encontraban al final del recinto sagrado, detrás del templo. Llamó y vio que la puerta estaba abierta. Receloso, llevó la mano a la espada y entró: la estancia estaba inmersa en la oscuridad y resultaba difícil orientarse. Aguzó el oído para captar hasta el ruido más leve pero sólo oyó el silbido del viento que, gélido, había comenzado a soplar desde septentrión y se colaba por la puerta entreabierta.

Llamó entonces al sacerdote, pero no obtuvo respuesta. Recorrió la entrada y luego el atrio apenas iluminado por un candil. Todo estaba en orden, muebles, sillas y enseres.

Enfiló por el pasillo que daba a la parte posterior del templo y vio en el fondo una puerta entornada por la que se filtraba la leve claridad de las lámparas que ardían en el interior. Empujó la puertecita y entró, pero apenas hubo avanzado unos pasos hacia el centro del santuario se quedó petrificado: en el suelo vio a un hombre tendido. Se arrodilló a su lado y le dio la vuelta: ¡era el sacerdote del templo!

Los ojos cerrados y los miembros rígidos indicaban que había muerto hacía unas horas. El tribuno miró largo rato aquellos labios morados tras cuyo sello se ocultaba para siempre un tremendo secreto; luego reaccionó pensando en el poderoso ídolo del que parecía depender la salvación de Roma y de Italia en esa hora crucial. Instintivamente levantó la mirada hacia las siete hornacinas como esperando una señal que le indicara cuál de aquellos siete rostros de piedra era el verdadero simulacro y la coartada: las encontró vacías. Jadeante, se apoyó en una columna tratando de ordenar los pensamientos que se agolpaban en su mente y, presa de una súbita inspiración, encendió una antorcha e inspeccionó el suelo palmo a palmo a partir del basamento que sostenía las siete hornacinas; descubrió unos rastros de arena amarillenta. Los siguió volviendo sobre sus pasos y se encontró en el patio posterior. Miró de hito en hito, acercando la antorcha al suelo: no cabía duda, alguien había excavado una fosa y había intentado ocultar cuidadosamente los rastros.

Comenzó a caer una llovizna helada que hizo crepitar la antorcha hasta casi apagarla; en ese momento oyó un ruido de pisadas en el interior del templo, seguido del chirrido de unos goznes: alguien huía por la puerta anterior. Se lanzó a la carrera hacia la derecha del santuario justo a tiempo para ver que una sombra salía a caballo de detrás del recinto del patio y se lanzaba por el camino que llevaba a Roma. Corrió hacia su caballo, saltó a la grupa y le clavó los talones en el vientre. El animal relinchó, resbaló sobre el empedrado y luego se lanzó a galope tendido por la calle oscura.

Lucius Fonteius Hemina, tendido sobre el cuello de su cabalgadura, intentó escrutar los bordes del camino mientras la oscuridad se iba haciendo más profunda y el viento soplaba con más fuerza. La lluvia no tardó en transformarse en aguanieve, pero el tribuno no aminoró la marcha decidido a dar alcance al desconocido que lo precedía.

El camino giraba a la derecha y luego seguía recto entre dos riberas altas y empinadas que impedían desviarse hacia los lados y penetrar en el bosque. Allí le daría alcance. Azuzó más al animal y llegó a la curva con demasiada velocidad, el caballo resbaló y cayó de rodillas.

Volvió a levantarse relinchando de dolor, tropezó y volvió a caer arrastrando al jinete talud abajo. Durante horas, en los caseríos de alrededor, los campesinos oyeron gritos, invocaciones, lamentos sofocados, pero nadie tuvo el valor de aventurarse por los campos en plena oscuridad y con ese tiempo, porque hacía una noche infausta, poblada de malignas sombras.

SEGUNDA PARTE

He pasado un día
y una noche en el abismo...

Pablo de Tarso

II

Monasterio de San Nilo de Grottaferrata:
año 1071 de Nuestro Señor, hora séptima del 4 de febrero

Theodoros de Focea levantó la cabeza del escritorio y se volvió hacia la ventana para mirar las nubes grises que se deslizaban bajas sobre los montes Albanos. Oh, el cielo de Constantinopla, soberbia y lejana, cielo de esmeralda, cielo de fuego sobre el Cuerno de Oro, sobre la cúpula de Santa Sofía, grande como un firmamento... ya nunca volvería a verlo. Ciudad maravillosa y perversa, ciudad cruel, hervidero de locuras, enredada en intrigas y falsedades, trono esplendoroso de los últimos Césares... monstruo sanguinario. Roma había sido humillada bajo la planta de los bárbaros, pero no fue por eso que el reino del Señor se había afirmado sobre la tierra. Las águilas habían abandonado el Capitolio y el Tíber para partir al vuelo hacia el Bósforo pero no habían encontrado dónde posarse: los herederos de Constantino el Grande eran unos tiranos despiadados y corruptos, no mucho mejores que Nerón y Calígula. Había sido por cobardía y no por fe que levantaron la cruz de Cristo con la esperanza de poder amansar con ella al belicoso enemigo. Feroces con los débiles, viles con los fuertes, para corromper no tenían más armas que el oro, estiércol de Satanás... No, jamás volvería a ver Constantinopla, la de las cúpulas doradas, manchada con la sangre de los suyos... de su padre, cegado por un hierro candente, de sus hermanos apuñalados mientras dormían. Traidores, los habían llamado, amigos del papa de Roma.

El patriarca Cerulario había separado la Iglesia de oriente de la autoridad del pontífice romano, la había vuelto rebelde al solio de Pedro y se había burlado de la excomunión, del anatema, de la prohibición. A duras penas logró salvar la vida y entonces, gracias a la ayuda del legado pontificio, el cardenal de Silvacandida encontró cobijo entre esas sagradas murallas. ¿Acaso el silencio del monasterio, el trabajo y la plegaria, el estudio le habrían devuelto el sueño y la paz? ¿Habrían desaparecido los fantasmas, se habría disipado la oscuridad en la que se debatían sus pensamientos?

Una bandada de cuervos cruzó la angosta luz de la ventana y el cielo ceniciento se llenó con sus graznidos. Turbado, miró a su alrededor: reinaba la calma en aquel santo lugar y sus hermanos se dedicaban serenamente a sus menesteres: Igino de Celano transcribía las historias de Procopio de Cesarea, Aniceto de Kerkyra miniaba en oro y púrpura las homilías de Gregorio Nacianceno, Arnaldo de Vetralla representaba en la *Geografía* de Estrabón la forma del mundo, los golfos, las islas y las penínsulas del Mediterráneo y del Océano Externo y Nicéforo de Ioánnina... erguido, al otro lado del *grapheion*, delante de un atril, lo miraba con expresión intensa y apesadumbrada. Nicéforo de Ioánnina... era a él a quien había elegido para confiarle los secretos más recónditos de su alma. Con él era más fácil, era como si ya estuviera al corriente de muchas cosas.

El viejo monje abandonó su puesto, cruzó la sala y fue a sentarse a su lado.

–Has interrumpido tu trabajo, Theodoros, ¿hay algún contratiempo?

–Mi alma está triste, padre, y el cielo está tan gris...

Nicéforo miró los dos incunables abiertos sobre el escritorio como si no lo hubiera oído y dijo:

–La historia romana de Polibio, libro XXII. Has hecho una transcripción bellísima; pero ¿por qué incluyes también a Tito Livio?

Theodoros volvió otra vez la mirada húmeda hacia la ventana.

–Nieva –dijo.

Los copos enormes y cándidos descendían lentos y espaciados blanqueando la piedra del alféizar.

–«Abandonará la ciudad, los campos, las aldeas, las fortalezas de este lado del monte Taurus» –leyó Nicéforo del texto de Tito Livio–. Son los términos de la paz de Apamea firmada por el rey Antíoco de Siria y el cónsul Manlius Vulso. ¿No es así?

–Es un texto adulterado –dijo Theodoros sin apartar la mirada de la ventana–. Lee la glosa que figura en el margen de la página.

Sorprendido por aquella respuesta, Nicéforo se agitó y acto seguido escrutó el lugar que le indicaban.

–No logro leerla –dijo–, la letra es demasiado menuda y mis ojos ya no son los de antes.

–Se trata de una anotación del copista: «Sé que este texto está adulterado y tiene lagunas –fue la cita de Theodoros en latín–, por haber visto en cierta ocasión, bajo el título de los reyes, la historia de Polibio en el monasterio de Subiaco».

–Extrañas palabras. ¿Qué crees que significan?

Theodoros levantó una página del incunable de Polibio que tenía ante sí para que le diera la luz que entraba por la ventana.

–¿Ves este pergamino? –le preguntó–. Lo han raspado para volver a escribir encima y seguramente se trata de un texto adulterado, como dice esa glosa.

–Resulta ciertamente extraño... ¿Qué deduces tú?

–El problema no tiene solución si no suponemos que el texto de Polibio al que hace referencia la glosa es distinto del que estoy copiando...

La voz de Theodoros recobraba valor a medida que planteaba sus argumentos como si con cada palabra recuperara el control de sus sentimientos y el contacto con la realidad.

–El hecho de que una página haya sido raspada y vuelta a escribir no significa mucho en sí mismo. Sabes que es algo que ocurre con frecuencia, sobre todo en las épocas en las que no resulta fácil conseguir material de escritura. Se toman unos pergaminos usados para transcripciones de escasa importancia, se raspan y se vuelven a utilizar insertándolos en algún códice de calidad, que de lo contrario quedaría inconcluso.

–Pero observa bien –insistió Theodoros–, la página raspada es igual a las restantes, por lo que siempre ha formado parte de este códice. Alguien tuvo que intervenir para borrar el texto y reescribirlo.

Nicéforo observó durante un largo instante las páginas del libro examinándolas en silencio una a una. Al final sacudió la cabeza y dijo:

–Si he entendido bien, sostienes que tu códice contenía el texto exacto de Polibio y que alguien lo raspó para volver a escribirlo a su manera. ¿Es así?

–Sin duda. Creo que en Subiaco podría encontrar la versión original y restablecer nuestro texto adulterado y probablemente incompleto, devolviendo a nuestra biblioteca una obra importante en su forma auténtica.

–Tu razonamiento sería acertado si no partiera de un presupuesto imaginario –objetó Nicéforo–. Construir una mentira o una falsificación exige una razón válida, un motivo... ¿Qué motivo habría podido tener tu hipotético falsario para modificar un texto que narra hechos tan alejados de nosotros y se refiere a las razones políticas de potencias que han desaparecido hace siglos? Quien haya raspado esos pergaminos vivió no hace mucho entre estas paredes, probablemente lo hizo por el más fútil de los motivos: tal vez se le mancharon las hojas o tal vez la tinta era de mala calidad y se había desteñido demasiado. En cuanto a la glosa, quizá se refiera a leves discrepancias. Tu hipótesis tendría sentido si la adulteración se hubiese producido al poco tiempo de la muerte del autor.

–Es posible que así sea, pero nos queda el extraño hecho de que dos textos de autores distintos hayan sido adulterados precisamente en el punto en el que narran los mismos acontecimientos. Tal vez tengamos la posibilidad de consultar el original más antiguo; después de ello podremos descubrir si existía un motivo válido para redactar una adulteración o si todo no fue más que fruto de la casualidad, el error o la ignorancia... suponiendo que valga la pena preocuparse por todo ello.

–Sin duda –dijo Nicéforo–. El estudio y la dedicación son beneficiosos, te ayudan a olvidar tus sufrimientos, a fortalecer la mente. Pero, ¿cómo piensas encontrar ese texto, suponiendo que exista? Esa extraña expresión que figura al final de la glosa, *sub titulo regum*, me llena de dudas.

–«Bajo el título de los reyes»; evidentemente se trata de un memorial que tenía un significado clarísimo para quien escribió la glosa y que para nosotros, en cambio, resulta oscuro. Tal vez el amanuense tenía intención de volver a ver ese códice y llevarlo a Grottaferrata, por lo que no se preocupó en dejar una indicación más clara. Ésta sería otra buena razón para viajar a Subiaco.

–Quizá tengas razón –dijo Nicéforo–; no obstante, permíteme que te advierta del peligro de atribuir una excesiva importancia a todo este asunto. De muchos escritores paganos no nos ha quedado más que el nombre y, sin duda, sus obras no se habrían perdido si Dios no lo hubiera querido. El saber de los paganos tuvo un sentido y un valor en cuanto fue siempre una chispa del intelecto divino en un mundo de tinieblas, pero después llegó la verdadera Luz a iluminar el mundo y es todo lo que nuestra alma necesita. Quiero contarte una anécdota. Una noche de hace diez años, nuestro monasterio fue saqueado por bandas armadas, que al partir sembraron la ruina y la destrucción. Un anciano hermano nuestro vagaba por las estancias oscuras del monasterio buscando una salida para ponerse a salvo cuando de repente, en el fondo de un corredor, vio una luz y corrió hacia ella. Por desgracia, la parte central del corredor se había derrumbado; con los ojos fijos en aquella luz engañosa, nuestro hermano no vio el agujero que se abría debajo de sus pies y al caer se rompió las piernas. Lo encontramos a la mañana siguiente, respiraba todavía, pero ya no había nada que hacer por él... ¿Entiendes lo que quiero decirte?

–Me han asignado la tarea de volver a copiar el texto de Polibio –repuso Theodoros volviendo otra vez la mirada hacia la ventana–, y eso es lo que quiero hacer... nada más.

En ese momento les llegó el tañido de la campana que tocaba a vísperas; los monjes se pusieron en pie y, en fila, se dirigieron a la puerta. La luz fue apagándose lentamente, el breve día invernal tocaba a su fin. Alrededor de los muros de la abadía, la tramontana agitaba las llamas negras de los cipreses.

Monasterio de Subiaco, 15 de febrero,
hacia la hora de las completas

Seguro de que el texto de Polibio se ocultaba bajo un título falso, Theodoros buscó en la biblioteca y en el catálogo todos los títulos que de algún modo versaran sobre reyes, sin pasar por alto siquiera las *Vitae duodecim Caesarum* de Suetonio aunque tratara de emperadores y no de reyes y, decepcionado, se disponía ya a abandonar la búsqueda y regresar a Grottaferrata.

Bajó a la iglesia junto a los demás monjes a recitar el oficio y para justificar la falta de éxito de su búsqueda pensó en todos los amanuenses que copian sin saber qué escriben, pero no lograba liberarse de la idea de que el códice original de Polibio debía encontrarse entre aquellas paredes. ¿Cuándo iba a poder regresar allí? ¿Y cuándo iba el archimandrita de San Nilo a concederle otra vez permiso para salir del monasterio?

Mientras tanto, el abad había entonado el responsorio *Domine in adiutorium meum intende! Domine ad adiuvandum me festina*, y los monjes contestaban a coro. Acto seguido, el abad indicó el salmo XXII y las profundas voces varoniles entonaron desde sus asientos el *Deus meus, Deus meus, quare dereliquisti me?*

Theodoros salió del ensimismamiento y abrió el breviario buscando el texto para seguir el canto que se sabía de memoria en griego pero que debía leer en latín. Leyó entonces «salmo XXII, salmo de David...». ¡El rey David! La única obra que no había revisado: la Biblia.

Esperó con impaciencia a que terminara el oficio de completas, cogió luego un candil y regresó a la biblioteca. En dos armarios enormes de fresno había muchas biblias, algunas de ellas espléndidamente miniadas. Cogió una escalera y buscó en los estantes más altos y más difíciles de alcanzar, allí donde el polvo acumulado sobre los volúmenes indicaba que rara vez eran consultados y, finalmente, después de abrir la cubierta de una Vulgata de san Jerónimo del libro de los reyes, en una amplia página de lino leyó: *Polibiou Historiai*. El resto del códice también era de lino: un *liber linteus* sin duda antiquísimo, cubierto aquí y allí de manchas de moho.

Volvió a dejar en su lugar la cubierta asegurándola con su faja de cuero y bajó con el códice; poco después, en su celda, lo envolvió en un paño de lana y lo ocultó en su alforja. Al día siguiente, después de maitines, se presentó ante el abad, le dio las gracias por la hospitalidad y la ayuda recibidas en una búsqueda que, por desgracia, había resultado infructuosa, y después de obtener licencia y una carta con saludos para el archimandrita Demetrios, emprendió el viaje de regreso.

Todavía era de noche y cada vez que pasaba delante de algún caserío los perros se ponían a ladrarle furiosamente; después, las estrellas se fueron apagando una a una y cuando el lucero de la mañana quedó solo y espléndido como un diamante sobre los montes Sabinos, el eco del canto de un gallo se propagó por las colinas teñidas de una luz tenue y dulcísima. Otro gallo contestó al primero, y se oyó entonces a un tercero, cuando de pronto, Theodoros vio ante sí, en el suelo, su sombra limpia y alargada. Se volvió hacia el sol que se elevaba por detrás de los montes y se persignó al tiempo que murmuraba una oración. Después se dio la vuelta y prosiguió su camino a paso ligero.

Monasterio de San Nilo de Grottaferrata,
17 de febrero, después de vísperas

El antiquísimo códice de Polibio era, en su conjunto, bastante legible; únicamente la menuda grafía protobizantina no se leía del todo allí donde el moho había manchado la trama del lino.

Llegó por fin al punto crucial y comenzó a leer:

Al llegar a Roma la noticia de la derrota del cónsul en Tracia, cundió el pánico pues se temía que fuera a hacerse realidad el oráculo que amenazaba a Italia y a Roma con la ruina si el ejército de Cnaeus Vulso llegaba a traspasar la frontera del Taurus. Fue entonces cuando se decidió consultar el oráculo de Delfos para conocer la voluntad de los dioses sobre estos hechos y ésta fue la respuesta:

> Un día, cuando la orgullosa Ciudad
> tendida sobre el río, inundada de gélido sudor
> tiemble de espanto, una fuerza inmensa
> la amenazará desde oriente; colocad entonces,
> oh desventurados, sobre la alta roca,

el Paladión sagrado y mandad que lo vigilen los héroes
preferidos de la diosa: Ulises, maestro de engaños,
y el divino Tidides.

El oráculo sembró la consternación entre los senadores, por lo que se decidió no revelarlo al pueblo para que no alimentase el miedo; al mismo tiempo se trataba de interpretar el significado del vaticinio. Dicen que entonces un tal Quintilius Rufus, antiguo legado en Asia durante la guerra contra Antíoco de Siria, afirmó haber visto en la isla... e ... s en un ... las estatuas de Ulises y Diómedes a las que se atribuían prodigios maravillosos y que quizás a ellas se refiriese el oráculo.

Se decidió entonces enviar un barco ... a Roma las estatuas. Y he aquí que oí una historia que ... increíble, pero al no poder yo ... su veracidad, la referiré como me la transmitieron. El barco llegó al lugar establecido, los marineros entraron de noche en el santuario y se llevaron los dos simulacros. Para que durante el viaje no sufriesen daño alguno, les quitaron las lanzas que empuñaban y los escudos ... momento las armas ... incandescentes en sus manos ... terror, las dejaron caer al mar allí donde el promontorio ... se ... hacia ... al divisar Italia ... en medio de la furia de ... la embarcación zozobró. El barco se llamaba *Águila* ... sólo dos marineros ... narraron estos hechos.

Mientras tanto, el sumo pontífice y algunos senadores se habían dirigido al templo de Lavinium donde se custodiaba el simulacro, oculto entre otras seis imágenes de la diosa para que nadie supiese cuál era el verdadero Paladión (los romanos emplearon esta misma estratagema para el escudo sagrado caído del cielo a los templos del rey Numa, imitándolo con otros doce ejemplares que con él se confundían). Desde entonces se dice que el verdadero simulacro fue colocado en los penetrales del templo de Vesta, en el foro.

A continuación ocurrieron otros hechos terribles: se dijo que de la imagen de Júpiter Anxur de Terracina manaba sangre y que, imprevistamente, un terremoto destruyó muchas casas de los montes Tiburtinos, y de la misma ciudad de Tibur. En medio de tanta desventura pereció también el cónsul Cnaeus Manlius Vulso, después de haber conseguido el triunfo sobre los gálatas, si bien con la violenta oposición de muchos senadores y de los tribunos de la plebe. Lo acusaban, en efecto, de haber desobedecido el oráculo sibilino, haciendo peligrar así la seguridad del pueblo romano...

Theodoros durmió intranquilo y se despertó varias veces en plena noche. Le pesaba el secreto que había ocultado a todos, se sentía culpable por haberle mentido al abad de Subiaco y a sus superiores. Incesantes, resonaban en su mente las palabras amenazadoras del oráculo... ¿Era eso lo que había querido ocultar? Los libros antiguos estaban plagados de fábulas de ese tipo, de prodigios y de magias; sin embargo, alguien quiso justamente que esa narración fuera borrada.

Su pensamiento volvía con insistencia al ídolo fabuloso al que se atribuía la protección de Italia y Roma. ¿Dónde había ido a parar realmente? Si el oráculo había presagiado que debía ser colocado en el Capitolio (¿qué otra cosa, si no, podía ser «la alta roca»?), ¿por qué razón Polibio no lo mencionaba? ¿Qué habían encontrado en Lavinium los senadores y el sumo pontífice?

En los días siguientes no hizo sino buscar en la inmensa biblioteca del monasterio cualquier noticia que pudiera guardar relación con la misteriosa divinidad y en su diario tomaba nota de cada detalle, de cada reflexión. La vio surgir como un espectro de las páginas de Servio: «... septem fuerunt pignora quae imperium Romanum tenent: aius matris deum, quadriga fictilis Veientanorum, cineres Orestis, sceptrum Priami, velum Iliae, ancilia, PALLADIUM...», y también en Estrabón, Dionisio, Licofrón, Apolodoro, Virgilio. «Mira, en la alta roca Palas se coloca / con la Gorgona horrenda en luz cegadora.»

Entretanto, continuaba estudiando su códice; con frecuencia se fingía enfermo para no bajar a rezar al coro con los demás monjes en las horas canónicas. Un día el archimandrita Demetrios anunció a la comunidad la llegada de un hermano que venía de la lejana Esmirna, donde había ido a comprar telas para los paramentos sagrados, necesarios para la liturgia del cenobio. Todos sentían gran curiosidad por saber qué les referiría el recién llegado sobre su viaje. El archimandrita aceptó que hablara del viaje durante la refección vespertina y contestara a las preguntas que sus hermanos le formulasen.

El monje les refirió que en aquellas tierras, perdidas ya para la autoridad del pontífice romano desde que el patriarca Cerulario proclamó la separación de la Iglesia de Bizancio de la de Roma, la hostilidad hacia los creyentes y fieles verdaderos de la Iglesia romana se había acentuado tanto que en ocasiones le había resultado incluso difícil comprar alimentos. Afortunadamente conocía la lengua griega, lo que a menudo le había permitido pasar inadvertido y cumplir así sin dificultades con su tarea.

–Veréis, hermanos –añadió luego–, la maravilla de esas telas, paños con hilos de oro y plata como los que saben producir aún los telares de Trebisonda, linos delicadísimos bordados en Rodas, lienzos de Antioquía que son auténticas maravillas.

En ese momento pidió la palabra Arnaldo de Vetralla, uno de los monjes más ancianos de la comunidad.

–Veré de muy buen grado las maravillas de las que hablas, hermano, pero ahora querría que me dijeras si el cisma de Cerulario no ha encontrado alguna oposición en las tierras del emperador de Constantinopla. Si no ha quedado alguna comunidad de cristianos fiel a la cátedra de san Pedro.

–Por desgracia, por lo que he podido constatar, no –respondió el interrogado–, si bien es cierto que no me interné demasiado en aquel país, por lo que ignoro si en algún lugar existe una comunidad que se haya mantenido unida, al menos en espíritu, a la Iglesia romana. En todo caso, el castigo divino por este cisma no se hizo esperar mucho: en el momento de partir supe que el emperador Romano IV Diógenes fue derrotado y hecho prisionero por los turcos en un lugar de Armenia llamado Mantzikert o Malazgirt, no recuerdo bien. Sin embargo, puedo deciros que estaban todos profundamente consternados.

Theodoros se estremeció. «¡Dios misericordioso, el Imperio romano de oriente derrotado! ¡El último baluarte de Roma se desmorona bajo los embates de los bárbaros y este viejo necio viene a hablarnos de telas y bordados!» Se cerró en sí mismo, presa de la turbación: ¡el emperador de los romanos prisionero! Y la horda marchaba imparable hacia occidente...

Un día, cuando la orgullosa Ciudad
tendida sobre el río, inundada de gélido sudor
tiemble de espanto, una fuerza inmensa
la amenazará desde oriente...

Las palabras del oráculo se dibujaron de pronto delante de sus ojos, como si tuviera ante sí la página del códice de Subiaco; volvió a su celda y releyó la profecía:

colocad entonces,
oh desventurados, sobre la alta roca,
el Paladión sagrado...

¿Qué clase de pensamientos lo asaltaban... no estaría perdiendo la razón? Los dioses paganos se habían terminado para siempre. Intentó conciliar el sueño, pero no lograba tranquilizarse, como si un demonio maligno se hubiera enseñoreado de su mente. Cayó en la cuenta de que todo había comenzado el día en que descubrió aquellas páginas, aquel texto maldito. No podía continuar guardando el secreto, debía confiarlo a alguien, abandonar las curiosidades peligrosas que no le daban tregua, reencontrar el consuelo de la oración que había perdido... ¿desde cuándo?

Se levantó y fue a llamar a la puerta de la celda de Nicéforo. El viejo, que estaba arrodillado delante de una imagen de la Virgen, se volvió hacia él levantando el candil que había delante de la imagen.

–Theodoros, ¿tú a estas horas?

–Padre, recibe mi confesión porque he pecado –le dijo Theodoros postrándose a sus pies.

–Una culpa bien gravosa ha de ser la que te quita el sueño y te impulsa a buscar consuelo en plena noche.

Hizo la triple señal de la cruz y se sentó en un escabel diciendo:

–En el nombre del Padre, del Hijo y del Espíritu Santo. Te escucho, ¿qué es lo que te oprime?

–A mi regreso de Subiaco, mentí a muchos, a ti entre ellos; el códice indicado por el amanuense existe, se encontraba oculto bajo el título de los Reyes en una Biblia latina. Lo cogí y me lo traje.

–Has dedicado tus esfuerzos a restablecer una gran obra histórica –comentó Nicéforo–, pero has hecho mal quitándole ese texto a nuestros hermanos de Subiaco. Pide permiso para volver allí, cuéntale sinceramente al abad tu descubrimiento y pídele licencia para traer el códice a nuestra biblioteca el tiempo necesario para poder transcribirlo. El tuyo es un pecado de ambición: poseer ese texto te ha dado la sensación de ser en este momento el único en el mundo que conoce algo que para los demás permanece ignoto, oculto. Por otro lado, la tuya es sólo una ilusión porque no existe impedimento alguno a la investigación que has realizado y, por ello, podría decirte que pecaste sin tener un verdadero motivo...

El viejo interrumpió entonces el discurso como si esperara una respuesta; era evidente que deseaba saber qué decía el texto oculto. Theodoros se lo dijo, como si estuviera leyendo, le recitó el fragmento perdido, las palabras del oráculo. El confesor se quedó largo rato sumido en la meditación.

–No entiendo qué es lo que te atormenta –le dijo finalmente–. Estás familiarizado con los textos de autores paganos y, seguramente, muchas veces habrás leído páginas similares a éstas. Pensándolo bien, ni siquiera la ambición justifica lo que has hecho: en esas páginas no hay material que atraiga las potencias del intelecto, como puede ocurrir a quien lee medicina o alquimia y cae en la tentación de querer mutar las leyes que rigen la vida del hombre y la naturaleza. Si puede beneficiarte, me humillaré ante ti y te confesaré también que hace muchos años cedí a la misma tentación y leí los escritos de María la Judía y de Zósimo de Panópolis.

–Yo también –dijo Theodoros–, yo también me lo he repetido mil veces en vano. Pero entonces, ¿por qué no hago más que pensar en ese ídolo y en el inmenso poder que los antiguos le atribuían, por qué esta noche, cuando me enteré por ese monje que el ejército del emperador había sido destruido por los turcos, surgieron imprevistamente en mi mente las palabras de ese oráculo? ¿Por qué esas palabras han vuelto a salir de la oscuridad de siglos de olvido en este preciso momento, justo ahora en que una horda de bárbaros infieles y despiadados marcha inexorablemente de oriente a occidente arrollando la última reliquia de la potencia de Roma? ¿Qué poder se oculta en esas páginas si alguien intentó ya liberarse de la obsesión, borrándolas, raspándolas del pergamino? ¿Y por qué intentaría ocultarlas para que nadie lograra encontrarlas y no osó destruirlas?

A medida que las palabras abandonaban su boca, Theodoros se transformaba, los ojos se le dilataban y las pupilas, enormes, parecían ventanas abiertas de par en par a un alma envuelta en tinieblas. Le temblaban las manos, y la frente, perlada de sudor, se arrugaba dolorosamente. Sumamente turbado, Nicéforo se cubrió la cara con las manos.

–Que Dios todopoderoso se apiade de ti –dijo–, porque has perdido la razón y porque tu fe vacila o se ha desvanecido. Roma cayó por el peso de sus pecados y porque la baña la sangre de los mártires igual que la sangre de Cristo bañó a los pérfidos judíos. La Babilonia terrestre fue destruida para que naciese la Ciudad de Dios. ¿No será que los jefes y reyes bárbaros no inclinaron la cabeza ante los sucesores de Pedro? ¿No sabes ver en la ruina del déspota de Constantinopla el castigo de Dios de los ejércitos a los que han renegado de la autoridad de su vicario? A las muchas y locas preguntas que me formulas podría contestarte que la casualidad puso ante tus ojos esas páginas, pero como tienes la mente muy turbada, te diré que grande es el poder del Maligno. Reinó en el mundo durante milenios ocultando su repugnante rostro tras las imágenes de dioses falsos, y Dios permitió que llevara a cabo prodigios para confundir a la humanidad ofuscada por el pecado. ¡Y así un día el Hijo, erguido como un estandarte ensangrentado sobre la colina de la vergüenza, en el patíbulo de los facinerosos, confundiría a Satanás invirtiendo el orden del mundo, glorificando a los humildes y abatiendo a los soberbios, quebrando las cadenas de la muerte, Él, el Logos, que existía en un principio, que estaba junto a Dios, que era Dios! Para los ciegos que vivieron en las tinieblas y no lo reconocieron tal vez haya piedad; para ellos Él solicitó piedad al exhalar el espíritu, pero no habrá piedad para quien lo conoció y renegó de Él, para quien ha hecho caso de las alabanzas de Satanás. ¡Ten cuidado! El demonio que anidaba cual serpiente venenosa entre esas páginas te ha mordido y tú, presa del delirio, desvarías. ¡Ten cuidado porque tu alma se pierde! ¿Acaso el Apóstol no te advierte que debes permanecer en guardia porque el Maligno habita entre nosotros *sicut leo rugens quaerens quem devoret?*

Theodoros había bajado la vista y tenía los ojos anegados en lágrimas.

–Pero el Altísimo no te ha abandonado –siguió diciendo Nicéforo al tiempo que levantaba la imagen que le colgaba del cuello–, y te ha impulsado a buscar su perdón y quizá… quizás Él quiera convertirte en instrumento de su misericordia. Ve, hijo, ve y destruye ese libro. Quémalo para que no constituya ocasión de tropiezos para otros y después márchate, vete a Roma a orar sobre las tumbas de los mártires, de los Santos Apóstoles Pedro y Pablo, póstrate delante de sus tumbas y pide que te iluminen y te perdonen. Cuando lo hayas hecho, vuelve a verme y te absolveré de tus pecados.

Dicho lo cual hizo la señal de la cruz sobre la frente y el pecho del penitente, luego le dio la espalda y volvió a arrodillarse delante de la imagen de la Virgen recogiéndose en oración.

Theodoros se levantó y permaneció inmóvil; tenía los ojos secos, pero fijos y fríos como los de los santos o los demonios que figuraban en los mosaicos de la iglesia.

Nicéforo se volvió hacia Theodoros; éste se sobresaltó y salió a la oscuridad del corredor.

Siguió trabajando dos días más en el *grapheion* con sus hermanos; al tercer día emprendió viaje encaminándose por la vía Tuscolana. Hacía una mañana límpida y a lo lejos se veía la ciudad dominada por los restos crueles de la antigua potencia, vigilada por las torres de sus basílicas; el gran río le ceñía la frente como una diadema de plata. No tardó en abandonar la calle por la que había tomado y se adentró en los campos de su izquierda, en dirección a la vía Apia.

No eran las tumbas de los mártires y los apóstoles las que lo llamaban; seguía otro rastro, seguía ya sin oponer resistencia a la fuerza maligna que le había robado el sueño y la paz.

Más allá de la vía Apia, en dirección al mar, había un lugar del que había leído en las páginas de Dionisio de Halicarnaso y en las páginas perdidas de Polibio… hacia allí quería dirigirse…

Al cabo de tres días regresó al monasterio, afiebrado, delgado, con una luz demente en las ojeras profundas; dijo que se sentía mal y pidió permiso para retirarse a su celda.

Al amanecer del día siguiente no bajó a la iglesia para el rezo de los maitines y Nicéforo no apartó la vista de su asiento vacío. Concluido el oficio, subió a la celda de Theodoros y llamó, pero no obtuvo respuesta; abrió la puerta y se lo encontró de frente, sentado en el suelo, con la espalda apoyada en la pared, los ojos entrecerrados, muerto.

Nicéforo se arrodilló juntando las manos e inclinando la cabeza cana; rezaba:

–Señor, oh, Señor, ten piedad de tu hijo Theodoros que murió en manos del diablo y apiádate de nosotros...

Después se acercó al cadáver y a duras penas logró cerrarle los párpados rígidos.

Miró a su alrededor buscando la que sin duda había sido la causante de esa muerte, pero en la celda desnuda no encontró nada. Buscó afanosamente por todas partes alumbrándose con la lámpara que ardía en el reclinatorio, miró incluso debajo de la cama pero no encontró nada. El único lugar en el que no miró fue detrás del cadáver y allí, en la pared, cuando sus hermanos retiraron el cuerpo para las exequias, encontraron un extraño signo y debajo de él muchas gotas de cera endurecida; pero Nicéforo había salido ya de aquel lugar y no volvería a pisarlo jamás.

Esa misma noche, Nicéforo advirtió con horror que sin darse cuenta había faltado al secreto de confesión: había revisado aquella celda porque sabía, y sabía porque su desventurado hermano le había confiado su secreto bajo el vínculo sacramental. Pasó toda la noche llorando, postrado en el suelo de su celda y, al día siguiente, confesó su culpa al archimandrita Demetrios.

A partir de ese momento la pena lo fue consumiendo poco a poco hasta que llorando amargamente acabó por apagarse la noche del Jueves al Viernes Santo, en brazos de Demetrios. El viejo patriarca fue el único custodio del secreto que había matado ya a dos de sus hermanos. Mandó vaciar la celda de Theodoros, la séptima del primer corredor y mientras los conversos se disponían a quemar el jergón, entre el esparto del relleno descubrió un fascículo de hojas. Lo abrió y leyó: «Theodoros de Focea escribió estas páginas para que no olvidaran su nombre y las vicisitudes que condujeron a su fin…». Se trataba de un diario en el que Theodoros había descrito los últimos días de su locura.

Lo salvó de las llamas y lo guardó en el archivo secreto de la abadía, en un lugar oculto e inaccesible.

TERCERA PARTE

> El sexto derramó su copa sobre el gran río Éufrates; y sus aguas se secaron para preparar el camino a los reyes de Oriente, y el río se secó.
>
> *Apocalipsis 16, 12*

III

Torre Rossa, en las afueras de Roma,
10 de junio, cuatro de la tarde

–Profesor, salga, han venido los de la televisión, quieren entrevistarlo los del telediario –dijo un ayudante asomándose al borde de la excavación.

–Lo que nos faltaba... dónde diablos están...

El arqueólogo surgió de la trinchera con un cigarrillo entre los labios y un trozo de arcilla en la mano derecha y miró hacia el lado equivocado.

A sus espaldas, a poca distancia de la zona de excavaciones, esperaba un grupito de personas armadas de cámaras portátiles, caballetes, focos y grabadora. Los seguía un hombre de unos cincuenta años, gruesas lentes y expresión vagamente trastornada.

–¡Por aquí, profesor, mire hacia aquí! –insistió el joven.

Paolo Emilio Quintavalle, de cuarenta años rampantes, bigotes poblados y abundante cabellera negra, se volvió al tiempo que se abrochaba la camisa y salió del foso. El jefe del equipo de televisión se le acercó con una sonrisa amplia y la mano tendida.

–Mucho gusto, profesor, me llamo Giorgio Biagini, de la primera cadena. Como le dije ayer por teléfono, venimos a entrevistarlo en relación con su reciente descubrimiento.

–El gusto es mío –dijo Quintavalle tirando la colilla del MS–. Bien, comencemos de una vez, que tengo mucho trabajo.

–Cómo no, profesor, estamos listos.

El director hizo una señal y los dos cámaras tomaron posición con sus equipos mientras el jefe de iluminación, cargado de focos, se las veía y se las deseaba para iluminar las violentas sombras de la tarde estival.

Quintavalle parpadeó al notar el impacto de los dos mil vatios de los reflectores mientras el objetivo enfocaba su perfil proconsular.

–Señores telespectadores –comenzó a decir fuera de cámara la voz del entrevistador–, nos encontramos con nuestro equipo en lo que fue la antigua Lavinium. Según la leyenda, aquí desembarcó Eneas al huir de Troya y fundó esta ciudad dando origen a la nación latina. El profesor Quintavalle de la Universidad de Roma es autor de un sensacional descubrimiento. Basándose en antiguos documentos ha logrado establecer no sólo el punto exacto del desembarco –el segundo cámara utilizó todo el *zoom* del que disponía para ofrecer una panorámica de la playa de Torvaianica devastada por la especulación inmobiliaria–, sino que ha logrado descubrir la tumba del héroe. Ahora bien, profesor –continuó Biagini mirando a la segunda cámara–, ¿querría explicarles a nuestros espectadores cómo logró esta excepcional empresa?

–La verdad –empezó a decir Quintavalle encendiendo otro cigarrillo y soltando una gran nube de humo hacia el objetivo–, la verdad es que ésta no es la tumba de Eneas sino una sepultura de la edad del bronce inferior o principios de la edad del hierro. Se trata de una tumba en forma de túmulo que los antiguos romanos identificaron con la de Eneas a la que en el siglo XV le añadieron un arimez para conferirle dignidad monumental. En realidad no sabemos quién era el guerrero, el jefe sepultado en el cajón de toba que hay dentro del túmulo…

–¡Corten! ¡Corten! –gritó Biagini dirigiéndose con brío a sus hombres, y luego mirando a Quintavalle, le preguntó–: Pero profesor, ¿qué quiere decir? ¿No es ésta la tumba de Eneas? Yo creía que...

–Verá, mi querido Biagetti...

–Biagini...

–Usted perdone. Como le decía, señor Biagini, ésta no es la tumba de Eneas sino la que los antiguos romanos consideraban como la tumba de Eneas.

–Vaya, menuda diferencia... –dijo Biagini casi para sus adentros–, pero entonces...

–Es un engaño, quiere usted decir.

–No exactamente, pero...

–Amigo mío –intentó explicarle Quintavalle a su desolado interlocutor–, suponiendo que Eneas haya existido de verdad, hecho sobre el que hay ciertas dudas, las probabilidades de que sus restos se encuentren en esa tumba son prácticamente nulas. Vea, nosotros partimos de un testimonio de Dionisio de Halicarnaso que describía el *heroon* de Eneas, es decir, su monumento fúnebre. Sobre esa base lo localizamos y ahora estamos completando el análisis del conjunto; la importancia del descubrimiento radica en el hecho de que un testimonio antiguo ha resultado creíble y aparte de eso, si usted quiere, en haber dado con un monumento que para los romanos tuvo un enorme valor simbólico y una importancia fundamental en su cultura y su tradición religiosa. El resto cuenta muy poco.

–O sea que Eneas no tiene nada que ver –comentó Biagini, claramente irritado.

–¡Santo Dios! –exclamó Quintavalle colérico–. Durante siglos, los romanos consideraron este lugar como el santuario del origen de su nación. ¿No le basta?

–Sus comentarios no tienen vuelta de hoja, profesor, pero verá, a mí me dijeron que...

–Ya lo comprendo, le dijeron que habían encontrado la sepultura de Eneas y, en cierto modo, es verdad. Mire, nadie demostró nunca que el Santo Sepulcro haya sido verdaderamente el sepulcro de Jesucristo; sin embargo, en el curso de los siglos lo han visitado millones de peregrinos, y en las cruzadas decenas de miles de hombres se mataron para hacerse con él. A estas alturas no tiene importancia si en esa tumba depositaron en realidad el cuerpo de Cristo, lo que tiene importancia es lo que creyeron millones de personas, lo que tiene importancia es su voluntad de identificar en un objeto material y concreto una reliquia de su historia religiosa y espiritual… no sé si me explico –concluyó sacándole una última bocanada de humo a la colilla.

–Tiene usted toda la razón –prosiguió, melifluo, Biagini–, y capto sus razonamientos. Pero debe usted tener la amabilidad de ponerse en mi lugar. Verá, los telespectadores no apreciarían una distinción (y usted perdone) tan sutil. Si pudiera decir que…

–Lo siento, Biagini. Verá usted, en este mundo todo es posible; por tanto, es posible que haya existido Eneas, que haya desembarcado por esta zona y que sus huesos hayan sido trasladados de un lugar a otro y a lo largo de los siglos venir a parar a esta tumbas, pero francamente, las posibilidades me parecen remotas. De veras no puedo decirle más de lo que ya le he dicho.

Al ver la expresión cada vez más desconsolada del director, añadió:

–Oiga, le juro que a mí también me gustaría creer que ahí dentro estaba el cuerpo de Eneas. No crea, los arqueólogos también tenemos nuestro corazoncito. Pero no puedo. Sea buen, confórmese.

Finalmente domado, el director se resignó a la dolorosa mutilación de lo que consideraba el plato fuerte de su nota y se conformó con una entrevista no demasiado técnica, unas cuantas imágenes de las excavaciones y una descripción del pequeño *heroon*. Terminó su trabajo sin excesiva convicción y se marchó. Quintavalle regresó a su excavación pero ya se había hecho tarde.

–Muchachos –les dijo a los estudiantes–, por hoy podemos cerrar. Mañana completaréis la numeración de los últimos hallazgos y de las fotos de la estratigrafía; el lunes haremos un último intento en la colina antes de cerrar la campaña; además, ya se nos ha acabado el dinero. Os deseo un buen fin de semana. Ah, se me olvidaba, el lunes llegará la arqueóloga norteamericana, una tal Elizabeth Allen; repasad un poco de inglés.

–Profesor, dicen que está de miedo –le comentó el ayudante que había anunciado al equipo de televisión.

–No nos vendrá mal –respondió el arqueólogo guiñando un ojo–, no nos vendrá nada mal.

Fue a buscar su coche, aparcado en el patio de una granja, y se dirigió a Roma. Todavía había una bonita luz dorada y la carretera describía amplias curvas entre las colinas arboladas. Hacía varias semanas que la recorría al regresar de las excavaciones y le parecía que podía conducir con los ojos vendados. Llegó a la carretera de circunvalación a las siete de la tarde y encendió la radio para escuchar las noticias. El locutor anunciaba en ese momento los acontecimientos del extranjero: grandes maniobras navales en el Mediterráneo meridional, duelos de artillería en el río Litani, enfrentamientos con carros de combate en el río Charun.

«El Charun… si no me equivoco, es el antiguo Choaspes –pensó para sus adentros–, el hidrónimo original se perdió…»

A las siete y media aparcaba debajo de su casa, con tanto tránsito, todo un récord.

Roma, 12 de junio, once y cuarto de la noche

Paolo Quintavalle no lograba conciliar el sueño; daba vueltas en la cama pensando en lo que había descubierto en su campaña de excavaciones. En algo más de un mes de trabajo había conseguido un resultado excepcional y tenía que detenerse justo cuando empezaba a recoger los frutos de un estudio iniciado hacía años. La dotación de fondos de su Instituto se había terminado y el principal objetivo de su investigación, que quizás estaba al alcance de la mano, podía escapársele. Las últimas pruebas revelaban la presencia de objetos votivos: tenía que haber un santuario allí cerca, quizás el santuario de los penates de Troya, el más venerado sagrario de la nación latina. Sí, caray, si el pequeño *heroon* indicaba el lugar en el que los antiguos romanos colocaron la tumba de Eneas, el santuario no podía estar lejos.

¡Y toda esa condenada publicidad de la televisión! Estaba claro que los ladrones de tumbas no tenían problemas ni de dinero ni de tiempo. En cuanto hubiera cerrado la excavación, éstos habrían hecho acto de presencia taladrando el suelo con sus malditas sondas mecánicas.

Se levantó procurando no despertar a su mujer, fue a sentarse en su estudio y encendió un cigarrillo. Sin embargo, esa tarde en la excavación, antes de que el equipo de televisión fuera a distraerlo, había notado algo raro. Pero, qué sería, maldita sea... algo que no cuadraba con la estratigrafía... era... ¡claro, la arena amarilla! Había una zona de un metro cuadrado toda cubierta de arena amarilla, mientras que alrededor no se veía más que tierra roja o toba. ¿No se trataría de las tierras de acarreo de los cimientos del santuario? ¿O quizá de una sepultura sagrada?

Rebuscó entre sus papeles, encontró los dibujos, las fotos aéreas... Santo Dios, el lugar era adecuado, no podía ser de otro modo... ¡Ahí debajo había algo, debajo de esa arena amarilla había algo!

El reloj de péndulo del pasillo tocó la media. Imposible volver a meterse en la cama. Cogió el teléfono y llamó al vigilante nocturno de Torre Rossa. Sonaba pero nadie le contestaba; cuando se disponía a colgar, oyó la voz del vigilante.

–Nino, soy Quintavalle. Perdóname, pero la excavación me tiene preocupado y quería saber si todo está en orden. ¿Dónde te habías metido?

–Profesor, tiene que perdonarme, pero aquí se fue la luz y estamos a oscuras… casi me caigo por coger el teléfono… Sí, sí, está todo tranquilo, no se preocupe que estando yo aquí…

–De acuerdo, Nino, pero te pido por favor que estés al tanto… es muy importante.

«Maldición –pensó–, lo único que faltaba.»

Llamó a la compañía de la luz.

–Disculpe, querría saber si en Torre Rossa estarán mucho tiempo sin luz. Es que tengo allí un congelador repleto de carne…

–¿Torre Rossa? –respondió el técnico de guardia–. Es el distrito de Pomezia… Pero señor, en esa red no hay ninguna avería, está todo en orden, no hay averías. ¿De dónde llama usted?

Grottaferrata, abadía de San Nilo, doce menos cuarto de la noche

El archimandrita Demetrios XII estaba muy cansado. Había trabajado hasta tarde para poner a punto su intervención en el sínodo del día 14 y luego había tenido que contestar una correspondencia urgente. Concluidas sus oraciones, se levantó del reclinatorio y se disponía a acostarse cuando se detuvo y aguzó el oído. Había escuchado un ruido, el chirrido de un portón seguido de pasos. Se asomó a la ventana y miró hacia el patio: estaba desierto y el portón que daba al exterior estaba cerrado. Sin embargo, no se equivocaba, en el silencio había oído bien el chirrido de un portón, pero no había otros portones más que el del patio, a excepción del de la cripta que llegaba hasta debajo de su dormitorio.

Pero ¿quién podía haber bajado a la cripta a esas horas?

El sacristán se había marchado después de vísperas y hacía rato que los monjes se habían retirado a sus celdas. Apoyó la oreja sobre la mesita de noche y, a través del suelo, percibió el ruido de un paso. Jesús, ¿y si se trataba de un ladrón? Se dirigió a su despacho, contiguo al dormitorio, para llamar a la policía... Pero vamos, ¿qué ladrón iba a caminar de ese modo para que lo oyeran claramente? Volvió a la mesita de noche y apoyó otra vez la oreja: no se oía nada, quizá se lo había parecido...

Se disponía a meterse en la cama pero lo detuvo el ruido clarísimo de una puerta que se abría y volvía a cerrarse con un golpe seco. ¡Dios de los cielos, en la cripta no había más que una puerta... la del archivo reservado!

Se echó sobre los hombros el guardapolvo, cogió un manojo de llaves de un cajón del escritorio, salió al rellano y pulsó el interruptor de la luz de la escalera pero no se encendió. Regresó a su despacho pero también estaba a oscuras: se había cortado la luz. Cogió la palmatoria que ardía delante de la imagen de la Virgen y bajó a la cripta que encontró desierta. Se dirigió a la entrada del archivo reservado, una mampara hábilmente disimulada en la pared que cerraba parte del ábside detrás del altar. No se había equivocado: en la oscuridad apenas iluminada por la lámpara del Santísimo y la vela que sostenía en la mano advirtió que una luz se filtraba por debajo de la puerta.

—¿Quién anda ahí? —preguntó con voz firme—. ¿Quién anda ahí? ¡Conteste!

Se acercó con precaución a la puerta y volvió a apoyar la oreja: no se escuchaba ningún ruido.

Se dio cuenta de que la puerta cedía bajo la leve presión de su mejilla, la empujó con la mano y entró.

El archivo, ordenado sobre estantes en hemiciclo, que seguía la estructura curva de la pared absidal, estaba desierto: los libros y documentos de los anaqueles se encontraban en perfecto orden, únicamente en la mesa de lectura del centro de la sala había un candelero con una vela encendida y muy cerca un fascículo de pergaminos abierto en la primera página.

El archimandrita se sentó y lo tomó entre sus manos: se trataba de un documento antiquísimo, escrito con una tupida caligrafía protobizantina. Empezó a leer las primeras, líneas que decían:

Theodoros de Focea escribió estas páginas
para que no olvidaran su nombre
y las vicisitudes que condujeron a su fin…

En ese instante, el viejo monje notó que un gélido escalofrío le recorría la espina dorsal; se volvió hacia la puerta que había dejado abierta y lanzó una mirada al altar: estaba a oscuras, la lámpara del Santísimo se había apagado.

Lavinium, 13 de junio, nueve y media de la mañana

Sobre la pendiente de una colina, las pruebas de la excavación habían permitido descubrir un muro de gruesos bloques en seco y detrás de él se habían encontrado dos estratos, uno de toba batida, tal vez de acarreo, y el segundo, de arena amarillenta. En un momento dado, los estratos parecían invertirse y se podían reconocer los bordes de una infiltración que partían del plano de campaña como debía de haber sido a principios del siglo II antes de Cristo.

Se trataba de una sepultura excavada probablemente a toda prisa y llenada de inmediato. En cuestión de minutos las palas de los obreros habrían llegado al fondo.

Sentado sobre los talones, con los brazos apoyados en las rodillas, Quintavalle miraba sin moverse el lugar en el que los estudiantes, después de identificar algunos fragmentos de cerámica, comenzaban a remover la última capa de arena con espátulas y escobillas. Apretaba entre los dientes el cigarrillo humedecido y de vez en cuando parpadeaba para quitarse las gotas de sudor que le caían sobre los ojos. Marcaba como un sabueso la presa que rastreaba desde hacía tiempo. En un momento dado indicó un lugar delante de él.

–Ahí –le dijo a uno de los estudiantes–, limpia ahí, a tu izquierda.

El joven se puso a trabajar con la llana y, poco a poco, tomó forma una frente amplia, pulida, enmarcada por un montón de rizos iguales, dividida por la mitad por un diafragma realzado: el protector nasal de un yelmo. Aparecieron luego los ojos, inmensos y entrecerrados, la nariz recta y puntiaguda, severa aunque femenina, después la boca, dura, contraída, con las comisuras hacia abajo en expresión colérica, y luego la barbilla fuerte, voluntariosa, casi viril.

–Dame –ordenó Quintavalle y casi le arrancó la llana de la mano al estudiante.

Se hincó de rodillas quedando cara a cara con la imagen surgida de la tierra, le quitó la arena de la parte superior y apareció el yelmo ático con la cimera crestada. El arqueólogo se encontraba prácticamente sentado a horcajadas sobre lo que debía de ser el cuerpo de la estatua, como queriendo impedirle que se levantara. Le liberó despacio el ancho pecho cubierto de escamas y apareció la máscara cadavérica de la Gorgona, y después una serpiente enorme, tricípite, enroscada a la mano que ceñía el arriaz de una espada. A los costados pululaban otras serpientes entrelazadas al borde de un escudo roto.

Quintavalle se puso en pie cubierto de sudor:

–¡Ven, Elizabeth! –gritó–. ¡Ven!

Una bonita muchacha morena que trabajaba en una trinchera de prueba a poca distancia de allí, llegó a la carrera hasta el borde de la excavación, saltó ágilmente al fondo y se acercó al arqueólogo.

–Mira –le dijo volviendo a inclinarse sobre el simulacro medio aprisionado en la tierra–, mira: es Palas... Palas Atenea.

La muchacha miró atónita la formidable aparición.

–*Incredible... just incredible* –dijo inclinándose hacia la tierra y rozando con los finos dedos la terrible frente cubierta por la gálea.

A su alrededor se había hecho silencio; los estudiantes dejaron en el suelo sus herramientas de trabajo y uno por uno fueron rodeando el gran cuerpo de terracota tendido en la arena. En el campo soleado el aire parecía inmóvil y caliente. Quintavalle miró a su alrededor y como si saliera de un aturdimiento, agitó las manos y les espetó:

–¿Qué pasa? ¿Qué hacéis ahí pasmados? ¿Es que nunca habíais visto una estatua? Vamos, vamos, que ya la tenemos, vamos, deprisa, clavad los piquetes y tended los hilos que hay que cuadricular toda la fosa.

Los jóvenes se dispersaron para recuperar sus herramientas y comenzaron a clavar los piquetes alrededor de la excavación, a nivel del último estrato, disponiéndolos en fila, a intervalos iguales sobre los lados de un cuadrilátero. Luego tendieron los hilos para formar una cuadrícula ortogonal que circunscribía el suelo en una serie de recuadros identificados en un lado por una letra y en el otro por un número.

La misteriosa sepultura había caído presa en la red de la ciencia.

Volviendo al borde de la excavación, Quintavalle bebió a morro de una botella de agua mineral, luego se sentó en un bloque de toba y encendió un MS; Elizabeth Allen se le acercó y se sentó cerca de él, en la hierba.

–Paolo –le dijo–, *what do you think?* Tengo la impresión de que la han enterrado. ¿Has visto los estratos invertidos del interior del foso? *Am I right?*

–Sí –respondió Quintavalle alisándose el bigote–, sí, creo que tienes razón. La enterraron ellos, los antiguos... y no sólo a ella, cualquiera sabe qué más puede haber ahí debajo. En todo caso, resulta prematuro adelantar un juicio; debemos desenterrar todos los hallazgos que haya, estudiar las tipologías, analizar las influencias estilísticas. Aunque la verdad es que resulta extraño; quizá nos encontramos ante un santuario que fue cerrado, desacralizado... vete a saber por qué.

–Por lo que sé, *very unusual* –dijo Elizabeth en su peculiar italiano–. Las estatuas de la acrópolis de Atenas fueron enterradas después de las guerras persas por una... *how do you say?*

–Profanación.

–*Right*, profanación, porque los persas habían invadido el lugar sagrado.

–¡Eh, Gigi! –gritó Quintavalle que continuaba vigilando los trabajos–. Esta vez procura exponerlas lo justo, que las últimas fotos parecían para arqueólogos ciegos de tan oscuras que te salieron. ¿De acuerdo?

–De acuerdo, profesor –repuso el fotógrafo desde detrás del ocular–, ¡le haré una obra de arte que ni el David *Hamiltón*!

–Es cierto –prosiguió Quintavalle dirigiéndose otra vez a la muchacha–, pero aquí estamos a principios del siglo dos antes de Cristo, *second century* –precisó levantando los dedos índice y medio–, *understand?*

–Tal vez *Hannibal*...

–No, querida, Aníbal había pasado hacía rato, y de todas maneras, no fue por aquí... No, debe de haber habido otro motivo.

–Profesor –dijo una muchacha asomándose al borde de la excavación–, ¿puede venir, por favor? –le pidió con ligero tono de reproche pues consideraba que el maestro perdía el tiempo con aquella norteamericana melindrosa–. Estamos encontrando más cosas.

–¿Qué te decía? –le comentó el arqueólogo a Elizabeth dirigiéndose hacia la sepultura.

El espectáculo con el que se encontró lo dejó con la palabra en la boca: a pocos metros del lugar en el que habían encontrado la estatua de Atenea, otra cuadrilla había quitado la ligera capa de arena para dejar al descubierto miembros desperdigados de estatuas: aquí una cabeza con el dulce óvalo de la cara enmarcado de suaves rizos, allá una mano delicada que aferraba una granada; el brazo musculoso de un atleta asomaba allí cerca, en medio de fragmentos de su cuerpo despedazado y más cuerpos destrozados, mutilados, tendidos boca abajo o boca arriba... cual pecios abandonados sobre la playa del mar cronológico.

En toda su vida de investigador, Paolo Emilio Quintavalle jamás había visto nada parecido. Resultaba evidente la urgencia con la que aquellas estatuas habían sido conducidas a aquel lugar y lanzadas a montones para ser cubiertas rápidamente de tierra. Sintió casi la tentación de desenterrarlas en seguida a todas del lugar en el que llevaban sepultadas veintidós siglos, pero se le pasó inmediatamente. Organizó varias cuadrillas, cada una de ellas al mando de uno de los ayudantes, y comenzó la recolección detallada para obtener un testimonio fotográfico de la situación cada vez que desenterraban uno de los hallazgos y lo numeraban para mandarlo al almacén. El trabajo continuó todo el día y nadie parecía cansado a pesar del calor agobiante. Cuando faltaba poco para marcharse, Quintavalle se fue al bar del pueblo a llamar a su mujer.

–La señora Silvia todavía no ha vuelto de Bellas Artes –le informó la mujer de la limpieza–. Me ha dicho que llegará tarde porque les han comentado que habían encontrado algo en la vía Salaria. Hice una ensalada de arroz y también hay un poco de pollo frío, profesor. ¿Quiere dejarle algún mensaje a la señora?

–No, Matilde, no importa, no creo que me retrase. –Colgó.

–¿Lo de siempre, profesor? –le preguntó el tabernero, que estaba detrás de la barra.

–Lo de siempre, Sergio.

Tomó despacio una copa de Frascati helado y luego se dirigió a su coche.

–Profesor, por favor, espere –le pidió un estudiante que llegaba a toda carrera.

–¿Qué ocurre, quieres que te lleve a Roma?

–No, profesor, acabamos de encontrar otra cosa... y nos parece muy importante. ¿Puede venir, por favor?

Enfilaron por el largo sendero que llevaba a la excavación. Eran casi las siete y el sol empezaba a bajar hacia el mar. En pocos minutos el arqueólogo se encontró al borde de la fosa y miró hacia el fondo: la habían puesto de pie, justo en medio de la trinchera y la luz oblicua la iluminaba de frente cubriéndola de una reverberación rojiza. Seguía siendo un simulacro de Palas Atenea, un ídolo arcaico, rígido, completamente envuelto en la égida que le llegaba hasta los pies, recorrida por extrañas nervaduras oblicuas, ceñida a la cintura por una serpiente. Sobre el pecho llevaba la cabeza mutilada de la Gorgona que parecía mirarlo fijamente con ojos trastornados. El rostro de la diosa, cubierto por el yelmo crestado, era casi senil y sus ojos muy abiertos, vueltos hacia arriba, tenían la extraña fijeza de la mirada de los ciegos. Por un instante, el leve silbido del viento que soplaba desde el mar pareció salir de la boca entreabierta del inquietante fetiche.

Elizabeth Allen se acercó:

–Da la impresión de tratarse de una antiguo *xoanon... I mean,* la reproducción en arcilla de un antiguo original en madera... *don't you think soy?*

–¿Un *xoanon*, dices? –repuso Quintavalle como ausente, sin dejar de mirar la estatua.

–Has hablado de la posibilidad de que los romanos veneraran aquí el santuario de Eneas, el templo de los penates de Troya. El *heroon* de Eneas no está muy lejos y esa estatua es sin duda arcaica.

–Sí, claro... casi todos los autores antiguos lo situaban por esta zona, Licofrón, Dionisio...

–*So... it could be...* –dijo Elizabeth señalando a la estatua–, *the legendary Palladion... or the last remake of it.*

Quintavalle la miró con una sonrisa irónica.

—¿El Paladión? Vamos, Elizabeth, no seas ingenua.

Volvió a echarle una mirada a la estatua y luego se puso la chaqueta.

—Por favor —dijo dirigiéndose a uno de los ayudantes—, asegúrese de que el guardián cumpla con su deber; y que esté sobrio, de lo contrario, llame a la policía. Mejor dicho, llámela sin dudarlo, ¿entendido?

—Entendido, profesor, quédese tranquilo —respondió el ayudante.

—Adiós, Elizabeth, nos vemos mañana.

—*Of course* —contestó la muchacha.

El arqueólogo se dirigió a su coche, un Alfa GT vetusto pero todavía gruñón; subió, lo puso en marcha y encendió la radio. Sonaba una vieja canción de Mina:

No tengo futuro ni presente
y vivo ahora eternamente,
mi pasado está para mí
lejano…

«Figura rígida y desproporcionada… rodillas bajas y separadas, pies demasiado grandes… es obra de un modesto coroplasta local», pensó. Puso la primera y salió haciendo chillar los neumáticos en el sendero polvoriento.

Roma, kilómetro 4 de la vía Salaria, siete y media de la tarde

Silvia Quintavalle bajó de su coche en una plazoleta de detención y saludó al empleado de la Dirección General de Bellas Artes que la esperaba en la acera junto a un ordenanza del ayuntamiento.

—Buenas tardes, Stefano, ¿de qué se trata?

—Buenas tardes, doctora. Verá usted, los de la empresa del gas estaban desenterrando una tubería y encontraron una tumba. Se me ocurrió que sería mejor que no me moviera de aquí hasta que usted llegara. Me he traído a Giuseppe con la furgoneta, por si usted decidía sacar los hallazgos.

–¿Por qué, hay una serie de utensilios?

–No. La sepultura fue violada hace mucho, sólo quedan una moneda y la inscripción fúnebre, la lápida está rota, pero el texto se lee bastante bien. Acompáñeme, que se la enseño.

La trinchera abierta por la empresa del gas había topado con los cimientos de la Salaria antigua, y después, la excavadora había arrancado la piedra sepulcral que yacía partida sobre un montón de tierra. Silvia Quintavalle se inclinó para leer la inscripción.

–Es bastante interesante –dijo–, se trata de un personaje con rango de senador que sirvió en el ejército como tribuno militar pero que murió antes de iniciar el *cursus honorum*. No se cita ninguna magistratura.

–¿Entonces la subimos a la furgoneta? –le preguntó el empleado.

–Sería lo más conveniente, si pueden levantarla. Si la dejamos, a lo mejor mañana ya ha desaparecido.

–No se preocupe, doctora, ya nos encargamos de todo.

–¿Está seguro de que no se ha dejado nada en la tumba?

–Yo no encontré nada más, pero si quiere, eche usted otro vistazo, así nos quedamos más tranquilos. Mientras tanto, nosotros cargaremos el epígrafe.

–De acuerdo, Stefano, adelante, déjenla en el almacén de restauración y después se pueden marchar a casa, que ya es tarde. Yo me quedo un rato a echar un vistazo.

Cuando la furgoneta se hubo marchado, Silvia Quintavalle sacó la llana que llevaba en el coche y bajó a la fosa para efectuar una última inspección mientras quedara algo de luz. Sondeó el fondo de la sepultura unos centímetros alrededor del asiento de la urna y, de inmediato, la punta de la llana chocó contra un pequeño objeto metálico: un anillo de bronce, de escaso valor.

«Menos mal que la habían revisado bien», pensó.

Lo limpió cuidadosamente y en el engaste descubrió el sello de familia y el nombre del difunto: «L. FONTEIUS C. F. HEMINA».

No encontró nada más. Metió el anillo en su bolso y emprendió el regreso a su casa. No valía la pena pasar de inmediato por la Dirección de Bellas Artes para depositar un objeto tan pequeño y tan modesto.

Como de costumbre, el tráfico de salida de la ciudad iba congestionado pero el de entrada era bastante fluido y Silvia Quintavalle conducía tranquila mientras consideraba mentalmente el texto de la inscripción que acababa de recuperar. En un stop, la luz intermitente del semáforo le sugirió una idea imprevista: la inscripción fúnebre de la lápida estaba dedicada por el padre; pero entonces, ¿por qué el hijo, el tribuno Hemina, tenía en su tumba el sello, atributo de los paterfamilias? Un histérico golpe de claxon del conductor que iba detrás de ella la sacó de su ensimismamiento, puso la primera y siguió camino sin dejar de rumiar para sus adentros. Rebuscó con la mano derecha en el bolso hasta dar con el anillo. «Me ocultas algo –pensó mientras le daba vueltas entre los dedos–, tribuno Hemina, me ocultas algo...»

Pavía, Departamento de Antigüedades Clásicas
e Historia Antigua de la Universidad San Carlo Borromeo,
27 de junio, cuatro y media de la tarde

El profesor Duilio Cassini, decano de la Facultad de Filosofía y Letras y director del departamento, se quitó las gafas y echó un vistazo a los miembros de su equipo de investigación, sentados alrededor de su mesa semicircular: Giovanni Spalletti de Albinea, aristócrata toscano, de barba cuidadísima, cabello entrecano, especialista en colonización, agrimensura, centuriación, toponimia, esforzado estudioso, un tanto pagado de sí mismo; Antonio Alfieri, diáfano, ascético, papirólogo de buena fama, riguroso, detallista, algo pedante; Raffaella Licasi, para los íntimos *Lella*, de muy buena familia siciliana, rica, elegante, antojadiza, experta en religiones antiguas, cábala, cultos mistéricos, oráculos, eternamente dividida entre su vocación por la ciencia y lo mundano.

El lugar de Fabio Ottaviani estaba vacío. Un muchacho que habría podido ser un buen orientalista si se hubiera aplicado con más método y constancia, pero en cambio era distraído, negligente, disperso.

–¿Se puede saber dónde está Ottaviani? –inquirió con enfado el ilustre estudioso–. ¡Se habrá olvidado una vez más de que teníamos seminario!

–Vamos, profesor –intervino respetuosamente Lella Licasi–, el doctor Ottaviani telefoneó ayer por la tarde desde Belgrado.

–¿Desde Belgrado? ¿Y qué diablos hace en Belgrado?

–Verá usted, habíamos quedado en que él se encargaría de estudiar la expedición al Asia Menor del cónsul Manlio Vulso, viajó para explorar esos lugares... pero dijo que volvería en seguida...

Spalletti no logró contener una risita.

–Vamos, Licasi –le espetó el director–, no diga necedades. Vuelve en seguida, ni que hubiera ido por tabaco. Además, ¿no hay guerra en esa zona?

–No se preocupe, profesor –intervino Antonio Alfieri con tono tranquilizador–, por ahora se informa de movimientos de tropas en la frontera oriental donde la situación iraní está siempre muy confusa, pero al parecer se trata sólo de maniobras militares.

–Con ése no se sabe nunca... no sería la primera vez que se mete en líos. Claro que, si al final volviera con un buen informe... En fin, sigamos nosotros, al menos. Como saben, los he reunido para exponerles nuestro nuevo programa de investigación. Seguramente habrán visto en televisión el excepcional descubrimiento que hizo el profesor Quintavalle en Lavinium; en las inmediaciones de un antiguo santuario descubrió una fosa en la que habían sepultado decenas de estatuas de terracota de las cuales por lo menos cinco de las recuperadas hasta ahora representan, hecho realmente singular, a la diosa Atenea. Pero no es esto lo más raro; las estatuas fueron sepultadas por los mismos romanos a principios del siglo II antes de Cristo. Quintavalle no tiene dudas al respecto. Ahora bien, prescindiendo del inmenso valor arqueológico, artístico y documental del descubrimiento, a mi juicio, se plantea un gran problema que puede sintetizarse en una sola pregunta: ¿por qué?

»Con toda probabilidad, las estatuas pertenecían al santuario de Lavinium del que hablan varias fuentes desde el siglo IV al II antes de Cristo, donde, según se creía, se custodiaba a los penates que Eneas trajo de Troya y, desde luego, el fabuloso Paladión, imagen de Atenea caída del cielo, mágico talismán capaz de convertir en inexpugnable a la ciudad que la albergaba sobre su roca.

»Esto que les expongo no es más que una hipótesis, pero el gran número de réplicas de la imagen de Atenea nos permite suponer que entre ellas se quería ocultar lo que los antiguos romanos consideraban como el verdadero Paladión. Sin embargo, si mi hipótesis tuviera que responder a la verdad, entonces sería doblemente problemático explicarse el motivo por el cual se interrumpió el culto y se enterraron las estatuas.

El director rebuscó entre el manojo de hojas que había sobre la mesa, sacó un papel donde tenía un apunte y prosiguió:

–Hablé por teléfono con Quintavalle para agradecerle las fotos de los hallazgos que me envió y para plantearle la cuestión que acabo de exponerles. Bien, su explicación es que al declinar el culto, el santuario cayó en desuso, por lo que fue desacralizado y las imágenes sepultadas. Ahora bien, con todo respeto por nuestro ilustre colega, creo que debe de existir otra explicación... una que hay que buscar lejos... en Asia Menor –todos los ojos se volvieron al puesto vacío de Ottaviani–, en los años, o mejor dicho, en los meses inmediatamente posteriores a la paz de Apamea y durante la expedición del cónsul Cneo Manlio Vulso. Por lo que he oído, ese impetuoso colega de ustedes –prosiguió el orador con tono irónico– ya está trabajando con encomiable celo. Les propongo que participen en esta investigación cuyos términos generales expusimos en nuestra última reunión.

–Perdone, profesor –intervino Spalletti–, los fragmentos de las fuentes que nos ha propuesto, Polibio XXII y Livio XXXVIII son famosos por haber sufrido interpolaciones y por tener lagunas. Me parece arriesgado adelantar una hipótesis de trabajo en un terreno tan incierto.

–Hágame el favor de dejarme continuar antes de plantearme sus críticas –le espetó Cassini con tono molesto–, existen otros argumentos sobre los que basar la investigación. Doctora Licasi, ¿quieres explicarnos los resultados de su investigación?

Lella Licasi se puso en pie con los apuntes en la mano.

–Se trata de lo siguiente: justamente en la época en la que el cónsul Manlio Vulso se encontraba en Asia, un oráculo délfico amenazó con la ira de Palas Atenea si los romanos llegaban a transponer la frontera del Taurus. He aquí el texto exacto, conservado por Flegón de Tralles –dijo repartiendo unas fotocopias–: «Un ejército inmenso partirá de Asia, de donde surge el sol, y devastará Roma y Occidente atravesando el estrecho paso del Helesponto, si osáis trasponer la frontera del Taurus». Ese vaticinio quedó extrañamente confirmado después por un oráculo de los libros sibilinos que los sacerdotes se aprestaron a consultar. Ahora bien, es cierto que Livio XXXVIII tiene lagunas o interpolaciones –prosiguió dirigiéndose al colega que había planteado la objeción–, pero nos ofrece de todos modos un precioso testimonio: a su regreso, el cónsul Vulso fue atacado violentamente en el senado por haber puesto en peligro la salud del pueblo romano al trasponer la línea prohibida del Taurus.

–Gracias, Licasi –le dijo el profesor Cassini retomando la palabra–. A estas alturas, está claro que la diosa Atenea se mostraba abiertamente hostil al cónsul Vulso, y es precisamente en esta época cuando el Paladión y las demás réplicas fueron enterradas en Lavinium. ¿No les parece una extraña coincidencia? Es más, a partir de ese momento se corrió la voz de que la estatua se encontraba en los penetrales del templo de Vesta, en el foro romano.

–¿Cree usted que el oráculo citado por la doctora Licasi alcanzó dominio público –inquirió Antonio Alfieri–. Porque en ese caso, se puede pensar que la noticia de la derrota del cónsul en Tracia pudiera haber sembrado el pánico en la ciudad y que a alguien, para tranquilizar al pueblo, se le ocurrió transportar la estatua de Lavinium a Roma.

–O bien esconderla, enterrarla con sus réplicas y después hacer correr la voz de que se encontraba en Roma en un lugar, por lo demás inaccesible, que para el caso es lo mismo –dijo Cassini–. Pero es una explicación que no me convence del todo. Creo que no deberíamos descuidar el componente político: los Escipiones, la familia más poderosa de la Roma de aquella época, apoyaban el culto de Atenea y eran adversarios declarados del cónsul Vulso. Por mi cuenta estoy siguiendo un rastro interesante del que espero poder ofrecerles más detalles cuando prosigamos con nuestro trabajo en octubre. Por el momento, lo importante es que cada uno de ustedes profundice la investigación en su especialidad.

Después trató a fondo con cada uno de ellos el programa de trabajo indicándoles la directriz de partida.

–En cuanto al doctor Ottaviani –concluyó volviendo a meter en el portafolios de cuero negro el manojo de apuntes–, parece ser que ya está trabajando y así me gusta creerlo. Su tarea consiste en establecer en los términos geográficos reales la posición de la línea insuperable de la cadena del Taurus que, como ustedes ya saben, se extiende a lo largo de más de mil kilómetros. Ojalá nos traiga resultados proporcionales a la prisa con la que desapareció de circulación. No tengo nada más que decirles, les deseo suerte en el trabajo y buenas vacaciones.

Se levantó para dirigirse a su despacho y le hizo señas a Lella Licasi para que lo siguiera.

–Pero ¿se fue solo? –le preguntó en cuanto se hubo sentado.

–No, qué va, profesor; me parece que eran cuatro: Dino Rasetti, creo que es geólogo y un fotógrafo que también hace de mecánico… lo llaman… lo llaman Scooter.

–¿Scooter?

–Sí, no sé su nombre verdadero… y también está Claudio Rocca. Era ayudante del profesor Barresi en historia griega pero ahora me parece que trabaja de periodista.

–Todos estudiosos de alto nivel –comentó sarcásticamente el director–. Según usted, ¿dónde estará ahora?

La muchacha levantó los brazos y repuso:

–Quién sabe… a lo mejor en Estambul… o más allá. Vaya usted a saber.

IV

Eber Göl, Turquía, 7 de julio, siete de la tarde

Con el ojo pegado al potente teleobjetivo de su Olympus que manipulaba como si se tratase de un anteojo de larga vista, Scooter, en realidad Alfredo Settembrini, exploraba la superficie destellante del lago salado, completamente seco en esa época, en busca de algún rastro de Fabio Ottaviani, que había desaparecido hacía rato en dirección nordeste, montado en una pequeña motocicleta Gilera. Llevaba una hora de retraso con respecto a la que habían fijado y Scooter estaba preocupado, incluso por la moto, pieza que él mismo había montado con sus propias manos profundizando así su sabiduría técnica y mecánica.

–Me juego lo que no tengo a que ese infeliz se metió en un follón –masculló sin apartar el ojo del ocular de la cámara–. Le advertí que por esa zona puede haber charcos pantanosos... Para colmo, dentro de media hora aquí no se verá ni lo que se habla.

–Vamos a ver –dijo Claudio Rocca desplegando en el suelo un mapa de la Fuerza Aérea de Estados Unidos y fijándolo con dos gruesos trozos de sal–, dijo que a treinta y cinco grados dirección norte del punto de la etapa de ayer tendría que haber encontrado la pista para Suhut-Emirdag, es decir, Sinada-Fontes Alandri, según su reconstrucción.

Dino Rasetti cogió la bolsa con las muestras de terreno que había recogido y fue a arrodillarse junto al mapa.

–Por eso, calculando que haya recorrido una media de veinte kilómetros por hora…

–¡Menos! –terció Scooter siempre con el ojo pegado al ocular.

–Digamos quince. Entonces debería haberse perdido al regresar, porque los neumáticos de la moto dejan un rastro como en la nieve… ¡Dios santo, mira esto!

–¿Qué pasa? –inquirió Rocca buscando con la mirada en la maraña de señales que traía el mapa.

–*Restricted area!* ¿Qué te apuestas a que fue a parar a una zona militar?

–Buena la hemos hecho –dijo Rocca y, desconsolado, apoyó las manos en las rodillas.

–Calma –intervino Dino Rasetti–, que podemos recuperarlo. Retrocedamos cinco kilómetros con el *jeep* hasta encontrar el rastro de sus ruedas y luego lo seguimos. Seguramente, acabaremos por encontrarlo.

–Qué listo eres –comentó nuevamente Scooter–, y así nos empantanamos nosotros también como unos imbéciles. Ten en cuenta que con toda la carga que llevamos pesamos más de una tonelada.

–¡Entonces iremos andando! –le espetó Rasetti poniéndose nervioso.

–¡Ahí está! –gritó Scooter de repente–. ¡Lo veo! Cerca del borde derecho del sol, allá al fondo, debajo de esa cresta.

Los dos amigos apartaron la mirada del mapa y la fijaron en el punto indicado. En efecto, se veía una nubecilla iridiscente; alguien o algo avanzaba velozmente levantando una densa polvareda de sal.

–¿Estás seguro de que es él? –preguntó Rocca.

–Por favor, hombre, que aquí arriba tengo un objetivo de primera, no un culo de botella… os digo que es él… pero cómo avanza ese loco, va a toda pastilla… ¡pobrecitas mis horquillas nuevas, me las dejará como dos tirabuzones!

–Vale, muchachos –dijo Rocca, satisfecho, al tiempo que se ponía en pie–, recojamos nuestros trapos y arranquemos que ya es tarde y esta noche quiero darme un baño en el Sangario. ¡Venga, Scooter, desmonta ese cañón, que nos largamos!

–Mierda –maldijo Scooter–. ¡Viene acompañado!

–¿De quién? –preguntó Rocca.

–Una camioneta del ejército... y lo sigue a todo meter. Vamos, sacad el calentador y hagamos como si nada. Si no lo cogen, ya sabemos dónde encontrarlo.

Desmontó apresuradamente la máquina y el objetivo, los metió en el saco de dormir, sacó de la maletita una *instamatic* y se la colgó del cuello. Diez minutos más tarde, Fabio Ottaviani pasaba como un rayo a doscientos metros de distancia. A continuación, la camioneta del ejército, que lo seguía a unos seiscientos o setecientos metros de distancia, se quedó varada en la arena, con una ballesta rota.

–Esa cafetera debe de haber conocido tiempos mejores –ironizó Scooter lanzando una mirada compadecida al viejo Fiat Campagnola que se hundía lentamente en la sal a veinte metros de distancia.

Mientras tanto, Rocca había encendido el calentador y puesto la olla al fuego, como un inocente campista, y Dino Rasetti había cogido el contenedor del agua para llenarlo. Uno de los soldados, un teniente de la policía militar, se acercó con cara de quien anda con ganas de causar problemas.

–Mi madre, los turcos –dijo Rocca en voz baja, con un sentido del humor discutible.

–Dino –siseó Scooter–, vete al coche, como quien va a coger la sal, y esconde mi pasaporte que lleva registrada la moto de Fabio y tráeme el carnet de identidad que sirve igual.

–*Askeryie Muhafaza Müdürlügü* –dijo el oficial a manera de presentación.

–No entender nada, no entender nada –mintió Rocca, que tenía unos discretos conocimientos de turco–. *Turist, turist.*

Y Scooter exhibía su *instamatic* olvidándose de que ya estaba demasiado oscuro como para hacer fotos con aquel juguete.

–Ah, son italianos –dijo entonces el oficial con un ligero acento véneto–. Estudié ciencias políticas en Padua.

–Qué bien –dijo Rocca con una sonrisa de circunstancias.

–No tanto –respondió el oficial–, había siempre mucho follón: manifestaciones, huelgas, bombas, cargas de la policía...

–Y qué se le va a hacer... –dijo Rocca haciendo un gesto con los brazos.

–Bien –siguió diciendo el oficial–, he venido para preguntarles si hace un momento vieron a ese tipo de la moto.

–Claro que sí –contestó Scooter.

–No irá con ustedes...

–¿Quién, ése? –dijo Rocca señalando con el pulgar hacia oriente–. En mi vida lo había visto.

Los demás negaron con la cabeza como para confirmar el dato.

–¿Y eso qué es? –preguntó el oficial indicando el paquete que Dino Rasetti tenía en la mano.

–Sal.

–¿Por qué, no hay suficiente por aquí? –inquirió el turco sacudiéndose la ropa completamente blanca.

–Verá, ésta es refinada... –le explicó Rasetti con tono compungido.

–Bueno, me voy. Buenas noches.

–Si gusta tomar unos espaguetis improvisados –le ofreció Rocca.

–No, gracias, tengo cosas que hacer. Tardaremos por lo menos una hora en cambiar esa ballesta –respondió el oficial indicándole, desalentado, el perfil hundido del morro del Campagnola.

–Oiga –dijo entonces Scooter–, si quiere, los puedo remolcar con mi coche para sacarlos del bache; a tres kilómetros de aquí está la carretera para Philomelion.

–¿Cómo dice?

–Para Aksehir, digo; y despacito, en un par de horitas pueden llegar.

–Me haría un gran favor.

–Pero si no es nada, hombre –dijo Scooter.

Se subió al *jeep* de un salto, arrancó y dio marcha atrás hasta llegar al Campagnola; lo enganchó y lo remolcó hasta el camino. El oficial que se había sentado a su lado le dio las gracias y luego, en el momento de apearse, le dijo:

–La próxima vez díganle a su amigo, el motorista, que tenga más cuidado; entrar en zonas militares puede ser muy peligroso.

«Mierda», pensó Scooter y en voz alta respondió:

–Perdone usted, pero no entiendo...

–¿Los enganches que tiene detrás de su coche no sirven para llevar una moto? –inquirió el oficial saltando del *jeep*–. *Allahsmarladik, arkadash!*

–Güle Güle –respondió Scooter con una sonrisa tonta.

Giró el *jeep* en dirección contraria y regresó al campamento justo a tiempo para comerse un plato de espaguetis.

–Bien –dijo finalmente limpiándose la boca–. Y ahora a recuperar a la ovejita perdida.

–¿Por qué?, ¿a ti dónde te parece que está? –preguntó Rocca.

–¿Cuál es el único lugar de esta zona donde podría encontrar refugio? Me refiero a un lugar que también conozcamos nosotros.

–¡La aldea de Jakup!

–Has acertado. En marcha.

Subieron al *jeep* y durante un trecho siguieron las huellas dejadas por la moto, luego enfilaron por el camino de

Bolvadin y por ahí siguieron hasta encontrar el sendero que conducía a la aldea de Çugu. Llegaron en plena noche; apagaron el motor y las luces para no despertar a nadie. En el patio de Jakup, el jefe de la aldea, estaba la Gilera de Ottaviani, cubierta de sal y polvo, apoyada en la tapia. Agazapados y sin hacer ruido, sacaron los sacos de dormir y se acostaron al resguardo de la tapia que daba a oriente para que no los despertaran los primeros rayos del sol. Quien los despertó al amanecer fue una voz conocida.

–Eh, tíos, ¿cómo es que os presentáis así en casa ajena sin avisar?

–¡Vete a hacer puñetas! –masculló Scooter, hombre de buenas lecturas.

–Venga, despertad, que Jakup ha preparado un *çay* utilizando fulmicotón.

La idea de un magnífico té turco bien caliente hizo que todos salieran de los sacos de dormir. Valía la pena: Jakup no se privaba de nada cuando se trataba del té y en su samovar utilizaba siempre el Kamelya de primera. Para la ocasión había mandado a sus mujeres que preparasen *baklavà* con miel. Después de desayunar, Fabio Ottaviani se puso en pie diciendo que tenía que ir a telefonear.

–*Telefòn kapùtt* –dijo Jakup, que había trabajado en Alemania.

–Paciencia –repuso Ottaviani–, llamaré desde Emirdag. ¿Qué, muchachos, nos vamos?

Se levantaron, despidiéndose de Jakup, que los besó cuidadosamente uno por uno y partieron dejándole una de las cajas de cigarrillos nacionales de Scooter y un par de cigarros. Esa misma noche estaban en Emirdag. Ottaviani llamó a la centralita de la Universidad Borromeo y pidió que le pasaran con la doctora Licasi.

–Hola, habla Fabio.

–¡Fabio! –gorjeó la voz al otro lado de la línea–. ¿Dónde estás?

–En Fontes Alandri, querida, mañana cruzaremos la desolada Axylon para llegar a Kallatebos, que posteriormente sería Killis y luego Esmirna. En fin, que ya casi he terminado.

–¿Cuándo vuelves?

–Pronto, dentro de una semana estoy allí.

–Más te vale, querido. El jefe está que trina porque no te vio en el seminario.

–El jefe me tiene manía –se quejó Ottaviani–, pero me he partido en cuatro para acabar con mi trabajo.

–Venga, Fabio, sabes que no te tiene manía, pero podrías avisarle de lo que quieres hacer. Al final siempre me toca a mí cubrir tus escapadas.

–Y un cuerno escapadas. Vuelvo con material interesante.

–¿De veras? –inquirió la muchacha–. Y yo que creía que se trataba de una excusa para irte de vacaciones con tus amigos. Siendo así, el jefe se alegrará. Pero date prisa porque empezaremos un trabajo de gran interés; deberías volver.

–Volando. Tú, mientras tanto, guárdame todos los apuntes y los programas de la investigación, ¿vale?

–Eso está hecho.

–Bueno, pues me despido, que ya no me quedan fichas.

–¿Cómo, en Turquía también tienen fichas? –preguntó, ingenuamente, Lella Licasi.

Estambul, terraza del hotel Osmanly, 10 de julio,
ocho de la tarde

–Hace años que venimos por esta zona y siempre acabamos en este hotelucho de mala muerte. Por lo menos podíamos haber ido al Pirlanta, el servicio es casi aceptable y hay un mínimo de limpieza.

–Rocca, estás cargado de puñetas –le dijo Scooter–,

además, conmigo no te mosquees, fue idea de Fabio. Le gusta el paisaje.

–Ah, del paisaje no he dicho nada, pero esta mañana, en la terraza había un gato muerto, no digas que no, lo has visto tú también. Además, el camarero tiene ciertos vicios, siempre intenta sobarme.

–Lo que faltaba...

–No, en serio, la cosa no tiene sentido. Ya te digo yo por qué acabamos siempre en este agujero. Ottaviani es un sentimental. Y como cuando éramos estudiantes siempre veníamos aquí porque estaba tirado de precio, él nos obliga a volver para revivir los tiempos heroicos.

–Será así –dijo Scooter, que no tenía ganas de discutir. Estaba asomado al parapeto de la terraza y contemplaba la extensión de tejados oscuros de la ciudad vieja y la imponente mole de Sultán Ahmet Çamy, una montaña de piedra erizada de pináculos que se recortaba irregularmente contra el azul oscuro del Bósforo, apenas encrespado de blanco. Los barcos con las luces de a bordo encendidas parecían volar como luciérnagas entre los alminares de la mezquita.

A la izquierda se extendían hacia el mar los cien pabellones de Topkapi Saray y la inmensa cúpula de Santa Sofía descollaba contra el cielo violeta del barrio de Galata. El ruido del tránsito comenzaba a atenuarse, era la hora de la oración.

Scooter encendió un Bafra mientras en el aire se expandía la voz de los almuédanos difundida por los altavoces:

–*Allahuekber*...

Claudio Rocca también fue a acodarse en el parapeto.

–No sé, a mí me parece un paisaje de postal. ¿Dónde están Fabio y Dino?

–Haciendo las compras; volverán de un momento a otro.

–Otra manía. ¿No podíamos ir a un restaurante? No señor, a comer espaguetis con tomates pelados, sentados en el suelo. Somos los lobos esteparios…

–Vamos, hombre, que han ido al Pudding Shop a comprar salchichas, uva y uno de esos postres de chocolate.

–¿Y cerveza helada?

–Sí, también cerveza helada, creo.

–¿Y no podíamos ir nosotros también a comer al Pudding Shop?

–Sabes que ya no se puede ir. Se ha puesto de moda. Hasta tienen «comendadores» milaneses vestidos de muchachitos, con un séquito de chicas imbéciles disfrazadas de punk, todo un espectáculo. Amigo mío, se han acabado los buenos tiempos; para mí tiene razón Fabio, mejor comer espaguetis sentados en el suelo, en el Osmanly *on the roof*. Por lo menos desde aquí arriba Estambul parece la misma de antes.

–Ya, entiendo –dijo Rocca, resignado–, hasta el impasible de Scooter en el fondo tiene un corazón sensible y poético. Quién lo habría dicho. Pero yo insisto, este sitio es abominable, en ese rincón, esta mañana he encontrado…

–Claudio, ¿quieres callarte de una vez? La comida está lista, podemos cambiar de tema, ¿no?

Fabio Ottaviani apareció en ese momento en la escalera; llevaba en la mano una bolsa de plástico con comida dentro.

–¿Dónde está Dino? –le preguntó Scooter al verlo solo.

–Se ha ido a dar una vuelta. Se ha ligado a una alemana haciéndose pasar por guía turco; podemos comer, me ha dicho que no lo esperáramos.

Dino Rasetti regresó sobre las tres de la madrugada y se puso a tantear en la oscuridad en busca de su saco de dormir.

–¿Cómo te ha ido? –le preguntó en voz baja Ottaviani, que se había despertado.

–Nada mal. Pero me ocurrió una cosa rara. Mañana te la cuento.

–Vamos, hombre, ya que me has despertado, cuéntamela ahora.

–Entonces ven, que te enseño algo –le dijo Rasetti acercándose al parapeto.

Ottaviani buscó el paquete de Bafra en el saco de Scooter, encendió un cigarrillo y le ofreció otro a su amigo. Dino Rasetti le indicó un punto hacia el norte, a una distancia de trescientos metros en línea recta.

–¿Ves ese perfil oscuro y cilíndrico entre la Nuruosmanye y el Bazar?

–Claro, es la columna quemada.

–Vale. Acababa de dejar a la chica y me venía para aquí cuando vi una furgoneta con matrícula alemana de aduana y detrás un coche grande, de lujo, un Bentley o un Jaguar, no sabría precisarlo. Del coche bajó un tipo alto, bien vestido, diría que joven, acompañado de una chica. Se quedaron un rato mirando la columna hablando entre sí y después hicieron una señal hacia la furgoneta y se marcharon en el coche girando por Divan Yollu. Los de la furgoneta iban a bajarse pero en ese momento llegó un taxi-dolmus del que bajaron unas cuantas personas y entonces volvieron a cerrar la puerta. Cuando ya no quedó nadie, se bajaron dos tipos de la furgoneta. Uno de ellos se metió debajo de ella y se coló por una boca de inspección de las cloacas. El otro le pasó un saco y luego lo siguió. ¿Qué te parece?

–Bonito. Parece una historia clásica de espías, para colmo, ambientada en Estambul.

–No digas chorradas –le soltó Scooter a sus espaldas–, a pocos metros de allí está el banco Yapi ve Kredi. Iban a atracarlo.

–¿Para robar liras turcas? –inquirió Rasetti.

–¡Qué va, hombre! Estamos en plena época turística y en el centro de la ciudad. Ese banco está lleno hasta los topes de marcos, dólares y también de liras turcas. ¿Qué pasa, te dan asco las liras turcas?

–Entonces tendríamos que avisar a la policía...

–Sí, claro. Es la mejor forma de no salir más de aquí. Dejad en paz a la policía turca, es lo mejor. Mañana compramos el periódico y vemos cómo han ido las cosas.

–Scooter tiene razón, Dino –dijo Ottaviani–. Vamos a dormir, que mañana tenemos que seguir viaje.

Tiró la colilla del Bafra, que se perdió en la oscuridad del callejón de abajo como un pequeño meteoro y le echó un último vistazo a la masa oscura de la Nuruosmanye Çamy. La aureola fluorescente que la rodeaba por el lado del Cuerno de Oro la hacía espectral, como una enorme araña anidada en los tejados de la ciudad.

Lavinium, 19 de julio, cuatro de la tarde

–Ven, Fabio, te enseñaré lo que encontramos hasta ahora –dijo Quintavalle dirigiéndose hacia el almacén–. En esa sepultura hay cantidad de cosas. Por el momento, las estatuas de Atenea son cinco; las hemos llamado A, B, C, D, E.

–Siempre tan imaginativos los arqueólogos, ¿eh?

–Y tú cada vez más chalado, vete a... Es una identificación provisional a la espera del número de catálogo, ¿no? ¿Qué me cuentas, cómo te ha ido por allá?

–¿Dónde, en Turquía? No estuvo mal. Hice mi trabajo y creo haber conseguido algún buen resultado.

–¿Y la situación política?

–Al menos parece tranquila. De todos modos, hay señales de nerviosismo. No estuve en las provincias orientales pero oí hablar de grandes concentraciones de tropas al otro lado de la frontera armenia, entre Djoul'fa y Sadarak...

–Al menos has podido terminar tu investigación.

–Sí, estoy bastante satisfecho. Como te he dicho, para esta última investigación tuve que partir de fuentes plagadas de lagunas o corruptelas, y sabes mejor que yo lo dificil que es plantearse un trabajo de reconstrucción geotopográfica sobre bases filológicas inciertas. Oye, ¿te has enterado de la hipótesis de mi jefe con respecto a esta excavación?

–Sí, vagamente.

–¿Qué opinas?

–No cabe duda de que es muy interesante y sugerente.

–Algo más que sugerente, diría yo. Al fin y al cabo, ¿no podría ser la explicación de todo este asunto? Tú mismo has notado en el enterramiento de esas estatuas indicios de prisa y confusión.

–Sí, pero existen otros ejemplos documentados de este tipo. Quiero decir, de santuarios desacralizados porque el culto se había interrumpido.

–Pero Paolo, si he entendido bien, probablemente este santuario custodiaba las memorias más sagradas de la nación romana... quizás el mismísimo y legendario Paladión.

–Estás de broma.

–Quiero decir que si los romanos estaban convencidos de que en este templo se custodiaba al Paladión, para ellos era como poseer el auténtico simulacro traído por Eneas. Ahora bien, ¿logras imaginarte que a los polacos se les ocurriera de un día para el otro sepultar a la Virgen negra con ex voto y reliquias o a los portugueses enterrar a la Virgen de Fátima, o yo qué sé, que a los sauditas se les ocurriera esconder la Ka'aba y cerrar la mezquita de La Meca?

–De acuerdo, Fabio, pero estamos hablando de hace veintidós siglos, no es tan fácil reconstruir la situación cultural y religiosa, establecer cuál fue realmente la importancia de este centro de culto. No sé qué decirte. Por ahora me atengo a lo que veo: hago una excavación, saco a la luz unos objetos, intento describir decente y correctamente la una y los otros. En fin, hago mi trabajo. Es cierto que las piedras hablan, amigo mío, pero a veces existe el peligro de hacerlas hablar demasiado. No quiero que me malinterpretes, la hipótesis de Cassini es interesantísima y sólo pido ver sus conclusiones definitivas. Ah, aquí estamos, ven, entra y no te fijes en el desorden que hay. Por desgracia no tenemos dónde guardar los objetos encontrados y hemos de conformarnos con este viejo granero... En fin, es mejor que nada.

–¿Está protegido al menos? –preguntó Ottaviani desde la puerta.

–Hay una alarma electrónica, un guardia nocturno y todas las noches pasa un coche patrulla de la policía por lo menos dos veces.

–No está tan mal como me imaginaba.

–No me quejo. Aunque la verdad, se ven por ahí caras muy raras. Ya sabes cómo son las cosas, se ha corrido la voz, se ha hablado mucho en la radio y la televisión y lo que hay aquí dentro es de un valor incalculable... mira tú mismo.

Ottaviani empujó la puerta del almacén y se encontró en un amplio espacio cubierto por un armazón de madera. Sobre unos caballetes de madera habían colocado unas tablas y sobre éstas, cuidadosamente numerados, estaban todos los objetos encontrados en la excavación. Las estatuas reconstruidas estaban de pie: aquí una niña tal vez quinceañera ofrecía sus dones a la diosa, un conejito, sin duda, compañero de sus juegos infantiles. Allí otra sostenía en la mano una granada, símbolo de la fecundidad para solicitar una prole numerosa a su vientre todavía inmaduro. Los cabellos, divididos por una raya, le caían suavemente a los lados del rostro; la mirada, ingenua y bondadosa, apuntaba hacia arriba y la boca entreabierta parecía murmurar una invocación contenida. Apoyada en la pared de la derecha, una gran dama cargada de joyas lucía un soberbio peinado apenas cubierto por el velo que le caía sobre la espalda. A su lado, una poderosa figura viril, envuelta por una ligera túnica abierta en el costado izquierdo, y sobre el pecho, destacaba por el estallido de rojo con que el artista había querido plasmar el tono de su piel bronceada.

Eran muchas las partes despegadas que esperaban ser reconstruidas: brazos, deditos ahusados, torsos musculosos de guerrero sobre los que se evidenciaban aún restos de color.

En el fondo del almacén, apoyadas en la pared, estaban las cinco estatuas de Atenea desenterradas hasta ese momento. Ottaviani se dirigió de inmediato hacia allí y se quedó un largo rato contemplando en silencio los imponentes simulacros armados, las Gorgonas, los áspides ovillados. La que más llamó su atención fue la estatua que parecía más rígida y primitiva, estática, como si fuera la reproducción de un ídolo esculpido en un tronco de árbol. La égida que le llegaba hasta los pies parecía un manto de corteza: los pies, toscos y separados parecían dos raíces nudosas que se hundían en el suelo. Se acercó y durante largos instantes se quedó mirando fijamente aquella expresión enigmática.

–Tiene los ojos cerrados –murmuró al cabo de un rato.

–¿Cómo dices?

–Ésta tiene los ojos cerrados.

–¿Qué dices, Fabio, estás loco? ¿No ves la marca de los párpados hecha con estique? –le preguntó Quintavalle tocando la frente del ídolo.

–Es verdad, tienes razón... me había parecido.

–Ven –le ordenó el arqueólogo–, observa estos detalles de las decoraciones, este torso, por ejemplo. Fíjate en este pectoral: en el centro el Paladión; a la derecha, Áyax Oileo que se abalanza sobre Casandra para violarla y este otro, una divinidad armada en el centro, otra vez Atenea Paladión, supongo, flanqueada por dos desnudos masculinos armados, tal vez dos dioses, o dos héroes. Y este otro... Por la desproporción de las dimensiones, tenemos motivos para creer que estas joyas representadas en las estatuas son calcos de los originales.

–Y lo enterraron todo apresuradamente hace veintidós siglos.

–Eso parece… Bueno, ¿qué opinas?

–¿Qué te puedo decir, Paolo? No tengo palabras. Has hecho un descubrimiento de enorme importancia. Un descubrimiento cuyo verdadero significado todavía no se ha valorado a fondo. Todo esto tiene un no sé qué de increíble. Verás, tal como lo veo yo, este descubrimiento es más importante que el de la tumba de Tutankamón.

–Venga, no bromees.

–Hablo en serio. Los objetos del faraón eran preciosísimos, pero ¿qué valor tienen desde el punto de vista histórico? ¿Quién era Tutankamón? Un adolescente de dieciocho años cuyo único mérito fue el de que le ciñeran la corona rojiblanca. Pero aquí… aquí nos encontramos ante el mito de los orígenes de la nación latina y del Imperio romano.

Ottaviani se había girado hacia la pared del fondo para volver a mirar las estatuas de Atenea cuando se abrió la puerta del almacén.

–Ah, Lizzy, eres tú –dijo Quintavalle–. Ven, que te presento a un muy buen amigo mío.

La muchacha se acercó pasando entre los bancos y las estatuas. Llevaba un par de tejanos de algodón ligero ceñidos a la línea perfecta de sus caderas y una camiseta azul con la inscripción «Property of the University of Michigan».

–¿Has visto con qué material nos abastecen las universidades norteamericanas? –le preguntó el arqueólogo riéndose.

Ottaviani la miró y, en un instante, las estatuas que lo rodeaban desaparecieron como fantasmas; palidecieron los testimonios de la arqueología y la historia y sintió que se ahogaba en el verde iridiscente de aquellos ojos, envuelto como en un torbellino por la negra melena brillante, plagada de reflejos azulados. Ni se enteró de lo que Quintavalle decía.

–Tengo el placer de presentarte al doctor Fabio Ottaviani, colega, pero sobre todo gran amigo mío. Fabio, ésta es Elizabeth Allen, arqueóloga, alumna del profesor Morrison, que tiene una beca de un año en nuestro departamento.

Se limitó a murmurar:

–*Iòplok'agna mellikomèide...*

–*What's he sayin'?* –preguntó la muchacha con una sonrisa divertida.

–Es lírica, querida mía –le contestó Quintavalle–. «Oh divina, de la dulce sonrisa, de cabellos violeta...» Alceo en honor a Safo, si no me equivoco.

Esa noche, en la fonda de Sergio había pocos parroquianos y Quintavalle, antes de volver a Roma, le había recomendado al dueño que tratara bien a la pareja que ocupaba la mesa junto a la ventana.

Sergio les sirvió *fettuccine* con salsa y una jarra empañada de Frascati de la casa, luego se fue a vigilar las chuletitas de cordero para que se asaran a la perfección.

–Me quedé sorprendida cuando Paolo nos presentó –le dijo Elizabeth–, no tienes aspecto de investigador.

–¿Es un cumplido o una provocación?

–Lo que tú prefieras, *it's up to you.*

–Tal vez lo he entendido –dijo Ottaviani–, te refieres a mi aspecto físico un tanto atípico en un hombre de letras.

–*Right.*

–He trabajado siempre, Lizzy. Desde joven, antes de dedicarme a los libros, tuve que ayudar a mi padre en el campo. En la época de verano pasaba semanas enteras detrás del arado y sigo haciéndolo, cuando puedo. Mi padre está solo en su granja. –Se puso serio un instante pero prosiguió en seguida, sonriendo–: Espero que no seas de esas personas que asocian la aptitud para el trabajo manual con una inteligencia escasa o con una modesta capacidad de estudio.

–¿Y eso por qué?

–Es un prejuicio bastante difundido entre los norteamericanos que lo habéis especializado todo y a todos.

–*Come on*, Fabio, no es cierto.

–Claro que es cierto, pero no ocurre sólo en tu país, ojo. Yo también tengo colegas que son todo cerebro y tienen unos bracitos como las patas de los mirlos, *understand*?

Elizabeth se echó a reír.

–Qué sonrisa estupenda –comentó Ottaviani, admirado–. Sólo se ve en los anuncios de pasta dentífrica.

–¿Es un cumplido o una provocación? –inquirió la muchacha repitiendo su misma pregunta.

Ottaviani le cogió la mano.

–La verdad, no creo que exista una mujer más hermosa que tú. Sé que es una banalidad, pero te juro que hoy, cuando te vi en el almacén, no podía dar crédito a mis ojos.

Mientras, Sergio se les había acercado para servirles las chuletitas y esperaba allí incómodo sin saber qué cuernos hacer, pues se daba cuenta de que con su cordero podía romper un encanto apasionadamente tejido. Elizabeth lo salvó:

–*Thank you*, Sergio... *Oh, that's great!* ¡Fantástico! Debe de estar riquísimo.

Ottaviani lanzó una mirada cargada de odio al plato de las chuletas, responsable de la inoportuna interrupción. Elizabeth advirtió su expresión contrariada y trató de consolarlo.

–*Come on*, Fabio, *taste it*, está riquísimo.

Al ver que su invitación no había tenido éxito, cortó un trocito de carne, lo pinchó con el tenedor y se lo ofreció. Ottaviani sonrió.

–Esta escena me recuerda algo –dijo–, pero en lugar de un trozo de cordero era una manzana.

Se comió la carne; estaba buena.

Cuando salieron, el caserío estaba desierto, allí sólo vivían campesinos que se acostaban temprano. Había una sola ventana abierta, de la que provenía el pálido reflejo de un televisor encendido.

–¿Damos un paseo? –le preguntó Ottaviani.

–De acuerdo, ¿hacia dónde vamos?

–Yo diría que siguiéramos el sendero, no me gustaría acabar en algún agujero excavado alevosamente por Quintavalle. A estas alturas, esta colina está peor que un gruyère. ¿Habías excavado alguna vez en Italia?

–No, es la primera vez, pero excavé en Grecia, en Samos. ¿Y tú, es cierto que estás estudiando los descubrimientos de Paolo?

–Digamos que trabajo en el equipo del profesor Cassini, el director de mi departamento. Hace unos días volví de un viaje al Asia Menor, donde intenté identificar la línea de la frontera entre el reino de Siria y los territorios romanos después de la paz de Apamea, pero no se trata de una tarea sencilla porque justo en ese punto mis fuentes presentan lagunas e interpolaciones.

–*All of them?* ¿Las has comprobado todas?

–Las fundamentales, sobre todo Polibio y también Livio, que depende de él. ¿Sabes griego?

–No mucho, apenas logro entender los Evangelios.

–Uf, es un nivel bastante pobre... como el que yo tengo de inglés. Verás, me llamó la atención el hecho de que las fuentes estén corruptas justo donde hablan de acontecimientos que, según nuestras hipótesis, están estrechamente relacionados con el enterramiento de las estatuas de Lavinium, circunstancia sin duda misteriosa. De todas maneras, la explicación que me dio Paolo no me convence.

Habían llegado ya a la zona de las excavaciones. A su derecha, hacia abajo, sobre la costa brillaban las luces de Torvaianica.

–Mira –le dijo Ottaviani–, la playa donde desembarcó Eneas... fíjate cómo la hemos estropeado.

–En Estados Unidos hay cosas peores –le comentó Elizabeth.

–En Estados Unidos se lo pueden permitir, es una gran potencia proyectada hacia el futuro. Para nosotros es distinto, nuestro pasado es nuestra herencia más preciada; borrarlo es como cortar nuestras raíces, no ser nadie. –Se volvió hacia la zona de la excavación que se extendía a unos pasos a su izquierda–. Y aquí estamos otra vez, como si ya no fuéramos bastantes.

–Es cierto... *but it's different now*...

–Sí, es diferente, ciertas voces sólo se dejan oír por la noche, en el silencio. Recuerdo algo que me pasó hace dos años en Siria, en Dura Europos. El sol se había puesto detrás de las ruinas de la ciudad antigua. Entré por la puerta decumana mientras mis compañeros paseaban entre las ruinas. A lo lejos, sobre el Éufrates, asomaba la luna llena, inmensa, roja como la sangre. En las paredes del cuerpo de guardia, los legionarios romanos habían dejado unas inscripciones con la punta de sus espadas. Había una en especial que invocaba la salvación para la ciudad que quizás estaba ya asediada, condenada. En el silencio total y absoluto, aquellas palabras escritas adquirieron una fuerza tal que por un instante tuve la impresión de que su eco se oía como un grito desesperado entre aquellos muros resquebrajados. Ya ves, hace veintidós siglos, así de repente, quizás en una noche como ésta, un grupo de hombres llegaron aquí, inmovilizaron o mataron al guardia o al sacerdote, excavaron una fosa y en ella enterraron todas las estatuas del templo. No, en una noche como ésta no, sería una noche invernal, a lo mejor una noche lluviosa, así nadie los habría visto; habrían tenido tiempo suficiente para llevar a cabo su obra y luego el agua y la nieve borraron todo rastro.

–Pero Fabio –dijo Elizabeth–, en esa fosa había decenas de estatuas, no es una tarea que pueda hacerse en poco tiempo y sin llamar la atención. ¿No te estarás dejando llevar por tu imaginación?

–Al contrario. Eres tú quien razona como quien ha vivido siempre en la civilización de las máquinas y lo desconoce todo del trabajo manual. ¿Sabes cuánto tardaba yo, cuando era un muchacho, en descargar un carro con cincuenta sacos de cereales de cien kilos cada uno? Una hora. No más de una hora. Con dos o tres amigos como digo yo, podría vaciar por completo en ese mismo tiempo el almacén de Quintavalle. En cuanto a llamar la atención, fíjate –le dijo indicando el área de la excavación–, toda esa zona se encuentra al pie de esta colina, completamente oculta a quien mire desde Torre Rossa, o sea, desde Lavinium. Te convencerás por ti misma si bajas conmigo hasta la hondonada.

Elizabeth fue tras él abandonando el sendero que se dirigía hacia la carretera provincial de Latina.

–¿Lo ves? –inquirió Ottaviani en un momento dado–. Si nos volvemos a mirar atrás, ya no vemos las casas de Torre Rossa y eso que sólo hemos bajado unos cuantos metros.

–*I don't know*, Fabio. Todavía no hemos localizado el templo, no se puede decir...

–El templo no estaba lejos de la fosa, estoy seguro. Tenía que encontrarse en las inmediaciones. Tal vez en esa pequeña explanada –dijo indicando un punto en la oscuridad, delante de él–, o tal vez allá, sobre aquella loma.

–*Come on*, Fabio, yo misma excavé esa zona, hice cinco sondeos, no hay nada.

–Es posible que el templo ya fuera muy antiguo en la época en que enterraron las estatuas y, por tanto, estaría construido en madera con algún ornamento en terracota, ¿no es así?

–*That could be.*

–Bien. Entonces es muy posible que no haya quedado nada o que los pocos restos que quedaran hayan sido destruidos en las posteriores obras de nivelación que se hicieron en los períodos siguientes. De todos modos sé que habéis encontrado unas terracotas arquitectónicas, antefijas y elementos por el estilo, las he visto en el almacén.

–Sí, las encontró el ayudante de Paolo en esa zona –le dijo Elizabeth indicándole la orilla opuesta del pequeño valle.

–Pero la fosa quedó intacta porque se encuentra debajo del nivel del terreno.

–Estás bien informado sobre esta excavación –dijo Elizabeth–. Te interesa mucho, ¿verdad?

Ottaviani se sentó sobre la hierba seca y repuso:

–Sí. Vosotros habéis hundido el pico en un lugar sagrado. Aquí se encuentra el corazón antiguo de este país. Aunque tal vez para ti sea diferente.

Elizabeth se sentó a su lado.

–Qué extraño –le dijo buscando sus ojos en la oscuridad.

–¿Qué cosa?

–Tus palabras no parecen las de un estudioso, de un investigador. Es el sentimiento lo que te hace hablar así, no la ciencia.

Ottaviani le cogió la mano y repuso:

–Quizá tengas razón, debería dejar el *pathos* para los aficionados a la arqueología. ¿Es eso lo que me quieres decir?

La muchacha no le contestó. La mano del joven era grande, fuerte y cálida, y de los campos silenciosos les llegaba el canto de los grillos. Retribuyó el apretón.

–No, Fabio –dio al cabo de un momento–. No era eso lo que quería decir. Quería decir que el sentimiento puede volvernos imprudentes, exponernos a decepciones.

–Te refieres a algo en particular; quizá Paolo te ha hablado de la investigación en la que estoy participando.

–Sí, lo hemos comentado. La hipótesis de Cassini es realmente impresionante; pensáis que entre esas estatuas se encuentra un Paladión, ¿no es así? *This is the crucial point, isn't it?*

–Sí. Los romanos estaban convencidos de que en ese templo custodiaban el fabuloso Paladión que Eneas había traído de Troya, quizás una de las estatuas que descubrió Quintavalle. Las réplicas las harían para ocultar el verdadero simulacro.

–Y lo enterraron. *It doesn't make sense.*

–Aparentemente no tiene sentido, pero ha de haber un motivo. Por ahora nos manejamos en el campo de las hipótesis. Pero a mi juicio, hay un hecho cierto: quien enterró las estatuas no sabía cuál era el Paladión, por eso las enterró todas.

–No puedes decir eso, no sabemos cuántas réplicas había y tampoco si falta alguna, o una en particular.

–Oye, tengo una idea con respecto a eso: el número sagrado de la diosa era el siete y siete tenían que ser las estatuas. Ya se han encontrado cinco, los fragmentos hacen pensar en una sexta. Estoy seguro de que de la excavación saldrá otra más y será la última.

–¿Qué harás ahora que has terminado tu trabajo en Asia Menor?

–No lo sé. El problema de las fuentes me tiene muy perplejo. Es muy extraño que los dos autores estén corruptos; da la impresión de tratarse de una violación. Me gustaría estudiar los códices de la Biblioteca Vaticana, aunque no sea un filólogo especialista.

–Fabio, creo que deberías seguir adelante. Es una investigación muy importante y te sobra entusiasmo.

–¿Te parece? El entusiasmo es como el amor: *il vient vite, il s'en va vite.* Fíjate, estamos aquí estudiando piedras antiguas, antiguos papeles, historias de gente que hace siglos se convirtió en polvo mientras el mundo en el que vivimos se está viniendo abajo. El Líbano se quema, los cañones disparan sobre el Tigris y el Éufrates, el mariscal Rustov concentra sus divisiones en el Cáucaso y tu presidente prueba nuevas armas de lo más mortíferas en el corazón mismo del Mediterráneo... *in corpore vili.* A veces tengo la impresión de que la trampa está a punto de cerrarse y se me hiela la sangre.

–No pienses en ello –le susurró Elizabeth–, *please, not now.*

El coro de grillos se había atenuado pues había empezado a soplar un cálido siroco. Ottaviani se tumbó en la hierba y Elizabeth se tendió a su lado. El cielo estaba tachonado de estrellas y las más luminosas palpitaban como si el viento pudiera llegar hasta ellas y agitar su fuego inmortal.

–¿Lo ves? –le dijo indicando un punto de la bóveda celeste–. Ahí está mi estrella. Se llama Betelgeuze.

–¿Por qué has elegido justo ésa? –le preguntó Elizabeth.

–Por el nombre. Es bonito, delicado como caricia de mujer.

–Es bonito tener una estrella propia –comentó Elizabeth–. Elígeme una.

Ottaviani buscó con la mirada en el fulgor de la bóveda infinita. Se volvería hacia ella para encontrar su boca y hundirse en la luz glauca de sus ojos.

–Bellatrix –le dijo–. ¿Te gusta Bellatrix?

Elizabeth le echó los brazos al cuello y lo besó. El calor de sus labios le recorrió todo el cuerpo, le subió por la espalda, le invadió el pecho confundiendo su mente.

Durante un solo instante notó una dolorosa punzada en el hueco del tórax, como si de pronto la simiente de una negra desesperación hubiera caído en él, para echar raíz.

V

Roma, 25 de julio, ocho y media de la mañana

Sonó el teléfono de la mesita de noche y Elizabeth lo cogió.

–Habla Paolo Quintavalle, ¿eres tú, Lizzy?

–Sí, Paolo. Buenos días.

–¿Te molesto? ¿Estabas durmiendo?

–No, no, ya iba a levantarme. ¿Alguna novedad?

–Busco a Fabio Ottaviani. Olvidó dejarme su dirección de aquí, de Roma. ¿Por casualidad no sabrás dónde encontrarlo?

–*Of course, dear.* Está aquí, a mi lado.

–Ah.

–Te paso con él. *Come on, Fabio, wake up, Paolo is on the phone.*

–Hola –dijo Ottaviani cogiendo el auricular.

–Que te parta un rayo –le soltó Quintavalle–. No pierdes el tiempo, ¿eh?

–Maestro –respondió Ottaviani–, el espíritu es fuerte, pero la carne es débil.

–Débil y un cuerno, vete al diablo –le espetó Quintavalle.

–Déjate de rodeos, hombre, y dime qué te angustia tanto como para arrancarme del lecho en plena noche.

–¿Tienes la tarde libre?

–Como el viento.

–Ya ha concluido la restauración de las dos estatuas que encontraron hace tiempo en Taormina y van a exponerlas a la consideración del personal especializado. ¿Quieres venir?

–Claro que sí. ¿Quién más irá?

–Calabrese, Morrison, Johnson, de la Fundación White; Barresi, Lefevre, de la Academia Francesa; la Balducci, Silvia, mi mujer.

–Cuenta conmigo, iré sin falta.

–A las cuatro y media, delante de la entrada de Villa Giulia.

–¿Puede venir Lizzy?

–Qué pregunta.

–Entonces, quedamos así, hasta luego.

Ottaviani se levantó de la cama y se metió debajo de la ducha.

–¿Qué quieres para desayunar? –le preguntó Elizabeth que trasteaba en la cocina.

–¿Podría ser una docena de crepes con jarabe de arce y café negro?

–¿Te vale con Aunt Jemima?

–Si no hay nada mejor, me conformo.

–Lo que se consigue en Roma, querido.

Ottaviani se comió los crepes de buena gana.

–Te felicito, están exquisitos.

–*Thank you.* Ya veo que conoces a fondo la cocina norteamericana.

–Es que estudié seis meses con Wallace y Pierson en Stanford.

–¿Y quién te hacía el desayuno?

–Una bibliotecaria con un par de…

Ottaviani se interrumpió y lanzando una carcajada hizo un ademán para representar los atributos de la bibliotecaria.

–*You son of a bitch!* –exclamó Elizabeth tirándole del pelo–. ¿Y por qué no te quedaste?

–No aguantaba vuestros Martinis; después del primero me cogía una cogorza que no veas y en las fiestas siempre quedaba como un infeliz. Además, con el aire acondicionado me acatarro.

Elizabeth soltó una carcajada.

–¿Te vienes conmigo esta tarde? –le susurró Ottaviani al oído atrayéndola hacia sí.

–¿A un lugar... *exciting*?

–No sé. Vamos a Villa Giulia, donde exponen dos estatuas de bronce de Taormina, sólo para el personal especializado. Irá Morrison, tu maestro. Me ha invitado Paolo.

–Esperaba algo mejor.

–Al fin y al cabo se trata de dos hombres desnudos.

–Vale, a Villa Giulia, pues.

–Estupendo, paso a buscarte a eso de las cuatro. Procura estar lista y, sobre todo, con uniforme profesional.

–¿Adónde vas ahora?

–Es un secreto.

–¿Se trata de una mujer?

–No. Se llama Polibio de Megalópolis, siglo II antes de Cristo.

–¿Biblioteca Nacional?

–No, Vaticana.

Se vistió y bajó a la calle. Poco después, Elizabeth oyó el rugido de su Benelli que se perdía en el tráfico. Al llegar a la entrada de la Biblioteca Vaticana, Ottaviani exhibió su carnet de docente universitario y lo condujeron al despacho del director, un dominico de unos sesenta años que llevaba unos quevedos.

–¿Qué puedo hacer por usted, doctor? –le preguntó el religioso con un fuerte acento alemán.

–Verá, padre, querría consultar uno de sus códices: la carta pécora polibiana 4731, si no me equivoco.

–Un texto preciosísimo –dijo el director–, que guardamos en una atmósfera controlada. Si quiere usted pasar a la sala de los visores, le enseñaremos el microfilm.

–Verá usted, padre, ya he visto el microfilm, forma parte de la biblioteca de la Borromeo. Quiero ver justamente el códice, estoy realizando una investigación de suma importancia y formulo una hipótesis para la cual necesito hacer una consulta directa.

El director lo miró a hurtadillas pensando para sus adentros: «Míralo al jovenzuelo, quiere hacer un gran descubrimiento. Sobre Polibio, nada menos… lo que nos faltaba». En voz alta le preguntó:

–¿Es usted filólogo, doctor?

–No exactamente.

–Entonces no entiendo por qué le resulta tan necesaria una consulta directa. Si no tiene problemas textuales…

–Eso es justamente lo que tengo.

–Créame, es una verdadera pena, pero usted comprenderá que ese códice no ha salido de su teca desde 1949, cuando se hicieron las fotos para el microfilm. Lo siento mucho.

«Y un cuerno», pensó Ottaviani. Hizo una reverencia y saludó:

–*Dominus vobiscum.*

–*Et cum spiritu tuo* –le contestó el religioso mecánicamente.

Salió a la calle y se fue directo al primer teléfono público que encontró.

–¿Diga? –respondió una delicada voz femenina.

–Buenos días, hermana. Soy el doctor Ottaviani de la Universidad Borromeo. Por favor, quisiera hablar con su eminencia.

–Sí, doctor, pero ahora está ocupado.

–¿Cómo de ocupado?

Siguió un instante de silencio perplejo después del cual la voz angelical le respondió:

–Está hablando con el canónigo Barigazzi de San Vito Terme.

–Entonces no hay problema; llámelo y dígale que el doctor Ottaviani quiere hablar con él. Ya verá como se pone, se lo aseguro.

El ángel con voz de monja trajinó con la centralita mientras Ottaviani contaba angustiado las fichas que le quedaban. Al cabo de un rato le contestó una robusta voz varonil.

–¿Diga?

–¿Eminencia? Soy Fabio.

–¡Profesor! Cómo estás, desvergonzado, que no se te ve el pelo.

–El trabajo, eminencia, el trabajo. ¿Recibió mi último informe?

–Claro que lo recibí y lo leí con mucho interés. Muy bien, muy bien, sé que eres un muchacho aplicado. ¿Y bien, cuándo vendrás a verme?

–En agosto sin falta.

–Entonces vendrás a Villa Altobelli porque me iré para allí a pasar unos días de descanso.

–Verá, eminencia, necesitaría un pequeño favor.

–Tú dirás, hijo.

–Verá, estoy trabajando en una investigación muy importante y me resulta imprescindible consultar un códice de la Vaticana pero el director sólo me permite ver el microfilm. Y la verdad es que no me sirve, necesito consultar el códice.

–¿Quién es el director?

–El padre Willendorf.

–Ah, ese alemán. Ya lo conozco. Un cabezón; quiero decir, un eminente estudioso; la verdad, un poco duro.

–¿Qué me dice entonces, eminencia?

–Es que no tengo una estrecha relación con ese hombre, no tengo confianza.

–¿No es usted íntimo amigo del secretario de Estado?

–Hijo mío, no es tan simple; además, me parece que Gigi está en Polonia, con el primado Maleski.

–Acaba de volver, lo leí en el diario de hoy.

–¿Ah, sí?

–Sí.

–De acuerdo, trataré de complacerte. Vuelve a llamarme pasado mañana.

–¿No podría volver a llamarlo esta misma tarde?

–De acuerdo, de acuerdo, llámame esta tarde –contestó el cardenal, resignado.

–¡Eminencia, es usted un santo!

–Anda, anda, que ya te conozco, caradura; sólo llamas cuando necesitas algo.

–No es verdad –protestó Ottaviani–, usted sabe que lo aprecio mucho.

–Ya lo sé, muchacho, ya lo sé. Era una broma. Te bendigo, y hasta luego.

–Adiós y gracias de todo corazón.

Al cabo de unos instantes, sonaba el teléfono en el despacho del secretario de Estado, su eminencia Luigi Palazzeschi.

–¿Gigi? Soy yo, Fabrizio. ¿Cómo va todo?

–Más o menos, querido mío. Con tanto viaje estoy rendido.

–Te comprendo... Escúchame, Gigi, te llamo para pedirte un favor. ¿Te acuerdas de tu bibliotecario, el alemán?

–¿Monseñor Willendorf?

–Sí, ese mismo. Se niega a enseñarle uno de sus libros a un docente de la Borromeo, el doctor Ottaviani, un querido muchacho al que aprecio mucho. Fui su profesor de latín y de griego cuando trabajaba en el San Giuseppe da Copertino.

–Pero Fabrizio, hay textos muy antiguos y delicados.

–Tonterías. Ese muchacho no se va a comer el libro. Te aseguro que lo tratará con sumo cuidado. Respondo por él.

–Ya comprendo, cuando a ti se te mete algo en la cabeza... Está bien, está bien, Fabrizio, intentaré convencer a monseñor Willendorf.

–Gracias, Gigi, eres un buen amigo –le dijo el cardenal en el dialecto común de la zona padana, seguro de llegar así al corazón del secretario de Estado–. Cuando vengas por aquí, haré que sor Filomena te prepare los *cappelletti* que sé que te gustan tanto.

–De acuerdo, Fabrizio –repuso el cardenal Palazzeschi también en dialecto–, pero mira que te tomo la palabra.

Faltaban cinco minutos para las cuatro cuando Ottaviani llamó al timbre del apartamento de Elizabeth. Llevaba en la mano una bolsa de la lavandería.

–¿Qué tienes ahí dentro? –le preguntó la muchacha.

–Mi traje bueno. Tengo que disfrazarme de profesor, ¿no?

Elizabeth ya estaba lista, llevaba una falda y una camisa, y Ottaviani se puso rápidamente su traje de lino blanco con una camisa azul. En vista de la ocasión, se puso también una corbata de seda azul y la Hasselblad en bandolera por si se presentaba la ocasión de hacer alguna foto.

En Villa Giulia hacía los honores el director del Instituto Central de Restauración, profesor Constantino Carani. En una salita habían preparado una mesa con canapés, patatas fritas y bebidas sin alcohol tanto rojas como incoloras. Y vasos de papel. Quintavalle llevaba un conjunto de gabardina color caqui con una camisa de lino marrón; a su lado, Silvia, su mujer, muy bronceada por el sol nativo de Puglia, aparecía esplendorosa con su traje de seda beige.

Llegó Barresi llevando en la mano una bebida sin alcohol incolora.

–Hola, Fabio; hola, Paolo. Silvia, estás de una belleza deslumbrante –dijo colocándose las gafas de sol.

–Serás tonto –le respondió Silvia dándole un beso en la mejilla.

–Pero esta muchacha tampoco se anda con bromas –añadió inclinándose cortésmente delante de Elizabeth.

–Es la doctora Allen, de la Universidad de Michigan; para los amigos, Lizzy –la presentó Ottaviani.

–Hola, Lizzy –la saludó Barresi–. ¿Y bien, amigos míos, vamos a ver esos famosos bronces? Al parecer se trata de dos piezas de excepcional interés.

El profesor Carani tomaba la palabra en ese mismo instante.

–Ilustres colegas y queridos amigos, con gran satisfacción no exenta de emoción someto a juicio de todos ustedes la obra de restauración llevada a cabo por nuestros especialistas en dos bronces recuperados en el mar de Taormina. Les anuncio, además, que hacia finales de año se celebrará en Palermo un congreso cuyas conclusiones se publicarán en las Actas de la Academia de los Linceos. Tenemos la intención de abrir al público la sala de la exposición y por esto esperamos la respuesta del director general de la IV Región Arqueológica Meridional, profesor Giovanni Lanzi, al que hemos sometido nuestra solicitud. Les ruego que me sigan hasta la sala preparada para la exposición, donde podrán admirar los dos bronces que, como hallazgos erráticos que son, por el momento han recibido el nombre de estatua A y estatua B.

–La imaginación sigue arreciando –murmuró Ottaviani al oído de Quintavalle.

–Representan dos guerreros –prosiguió el profesor Carani mientras se dirigía a la sala– en su heroica desnudez. Las dos llevaban un escudo y una lanza y la estatua B tenía un yelmo, presumiblemente corintio. Faltan todas las armas y por el momento no parece que se haya encontrado rastro alguno. La Dirección General de Bellas Artes competente está organizando su búsqueda en el fondo del mar frente a Taormina, con la esperanza de poder recuperar los objetos preciosos que podrían ayudarnos a identificar a los personajes que representan las dos estatuas.

El grupo de estudiosos entró en la sala de la exposición. Las paredes habían sido cubiertas por lienzos de terciopelo de dralón de color pardo para eliminar todo tipo de interferencia. Las dos estatuas se erguían sobre dos cubos de madera, iluminadas por unos focos dispuestos en las paredes y el techo.

La primera representaba a un joven guerrero en actitud de empuñar la lanza en la diestra, con la punta vuelta hacia el suelo, y el escudo en el brazo izquierdo. La cabeza erguida y bravía era una cascada de voluminosos rizos que parecían ondear sobre los hombros musculosos. La nariz, fina y recta como la hoja de un cuchillo, continuaba la línea purísima de la frente, cruzada por una diadema anudada a la nuca. Los ojos, con una fulminante mirada de autoridad y temerario desafío, exhalaban una fuerza inmensa, intrépida, despiadada, y la boca, entreabierta de labios carnosos sombreada por un tupido bigote y enmarcada por una barba florida, dejaba al descubierto una hilera de dientes brillantes como los colmillos de una fiera, una inquietante sonrisa lobuna que por momentos parecía transformarse en risa cruel. La triunfal anatomía del torso prorrumpía con los vastos pectorales sobre el costado enjuto y con los fuertes bíceps, apenas entumecidos por el peso de las armas que debían sostener. El vientre plano, casi hundido, exhibía bajo el sedoso velo de la piel, el relieve de los abdominales, y la ingle, sombreada por el vello, ostentaba el sexo anidado entre los formidables muslos.

El otro guerrero era menos impresionante porque su cuerpo, si bien espléndido, mostraba las señales de la edad madura. Su maciza complexión no tenía nada de la feroz energía del otro. La cabeza, ligeramente ladeada a la derecha, estaba inclinada hacia abajo, como si sobre aquella frente pesara el recuerdo de infinitas travesías y la certeza de la inutilidad del horror bélico. Había en su mirada un toque extenuado y angustiante, como el presentimiento del fin, pero sus fuertes brazos, sus manos recorridas por túrgidas venas, parecían conservar la capacidad de causar la muerte. La barba cuidada y rizada le confería al rostro absorto y pensativo una majestuosidad casi regia. Él también había empuñado una lanza vuelta hacia el suelo y llevaba un escudo grande en el brazo izquierdo. La cabeza, ahora informe, había llevado en otros tiempos un yelmo corintio y la celada, apoyada en la frente, debía de parecer la máscara impasible de la guerra, lista para descender sobre el rostro ocultando todo gesto de piedad. Se lo veía más cansado, más experimentado, quizá más temible.

Elizabeth, que había entablado conversación con el profesor Morrison, se despidió de él para volver a reunirse con Ottaviani.

–*I've never seen anything like this* –le susurró al oído.

–Yo tampoco –respondió Ottaviani saliendo de su ensimismamiento–, supera toda expectativa.

A su alrededor, los demás estudiosos observaban a los dos fantásticos guerreros sin pronunciar palabra. El profesor Carani los devolvió a todos a la atmósfera científica invitándolos a observar una serie de paneles fotográficos en los que se documentaban las distintas fases de la excepcional obra de restauración. En un momento dado entró un ordenanza y anunció que el director general Lanzi estaba al teléfono y quería hablar inmediatamente con Carani. El interesado se disculpó con sus colegas y salió detrás del ordenanza. Regresó poco después, con gesto ceñudo.

–Queridos amigos –anunció–, tengo que comunicarles una mala noticia. Acabo de hablar por teléfono con el profesor Lanzi. Me ha dicho que no tiene intenciones de autorizar la exhibición al público. Si he de ser sincero, se trata de una postura que considero cuando menos discutible. Personalmente creo que dos obras maestras de tanta belleza no deberían permanecer ocultas a los ciudadanos a quienes, al fin y al cabo, pertenecen y, además, pienso que el paciente trabajo de mis inestimables colaboradores merece un reconocimiento público.

–¡Tiene razón! ¡Se trata de una postura inaceptable! –se oyó exclamar a varias personas.

Vicenzo Barresi se adelantó y dijo:

–Profesor, ¿quiere que intente hablar con Lanzi? Tal vez logre convencerlo o, por lo menos, hacer que me explique los motivos de su negativa. Siempre hemos estado en muy buenas relaciones.

–Ojalá, Barresi, ojalá –dijo Carani–, porque la verdad es que estoy realmente desconcertado.

Barresi se fue a llamar por teléfono mientras en la sala circulaban los comentarios más variados.

–No hay nada que hacer –anunció Barresi, desconsolado, volviendo a la sala al cabo de un rato–, se muestra inflexible. Dice que las estatuas no serán exhibidas hasta que no se publiquen. Intenté convencerlo por todos los medios, pero no hubo manera. Lo siento.

–*I dont'n understand* –dijo Elizabeth–, ¿qué ocurre?

–El director general de la IV Región Meridional no concede permiso para exponer las estatuas al público –le explicó Quintavalle.

–*But why?*

–Verás, en este país, toda investigación arqueológica y, en consecuencia, todo objeto que pueda surgir de ella, está sometida a la autoridad del director general, que es un funcionario estatal y, al mismo tiempo, un arqueólogo. Es también responsable de la conservación y custodia de los objetos casuales o erráticos como las dos estatuas de bronce que aquí ves. Por tanto, si el director general considera que, en caso de una exposición las obras de arte podrían correr peligro, puede negar su permiso. En otras palabras, Lanzi está en todo su derecho aunque su postura parezca basarse más bien en pretextos que en argumentos sólidos. No veo qué riesgos correrían estas estatuas en caso de una exposición pública y, en todo caso, podría controlar personalmente las medidas de seguridad y, eventualmente, aumentarlas si lo considerara oportuno.

–*It's just crazy*, los italianos estáis todos locos –dijo Elizabeth.

–Ah, no sé qué decir –admitió Ottaviani.

–Profesor –intervino nuevamente Barresi–, yo creo que existe una salida. Usted podría abrir la exposición pero no como exhibición de las estatuas sino del trabajo de restauración que se les hizo. En el fondo, ha sido obra de su equipo y tiene derecho de enseñar los resultados.

–Excelente idea –dijo Carani, aliviado–. Me parece que así podríamos superar el obstáculo. Esta misma noche hablaré con el ministro de Cultura. Si Lanzi tiene alguna queja tendrá que vérselas con él.

Hacia las seis, la sala comenzó a vaciarse. Ottaviani lanzó una última mirada al perfil de los guerreros mientras los ordenanzas apagaban las luces y después se reunió con sus amigos, que lo esperaban en la puerta.

–¿Qué hacemos? –preguntó Quintavalle–. ¿Vamos a Trastevere a comer pizza a Sora Nina?

–Adjudicado –dio Ottaviani–. ¿Qué opinan las chicas?

–*Great* –respondió Elizabeth y convenció a Silvia, que habría preferido ir a un restaurante.

La pizza era exquisita y discreto el vino Marino, fresco de la bodega. La conversación no tardó en recaer sobre los guerreros de Taormina.

–¿Qué se sabe sobre esas dos piezas además de lo que nos ha dicho Carani? –preguntó Ottaviani.

–No mucho. Lanzi se mostró siempre muy reservado –respondió Quintavalle–. Al parecer, las dos estatuas estaban a bordo de un barco cuyos restos, unos cuantos trozos de madera, fueron avistados en el fondo del mar por los hombres rana.

–Eso explica por qué les faltan las armas –dijo Ottaviani–. En el momento de embarcarlas, se supone que las habrán embalado en un par de cajas de madera. Las dos lanzas sobresaldrían demasiado y por eso las desmontaron.

–¿Y el yelmo? –preguntó Elizabeth.

–Es evidente que el yelmo tampoco cabía, por lo que debía de tener una cimera grande en forma de cresta que sobresalía mucho hacia atrás, eso los obligaría a quitárselo. Una operación nada difícil porque se trataba de una fusión aparte que el artista había aplicado a la estatua con una soldadura de plomo, la misma cuyos rastros se aprecian también en las manos de los dos guerreros para la fijación de las lanzas.

–Es probable –comentó Quintavalle.

–Silvia, ¿qué opinas desde el punto de vista de la tipología? –inquirió Ottaviani.

–A primera vista diría que es del siglo V antes de Cristo, primera mitad del V; los rizos sobre la frente de la estatua A recuerdan ciertos aspectos del estilo severo. Obra de los griegos.

–¿Y si fuera grecosiciliota? ¿O magnogriega? –intervino su marido.

–No se puede excluir la posibilidad –contestó Silvia–, pero en general, no lo creo posible. No creo que haya testimonios de que en la Magna Grecia de esa época existiera una técnica tan evolucionada y refinada. Pensemos en el efebo de Selinonte, que sigue la tipología rígida de los kuros.

–O sea, que los trajeron de Grecia –concluyó Ottaviani.

–O, en último caso, Jonia –precisó Silvia–. Si por una parte parecen ser de fabricación griega, no podemos saber dónde estaban colocadas. Por desgracia, tampoco sabemos qué representan. Dos héroes, sin duda, pero ¿cuáles?

–Yo tengo una idea –comentó Ottaviani–, pero carece de base científica; se trata sólo de una intuición, por lo que ni vale la pena que hable de ella. Claro que si se pudieran encontrar los escudos... Debían de llevar algún signo heráldico, tal vez una dedicatoria, una inscripción. A ver qué os parece –prosiguió sacando un MS del paquete de cigarrillos de Quintavalle–: si nos imaginamos que la tripulación del barco desmontó las armas, seguramente las habrían puesto en una caja aparte. En el momento del naufragio, las dos cajas de las estatuas se hundieron prácticamente en el sitio por ser muy pesadas, mientras que la caja con las armas, más liviana, pudo haber flotado hasta hundirse más tarde y más lejos del lugar del naufragio. Si estudiáramos la fuerza de las corrientes marinas de la zona y aplicáramos esos valores al peso hipotético de la caja con las armas, podríamos localizar una zona en la cual concentrar la búsqueda.

–No es una idea alocada –convino Quintavalle–. ¿Por qué no pones manos a la obra?, sabes nadar, ¿no?

–En estos momentos tengo otras cosas en la cabeza –le contestó Ottaviani–, y… caray, casi se me olvida. Disculpadme, tengo que hacer una llamada. Vuelvo en seguida.

Fue hasta el teléfono y marcó un número.

–¿Diga? –respondió la voz del cardenal Montaguti.

–Eminencia, soy Fabio. ¿Ha podido hacer esa llamada?

–He podido, claro que he podido. Gigi me dijo que intentaría convencer a ese tal Willendorf. ¿Estás contento?

–Como unas pascuas, eminencia. Gracias de todo corazón.

–Oye, déjale un margen de tiempo, espera un par de días antes de ir a la biblioteca, ¿de acuerdo?

–Por supuesto, eminencia. Seguiré su consejo.

–Entonces te espero en agosto.

–Iré sin falta, eminencia –dijo Ottaviani aunque en el fondo de su corazón comenzaba a albergar ciertas dudas.

Al volver a la mesa le pareció que un tipo que estaba sentado a una cierta distancia miraba con insistencia a Elizabeth y le hacía señas. Era gordo y tenía el cabello grasiento.

–¿Te molesta ese tipo? –le preguntó al sentarse a su lado.

–¿Qué tipo?

–El que está sentado a la mesa a mis espaldas.

–Pues no, yo no he notado nada.

–¡Ay! Se ha vuelto celoso –rió Quintavalle–. Ya está perdido.

Ciudad del Vaticano, 1 de agosto, cuatro y media de la tarde

Fabio Ottaviani levantó la cabeza de la mesa de lectura y, decepcionado, se reclinó en el respaldo. Después de leer atentamente durante largas horas no había logrado encontrar ningún indicio en la carta pécora vaticana 4731; era un códice estupendo, tan perfecto que parecía impreso, escrito a dos columnas por página, perfectamente espaciado, extendido sobre apretadas líneas pautadas que todavía se distinguían en el pergamino. Se compadeció de su propia presunción; ¿cómo había podido abrigar la esperanza de descubrir algo nuevo en un texto en el que se habían basado los filólogos más famosos de Estados Unidos y Europa? Debía resignarse, tirar la toalla. Más por costumbre que por tener una idea precisa sacó de la funda su Hasselblad cargada con un carrete de alta velocidad y enfocó la página al comienzo del capítulo XXII. Como la tinta estaba más bien desteñida colocó en el objetivo macro un filtro de contrastes y acercó el ojo al ocular de la cámara para enfocar la página.

Recorrió las líneas una por una, fascinado por la potencia de la lente que le revelaba hasta el mínimo detalle de la diminuta grafía y el estado de conservación o daño del pergamino. Pero había algo extraño, algo que desaparecía al quitar el filtro del objetivo y volvía a aparecer cuando lo colocaba en su sitio. Aquí y allá resaltaban algunas letras, como si acabaran de ser escritas con tinta fresca.

Para asegurarse de que el fenómeno no se debía a una especie de ilusión óptica o a algún reflejo determinó hacer una prueba decisiva: transcribir todas las letras que se destacaban de ese modo y repetir después el control, montando un polarizador delante del filtro de color. Concluida la transcripción, repitió la prueba con la lente polarizante; el resultado era exactamente el mismo. Echó un vistazo a la fila de letras transcritas: una especie de lombriz negra, informe, sobre un papelito blanco de notas:

Presa de una súbita intuición miró más atentamente y el corazón le dio un vuelco; era una frase, ¡las letras formaban una frase!

Theodòros égnoke tèn alétheian.

«Theodoros sabía la verdad.»

Volvió a coger la cámara y sacó un carrete entero de aquella página, luego salió y se dirigió al despacho del director.

–Monseñor, ¿podría decirme de dónde proviene la carta pécora 4731? –le preguntó.

–Por supuesto, doctor –respondió monseñor Willendorf con fría amabilidad–. Ese códice proviene de la abadía de San Nilo, en Grottaferrata, y entró a formar parte de la Biblioteca Vaticana hacia finales del siglo XV, junto con otros textos valiosísimos. De todos modos, la abadía conserva aún un cierto número de códices en su biblioteca, entre los que se encuentra el famoso de Estrabón.

–Lo conozco –dijo Ottaviani y añadió–: Padre, quería decirle que terminé mi trabajo con el códice y agradecerle su colaboración.

–De nada, doctor, de nada –respondió el director y con una sonrisa irónica agregó–: Espero que haya descubierto algo interesante.

–Y tanto –respondió Ottaviani como quien no quiere la cosa–, una glosa críptica. –Dicho lo cual, después de hacer una reverencia, salió dejando al religioso con la boca abierta y las gafas en la punta de la nariz.

Ottaviani llegó a la entrada, encendió un cigarrillo y sacó del bolsillo su tesoro: *tèn alétheian*, «la verdad», ¿qué verdad? El antiguo copista había escondido en la página mutilada de Polibio un indicio para la posteridad, la clave de un misterio que tal vez había logrado descifrar pero que no había querido o podido revelar. Cuántos documentos de la antigüedad se habían perdido por obra de las destrucciones, las invasiones, los incendios, la barbarie de siglos oscuros, las purgas, la barbarie de la intolerancia, el fanatismo, las injurias del tiempo; sin embargo, la voz oculta de aquel hombre, perdida en un texto demasiado conocido y famoso, había llegado hasta él, como el mensaje de un náufrago en una botella. Y ese mensaje se encontraba ahora en sus manos, las manos de un humilde obrero de la historia.

Pero ¿de qué verdad habla la glosa? ¿Sería tal vez una verdad imaginaria? ¿O una verdad relativa a un tiempo muerto para siempre?

Recordó entonces que durante una excavación había bajado a la tumba de una noble matrona romana y en ella había encontrado un frasco de alabastro todavía sellado. Instintivamente le había quitado el tapón de cerámica y la última y exigua fuerza del precioso ungüento que contenía se había disuelto en el aire. Sólo por un instante, había logrado captar apenas un leve aroma de áloe y la presencia de otras esencias desconocidas. En el fondo del frasco no quedaba más que un poso negruzco sin olor alguno. ¿Y si hubiera ocurrido lo mismo con la verdad del antiguo copista?

Dobló la notita, la guardó en su cartera y echó a andar por la calle soleada y llena de coches. Quiso telefonear de inmediato a Quintavalle para contarle su descubrimiento, pero se dio cuenta de que por el momento no había hecho más que descifrar un curioso enigma. Tenía que continuar con la investigación para saber si el mensaje del amanuense lo conduciría a algún resultado concreto o si todo aquello acabaría en una extraña burla filológica. Se detuvo en un quiosco a comprar el diario y entró en un bar a tomarse un café. Le dio una rápida ojeada a la página de noticias extranjeras: el Líbano estaba en llamas, Tiro y Sidón ardían; el Tigris y el Éufrates fluían en medio de un huracán de hierro y fuego, y en las fronteras de Turquía, Persia y Siria, había movimiento de tropas. Cerró el periódico y salió en dirección a una tienda de fotos donde dejaría el carrete para revelar.

Un hombre lo siguió desde el bar y entró en la tienda de artículos fotográficos cuando él hubo salido. Le pidió al dependiente la dirección del laboratorio de revelado pretextando que debía entregar un pedido a escala industrial y, cuando lo consiguió, lo anotó en una agenda y salió a la calle.

En ese momento, Ottaviani, que iba en moto, cruzaba la muralla Leonina en dirección al castillo de Sant'Angelo. Había quedado con Elizabeth delante de una tienda de ropa.

–¿Cómo te ha ido? –le preguntó.

–Ya te contaré. ¿Y tú? ¿Has hecho compras?

–Algunas. ¿Has leído el periódico?

–Le he dado una ojeada, ¿por qué?

–Ha ocurrido algo raro; desapareció el profesor Lanzi.

–¿Lanzi? ¿El director general?

–El mismo. La policía encontró su coche vacío en pleno campo. De él no había ningún rastro.

–¿Dónde ocurrió?

–*Around the Torre Rossa.*

–¿En Lavinium?

–*Right.* Paolo Quintavalle telefoneó hacia las cuatro, te buscaba. *You should call him back.*

–Entonces vámonos enseguida, llamaré desde tu apartamento. ¿Te vienes conmigo?

–*Sorry, dear*, tengo el coche aquí cerca y además mal aparcado.

–Entonces nos vemos en casa.

–Hola, Paolo. Lizzy me ha dicho que me buscabas. ¿Qué le pasó al profesor Lanzi? Le he echado un vistazo al periódico pero sólo trae una nota de unas líneas.

–Te puedo dar detalles de entre bastidores –repuso el arqueólogo–. Cuando Carani decidió abrir la exposición, Lanzi le telefoneó esa misma noche; ya sabes cómo vuelan las noticias en nuestro ambiente. Estaba fuera de sí, lo amenazó con lo peor, le dijo que iría a ver personalmente al ministro para que cerraran todo y le embalaran a los guerreros para llevárselos a Sicilia.

–Se dice pronto. Me han comentado que la exposición tiene un éxito increíble. Parece ser que miles y miles de personas la toman al asalto.

–Efectivamente, un fenómeno singular. Pero escucha, ayer encontraron el coche de Lanzi en Torre Rossa; estaba vacío, con las llaves puestas, pero de él ni un solo rastro y, por lo que yo sé, hasta el momento no hay noticias.

–Eso mismo leí en el diario. Pero ¿qué crees tú que había ido a hacer Lanzi a Torre Rossa, es decir, a Lavinium?

–Llevo toda la noche pensándolo y no logro hacerme una idea. Sospeché que había ido a buscarme a la excavación, puesto que el coche fue encontrado por la tarde, en un horario en el que normalmente estoy allí, pero me parece raro. ¿Por qué no me telefoneó?

–A lo mejor lo hizo y no te encontró. Supón que Silvia estuviera en el museo y tus hijos jugando al tenis o en la piscina.

–Es posible. Pero hay otro punto más; del almacén ha desaparecido una pieza.

–¿Qué pieza?

–Un torso de terracota proveniente de la excavación.

–No lo habrá cogido Lanzi...

–Vamos, hombre, no bromees.

–De acuerdo, pero podría existir una conexión entre la desaparición de Lanzi y la de esa pieza. ¿Qué dice la policía?

–Han barajado un montón de hipótesis, incluso la del secuestro, pero a mí me parece muy raro. Por lo que yo sé, Lanzi no vive mal, pero está claro que no es rico.

–Eso lo dices tú. Lanzi es director general de Bellas Artes y como tal tiene la custodia de tesoros de un valor inestimable. Oye, ¿era importante la pieza que te quitaron?

–Se trata de un torso que llevaba un relieve estilizado: tres figuras inscritas en oratorio, una divinidad armada entre dos desnudos masculinos.

–Curioso. ¿Lo habrás fotografiado al menos?

–Sí, creo que sí. Hasta ahora lo hemos fotografiado todo.

–Menos mal. Oye, Paolo, ¿te importaría enseñarme esa foto? Podría ir para tu casa ahora mismo.

–Mejor nos encontramos en el despacho de Silvia, en el museo; está a mitad de camino entre mi casa y, digamos, la tuya.

–Dentro de veinte minutos nos vemos.

–El que llegue primero espera.

Ottaviani cogió el casco y la cazadora y bajó a la calle, justo a tiempo para cruzarse con Elizabeth que subía con una bolsa de plástico cargada de paquetes.

–¿Adónde vas? –le preguntó.

–A ver a Paolo por una cosa urgente. Nos vemos a la hora de la cena.

–¿No puedo acompañarte?

–Si quieres sí, pero date prisa.

–Vuelvo en seguida, lo que tarde en ponerme unos tejanos.

Poco después, Ottaviani avanzaba como una flecha por vía Etruria y vía Gallia en dirección al Coliseo con Elizabeth aferrada a su cintura. Llegó a la escalinata del Capitolio en un cuarto de hora, aparcó la Benelli y subió a pie junto con Elizabeth hacia la dirección de Museos. El coche de Quintavalle no estaba allí, le dejó dicho al portero que en cuanto llegase le avisara que subiera.

–El doctor Ottaviani y la doctora Allen –le indicó al empleado que fue a abrirle–, queremos entrar a ver a la directora general.

–Está en la sala de restauración –le informó el empleado–. Síganme, por favor.

En ese momento, Silvia Quintavalle tenía dificultades con el cipo funerario que había recuperado semanas antes en la vía Salaria.

–Hola, Fabio; hola, Lizzy. Paolo ha llamado hace unos minutos. Dice que lo esperéis si no os importa.

–Faltaba más. ¿Qué tienes ahí de bueno?

–Una inscripción fúnebre que encontré en la vía Salaria. Una apisonadora de la compañía del gas la partió en dos. Ahora está reconstruida, míratela si quieres.

El cipo medía casi un metro veinte de altura por ochenta centímetros de ancho y un pequeño tímpano se superponía sobre el espejo con la inscripción. Elizabeth cogió una hoja de papel y se puso a desarrollar a fondo la inscripción:

Dis Manibus
Lucio Fonteio Cai filio,
Heminae tribuno III *legionis*
Italicae, fato crudeli
XXXIV *annos defuncto*
Caius pater desolatus

–Pobrecito –comentó Ottaviani echando un vistazo a la inscripción–, cuando murió tenía más o menos mi edad. ¿De qué período te parece que es?

–Principios del siglo II antes de Cristo, *I would say* –respondió Elizabeth.

–Estoy de acuerdo –aprobó Silvia–. Es un oficial, podría

haber muerto en la segunda guerra macedónica con Flaminio.

–O en Asia con Escipión el Asiático, o con Manlio Vulso –dijo Ottaviani.

–Es inútil que nos devanemos los sesos, Fabio. En una de éstas murió acuchillado por un marido celoso mientras estaba oculto en alguna hermosa villa de esta zona.

Ottaviani permaneció unos instantes como absorto, pasando la mano por la lápida fúnebre del tribuno Hemina, atrapado por un sino cruel cuando tenía treinta y cuatro años. La voz de Silvia lo sacó de sus reflexiones.

–De todos modos, este señor me ha planteado un problema, un pequeño misterio por resolver.

–¿Quién, el personaje de la inscripción? –preguntó Ottaviani–. No entiendo por qué, el texto está bien claro, incluso te diría que es bastante común.

Silvia sacó de un cajón una cajita de plástico para diapositivas y la abrió.

–Fíjate en esto –le pidió–. Estaba en la tumba y pertenece a quien le dedica la inscripción.

Ottaviani observó el anillo de bronce y leyó la inscripción del engarce.

–Es verdad –dijo–, es el anillo de su familia, pero perdona, sigo sin entender.

–Es sencillo –replicó Silvia–, una de las dos inscripciones miente.

Ottaviani volvió a repasar la inscripción del cipo y luego cogió el anillo y se lo colocó en el anular observándolo atentamente.

–Creo que lo entiendo –dijo–, creo que lo entiendo. Se dejó caer en una silla como si de repente le hubieran fallado las fuerzas. Silvia y Elizabeth se le acercaron, alarmadas.

–¿Te encuentras mal, Fabio? ¿Qué tienes?

Ottaviani se pasó la mano por la frente perlada de sudor, luego se apoyó en los brazos de la silla y se puso de pie.

–No lo sé, no sé qué me ha ocurrido, pero ya se me ha pasado –dijo quitándose el anillo del dedo y dejándolo sobre la mesa–. No os preocupéis, ahora estoy perfectamente.

En ese momento entró Quintavalle.

–Perdonadme, chicas, tengo que hablar un momento con Paolo, ¿os importa?

Se acercó a su amigo y los dos se sentaron a una mesa que estaba medio llena de fragmentos de cerámica.

–¿Has encontrado la foto?

Quintavalle sacó una copia en blanco y negro de trece por dieciocho.

–Es todo lo que tengo, Fabio. Andaba corto de dinero y esperaba que me llegaran las nuevas partidas para hacer copias en color de gran formato.

–No es gran cosa –dijo Ottaviani, decepcionado–. Le falta contraste... De todas maneras, es mejor que nada. ¿Me la puedo quedar?

–Sí, tengo el negativo. Pero coméntame un poco, ¿tienes alguna idea?

–Nada en concreto, te juro, pero tengo la impresión de que la desaparición de Lanzi está relacionada en cierto modo con el robo de este objeto, y quería estudiarlo detenidamente para comprobar si no hay, yo qué sé, algún indicio.

–Para mí estás como una regadera, ahora también te dedicas a hacer de policía. ¿Has perdido todo interés por tu investigación?

–Al contrario. Creo que he hecho un gran descubrimiento.

–Bromeas.

–Pero antes tengo que continuar y seguir una pista.

–¿Y no quieres contarle a este viejo amigo de qué se trata? Me tienes en ascuas.

–Por ahora se trata sólo de un indicio, Paolo, un indicio muy interesante, pero nada más, no querría que después resultara una decepción. Ten paciencia, en cuanto tenga algún resultado, serás el primero en saberlo. Quería informarte que me marcho de Roma. Me iré a Grottaferrata, a la abadía de San Nilo.

—¡Santo cielo! —exclamó Quintavalle, asombrado—. ¡Fabio Ottaviani deja las tentaciones del mundo y de la carne para dedicarse a la vida contemplativa! Increíble.

—Venga, hombre, que no me meteré a fraile. Sólo tengo intención de estudiar, afinar alguna idea. De todas maneras, mientras esté allí te llamaré de vez en cuando para saber si por casualidad se ha producido alguna novedad.

—De acuerdo —dijo Quintavalle—. *Fiat voluntas tua.*

Elizabeth se acercó a ellos en ese momento.

—*Would you guys stop plotting together?*

—No estábamos tramando nada. Fabio me confesaba su intención de hacer votos de castidad —bromeó Quintavalle.

Salieron del museo a últimas horas de la tarde y Ottaviani dio un paseo por el centro acompañado de Elizabeth antes de volver a casa pasando delante de Villa Giulia. Las puertas del museo estaban abiertas y una larga cola de personas esperaba su turno para entrar. Una cámara de televisión filmaba el gentío y unos guardias urbanos habían formado un cordón a su alrededor. Ottaviani se detuvo junto a uno de ellos y le preguntó:

—¿Podría decirme cuándo cerrará la exposición?

—No lo sé, habían dicho que duraría un mes, después ampliaron el plazo a tres meses y ahora se habla de seis. Ayer vinieron dos mil personas, hoy dicen que más de tres mil. Es algo increíble; al fin y al cabo, no son más que dos estatuas.

—¿Ah, sí? —inquirió Ottaviani con una extraña sonrisa.

VI

Frascati, 7 de agosto, ocho de la mañana

Elizabeth subió la persiana veneciana y la luz del día inundó el dormitorio despertando a su compañero, que se incorporó en la cama.

–Tu amigo Barresi fue muy amable al prestarnos su casa para el fin de semana. Es un lugar maravilloso.

Ottaviani la miró como si la viera por primera vez: el cuerpo perfecto se recortaba contra las cortinas de encaje, en el halo luminoso de la mañana estival. Un cuerpo como el que había imaginado únicamente en sus primeros e ingenuos sueños adolescentes, y que no creía que pudiera existir. La acarició largamente con la mirada mientras recorría el dormitorio para buscar el albornoz.

–No te tapes, por favor –le pidió casi con melancolía–. Quiero seguir viéndote.

–Pero si ya me has visto un montón de veces cuando hacemos el amor –le dijo la muchacha, sonriendo.

–Cuando hacemos el amor es distinto, es como si un torbellino me tragara. Todo se vuelve oscuro y no te veo.

Elizabeth lo miró fijamente a los ojos y le preguntó:

–¿Qué me quieres decir?

–Verás... dentro de poco te marcharás y yo lamentaré no haberte mirado lo suficiente, no haberme grabado en la mente hasta el último detalle de tu persona.

–¿Por qué se te ocurre pensar en esto justo ahora? –inquirió la muchacha sentándose en la cama, delante de él–. Estoy aquí.

–Es raro –le dijo–, estoy tan acostumbrado a mirar el pasado que el futuro me confunde, me asusta. De muchacho, en la granja de mi padre, bajaba a menudo al fondo del pozo para medir el nivel del agua y no tenía miedo. Pero si había que subirse a los árboles me daba vértigo. ¿Cuándo vuelves a Estados Unidos?

Elizabeth no le contestó; se le humedecieron los ojos y se le nubló la vista. Se acercó a él y le acarició el pelo largo rato.

–¿Quieres explicarme una cosa? –le preguntó al cabo de un instante.

–Claro.

–¿Te acuerdas de cuando fuimos a ver a Silvia al museo para reunirnos con Paolo? Ella te enseñó el epígrafe y aquel anillo. Te lo pusiste en el dedo y dijiste «creo que lo entiendo... creo que lo entiendo» y de pronto te pusiste muy pálido y te empezaron a temblar las manos, te dejaste caer en la silla, como a punto de desmayarte.

–Me sentí mal, ya te lo dije.

–No te creo. Eres fuerte, estás sanísimo. No había motivo para que te sintieras mal. Cuando te quitaste el anillo recuperaste los colores, como si nada hubiera ocurrido. Lo que te puso en ese estado está relacionado con esos objetos. Pero ¿por qué? Acabas de decirme que el pasado no te da miedo.

–Es algo extraño, no sé cómo explicártelo. En cuanto me puse el anillo en el dedo me sentí presa de un repentino pánico, como si mi muerte fuera inminente. Como si aquella lápida hubiera sido preparada para mí.

–A eso hacías referencia cuando dijiste «creo que lo entiendo».

Ottaviani se tornó repentinamente sombrío y le pidió:

–Por favor, Lizzy, no me siento con ganas de hablar del tema.

–Perdóname, cariño, *forget it*... Y ahora levántate, que debes ducharte y prepararte. Hoy te esperan en la abadía, ¿no?

–Sí, hoy, pero ya no estoy tan seguro de que quiera ir.

–*Come on*, Fabio, no seas tonto. Tienes la posibilidad de descubrir algo excepcional. Eres un estudioso, no debes ser tan emotivo.

–Ya... la ciencia por encima de todo, como diría mi jefe.

–¡Vamos, muévete! –le ordenó Elizabeth con una carcajada al tiempo que lo sacaba de la cama–. Vamos, a ducharse toda.

Salieron de casa alrededor de las nueve y media y fueron en el coche de Elizabeth.

–No entiendo qué pudo pasarle a mi moto –comentó Ottaviani–. Funcionaba estupendamente y de pronto no hubo manera de que arrancara.

–No será nada importante –le dijo Elizabeth–. Mañana llamaré al taller. ¿Me telefonearás esta noche?

–Seguro, a eso de las ocho.

El potente coche subió la pendiente a velocidad constante; en lo alto se veía el centro antiguo del pueblo dominado por la aguja del campanario románico de San Nilo. Elizabeth entró en la plazoleta que había delante de la abadía y aparcó. Ottaviani sacó del maletero una pequeña maleta.

–*Are you okay, love?* –le preguntó la muchacha.

–En plena forma, cariño.

Le dio un largo beso y luego, con paso decidido, se dirigió hacia el portón de la abadía.

El archimandrita lo recibió con mucha cordialidad y se entretuvo en agasajarlo. Era un anciano agradable, alto e imponente, con unos ojos muy azules y profundos. Sabía latín, griego, hebreo clásico y arameo, y para él, la valiosa biblioteca de la abadía no guardaba secretos. Mantenía una relación epistolar con el patriarca Porphirios III de Antioquía, con Máximos VIII de Alejandría, con Hakim II de los maronitas y con el patriarca ecuménico de Constantinopla, al que había hospedado un día, en ocasión de una visita que le hiciera al pontífice.

Concluida la conversación llamó a un novicio (había cuatro en total, por la escasez de vocaciones) y le ordenó que acompañase al huésped a visitar la abadía. El joven llevó a Ottaviani a ver la estructura más antigua del complejo en la que se había albergado por primera vez la comunidad fundada por san Nilo: el cuerpo central de un edificio romano, la galería subterránea de una villa, según algunos, cuyas ventanas con pesadas rejas habían dado nombre al pueblo, *Crypta ferrata*, es decir, Grottaferrata. Vio la iglesia con el iconostasio cubierto de brillantes oros y con el ábside adornado de mosaicos. En el centro de la amplia cúpula descollaba la figura del Pantocrátor, sentado sobre el globo terráqueo, envuelto en la dalmática purpúrea. Sobre él aparecía la figura barbada de Dios Padre y la paloma con las alas desplegadas que emergía de un centelleo dorado.

Vio el giro de las murallas de defensa, los macizos torreones redondos de Giuliano de Sangallo y por último, a la tarde, la maravilla y la gloria del ilustre monasterio: la biblioteca y el taller de restauración de libros antiguos, famoso en todo el mundo.

Se encontró con una escena de otros tiempos. En una amplia sala con bóveda de aljibe, los monjes estaban concentrados en su trabajo; unos quitaban con solvente el papel de seda de protección pegado en antiguos pergaminos, otros reavivaban las miniaturas de un salterio, otros rehacían una encuadernación con finísimo hilo de cáñamo. Tendidos sobre mesas, abiertos y desmembrados vio los tesoros de las bibliotecas más famosas de Europa, códices de papel, de pergamino, de papiro y, por todas partes, los instrumentos más sofisticados de la técnica moderna: humidificadores, ampliadoras, aparatos de rayos X, microscopios, lámparas de rayos infrarrojos y ultravioletas. Esos textos que habían transmitido la cultura antigua a través del medievo, una vez cumplido su cometido, eran embalsamados para la posteridad por los lejanos epígonos de quienes los habían salvado de la destrucción.

Se paseó por las mesas observando las miniaturas, los textos de canto gregoriano, los misales, las obras de famosos autores clásicos: Varrón, Eusebio, Amiano Marcelino y un estupendo evangeliario griego, abierto al comienzo del Evangelio de san Juan, donde dice: «En el principio existía la Palabra...».

Visitó la famosa biblioteca. De allí provenía el texto de la Vaticana; entre sus paredes habían escrito la glosa críptica cuyo significado intentaría descubrir.

Volvió a pasar por la entrada para coger la maleta y siguió al novicio hasta el ala del monasterio en la que se hallaban las celdas de los monjes. Al pie de la escalera se encontraron con el archimandrita que en ese momento salía de la capilla.

–¿Qué tal, profesor? –le dijo a Ottaviani–, ¿ha visitado nuestra abadía?

–Un conjunto estupendo, padre, pero me propongo conocerla mejor en estos días en que me aprovecharé de su hospitalidad.

–Por favor, usted no se aprovecha de nada, al contrario, es usted bienvenido en nuestra casa. Su eminencia Montaguti me habló muy bien de usted. Por desgracia, nos vemos obligados a aceptar una modesta contribución por los gastos de alojamiento, profesor: los tiempos no nos permiten prodigarnos en hospitalidades tal como sería nuestro deseo.

–Su paternidad ha sido demasiado generoso al aceptarme en el monasterio.

–Vete a traer las sábanas y las fundas –le ordenó el archimandrita al novicio–. Ya acompañaré yo a nuestro invitado hasta el primer piso.

Subieron la escalera y se encontraron al comienzo de un largo corredor al que daban las puertas de una docena de celdas.

–Aún no me ha dicho cuál es el tema de su investigación –le comentó el archimandrita–, ¿o estoy siendo indiscreto?

–En absoluto –respondió Ottaviani–. Verá, he descubierto una glosa críptica en el códice polibiano 4731 de la Vaticana que, como sabrá, proviene de esta abadía. Querría llevar a cabo una investigación del archivo para tratar de interpretar su significado.

El anciano frunció el ceño.

–¿Hay alguna dificultad?

–No, no –contestó el archimandrita.

–Menos mal. Si quiere usted enseñarme mi celda...

–Sólo están ocupadas las cuatro últimas –le explicó el archimandrita–. Elija la que quiera.

Ottaviani enfiló despacio por el corredor sumido en el silencio en el que resonó cada uno de sus pasos. Se detuvo frente a la séptima puerta.

–Ésta me irá bien –dijo volviéndose.

–Como usted quiera, profesor –respondió el anciano–, haré que le traigan las sábanas.

–Le doy las gracias otra vez –dijo Ottaviani con una reverencia. Abrió la puerta y entró.

El venerable anciano se quedó de pie en medio del corredor con una expresión de estupor en el rostro.

–¿Dónde llevo las sábanas, su paternidad? –le preguntó el novicio que llegó en ese momento.

–Ha elegido la séptima celda –dijo como hablando consigo mismo–. La séptima.

Ariccia, restaurante La Pérgola, 7 de agosto,
nueve y media de la noche

–Tu moto estará lista dentro de tres o cuatro días –le informó Elizabeth–. Ya sabes que en esta época está todo cerrado y no resulta fácil encontrar un taller de servicio.

–Qué se le va a hacer, paciencia –respondió Ottaviani–, eso significará que viviré estos días de trabajo en aislamiento monástico. Lo que lamento es no poder ir a verte cada vez que tenga ganas.

–Vendré a verte yo por la noche, cariño, como hoy; de día estoy en la excavación con Quintavalle y los del Instituto.

–¿Alguna novedad?

–Y muy importante. Tenías razón: apareció la séptima estatua y parece ser que es la última; ya nos encontramos en el fondo de la fosa. ¿Y tú has descubierto algo?

–Por el momento he echado un vistazo al edificio y he tomado posesión de mi celda. Empezaré mañana.

–¿Cómo te encuentras?

–Bueno, no sabría decirte. Por una parte estoy entusiasmado por la idea de descubrir el significado de esa glosa que encontré en el códice vaticano pero por otra lamento separarme de ti. Dormir solo en esa celda me pone melancólico. ¿Y tú? ¿No te sientes sola?

En ese momento entró en el restaurante un grupo de muchachos discutiendo en voz alta.

–¿Por qué no salimos? –le pidió Elizabeth.

Ottaviani llamó al camarero y pagó la cuenta. Salieron a la calle y echaron a andar debajo de los árboles.

–Yo también me siento sola –admitió Elizabeth–. No me había dado cuenta hasta qué punto llenabas mi vida. Hace tan poco que nos conocimos…

–¿Quieres decir que soy un incordio? –le preguntó Ottaviani echándose a reír.

–Hablo en serio, Fabio. Por poco que sea, el tiempo que pasas lejos de mí me parece un desperdicio.

–Lo dices para agradarme. Dentro de unos meses te volverás a Estados Unidos, donde tendrás un montón de admiradores, de amigos.

–Te equivocas. Soy una mujer solitaria.

–Eres inteligente, hermosísima, por lo que se puede deducir, hasta diría que rica. ¿Qué haces saliendo con un tipo como yo? No pretendo ser tu gran amor. De acuerdo, no me considero ni estúpido ni antipático y te creo cuando dices que te encuentras a gusto conmigo, pero no espero que me consideres más que un buen amigo; como decís vosotros, un *boy friend* con el que pasas un verano agradable.

–Lo dices porque temes reconocer que me quieres de verdad.

Ottaviani la apretó contra él al tiempo que se reclinaba en el tronco de un tilo secular.

–Llevo dentro tantas palabras de amor...

–Y no quieres decírmelas... *please, lover...*

–¿Para dejar que se deslicen por tu rostro y tu cuerpo como un baño caliente, y por tu pelo como un perfume? No, querría saber palabras fuertes, capaces de penetrarte, de destruir tu perfección olímpica, de hacerte llorar como una niña aterrada de la oscuridad...

En ese momento comenzó a soplar el viento y a su derecha, el lago de Nemi, hundido en el negro cráter volcánico, se encrespaba de olas oscuras.

–Querría enturbiar la limpidez eterna de tus ojos... No temo las profundidades...

Elizabeth se desembarazó de su apretado abrazo, retrocedió y lo miró. Poco a poco, su mirada se ensombreció, una sombra se le agolpó en los ojos y los labios le temblaron. Inmóvil y muda, lloró delante de él con grandes lagrimones.

–Elizabeth... Dios mío, Elizabeth, perdóname... cariño.

La abrazó y la besó. Sus labios tenían un sabor salado y amargo.

Llegaron al coche y Ottaviani volvió a sentarse al volante.

–Fabio.

–¿Sí?

–*I'm sad... Don't do that to me... never again... never.*

–No sé por qué te dije esas cosas.

–¿Me crees cuando te digo que te quiero?

–Sí.

–Más que a mi propia vida.

–Sí, te creo.

–Fabio, quiero pedirte algo importante.

–Lo que tú quieras.

–Volvamos a Roma. Vete de ese lugar, *please.* No puede haber nada que no sea ya conocido, todos los libros de la abadía están catalogados en los repertorios bibliográficos y los he cotejado yo misma. Vuelve a casa conmigo... *now.*

–Lizzy, de qué me estás hablando.

–Te estoy hablando en serio, *please.* Fabio, vuelve conmigo a casa, esta noche quiero dormir a tu lado y mañana, y pasado...

–Lizzy, pero es que no tengo intención de pasar en Grottaferrata más tiempo del necesario. Quizá sea como tú dices, que no encontraré nada, pero al menos deja que lo intente. Para mí es importante.

–¿Más que yo?

–Caray, Lizzy, ya no entiendo nada. Siempre me estás diciendo que no debo dejarme llevar por las emociones, que un hombre de ciencia no se deja llevar por las emociones y después vas y de repente te comportas tú así. Siempre me has dado ánimos y ahora te echas atrás.

–*All right*, como quieras –se resignó Elizabeth.

Ottaviani arrancó y fue hacia San Nilo. Paró en la plazoleta de la iglesia y apagó el motor.

–¿Hay noticias del profesor Lanzi?

–No. La policía excluye la hipótesis del secuestro porque ni la familia, ni los periódicos, ni nadie ha recibido una petición de rescate.

–Es raro –dijo Ottaviani–, pero yo sigo en mis trece. Para mí que lo secuestraron y el robo de ese torso que estaba en el almacén está relacionado en cierto modo.

–Olvídalo, Fabio, para eso está la policía. Ahora ocúpate de tu trabajo, quiero que vuelvas pronto a mi lado.

Ottaviani la acarició largamente sin hablar.

–¿En qué piensas? –le preguntó Elizabeth.

–Lo que siento por ti me está cambiando la vida.

–¿Cuánto?

–Mucho... tal vez demasiado. Por eso tengo miedo.

–Yo también he cambiado –le comentó Elizabeth–, pero no tengo miedo. Es bonito quererte y saber que me quieres. –Le dio un ligero beso en la boca y le preguntó–: ¿Me llamarás mañana?

–¿A eso de las siete?

–*All right*... ¿Seguro que no quieres volver a Roma conmigo?

–Volveré pronto, cariño. Ahora déjame marchar.

Se bajó del coche y entró en el monasterio un instante antes de que el portero cerrara y se fue a su celda. Se asomó a la ventana y vio partir el coche de Elizabeth. Le entraron entonces ganas de estar a su lado, en casa, de dormir apretado a ella después de pasarse un largo rato escuchando el ulular del viento.

De repente lo asaltó una sensación de soledad y miedo: las luces de la ciudad, sus ruidos familiares se le antojaron lejanos, como si no fuera a salir nunca más de entre aquellas paredes.

El viento cobró más fuerza y agitó las copas de los acebos y los cipreses contra el cielo negro, después empezó a llover y del jardín subía un olor a tierra mojada y el perfume intenso de los pinos.

Cerró la ventana, encendió la lámpara que había sobre la mesa y se puso a leer el periódico. Un rayo cayó sobre la ciudad, trífido como la serpiente de Atenea; poco después se oyó estallar el fragor del trueno. La luz de la lámpara se atenuó, palpitó un instante y se apagó. Ottaviani sacó las cerillas y encendió la vela que había en el reclinatorio. Cogió el asa de la palmatoria y la levantó para iluminar la celda. La llama trémula difundió su claridad sobre la pared donde se abría la ventana revelando todas las protuberancias de las piedras con las que estaba construida.

En ese instante posó la mirada en una extraña marca trazada en una de las piedras. Acercó la vela a la pared y en el fuerte contraste de luz y sombra alcanzó a distinguir una especie de grafito grabado en la cal. Parecía un óvalo cruzado en su mitad por una línea transversal... como una letra *theta* mayúscula del alfabeto griego. Le pasó la mano derecha para palpar los bordes pero en ese mismo instante se encontró mal, le entró una especie de vértigo, una fatiga extraña e imprevista. Notó una fuerte sensación de náusea al tiempo que la frente se le perlaba de un sudor helado, seguida de un conato de vómito. Con gran esfuerzo se dio la vuelta para apoyar la espalda contra la pared y mientras se iba dejando deslizar hasta el suelo, con la mano izquierda se aferró del picaporte de la ventana y la abrió. Lo embistieron una ráfaga de viento frío y la lluvia y se sintió revivir. Respiró profundamente apoyándose en el alféizar con las dos manos; el malestar se le había pasado.

Volvió a cerrar la ventana y tanteando buscó la cama, se acostó tratando de relajarse y poco a poco, los latidos de su corazón se apaciguaron y la respiración se le normalizó. Cuando volvió la luz y la lámpara de la mesa volvió a encenderse, dormía profundamente.

En cuanto se levantó al día siguiente fue a llamar al despacho del archimandrita.

–Pase –le dijo una voz desde dentro.

Ottaviani entró y vio que delante del archimandrita había una persona sentada.

–Pase, profesor, acérquese. Le presento a un colega suyo, el doctor Ioannidis, especializado en el estudio de antigüedades bizantinas. Está interesado en la historia de nuestra orden y también ha venido a quedarse una temporada con nosotros.

–Mucho gusto –dijo Ottaviani estrechándole la mano.

Ioannidis hizo una inclinación y antes de salir le planteó un deseo:

–Me gustaría que nos viéramos después para intercambiar ideas, sé que también ha venido por motivos de estudio.

–Encantado –dijo Ottaviani y cuando se hubo marchado le comentó al archimandrita–: Pero no es italiano.

–No, efectivamente. Creo que es de Creta. Y bien, profesor, usted dirá.

–Padre, ayer por la noche, cuando se cortó la luz encendí una vela y noté que en la pared exterior de la celda hay un grafito, una especie de letra *theta* mayúscula. Quería saber si usted conocía su existencia y su significado. Poseo conocimientos de epigrafía, pero se trata de un signo que no había visto nunca. Quise examinarlo con mayor detenimiento pero me sentí mal, tal vez fue la comida del restaurante o quizá cogí frío, y esta mañana se me ha ocurrido preguntárselo.

–Sí, profesor –contestó el anciano–, conozco ese signo que es más bien antiguo. Comúnmente se considera que es la inicial de la palabra griega *Theòs*, Dios. Tal vez un monograma como la famosa *chi* griega de *Christòs* que se ve en las lápidas de las catacumbas.

–¿Existe testimonio en alguna otra parte?

–No sabría decirle, pero no lo creo, nunca he oído decir que…

–Yo tampoco, la verdad. De todas maneras, le doy las gracias y perdone la molestia.

–Considéreme siempre a su disposición –replicó el archimandrita al tiempo que se ponía de pie para acompañarlo a la puerta.

Ottaviani salió a desayunar al bar y a comprar el diario. La página de sucesos dedicaba un magro artículo suelto a la desaparición del profesor Lanzi. Había transcurrido más de una semana desde su desaparición y todavía no se tenía ninguna noticia; ¿no sería que la prensa guardaba un prudente silencio para favorecer los eventuales contactos con los secuestradores? La página cultural estaba ocupada completamente por una extensa nota sobre los guerreros de Villa Giulia, asediados por muchedumbres cada vez mayores. La policía había tenido incluso que intervenir para dispersar a un grupito de facinerosos que quisieron entrar cuando estaba cerrado. Tanto sociólogos como psicólogos se tomaban el trabajo de buscar una explicación a ese fenómeno singular, con resultados al menos discutibles. Los arqueólogos, por su parte, se mostraban mayormente molestos por aquella ruidosa invasión del vulgo profano: ¿qué diablos quería toda esa gente que no entendía ni jota del arte y la civilización griegas? Los más enfadados eran los que normalmente se lamentaban del total desinterés de la opinión pública ante la ruina del patrimonio artístico y monumental.

Encendió un cigarrillo mientras se tomaba el *cappuccino* que el camarero le había dejado sobre la mesa y siguió leyendo el periódico: Rusia se veía agitada por graves disturbios. En las ciudades, la gente desesperada y muerta de hambre salía a la calle a manifestarse; por todas partes, el ejército hacía pronunciamientos de unidad en favor de la ultraderecha nacionalista liderada por Dimitri Zamjatin. La flota de la OTAN volvía a trasladarse a las proximidades de los estrechos, mientras que en la zona del Cáucaso se producían grandes movimientos de tropas. Desde los montes Zagros miles de soldados persas bajaban en dirección a Ninrud, Kalaa, Irbil. Entre Mahabad y Kars, en las inaccesibles montañas de Urartu, miles de pesmergas cruzaban, inquietos, las fronteras de cinco naciones, dispuestos a poner en pie de guerra a su gente dividida y sometida.

Pero se trataba de pequeñas noticias cuya voz se perdía. Las playas rebosaban de familias de clase media dedicadas al baño de agosto; los contables se tostaban apresuradamente en Rímini y Viareggio para, al cabo de nada, poder lucir, en las ventanillas de los bancos de Milán, Turín y Bolonia un tono exótico.

Miles de turistas se paseaban por los zoos arqueológicos de la península, hormigueaban alrededor de los colosos mutilados, despiadadamente prostituidos ante *instamatics* y cámaras de vídeo.

En Umbría ardían los últimos bosques, se quemaban como antorchas los robles de Cerdeña y los pinos lorigados de Calabria; acosados por las llamas, los últimos lobos itálicos huían de los montes del Sannio para morir como perros vagabundos bajo las ruedas de los TIR. Y el sol triunfante, *deus sol invitus*, reinaba sobre un imperio de turistas, irradiaba su gloria sobre vientres fornidos y nalgas obscenas, derramaba sin piedad su fuego sobre las tierras resecas de los campesinos, secaba los forrajes, agostaba las vides obstinadas, abrasaba los inmortales olivos.

La noche anterior el agua había caído sólo sobre la ciudad pero en las afueras se había transformado inmediatamente en grueso granizo que cubrió el suelo de fruta verde y hojas laceradas.

El *cappuccino* estaba malo y sabía a leche esterilizada; no había pastas frescas porque la pastelería estaba de vacaciones. Sólo tenían las envasadas, rellenas de mermelada cáustica, descaradamente roja. Ottaviani volvió a trasponer los muros de la abadía y, disgustado, se encerró en su celda. Se tumbó en la cama y colocó la almohada sobre el cabezal de hojalata pintada: justo delante tenía el signo, apenas visible bajo la luz difusa de la mañana, casi imperceptible. Buscó un poco de música en el transistor y encendió un cigarrillo.

El signo era una letra *theta*. *Theta* como *Theòs*, es decir, Dios... casualmente la letra *theta*, pero si se rezaba o se creía en latín... tendría que haber sido una D, como en *Deus* (*Deus ex machina?*) pero no, era una letra *theta*... como corresponde a la celda de un monje del rito griego basilio...

un monje como... ¿Theodoros? El *cappuccino* se le había atravesado y le entraron náuseas, ganas de vomitar. ¿Qué hacía ahí, como un estúpido, en un convento de frailes en vías de extinción cuando podía hundir la lanza en una tierra fértil, comer la fruta prohibida, volar alto en un cielo sin nubes, navegar en un mar verde como las esmeraldas, tocar el ombligo del mundo, escupir fuego como un dragón mientras estuviera a tiempo (*tempus irreparabile fugit?*) antes de volverse mortal, hoja otoñal de árbol... antes de iniciar el descenso que conduce a la muerte (*stipendium peccati, mors*). «Veo una vela negra –gemía Jethro desde la radio– en el horizonte... *I see a dark sail on the horizon set under a dark cloud that hides the sun...*» Antes de que fuera demasiado tarde, mientras estuviera a tiempo...

El signo seguía allí, era la letra *theta*, th... e... t... a, como en... «THEODÒROS ÉGNOKE TÈN ALÉTHEIAN» «Theodoros sabía la verdad». Y también sabías, maldito fraile, que te entendería. ¿Cuántos años, cuántos siglos han pasado, seis, siete, ocho? Sólo yo te he comprendido, te he desenterrado en una atmósfera controlada, humidificada, vigilado por el cancerbero alemán... no me decepciones ahora, hermano... te lo ruego, no me decepciones.»

Fabio Ottaviani se había sentado en el borde de la cama con los codos en las rodillas y la cara entre las manos: lloraba.

9 de agosto, cuatro de la tarde

–Siéntese, por favor –dijo Ottaviani escondiendo en el cajón la navaja multiusos. Ioannidis se sentó en el banco que había delante del escritorio.

–Vamos a ver si he entendido bien, Ottaviani, usted ha venido aquí para una investigación filológica.

–Más o menos.

–¿Y cómo le va?

–Nada mal, pero podría irme mejor. ¿Y usted?

–Como le ha dicho el archimandrita, estoy especializado en antigüedades bizantinas y me interesa la historia de este convento.

–¿Por casualidad busca algún testimonio inédito?

–Exactamente. Pero este lugar es extraño. ¿Lo ha notado?

–La verdad, no es nada del otro mundo, para serle sincero.

–A mi juicio, el archivo del monasterio está incompleto y una parte de los documentos resulta prácticamente inaccesible porque están en el archivo privado del archimandrita.

–¿Donde nos presentaron?

–No, ésa es sólo una oficina, el archivo privado se encuentra en el sótano, detrás de la cripta. Pero debo decirle, mi querido colega, ¿puedo llamarle colega? –Ottaviani asintió–. Debo decirle que cuando se trata de investigar, no me detengo ante nada.

–¿Y cómo se ha enterado de la existencia de ese archivo privado?

–Mi querido Ottaviani, no se le escapará que quienes nos dedicamos a esto, nos parecemos un poco a los detectives… ¿cómo los llaman en italiano? Investigadores, eso es.

–Comprendo. Pero habla italiano mejor que yo aunque me han comentado que es cretense.

–Sí, pero estudié en Rodas, cuando la isla era italiana. ¿Conoce usted Grecia?

–Sí, he ido muchas veces, casi siempre por motivos de estudio –respondió Ottaviani en griego, con un buen acento ateniense, para poner a prueba a su interlocutor.

–Ah, *omilàte hellenikà poly kalò* –lo felicitó Ioannidis.

«No es ningún tonto –pensó Ottaviani–, pero tampoco es cretense… diría más bien que del norte… de Tracia, tal vez.»

–¿Puedo preguntar sobre qué tema está investigando? –inquirió Ioannidis.

–Nada especial. Estudio la *Geografía* de Estrabón, los códices de Polibio. Se trata de una investigación crítica.

–Interesante. Será un placer comentarlo con usted en una próxima ocasión y hablar también de mis resultados, si es que le apetece, claro.

–Me encantaría –mintió Ottaviani, que no veía la hora de que se marchara.

Ioannidis lo saludó y se marchó; él sacó rápidamente la navaja, abrió la cuchilla serrada de acero y empezó a rascar alrededor de la piedra marcada con la letra *theta*.

Trabajó cuatro horas con método y paciencia conservando en un trozo de papel el material que iba sacando, deteniéndose sólo un instante antes de que cerraran las tiendas para ir a comprar a la ferretería dos gruesos destornilladores. Una vez que terminó de rascar alrededor del bloque de piedra, con esas herramientas empezó a hacer palanca alternativamente a la derecha y a la izquierda para sacarlo de su sitio.

Hacía rato que había sonado la hora del silencio nocturno cuando introdujo la mano despellejada y trémula en la cavidad oscura de la pared. Exploró a la derecha, a la izquierda y luego en el fondo, delante de él y finalmente tocó algo con los dedos: una superficie resbaladiza y rugosa como la piel de un sapo. Apartó la mano con un estremecimiento de asco y fue a buscar la linterna para iluminar la cavidad. A unos treinta centímetros había una especie de bulto negro y verrugoso con forma de paralelepípedo; cogió la linterna con la boca, metió las dos manos y con inmensa precaución sacó el extraño objeto.

Lo colocó sobre la mesa y despacio empezó a rascar su superficie con la navaja: debajo de una película de polvo y moho humedecido encontró una capa irregular de cera. Quien había llevado a cabo aquella operación había utilizado un cirio encendido para cubrir el objeto con una capa protectora.

Ottaviani comenzó a quitar la cera tratando de contener como podía la emoción, pero las manos le temblaban como si fuera un artificiero inexperto que manipulara un paquete de explosivo plástico. Cuando hubo terminado se encontró con una caja de madera: la abrió y en su interior encontró un libro antiquísimo. En la primera página destacaba la inscripción «POLIBIOU HISTORIAI».

Tuvo que hacer una pausa y acercarse a la ventana para recuperar el aliento y respirar el aire fresco de la noche. De la calle le llegó precisamente en ese momento el rugido de un motor que arrancaba, un motor potente que funcionaba como una seda... un seis cilindros... como el Ford Camaro de Lizzy.

¡Había olvidado por completo que debía llamarla! Tal vez se había preocupado y se había desplazado desde Roma para verlo. Pero ya era demasiado tarde para visitas y, sin duda, había encontrado el portón cerrado. Regresó a la mesa donde se puso a leer y no tardó en tener entre sus manos el texto integral de las historias de Polibio. Cogió la cámara fotográfica y el flash y se dedicó a fotografiar página por página. Siguió trabajando toda la noche sin parar. A las seis en punto, concluida la tarea, había vuelto a dejar el códice en su sitio, cerrado la cavidad con la piedra y estucado los bordes con restos de cal y goma arábiga. Poco después bajó al bar donde fue el único parroquiano además de un guarda nocturno que acababa de terminar su turno.

–Ugo –le dijo el guarda al tabernero soñoliento–, te digo que en la abadía hay fantasmas.

–Y yo te digo que anoche te tomaste un trago de más.

–Qué trago ni ocho cuartos, si soy abstemio. Te digo que me pasé toda la noche viendo salir relámpagos por una ventana de la abadía. ¡Si parecía que ahí dentro hubiera un temporal!

—¿Me pone un *cappuccino*? —preguntó Ottaviani para interrumpir la conversación. El tabernero puso manos a la obra—. ¿Tiene fichas de teléfono?

—Créame, doctor —insistía, mientras tanto, el sereno, dirigiéndose a Ottaviani—, ahí dentro hay fantasmas.

Ottaviani se tomó el *cappuccino*, cogió las fichas y fue al teléfono.

—¿Lizzy? Soy yo, Fabio.

—¿Fabio? —respondió una voz soñolienta—. ¿Qué hora es? ¿Qué pasa?

—Escúchame, Lizzy, ayer no te llamé porque pasó algo. Lo he logrado, Lizzy, lo he logrado; es un descubrimiento fantástico. Escúchame, en cuanto abran las tiendas cómprame todo lo que haga falta para revelar en blanco y negro: ácido, fijador, cubetas. ¿Me has entendido? Estupendo, luego ven aquí enseguida. Telefonea a Paolo y dile que no puedes ir a la excavación, que irás mañana. Te lo pido encarecidamente, es algo importantísimo... *Okay?*

—*Okay*, Fabio, quédate tranquilo. Llegaré a eso de las nueve, ¿te parece bien?

—Muy bien. Adiós, cariño, te espero.

Pagó y volvió a su celda, donde trató de dormir un poco. A las nueve en punto lo despertó el portero avisándole que en la entrada lo esperaba una señorita.

Durante unos kilómetros, Elizabeth lo llevó en su coche por la carretera de Albano y luego se adentró por un camino de campo y se detuvo en una especie de explanada, debajo de una morera.

—Esta mañana no he podido volver a dormirme de los nervios que me metiste en el cuerpo —le dijo—. Es magnífico, Fabio... y pensar que yo no tenía fe y quería llevarte de vuelta a Roma.

—Yo tampoco me lo puedo creer —admitió Ottaviani—. ¿Te das cuenta?, un códice de Polibio, íntegro, más antiguo que el vaticano 4731, es el descubrimiento filológico más grande de los últimos cuatro siglos.

Elizabeth lo abrazó y le preguntó:

–¿Dónde está ahora?

–Lo escondí en un lugar seguro donde nadie lo podrá encontrar. Antes quiero estudiarlo bien, y sobre todo, descubrir el significado de la glosa críptica del códice vaticano. Está claro que el copista hacía referencia a algún testimonio contenido en el original, algo que le llamó la atención y lo trastornó. Fotografié el original y hoy voy a revelar los negativos, ni siquiera hará falta que haga copias porque la escritura saldrá en blanco y negro, y con un formato grande sólo necesitaré una lupa para poder leerlo sin problemas.

–¿Por qué no vuelves conmigo a Roma?

–No, Lizzy, todavía no. No quiero abandonar el códice y tampoco puedo transportarlo. Ten paciencia.

Elizabeth lo miró, tenía la cara tensa, los ojos enrojecidos.

–*Watch out*, Fabio –le advirtió pasándole la mano por el pelo–, estás exhausto, te hace falta descansar.

–Luego, cariño, luego. Ahora tengo que seguir trabajando.

11 de agosto, siete y media de la tarde

Se pasó todo el día revelando los negativos del capítulo veintidós y los había colgado para que se secaran. Casi todas las películas estaban secas y eran legibles. Se hizo un visor improvisado utilizando la lámpara de la mesita de noche y empezó a examinar el texto:

… Enterados de la derrota en Tracia de Cnaeus Manlius Vulso, los senadores se dirigieron al simulacro de Palas ilíaca como el único amparo que podía salvar a la ciudad de la ira divina; el simulacro se conservaba en Lavinium junto a seis réplicas con las que el verdadero Paladión se confundía. También se había consultado al oráculo de Delfos, que había dado una respuesta de difícil interpretación: sobre el Capitolio se debía colocar el Paladión, vigilado por los héroes preferidos de la diosa, Ulises y Diómedes.

Ottaviani dejó la lupa y se restregó los ojos cansados. No había duda, las siete estatuas de las que hablaba el historiador eran las mismas que Quintavalle había encontrado en Lavinium, pero le parecía rara la referencia que hacía el oráculo a Ulises y Diómedes. Continuó leyendo con dificultad la parte que seguía, plagada de lagunas allí donde las manchas de moho habían invadido el tejido en el que estaba escrito el códice.

... Alguien conocía un santuario en el que se veneraban las estatuas de Ulises y Diómedes por lo que se envió a la embarcación *Águila* para que fuera a buscarlas a la isla donde se encontraban y las llevara nuevamente a Roma, pero en el momento de desmontar las armas que empuñaban las estatuas, un prodigio había aterrorizado a los marineros y las armas cayeron al mar. A su regreso, cuando la embarcación se encontraba ya próxima a Italia, se desató un temporal que la hizo zozobrar. Sólo se salvaron dos marineros. Inmediatamente después, un terremoto sepultó al cónsul Vulso entre las ruinas de su casa ... Justo castigo por haber desobedecido el oráculo sibilino ... A partir de ese momento se corrió la voz de que el Paladión se encontraba en Roma, en los penetrales del templo de Vesta...

Ottaviani no podía creer lo que acababa de leer; ¡las teorías del profesor Cassini quedaban plenamente confirmadas! La noticia difundida por el senado según la cual el Paladión se encontraba en el templo de Vesta era falsa, desde el momento en que el simulacro se encontraba, con toda probabilidad, entre las siete estatuas recuperadas por Quintavalle. Pero había otro aspecto: ¡las estatuas de Ulises y Diómedes a las que Polibio hacía referencia eran, sin duda, las de los héroes de Taormina! ¿No eran acaso el joven de la melena leonada el divino Tidides y el otro, el guerrero pensativo, el gran Ulises, maestro de engaños? ¿Y acaso no les faltaban las armas, no habían sido recuperados del mar, cerca de la costa? Todo encajaba a la perfección: el oráculo decía que eran los héroes predilectos de la diosa, tal como aparecían en los poemas homéricos, mientras que en la versión tardía de la *Eneida* de Virgilio, Atenea los maldecía por haber osado tocar el Paladión con las manos ensangrentadas.

Las piezas del mosaico se recomponían de forma tan perfecta que le costaba creerlo y tenía la impresión de que de un momento a otro despertaría de un sueño y vería desaparecer el códice, las paredes de su celda, todo.

El torso. ¡El torso robado! ¡Había una divinidad entre dos desnudos masculinos armados! Buscó en la cartera la foto que Quintavalle le había dado y la exploró detalladamente con la lupa: en ella se representaba un templete estilizado y debajo de él aparecían tres figuras. Quien había plasmado ese relieve conocía sin duda el oráculo al que Polibio hacía referencia.

Prosiguió con la lectura del texto: ahí tenía la verdad de Theodoros, una verdad que lo había trastornado, igual que lo trastornaba a él, Fabio Ottaviani, después de tantos siglos.

Esa misma noche buscó a Ioannidis pero no lo encontró. Lo vio al día siguiente, por la tarde, cuando se disponía a entrar en su dormitorio.

–Oiga, Ioannidis, usted está estudiando la historia de este monasterio, ¿no es así? Verá, quería preguntarle si existe algún documento que haga referencia a los miembros de esta comunidad, especialmente a los del período de la Alta Edad Media.

–¿Es algo que pueda interesarle para su investigación?

«Este hombre contesta a las preguntas con otra pregunta», pensó Ottaviani.

–Efectivamente –le dijo–, estoy tratando de precisar quién copió una serie de códices hacia finales del siglo XI, entre los cuales estaba el polibiano vaticano 4731.

–Comprendo: un problema de cotejo de textos, ¿o se trata de la preparación de una edición crítica?

–Ambas cosas –mintió Ottaviani–. Verá, el copista que me interesa se llamaba Theodoros. Estoy tratando de comprobar si se le puede atribuir la paternidad de un cierto número de códices que estoy estudiando.

–Theodoros me ha dicho; no, por ahora no encontré ese nombre, para colmo, aún no he logrado consultar los textos que se conservan en el archivo privado del archimandrita. Pero todavía no me he dado por vencido, a lo mejor, en estos días... De cualquier manera, le avisaré si encuentro alguna noticia interesante.

–Se lo agradezco y desde ahora mismo estoy a su disposición por si puedo servirle de algo.

Ottaviani salió y se fue al bar, donde compró un puñado de fichas y se colgó del teléfono.

–¿Es usted, señora? Habla Fabio, ¿está Alfredo?

–Ese desgraciado –le soltó la señora Settembrini– se pasa la noche de parranda y después duerme todo el día. Usted que es tan sensato, ¿por qué no le pide que siente la cabeza? Está desayunando, en seguida le digo que se ponga.

–Dime –le respondió al cabo de un instante la voz de Scooter.

–¿No tenías que bajar a Roma a hacer ese trabajo para *Arqueología y Arte*?

–Sí, salgo hacia las doce de la noche, con la fresca. Claudio Rocca y Dino Rasetti no vienen porque están ocupados.

–Lástima. Oye, mi moto está fuera de combate. Tendrían que arreglármela mañana. ¿No podrías pasar a echarle un vistazo? No me fío de ese mecánico.

–¿Tengo que hacerle también la imposición de manos?

–No sé, fíjate tú, si te dejan. El taller está en vía Tuscolana 352.

–Recibido. Pero ¿dónde estás?

–En un convento.

–*Pax tibi* –contestó Scooter sin inmutarse.

Ottaviani llamó después a Elizabeth.

–¿Lizzy? Soy yo. Ya he terminado mi trabajo. Mañana por la tarde puedes venir a recogerme.

–*It's about time* –dijo Elizabeth–. *I'm dying to be with you again.*

–Lo mismo digo, cariño, no veo la hora.

Tomó un bocado en la fonda y volvió al convento donde trabajó hasta bien entrada la noche.

Se acostó tarde, extenuado.

VII

Abadía de San Nilo, 12 de agosto, una de la madrugada

El sueño tardaba en llegar, quizá porque se había cansado demasiado y en su mente se agolpaban cien imágenes que trataba de seguir, de aprehender, de entender. Por momentos todo le parecía claro, pero luego, la perfecta coincidencia entre el testimonio de la antigua fuente que acababa de descubrir y las pruebas arqueológicas surgidas de la tierra y del mar le parecía demasiado exacta, casi banal.

Había un personaje que continuaba resultándole oscuro: Theodoros, el amanuense, autor de la glosa críptica. ¿Qué motivo podía haber tenido para esconder el códice de ese modo, en el interior del monasterio, dentro de su propia celda? ¿Por qué no había transcrito la versión íntegra del texto que conocía bien en lugar de la espuria y mutilada que había en la Biblioteca Vaticana?

¿Y qué sabía Ioannidis? ¿Qué había de verdad en lo que decía con respecto al archivo del archimandrita? Además, su cara le resultaba conocida, pero no lograba recordar de dónde. Al final acabó por dormirse y tuvo la impresión de caminar en dirección al mar por un camino desierto, en pleno campo. Le parecía que iba hacia Lavinium pero en un momento dado se detenía en el cruce con otra calle: un camino largo, pavimentado de gruesas losas de piedra, flanqueado de grandes monumentos medio derruidos.

Había gente, un grupo de personas se agolpaba alrededor de algo que no alcanzaba a ver. Notaba una extraña inquietud, como un peso que le oprimía el corazón y sabía que no debía detenerse, que era imperioso que llegara a su meta. Pero la curiosidad lo impulsó a acercarse a aquella gente. Se abrió paso entre aquellos hombres silenciosos, asombrados, que empuñaban palas, azadas, palos, hasta que llegó a ver el motivo de su estupor. Allí en medio había un muro de la altura de un hombre, rematado por tres arcos en ruinas y detrás se veía una especie de arca de piedra abierta. Entonces, él se asomaba para ver su contenido, casi con miedo, mientras el latido de su corazón se tornaba veloz, espasmódico; en el interior del arca veía un cuerpo... el cuerpo de una muchacha, perfecto como el de una diosa, pero con el color ceniciento de la muerte. Su rostro era de una soberbia belleza, tenía los ojos cerrados, la frente y las mejillas sombreadas por una brillante cabellera negra. Una dolorosa punzada le atravesó el corazón y lo invadió una negra desesperación. Ese que veía era el rostro de Elizabeth, estupendo, dulce e inmóvil en el rigor de la muerte, era el cuerpo de Elizabeth el que se ofrecía a la mirada de aquellos labriegos.

Se dejaba caer despacio al suelo y alguien lo levantaba en vilo y lo arrastraba al costado del camino para depositarlo a la sombra de un frondoso pino. Era tal su desesperación que se sintió morir, pero al abrir los ojos vio que la muchedumbre aumentaba cada vez más y que todos los viandantes se unían al gentío. Entonces él se abalanzaba como un poseso sobre aquella gente, trataba de contenerlos, de echarlos, pero la muchedumbre se volvía en su contra, lo pisoteaban, le daban patadas y puñetazos y él sentía que se hundía en un abismo sin fondo.

Inmerso en las tinieblas, atenazado por la rabia y la impotencia, oía a lo lejos algo así como el rumor confuso de miles de voces, algunas contenidas como murmullos, otras más fuertes, voces de admiración, de estupor, de repugnante obscenidad.

Tuvo la impresión de pasar una eternidad sumido en ese estado, le pareció incluso que volvía a ver la luz rojiza del crepúsculo. Miraba a su alrededor esperando que acabara su tortura pero la gente seguía allí, cada vez más numerosa. En un momento dado se oyó el galope de caballos y un ruido de ruedas sobre las losas, después del cual aparecieron unos soldados con yelmos y cotas de malla. Apartaron a la multitud, cargaron sobre ella lanzando imprecaciones e hicieron avanzar una carreta tirada por una mula. Sacaron el cuerpo del arca de piedra, lo echaron dentro de la carreta y se lo llevaron. Entonces él, venciendo la inercia de los miembros entumecidos, se levantó y siguió al carro. Se arrastraba y cojeaba mientras la multitud se iba desperdigando hasta que la carreta se detuvo delante de una muralla de ladrillos, rematada por macizas torres. Una vez allí, los soldados excavaron una fosa mientras llegaba otra carreta sobre la que yacían amontonados los cuerpos de otras mujeres envueltos en vestiduras teñidas de rojo. Y junto a aquellos cuerpos deshechos, obscenos, vio que lanzaban al fondo de la fosa, como si fuera la carroña de un animal, al objeto de su amor y de su desesperación.

Después volvió a encontrarse en su celda, sumido en la oscuridad y el silencio y vio surgir de entre las sombras una especie de espectro, un rostro encantador, y oyó una voz... una voz que lo llamaba con una insistencia angustiante hasta que entendió que debía levantarse para ir... para ir allí de donde jamás se regresa.

A lo lejos, se oía otra voz insegura, como interrumpida por los sollozos, la voz de un anciano que decía: «KYRIE, OH KYRIE, HELEISON TON HUION SOU THEODORON HOS APETHANE EN TAIS CHERSI TOU DIABOLOU KAI HELEISON HUMAS!», y entonces tuvo la impresión de que él también imploraba: «¡Señor! ¡Oh, Señor, ten piedad de tu hijo Theodoros, que murió en manos del demonio!».

Le pareció que gritaba cada vez más fuerte, como si se hundiera en un torbellino y quisiera que su voz se oyera, pero no había manera, seguía hundiéndose más deprisa de lo que su voz aumentaba en intensidad; entonces, su sufrimiento se volvía atroz, eterno, era un lamento prolongado, burbujeante, como quien grita en el agua, un sollozo doloroso, sofocado, ahogado en la oscuridad infinita.

Tres de la madrugada

Alguien lo sacudía, le tiraba de un brazo llamándolo por su nombre:

–¡Ottaviani, Ottaviani! ¿Qué le pasa, se encuentra mal?

–¿Quién es? Oh, Dios, qué dolor de cabeza... Pero ¿quién es?

Encendió la luz de la mesita de noche y dijo:

–¿Usted, Ioannidis? ¿Qué hace aquí? ¿Qué hora es?

–Me dirigía a mi dormitorio cuando oí sus lamentos, sus gritos y entré. Cálmese, ha tenido una pesadilla. Eso es, incorpórese... ya se le ha pasado. ¿Quiere que le traiga un vaso de agua?

–Sí, gracias.

Ioannidis cogió un poco de agua del lavabo y se la llevó en un vaso de plástico.

–¡Jesús! Pero si son las tres de la mañana. ¿Qué hace usted dando vueltas a estas horas?

Ioannidis lanzó una sonrisa ambigua.

–Mi querido colega, ya sabe usted que nosotros, los estudiosos, somos como los detectives, como los investigadores...

–Me parece que eso ya me lo ha dicho.

–Es cierto. En fin, que lo que no se encuentra de día se puede encontrar de noche.

–¿Qué es lo que ha descubierto?

–Que esta abadía posee, efectivamente, un archivo secreto en el que se conservan los testimonios de los episodios más oscuros, más lamentables, acontecidos a esta venerable comunidad.

Ottaviani se levantó y se puso un albornoz.

–El archivo secreto, ¿eh? Puedo preguntarle cómo logró...

–Es sencillo: seguí al archimandrita. Estuvo allí hacia las doce de la noche; yo estaba leyendo algo antes de acostarme y oí el chirrido de la puerta de su dormitorio. Lo vi bajar a la iglesia y lo seguí hasta la cripta. El archivo secreto está allí. El viejo entró, sacó de un estante un cuaderno de pergamino, después se sentó a una mesa y lo estuvo consultando durante más de media hora. Cuando vi que volvía a subir, no resistí la tentación, abrí la puerta y entré a echar un vistazo.

–Un vistazo de por lo menos dos horas y media –precisó Ottaviani echando una mirada a su reloj–. Se diría que ha encontrado algo interesante.

–Claro que sí. Muy interesante... incluso para usted, creo.

–Vamos, Ioannidis –le dijo Ottaviani con cierta impaciencia–, no es momento adecuado para jugar a las adivinanzas. Si quiere decírmelo, hable, y si no, vámonos a dormir.

Le dio la espalda y se acercó a la ventana.

–Theodoros de Focea...

–¿Cómo? –preguntó Ottaviani girándose de golpe como si acabara de recibir un latigazo.

Ioannidis esbozó una sonrisita satisfecha.

–Su amanuense se llamaba Theodoros de Focea. Allá abajo está su diario.

–Bromea.

–En absoluto.

–¿Cómo lo sabe?

–Me dijo usted que se llamaba Theodoros y que vivió en el siglo XI. Ese diario lleva fecha de febrero de 1071... Tiene que ser él.

–Caray, sí, tiene usted razón. ¿Y qué más ha descubierto?

–No se haga demasiadas ilusiones, Ottaviani, dudo que vaya a encontrar muchos elementos útiles para su investigación. Si sus problemas son de orden filológico, en ese diario no hay nada que pueda resolvérselos.

Ioannidis seguía manteniéndolo en vilo, quería saber algo a cambio de lo poco que dejaba entrever. Pero ¿por qué iba a interesarse en la obra de Polibio un experto en antigüedades bizantinas? La expresión torpe y fría de su mirada tenía un no sé qué de engaño y falso. Ottaviani decidió no descubrir sus cartas.

–Está bien, Ioannidis, no quiero obligarlo a que me diga nada más, si usted no quiere. Ya hablaremos en otro momento, si se tercia.

–Qué va, no tengo nada que ocultarle. Lo que ocurre es que me parece una historia completamente absurda. Verá, el hombre cuenta que encontró un texto antiguo y que en él descubrió una verdad tremenda que le había quitado la paz de espíritu. Para ir en pos de esa verdad había abandonado el monasterio, pero la fuerza de Satanás se había manifestado en su camino en forma de una muchacha muerta de magnífica belleza.

–¿Qué quiere decir?

–Por el camino se había topado con un grupo de labradores que demolían una tumba pagana para quitarle las piedras con las que estaba hecha. Una vez destapado el sarcófago encontraron dentro el cuerpo intacto de una hermosa muchacha, perfecto, como si acabaran de sepultarlo. Theodoros quedó impresionado por aquella imagen, como embrujado y ya no pudo quitársela de la cabeza...

–Continúe –logró decir Ottaviani dominando a duras penas la negra sensación de pánico que aquellas palabras habían evocado. El diafragma sutil que separa la pesadilla de la realidad se había roto con las primeras palabras de Ioannidis, y ahora, las emociones y las imágenes del sueño se propagaban en su interior derribando toda defensa.

Ioannidis no pareció percatarse de nada.

–No hay mucho más que agregar –dijo–, a partir de ese momento, Theodoros ya no tuvo paz. Por lo que pude entender, aquella imagen siguió atormentándolo y su vida se convirtió en un infierno. Debe de haber muerto desesperado... quizá se suicidó. En fin, es mejor que me vaya. Intente usted descansar, mi querido amigo, *kalinykta*.

–*Kalinykta sàs* –repuso Ottaviani.

Se levantó con esfuerzo y tambaleándose se dirigió a la ventana: hacía una noche espléndida, había luna y una ligera brisa mecía apenas la copa de los árboles.

Pensó en las palabras de Ioannidis y decidió que cuando se hiciera de día le pediría permiso al archimandrita para consultar el archivo reservado. Pero ¿cómo iba a justificar el hecho de que conocía su existencia? No, si quería llegar hasta el fondo de aquel asunto tenía que intentarlo de inmediato, sin tardanza. Salió descalzo al corredor, no había nadie; en el centro, una única bombilla lo iluminaba apenas.

Bajó a la iglesia y luego a la cripta: se veía claramente que aquél era el sector más antiguo de la abadía, probablemente el criptopórtico de una villa romana como indicaban los muros en *opus reticulatum*. Notó que el ábside, es decir, la exedra del criptopórtico había quedado cegada por una pared transversal en su parte de máxima curvatura. El archivo no podía encontrarse ahí detrás. Apoyó la mano en la pared y ésta cedió a la presión: se trataba de una puerta hábilmente oculta detrás del perfil de un arco ciego, tapada por el mismo enlucido que cubría el resto de la pared y habían abierto la cerradura. Apagó la luz de la cripta y después de entrecerrar la puerta, entró. No se había equivocado: el archivo, dispuesto en semicírculo sobre la pared de la exedra, llegaba casi hasta el techo y en el enlucido, que quedaba al descubierto, la luz de la única bombilla permitía intuir la presencia de antiguos frescos, manchas de color, imágenes evanescentes, figuras incongruentes y disgregadas por el tiempo.

No había muchos textos, pero estaban ordenados y bien dispuestos en sus estanterías. Encendió la linterna e iluminó los anaqueles con el haz oblicuo y no le resultó difícil ver el punto en el que la leve capa de polvo que los cubría se había interrumpido: allí era donde Ioannidis había buscado. En unos instantes tuvo entre sus manos un cuaderno de pergamino no muy grande, escrito en cinco o seis caras con una caligrafía regular y menuda pero no tan perfecta como la del códice vaticano. Por desgracia, el texto estaba escrito en cursiva y Ottaviani a duras penas pudo descifrar las primeras palabras: «Theodoros de Focea escribió estas páginas para que no se olvidara su nombre…». No le habría alcanzado una semana entera para leerlo todo; por fuerza debía fiarse de la versión de Ioannidis, aunque le parecía absurdo que pudiera coincidir de aquella manera con la pesadilla que seguía trastornando su mente. ¿Y si había hablado en sueños? En una de ésas Ioannidis habría entrado en su celda y se habría quedado allí escuchando lo que él decía. Pero no, era una historia demasiado complicada…

Volvió a hojear el cuaderno de pergamino y cuando se disponía a devolverlo a su anaquel le llamó la atención algo que parecía un dibujo desteñido pero visible en la última página del cuaderno. Representaba un rostro de mujer… estilizado en sus rasgos esenciales… pero… pero reconocible… Cerró de golpe el cuaderno, como para borrar una alucinación. ¡En aquella página, como en el sueño, había reconocido el rostro de Elizabeth!

Se había esforzado demasiado, no había otra explicación. El exceso de trabajo, la tensión nerviosa, las emociones demasiado violentas, incluso el sentimiento que le inspiraba Elizabeth… todo se había mezclado en su mente para jugarle una mala pasada. Apagó la linterna, entornó la puerta del archivo y subió al primer piso: se sentía profundamente turbado, pero trató de seguir sus razonamientos como para convencerse de que su equilibrio mental no corría ningún peligro.

Ese Ioannidis... no le caía bien... merodeaba por ahí de noche, había forzado la cerradura del archivo: el suyo no era el comportamiento de un estudioso. Pero no lograba encontrar una razón verosímil que explicara la coincidencia entre su sueño y la historia que Ioannidis le había contado inmediatamente después. Se acercó a la puerta de la celda de Ioannidis. La luz estaba encendida y llamó.

–Hola, Ottaviani –lo saludó Ioannidis cuando le abrió–. ¿Qué le pasa, ha vuelto a encontrarse mal?

–Estoy estupendamente.

–Bien, entre, no se quede usted ahí.

–Escúcheme, Ioannidis, esa historia que me contó... ¿Está seguro de haberla leído bien?

–Claro que sí, y aquí tiene la prueba –le dijo indicando un libro abierto sobre su mesa.

–¿Qué es?

–Crónicas de Roma medieval. Fíjese usted mismo; hay constancia del acontecimiento. Un grupo de obreros que demolían un monumento de la vía Apia para conseguir material de construcción abrieron una tumba y en su interior encontraron el cuerpo desnudo de una muchacha, maravillosamente conservado, como si llevara apenas unas horas muerta. La noticia se difundió y atrajo al lugar una gran multitud, tanto es así que el pontífice, escandalizado, mandó que quitaran de ahí el cuerpo y lo echaran a la fosa común, junto a la muralla de Aureliano, donde se sepultaba a las prostitutas, seguro de que se trataba de una pagana.

Ottaviani se desplomó sobre una silla.

–Se encuentra usted mal –insistió Ioannidis.

Ottaviani respiró hondo y repuso:

–No, no es nada, estoy un poco cansado, es tarde. ¿Y el retrato, qué opina de ese retrato?

–¿De qué retrato?

–Acabo de estar en la cripta. He visto el manuscrito; en la última página aparece el retrato de una mujer.

–Yo no he visto nada.

–¿A qué está jugando, Ioannidis? Le digo que en esa página aparece el retrato de una mujer.

–Lamento tener que contradecirle, pero he mirado bien el texto y no hay ningún retrato.

Ottaviani calló. Si Ioannidis estaba tan seguro, probablemente sería como él decía, quizás había creído ver aquella imagen.

–¿Le importaría bajar al archivo ahora mismo?

–No me cree, ¿verdad? De acuerdo, vamos, pero démonos prisa.

Bajaron a la cripta y entraron en el archivo; Ioannidis sacó el cuaderno y lo hojeó delante de Ottaviani.

–¿Lo ve? –le dijo–. No hay nada. Fíjese bien, no hay ningún retrato. Le habrá parecido, suele ocurrir cuando uno está cansado. Mi querido amigo, tuvo usted una pesadilla y quizá creyó ver en la realidad una imagen que formaba parte de su fantasía. No se desaliente, son cosas del cansancio.

–Sería mejor que arregláramos esa cerradura –dijo Ottaviani cuando salían–. Los monjes se darán cuenta. No querría que sospecharan de mí.

–Tiene razón –dijo Ioannidis–.Váyase a la cama, si quiere, yo me encargaré de todo.

Ottaviani regresó a su celda y fue a cerrar la ventana que se había dejado abierta. Un ruiseñor cantaba en las ramas de un acebo del jardín; se quedó escuchando, concentrado en la melodía, hasta que el viento del mar empujó las nubes que fueron a tapar la luna y el pequeño cantor calló de repente.

13 de agosto, ocho de la mañana

Detrás de su escritorio, el archimandrita tomaba su café después de haber celebrado misa y hojeaba un ejemplar recién salido de imprenta del *Osservatore Romano.* Oyó que llamaban a la puerta.

–Pase –ordenó cerrando el periódico.

La puerta se abrió y entró Fabio Ottaviani con un bolso de mano. Señor del cielo, estaba irreconocible: el rostro ceniciento, las ojeras oscuras, los ojos velados.

–Profesor –le dijo consternado–, siéntese, por favor, siéntese. ¿No se encuentra usted bien? ¿Quiere que llame a alguien, a un médico quizás?

–No, padre, no se preocupe, no es nada. He venido a despedirme. Me voy.

–Lo siento, hijo. Estoy desolado de verlo en ese estado. Ha pasado aquí apenas unos días, pensaba que iba a estar una temporada trabajando tranquilamente con nosotros. Cuando llegó estaba usted lleno de entusiasmo, de vitalidad y ahora lo veo abatido, cansado; perdóneme si me tomo la libertad de…

–Créame, padre, no tengo nada. He trabajado mucho, me he fatigado. Un poco de descanso, unas vacaciones y volveré a ser el de antes.

–Espero al menos que su investigación haya sido fructífera…

–Sí que lo ha sido –repuso Ottaviani como ausente.

–Porque… perdóneme, pero como no lo vi nunca ni en la biblioteca ni en el archivo…

Ottaviani bajó la mirada y no contestó.

–Discúlpeme –le dijo el archimandrita–, son cosas que no me incumben.

–Padre –le dijo entonces Ottaviani–, por casualidad, ¿no sabe si existió en esta comunidad… hablo de hace muchos siglos… un monje, un amanuense, llamado Theodoros?

Los ojos azules del anciano se nublaron y arrugó un instante la frente.

–Es posible, se trata de un nombre bastante corriente. Tal vez hubo más de uno. ¿Por qué lo pregunta?

–Al que yo me refiero murió desesperado. –Sacó la cartera del bolsillo y extrajo un sobre–. Aquí tiene, padre, para cubrir los gastos de mi permanencia.

El anciano lo rechazó con la mano.

–Ni hablar, hijo, pero si prácticamente no apareció nunca por el refectorio.

–Cójalo de todos modos –insistió Ottaviani mirándolo con expresión melancólica–, para una misa de sufragio.

Le estrechó la mano y se marchó.

El archimandrita lo siguió hasta el corredor y se quedó mirándolo mientras bajaba la escalera; luego se fue a la iglesia y se recogió en oración delante del iconostasio. Cuando el sacristán le preguntó qué debía preparar para la misa ferial del día siguiente le contestó sin volverse:

–Los paramentos negros.

Después, continuó con sus oraciones.

Roma, 16 de agosto, ocho de la tarde

Elizabeth entró con una bolsa de plástico de unos grandes almacenes y un ejemplar de *Time*; llevaba la camisa y los tejanos llenos de polvo, se había pasado todo el día en la excavación.

–*You look a lot better today* –le dijo alegremente.

Dejó la compra en el suelo y lo abrazó.

–Dormí hasta mediodía, he estado toda la tarde paseando en moto por las colinas y tengo un hambre de lobo. Si esta noche estás disponible, estoy en condiciones de conducirte hasta lo más alto, donde vuelan las águilas.

–Estupendo, comandante –contestó la muchacha–, pero antes de despegar será mejor que carguemos combustible.

Colocó dos bistecs en la plancha mientras Ottaviani ponía la mesa y sacaba de la nevera una botella de Pinot trentino y dos copas.

–¡Uy, *champein*! –exclamó la muchacha con su acento del Medio Oeste.

–Se dice champán, y éste es vino espumoso, *sparklin dry*, pero está igual de bueno y cuesta menos, *I'm broke.*

Elizabeth se acercó a los fogones y le dijo:

–*So, dear*, has hecho un gran descubrimiento y no se lo cuentas a nadie. ¿Por qué?

–Porque no he terminado y quiero llegar al fondo de la cuestión. Cuando hable, quiero revolucionar Italia entera.

–¿Qué quieres decir?

–Tengo mis motivos para creer que la desaparición de Lanzi está estrechamente relacionada con el robo de ese torso. Ayer vi a Paolo Quintavalle y me confirmó que el Instituto de Arqueología había enviado al director general una documentación fotográfica completa de los principales hallazgos de Lavinium, incluido el torso robado. En el centro de ese torso parece una divinidad flanqueada de dos desnudos masculinos armados de lanza y escudo, la misma postura que tienen los guerreros de Villa Giulia. Para mí que el profesor Lanzi había intuido la relación que existe entre ese pequeño bajorrelieve y las dos estatuas de bronce y había venido a Lavinium para tratar de descubrir la identidad de sus guerreros.

–O sea que robó el torso y huyó. *Come on*, Fabio.

–Yo no he dicho eso, sólo faltaba que los directores de Bellas Artes se pusieran a robar objetos arqueológicos. Le bastaba con pedirle permiso a Paolo para verlo, fotografiarlo, estudiarlo. No había problemas.

–¿Y entonces?

–Sólo existe una explicación: que otra persona estuviera al corriente del asunto y se le adelantara. Por desgracia no sabemos qué tenía en mente Lanzi. Pero sin duda debía de tratarse de algo de suma importancia si antes que ir a protestarle al ministro por la apertura de la exposición de sus guerreros se dirigió a Lavinium. Pobre hombre... fuera lo que fuese lo que pensara, en el fondo tenía razón; esas dos estatuas están provocando un pandemónium. He ido a la policía; en el coche de Lanzi no hallaron nada más que una bolsa de plástico en el maletero. Contenía unas muestras del material refractario de fusión que encontraron en el interior de las dos estatuas.

–¿Cómo conseguiste esa información?

–Tengo un amigo fotógrafo que trabaja de vez en cuando para la policía. Conoce a un pez gordo... *I mean a very high official.* En fin, que los del laboratorio de la policía encontraron en el material refractario rastros de madera carbonizada y colores vegetales. ¿Te sugiere algo?

–*My God*, ¿un antiguo *xoanon*?

–Correcto. Ahora te explicaré mi reconstrucción de los hechos.

Elizabeth puso en la mesa los platos con la cena y se sentó.

–Cuando examina las fotos de Lavinium, al profesor Lanzi le llama la atención la semejanza que existe entre los dos desnudos representados en el torso y los dos guerreros de bronce, pero no le da mayor importancia; ¿qué conexión puede haber entre un objeto de terracota que se relaciona en cierto modo con la epopeya troyana y dos estatuas claramente datables a la mitad del siglo V antes de Cristo? Pero después, examinando el material refractario de fusión, se da cuenta de que contiene restos de madera y vestigios de color. Sospecha entonces que los dos bronces son los herederos, por decirlo de alguna manera, de dos imágenes de madera, o sea, los *xoanas*, mucho más antiguas, objeto, como todos los *xoanas*, de veneración milenaria. En ese momento, la relación resulta factible y se le ocurre la posibilidad de identificarlos, sobre todo si dispone de algún otro elemento que nosotros desconocemos.

–¿En qué piensas exactamente?

–No lo sé, no tengo ni idea, pero el hecho de que Lanzi se opusiera de forma tan decidida a que se hiciera la exposición de las estatuas de los héroes me hace pensar que tal vez contara con algún otro objeto arqueológico, menos llamativo pero de igual importancia, y que quisiera esperar para publicar todos los resultados de un clamoroso descubrimiento. Debemos descubrir si existe ese objeto, de qué se trata exactamente y saber quién robó el torso porque son los mismos que secuestraron al profesor Lanzi.

–*Are you kidding me?*

–No, no estoy de guasa: es la única manera de que en este asunto cuadren las cuentas.

–¿Y tu misterioso códice de Polibio tiene algo que ver en todo esto?

Ottaviani se sirvió un vaso de vino y le sirvió otro a Elizabeth.

–Y tanto que sí. Sé lo que intentaba descubrir Lanzi, que por otra parte, es lo que, a mi juicio, querían saber quienes lo secuestraron.

–Y no tienes intención de contármelo, ¿verdad?

Ottaviani le cogió la mano y se la apretó con fuerza.

–Lizzy, te quiero demasiado para decírtelo. Desde que descubrí ese códice, desde que me ocupo de este asunto, ya no soy yo mismo, me ocurren cosas extrañas, encuentro cosas raras. A veces me asaltan males repentinos, tengo unas pesadillas horrendas. Estoy asustado, Lizzy.

La muchacha se levantó y se le sentó en el regazo. Le dio un largo beso, apoyó la cabeza sobre su hombro y lo abrazó con fuerza.

–*Don't worry...* –le dijo–, *don't worry...* Mientras yo esté contigo no te pasará nada malo, *lover.*

–Claro que no, cariño, no te preocupes. Cuando estoy contigo todo va mejor.

Elizabeth se fue a bañar, Ottaviani se preparó un café, encendió la televisión y se sentó en el sillón. Las grandes maniobras del mariscal Rustov constituían un espectáculo: en las estepas orientales sus carros de combate parecían coleópteros gigantescos con el amenazante cuerno frontal en ristre. La voz del comentarista anunciaba atentados terroristas y desórdenes internos en Yugoslavia, disturbios sangrientos entre las minorías étnicas. Seguían luego otras imágenes: los cazabombarderos del presidente Harris salían como enjambres del vientre de los portaaviones, como langostas de acero, dispuestas a convertir el mundo en un desierto. Volvió a sentirse asaltado por el asco y el miedo. Se levantó de repente y apagó el televisor.

Ya no se oía el chapoteo de la ducha del lavabo y la casa quedó en silencio. Se dirigió al dormitorio y abrió la puerta. La luz tenue de la lámpara de la mesita de noche acariciaba apenas el cuerpo de Elizabeth, que estaba tumbada en la cama, su negra cabellera esparcida por la almohada, con los ojos cerrados... los ojos cerrados... ¡LOS OJOS CERRADOS!

Volvía a asaltarlo la pesadilla, se insinuaba dentro de él helándole el corazón. Retrocedió aterrado como si acabara de ver un espectro, golpeó con los hombros contra la puerta y Elizabeth se incorporó en la cama.

–Fabio, *oh, my God*, Fabio, ¿qué te ocurre?

Se estremeció como si acabara de despertar sobresaltado.

Elizabeth le tendió los brazos ofreciéndose como puerto seguro, sus pechos eran mullidos y plenos, sus piernas suaves y relucientes, su piel, dorada. Sus ojos profundos brillaban debajo de las negras cejas, lucía en ellos una fuerza invencible, ineluctable. ¿Qué era todo lo demás sino polvo... vacía apariencia?

La amó con infinita pasión, con inmensa dulzura, mirándola siempre a los ojos, siempre dueño de sí mismo. Después se recostó boca arriba y ella le acarició el pecho y los hombros y lo besó con delicadeza hasta que se durmió.

Sonó el teléfono de la mesita de noche, miró el reloj: eran más de las doce de la noche.

–Dígame, ¿quién habla?
–Ioannidis. ¿Es usted, Ottaviani?
–¿Ioannidis? Pero ¿qué diablos...?, ¿sabe usted la hora que es? ¿Quién le ha dado mi número?
–*Who is it?* –preguntó Elizabeth medio dormida.
–Escúcheme primero, Ottaviani, luego contestaré a su pregunta. Tengo que verlo ahora mismo, es muy importante. Le ruego que venga ahora mismo al número 804 de la vía Apia Antigua. No tiene pérdida, hay una muralla antigua rematada por tres arcos.
–Está usted loco, no pienso moverme. Adiós. –Y le colgó.
–Pero ¿quién era? –le preguntó Elizabeth.
–Ya te lo he dicho, Lizzy, últimamente me ocurren cosas raras. No te preocupes, vamos a dormir.
El teléfono volvió a sonar, era la misma voz.
–Oiga –le dijo Ottaviani presa de la cólera–, no tiene derecho a...
–Escúcheme –lo interrumpió la voz gélida–, tiene que venir, ¿entendido? Número 804 de la vía Apia Antigua. Hay una muralla rematada por tres arcos.
–Una muralla rematada por tres arcos... –repitió Ottaviani calmándose de repente–, una muralla rematada por tres arcos...
Colgó y se levantó de la cama.
–Fabio, ¿adónde vas? –le preguntó Elizabeth–. ¿Quién te ha llamado?
Ottaviani se enfundó unos tejanos, se puso una camisa, cogió el casco y una linterna que colgó de un gancho del cinturón.
–Fabio, ¿adónde vas a estas horas? *Please,* Fabio, *please, don' go.*
–Perdóname, tengo que irme.
Bajó la escalera a toda prisa y salió al patio. Al cabo de un instante, Elizabeth se asomó a la ventana y oyó el rugido de la moto que se alejaba a toda velocidad.

Cruzó raudo las calles semidesiertas de la ciudad silenciosa y vacía hasta llegar al inicio de la vía Apia. Avanzaba seguro sin fijarse siquiera en la numeración, aminorando la marcha sólo cuando aparecía un tramo de empedrado antiguo. En un momento dado vio el lugar; a unos cientos de metros delante de él, sobre la derecha, se alzaba la muralla rematada por tres arcos, rozada apenas por la luz de la última farola. Paró la moto y se acercó. No había nadie. ¿Qué broma macabra era aquélla? Fue hasta la barrera de hierro que separaba la calle de las ruinas. Entonces le pareció ver una sombra, como si alguien se asomara por detrás de la muralla, en el centro del arco mediano.

—¿Es usted, Ioannidis? ¿Es usted? ¿Qué clase de broma es ésta? Vamos, salga.

El negro perfil asomó todo el busto. Ottaviani desenganchó la linterna que colgaba de su cinturón, la apuntó hacia adelante y deslizó el botón de encendido. Lo que vio lo dejó paralizado de estupor y estuvo a punto de soltar la linterna: el haz de luz iluminó el rostro y el busto desnudo de Elizabeth. Los cabellos parecían de fuego y los ojos le brillaban con una fijeza irreal, amarillo dorado como los de un ave de rapiña, o al menos eso le pareció, porque la figura desapareció tan de repente como había aparecido.

Superado el primer instante de turbación, Ottaviani salió de su asombro, saltó la barrera de hierro y se dirigió a la parte posterior de la muralla apretando con fuerza la linterna. Iluminó el terreno cubierto de hierbas; sólo vio los restos de un sarcófago antiguo y en su interior una bolsita de plástico y un paquete de cigarrillos vacío. Levantó la linterna para iluminar los alrededores y al oír el ruido hecho por una rama seca al romperse saltó hacia un lado justo a tiempo para esquivar un cuerpo contundente que alguien, a sus espaldas, le lanzaba a la cabeza. El golpe, desviado por el casco, lo pilló violentamente pero de refilón en el hombro izquierdo lastimándole la piel debajo de la camisa. Girando el brazo hacia atrás y empleando en ello todas sus fuerzas, asestó un golpe con la linterna y luego salió corriendo hacia la calle. Oyó un grito apagado a sus espaldas y luego el ruido de ramas secas que se rompían mientras volvía a saltar la barrera como un rayo para huir de las dos siluetas oscuras que habían surgido imprevistamente de detrás de las ruinas. Cuando los dos hubieron saltado también la barrera, se le tiraron encima armados de barras. Ottaviani ya se había montado en la moto. Giró en seco hacia la izquierda y fue a parar a la acera opuesta, luego hizo un cambio de sentido y se lanzó a toda velocidad en dirección a Roma, bajando sobre el rostro la celada de plástico.

Llevaba recorrido apenas un kilómetro cuando notó en el espejo retrovisor los dos faros de un coche que se acercaban a toda velocidad. Miró el cuentakilómetros: marcaba ciento veinte, o sea que los que lo seguían iban por lo menos a ciento cuarenta. No podía tratarse de un coche cualquiera; puso la moto a todo gas y se agazapó sobre el depósito de gasolina.

Cada vez que cruzaba una calle secundaria se estremecía de sólo pensar que alguien no respetara el ceda el paso, luego echaba un vistazo al retrovisor con la esperanza de no volver a ver aquellos ojos amarillos que lo miraban fijamente sin darle tregua. El dolor del hombro iba en aumento y cuando tenía que accionar el freno, la contracción muscular le enviaba unas punzadas agudas a la base del cuello. Se estaba ya acercando a la carretera de circunvalación donde esperaba poder sacar ventaja a sus perseguidores aprovechando el tráfico. Enfiló por la rampa ladeando hacia la izquierda, rozando casi el asfalto con la rodilla pero al entrar en la carretera advirtió que estaba casi desierta; allí, sus perseguidores iban a sacarle ventaja. Por suerte, a su izquierda, el pretil de la mediana estaba interrumpido; se metió por la abertura, pasó entre los arbustos de oleandro del seto y enfiló por la rampa contraria en dirección prohibida. Siguió por la rampa a velocidad reducida y luego, en cuanto tuvo visibilidad suficiente, en pocos segundos puso segunda y después tercera apurando al máximo. La potente Benelli se resistió con un rugido y salió disparada por la vía Apia Nueva; Ottaviani volvió a mirar por el retrovisor y soltó un suspiro aliviado; tras él seguían los dos faros pero por encima de ellos centelleaba la luz azul intermitente de un coche patrulla de la policía. Estaba a salvo, pero no disminuyó la velocidad. Perseguido por el silbido de la sirena, recorrió en sentido contrario el camino por el que había pasado una hora antes hasta que se encontró delante de su casa. Se bajó de la moto de un salto, entró en el garaje, subió el capó del coche de Elizabeth y pasó la mano por el cabezal del motor: estaba frío. Apoyó un instante los codos en el guardabarros y pensó: «Estoy loco, como una regadera. Elizabeth no habría podido jamás llegar a aquel lugar antes que yo, y aun pudiendo, ¿cómo iba a llegar antes que yo con este trasto».

Salió cabizbajo, dispuesto a enfrentarse a los guardianes del orden.

–O sea que corriendo el gran premio en la vía pública –le soltó el agente de la policía con la mano en la cartuchera de la pistola.

–Deje en paz la artillería, agente –le dijo Ottaviani, quitándose el casco y ofreciéndole una sonrisa aceptablemente cordial–. Soy un ciudadano honrado que se vio en la necesidad de violar contra su voluntad el código de circulación.

–No me diga... Y encima tiene ganas de cachondeo –le contestó el agente dirigiéndose al compañero que se acercaba quitando el seguro a su Fall reglamentario–, enséñeme el carnet de conducir y los documentos.

–Soy el profesor Fabio Ottaviani de la Universidad Borromeo. Aquí tiene mi carnet. Le hablo en serio, agente, siento mucho haberme dado a la fuga, pero lamentablemente no puedo explicarle el motivo por el que tuve que correr como un loco. Quédese el carnet si lo considera oportuno. En cualquier caso, puede pedir referencias mías al capitán Reggiani en la comandancia, es un antiguo compañero de bachillerato y un buen amigo mío.

El suboficial se quedó un instante perplejo: en diez años de servicio nunca había visto a un hombre de letras cruzar la ciudad como una bala, montado en una cuatro cilindros a ciento veinte kilómetros por hora.

–¿El capitán Reggiani es amigo suyo?

–Se lo confirmará él mismo; pero no quiero incomodarlo, agente. Ya se lo he dicho, fue una cuestión de fuerza mayor.

–Tenga el carnet, por el momento –le dijo el guardia–, veremos qué me dice el capitán. Si quiere pagar la multa…

–Me parece justo –dijo Ottaviani firmando el impreso y tendiéndole un billete de cincuenta mil liras–, y… le doy las gracias.

El agente se llevó la mano a la visera y lo saludó:

–Buenas noches, profesor, y no nos vuelva a poner a prueba, otra vez pare. Con los tiempos que corren es demasiado peligroso.

Volvió a subirse a su Alfetta azul, que no tardó en desaparecer al fondo de la calle.

Ottaviani abrió la puerta y subió despacio la escalera. Elizabeth estaba sentada en bata en un sillón y leía.

Se levantó, corrió hacia él y le echó los brazos al cuello.

–¿Qué ocurre, Fabio, dónde has estado? *Please, tell me.* Vaya, te has lastimado. Ay, Fabio, por favor, ¿por qué no me dices…?

–Lizzy, procura calmarte. No es nada, y ahora no tengo ganas de hablar. Quiero descansar.

–*Oh, Fabio, you don' trust me…* –le dijo la muchacha.

–No es verdad, Lizzy, confío en ti, pero no quiero meterte en esta historia. Tengo que resolverla solo.

–Pero te has hecho daño –insistió Elizabeth rozándole el hombro con los dedos.

–Me han golpeado... por suerte llevaba el casco puesto. Unos desconocidos, eran dos o tres, me atacaron con una barra.

–Pero ¿quién te telefoneó y por qué acudiste a la cita?

–No sé decirte por qué lo hice, pero ahora estoy seguro de que alguien quiere cogerme, hacerme hablar, alguien que me espía desde hace tiempo y que no se detiene ante nada. ¿Entiendes ahora por qué no te quiero meter en esto?

Se sentó, encendió un cigarrillo y le dio varias caladas profundas. Elizabeth fue al botiquín a buscar tintura de yodo y algodón hidrófilo y se puso a curarle la contusión.

–¿Qué vas a hacer ahora? –le preguntó, preocupada.

–Irme enseguida.

–¿Y adónde vas a ir?

–A Sicilia, a Taormina, quiero descubrir qué buscaban los que secuestraron al profesor Lanzi.

–*I'll come with you.*

–No, te he dicho que no quiero mezclarte en esto.

–No puedes impedírmelo –repuso Elizabeth con voz firme.

Ottaviani le tomó el rostro entre las manos y la miró largo rato en silencio.

–¿Sabes una cosa? –le dijo al fin.

–*What?*

–Si un día descubrieras que ya no me quieres, mi vida dejaría de tener sentido.

Elizabeth no le contestó; se le llenaron los ojos de lágrimas.

Playa de Ostia, 23 de agosto, siete y media de la tarde

El potente Jaguar con matrícula de Liechtenstein se acercó al bordillo, delante del bar Pineta; de él bajó un joven alto y atlético, vestido con un elegante traje azul, oculto tras unas gafas Rayban muy oscuras que no dejaban ver sus ojos. Se sentó, pidió un vodka con martini y abrió un ejemplar del *Daily American*. Al cabo de cinco minutos se apeó de un taxi un hombre bajito, de cabello entrecano, que llevaba una americana de cuadros y ocupó la misma mesa.

–Buenas tardes –lo saludó en inglés–, me dijeron que podemos hablar de negocios, si es que no está ocupado.

–No estoy ocupado –respondió el joven. Sacó una pitillera de plata, encendió un Senior Service y le preguntó–: ¿Y bien, se terminó ese asunto?

El hombre del cabello entrecano se arregló la corbata con ademán incómodo y respondió:

–No. El asunto no está terminado, pero fue por poco. Tendría que haber enviado gente de confianza, no unos aficionados.

–¡Imbécil! –le espetó el joven–, casi lo echáis todo a perder.

–Hice lo que pude, mi plan era genial y no habría creado problema alguno; de lo demás, no tengo la culpa.

–Tienes suerte de que no se haya hecho daño –le dijo fríamente el joven echándole en la cara el humo del cigarrillo–. Golpearlo en la cabeza fue la idiotez más grande que se os podía haber ocurrido. Por nada del mundo podéis darle en la cabeza, ¿entendido? Por nada del mundo.

–*Dark Sail* sólo colabora con usted –le dijo el hombre, irritado–. Si también se mantuviera en contacto directo conmigo, a estas alturas el problema estaría resuelto.

–*Dark Sail* sabe lo que hace. Tú limítate a obedecer nuestras órdenes. ¿Qué sabes del descubrimiento de ese hombre?

–Logré hacerme con las copias de los negativos que sacó en la Biblioteca Vaticana. Son todas iguales y reproducen la misma página; aquí dentro tiene una –le informó colocando sobre la mesa un encendedor.

El joven lo cogió y se lo metió en el bolsillo.

–Se trata de un texto de Polibio, un historiador griego del siglo II antes de Cristo. Narra los acontecimientos que siguieron a la terminación de la guerra entre los romanos y el rey Antíoco III de Siria. No hay ningún indicio que nos pueda interesar, lo he leído un montón de veces, no hay nada.

–Sin embargo, por lo que sabemos, en esa página está la clave de un descubrimiento importantísimo.

–¿*Dark Sail*?

–*Dark Sail* no es el único que trabaja para la «Institución». ¿Y en la abadía qué? Te has pasado un montón de días con él en la abadía.

–Ese hombre es un hueso duro de pelar, más de lo que esperaba, por un momento pensé que sospechaba de mí. Me dijo que estaba investigando ciertos códices de Estrabón y Polibio pero nunca lo vi en la sala de incunables. Deduje que trabajaba solo en su celda y el día antes de que se marchara, cuando lo vi salir a las seis de la mañana, entré y le revisé la celda con tranquilidad, porque desde la ventana podía vigilar la entrada del bar al que había ido. Estaba absolutamente vacía, no había ni un solo apunte, ni una sola nota, ni un solo texto, nada, ¿me entiende? Nada. Sobre la mesa estaba su cámara, una cámara profesional. La abrí pero estaba vacía, no tenía película, y si la había tenido, se la había llevado él. Además, hay otro enigma, pero antes de comentárselo querría que me dijera una cosa.

–¿Qué?

–¿En esos días hubo en San Nilo otro agente de la «Institución» además de mí?

–Lo siento, no estoy autorizado a decírtelo. De todos modos, suelta lo que tengas que decir, que ya nos encargaremos nosotros de sacar conclusiones.

–Está bien –dijo el hombre disimulando a duras penas la contrariedad–, pero después no me venga a calentar los cascos si esta historia se complica.

–No caerá esa breva.

–Bien, logré descubrir lo que le interesaba realmente de San Nilo. Buscaba información sobre un amanuense medieval llamado Theodoros. Estrabón y Polibio no tenían mucho que ver. Y tuve suerte; encontré la entrada del archivo reservado de la abadía después de buscar inútilmente información de ese monje en la sección habilitada para el público. Logré abrir la puerta y encontré un diario escrito por ese amanuense. Esa misma noche subí a ver a Ottaviani para hablarle de mi descubrimiento y para tratar de averiguar por qué necesitaba información de ese monje. Oí que gritaba en sueños y entré; tenía el rostro desencajado, pálido, era como si hubiera visto al diablo en persona. Traté de darle ánimos, le llevé un vaso de agua y cuando por fin se recuperó, se puso a hacerme preguntas. Que qué hacía dando vueltas a esa hora y demás. No era momento para alimentar sospechas, tenía que ganarme su confianza, así que le comenté lo que había descubierto en el archivo secreto. Theodoros de Focea, el amanuense que le interesaba, había muerto sumido en la desesperación, condenado por el influjo maligno de un antiguo ídolo pagano.

–¿Qué ídolo? –le preguntó el joven.

–No lo sé, en el diario no lo ponía; además, me pareció que era fruto de una mente enferma. Theodoros de Focea decía haber asistido a la exhumación de una muchacha pagana a la que habían enterrado, me parece que en la vía Apia. A partir de ese momento, la imagen del cuerpo, increíblemente bien conservado, y la de aquel rostro se convirtieron para él en una obsesión que lo hizo enloquecer, si es que entendí bien.

–Una historia muy extraña.

–Pero probablemente cierta. Encontré testimonios históricos fiables. Pero hay una cosa que no cuadra: ¿cómo conocía Ottaviani ese nombre si nunca pudo pisar el archivo reservado?

–Cualquiera sabe.

–Pues bien, aquella misma noche Ottaviani bajó a la cripta y entró también en el archivo secreto; por cómo se comportaba era evidente que nunca había estado allí.

–¿Por qué me has preguntado si había otro de nuestros agentes en San Nilo?

–Porque de lo contrario, hay un hecho que no logro explicarme. Ottaviani vino a verme a mi dormitorio cuando salió del archivo, me dijo que había visto el diario y me preguntó qué opinaba del retrato de mujer pintado en la última página del diario. Me quedé de piedra, porque en esa página no había ningún retrato. Quiso que bajara con él a la cripta y cuando volvió a tener en sus manos el texto reconoció que se había equivocado, pero era evidente que instantes antes estaba completamente seguro de lo que decía. Le dije que a lo mejor había tenido una alucinación, pero ni yo mismo me lo creí. Alguien debió de haber puesto el retrato en el diario para sacarlo después, cuando Ottaviani subió a verme.

–¿Algo más?

–Sí. Cuando Ottaviani subió a verme, me di cuenta de que no había leído el diario, tal vez no sabía hacerlo, por lo que jugué con ese detalle para lograr que fuera a la cita de hace una semana. Cuando lo llamé me mandó a paseo al instante, pero después pensó que tal vez pudiera darle alguna información sobre su amanuense, algún detalle que le faltara. Y se precipitó. A estas horas podríamos tenerlo en nuestras manos...

–¿Por qué elegiste ese lugar... y ese método?

–Yo también poseo una cierta autonomía de movimientos; tengo que rendir cuentas de los resultados, no de los métodos que utilizo para conseguirlos.

–Me parece bien. ¿Qué me dices de esto? –le preguntó el joven abriendo el periódico y tendiéndole una página.

–¿De qué se trata?

–La página de anuncios del *Messaggero.* Mírala con cuidado.

El hombre se puso las gafas y releyó la página. Al final, bien destacado, venía un anuncio que decía: «IOANNIDIS, estoy dispuesto a decirte lo que quieres saber. El diez de septiembre, a las nueve de la noche, llama al número que ya sabes. F. O.».

–¿Lo ves? No tenías motivos para tramar un plan tan complicado y peligroso. Bastaba con preguntar –le dijo el joven, burlón.

El hombre se quitó las gafas, le devolvió la página del periódico y sin poder disimular su irritación, le contestó:

–Veremos qué nos pide a cambio.

–Veremos –le espetó el joven, impasible.

–¿Dónde está ahora?

El joven miró la fecha en su reloj electrónico:

–En Taormina, en Sicilia.

VIII

Taormina, 23 de agosto, nueve de la mañana

Elizabeth salió del agua después del primer baño de la mañana, avanzó por la playa semidesierta y Ottaviani se le acercó con el albornoz.

–¿Cómo está el agua?

–*Gorgeous.* ¿Por qué no te bañas tú también?

–*Sorry.* Ya he desayunado, prohibido bañarse con el estómago lleno.

–*Good boy* –rió Elizabeth frotándose con el albornoz–, has desayunado sin mí. *You don't love me anymore.*

–Sabes que si no desayuno a la media hora de levantarme me entra debilidad. Además, he aprovechado para hacer unas llamadas.

–¿A quién has llamado?

–A un querido amigo mío, entre otras personas. Sabe todo lo que pasa desde el estrecho hasta cabo Pachino y no pasa nada sin que él se entere.

–¿Mafioso?

–Qué preguntas. Se sobrentiende.

–¿Y qué sabe de interesante?

–No conoces a los sicilianos. En primer lugar, se celebra el rito de la amistad y la hospitalidad, después se habla de negocios. Me espera para almorzar.

–¿Y yo?

–La verdad, no tengo muchas ganas de que vengas. En

cuanto te vea, empezará a cortejarte y no habrá cristo que lo haga hablar de negocios.

–El siciliano eres tú, no él. ¿De veras no puedo ir contigo?

–De acuerdo, pero con la condición de que no lo animes y te pongas un vestido ancho y sin escote. Y no lo trates de tú. Cuando te pregunte algo, le contestas *yes, mister Licasi* y *no, mister Licasi*.

–*Okay, boss*. Estaré lista en un instante.

Corrió al hotel para cambiarse y salió al cabo de veinte minutos con un vestido largo, de colores vivos y volantes, vagamente agitanado. El ligero maquillaje acentuaba aún más la belleza natural de sus rasgos y la ducha rápida le había dejado la piel con perfume de mar.

–Es inútil –dijo Ottaviani meneando la cabeza–. De todos modos, estás espléndida.

Sentado al volante del Ford Camaro de Elizabeth, Ottaviani enfiló por la autopista de Catania y salió en el primer desvío a la derecha. Cruzó Linguaglossa y Randazzo; en la bifurcación giró a la izquierda en dirección a Bronte. El Etna destacaba siempre a la izquierda con los perfiles escabrosos de sus rocas de lava, la cima medio oculta por los humos que emanaban de sus cráteres secundarios. De vez en cuando se oía un murmullo sordo que salía de las vísceras del monte, señal de que no había cesado aún la actividad de la última erupción.

–*What is Branti?* –inquirió Elizabeth consultando el mapa.

–Se dice Bronte –la corrigió Ottaviani–. Es una ciudad al pie del Etna que fue feudo de la viuda del almirante Nelson; se llamaba precisamente duquesa de Bronte. Durante las guerras de independencia fue teatro de una especie de revolución campesina contra los amos, sofocada a sangre y fuego por los camisas rojas de Garibaldi. Ahora es un centro agrícola bastante importante.

–Y tu amigo es el jefe.

–Digamos que es una persona respetada. «Hombre de panza», como se dice en estas tierras.

–*Belly-man?* –inquirió Elizabeth con curiosidad–. ¿Qué significa?

–Hace mucho tiempo, cuando la isla era muy pobre, sólo los nobles o los hacendados podían alimentarse abundantemente y por eso el hombre gordo era sinónimo de persona importante, de rango; por tanto, digna de respeto... hombre de panza, vamos.

–*Funny* –dijo Elizabeth plegando el mapa y volviendo a admirar el panorama.

El camino comenzaba a ascender serpenteando en medio de olivos, higueras y almendros cuyas hojas se mecían bajo el calor estival. En la lejanía, el valle agostado por la sequía era una extensión amarillenta con salpicaduras negras allí donde los campesinos habían quemado los rastrojos.

–*It's so dry* –dijo Elizabeth mirando la llanura más allá de los recodos del camino.

–Por desgracia sí –replicó Ottaviani–, pero antiguamente no era así. Esta isla tenía tres ríos navegables, sus montes estaban cubiertos de bosques y las llanuras producían tanto trigo como para aplacar el hambre de Italia entera. En los sitios donde hay agua todavía hoy crecen todo tipo de frutos y las flores más hermosas que puedas imaginarte. Es una pena ver cómo ha terminado esta tierra teniendo en cuenta cómo podría ser.

–¿Por qué crees que aquí pueden llegar a cambiar las cosas?

Ottaviani no le contestó.

Comenzaban a aparecer los peñascos escarpados de Bronte y la ciudad lucía blanca contra el cielo azul cobalto. Después de enfrentarse a los últimos recodos pronunciados, Ottaviani aparcó el coche en la plaza central. Delante del bar principal, un grupo de caballeros con traje blanco y sombrero de paja tomaban granizado de limón y leche de almendras helada. Ottaviani se acercó a una de las mesas.

–Disculpen, señores, ¿sabrían decirme dónde puedo encontrar a don Michele Licasi? Soy amigo suyo y he venido del continente para visitarlo.

Por la forma en que se giraron todos a mirar en dirección de la plaza, comprendió de inmediato que Elizabeth tenía que haberse bajado del coche. Sólo un señor con más de setenta años parecía prestarle atención, pero antes de que abriera la boca, una voz estentórea resonó en la discreta oscuridad del bar. Americana azul, pantalones blancos, camisa de seda con cuello ancho, una gran cruz de oro sobre el pecho bronceadísimo, gafas de sol: don Michele Licasi tenía un aspecto arrollador y aparentaba varios años menos que los cuarenta y dos que tenía.

–¡Profesor! –gritó tendiéndole los brazos–. ¡Qué bonita sorpresa! ¿Cómo estás, cómo estás? –Dirigiéndose a los allí presentes, añadió–: Tengo el honor de presentaros a mi queridísimo amigo, el profesor Ottaviani, docente de la Universidad Borromeo de Pavía, que nos honra con su visita.

Todos le presentaron sus respetos con un movimiento de cabeza. Entretanto, Elizabeth se había acercado e intentaba abrirse paso entre las miradas graves y pesadas de los caballeros. Ottaviani le tendió una mano y la introdujo en la zona de respeto, al lado suyo y de su amigo.

–Mimì, te presento a mi amiga y colega, la doctora Allen de la Universidad de Michigan.

Don Michele le besó la mano con galantería y pronunció un ostentoso *enchanté* reservado para las grandes ocasiones, después de lo cual los acompañó hasta una salita apartada y pidió tres granizados con acompañamiento de lonchas de naranja.

–Entonces, profesor –dijo con su fuerte acento de Catania–, ¿qué me cuentas, estás de vacaciones? ¿Has venido por trabajo? ¿O para jugar a los naipes con esta guapa muchacha, eh?

Elizabeth sonrió al comprender vagamente que se refería a ella.

–Mimì, necesito que me hagas un gran favor.

–Lo que tú quieras, profesor –repuso don Michele–, pero antes vamos a casa, que tengo una sorpresa para ti.

Ottaviani se quedó un momento pensativo y después, en cuanto cayó en la cuenta, dijo:

–¡Lella! ¿Está aquí?

–Aquí mismo, mi hermanita acaba de llegar ahora mismo de unas vacaciones en Inglaterra y se muere por verte. ¿Qué, nos vamos ya?

Don Michele insistió en que subieran los dos en su Mercedes con aire acondicionado y después cruzó sus propiedades en dirección a la villa del siglo XVIII en la que vivía en compañía de su hermana, cuando estaba, y dos sirvientes.

Lella Licasi había terminado en ese mismo instante de poner la mesa en el porche de la villa y colocaba unas flores en el centro de la mesa. Cuando vio a Ottaviani bajar del coche de su hermano corrió a su encuentro y lo abrazó.

–Lella –dijo Ottaviani–, te presento a mi amiga Elizabeth Allen; es una arqueóloga norteamericana que trabaja en Roma con Paolo Quintavalle y además colega mía.

–¡Magnífico! –exclamó Llela Licasi–. Podré practicar mi inglés.

Dicho lo cual, secuestró a Elizabeth y se la llevó a recorrer la villa y el jardín. Los dos hombres se quedaron charlando solos, sentados ante una copa de Regaleali helado, cosecha de la finca.

–¿En qué puedo ayudarte? –le preguntó don Michele quitándose las gafas y cruzando las piernas.

–Mimì, siento mucho presentarme imprevistamente para pedirte un favor, pero hay un asunto muy extraño en el que acabo de mezclarme e intento encontrarle una solución.

–Fabio, te estoy muy agradecido por cuidar de mi hermanita en Pavía; además, te aprecio porque eres un buen amigo. Cuenta conmigo para lo que quieras.

–Te habrás enterado ya de la desaparición del profesor Lanzi, director general de la IV Región Arqueológica Meridional.

–Sí, me he enterado.

–Bien, hasta ahora no se han tendido noticias suyas, pero yo creo que lo han secuestrado y me parece que podría llegar hasta quienes lo han hecho.

–¿Qué pasa ahora? –inquirió don Michele con tono irónico–. ¿Es que te has metido a policía?

–Mimì, se trata de un asunto muy delicado, en el que están implicados los dos bronces de Taormina, y quizás exista la posibilidad de encontrar las armas que les faltan, objetos de un valor incalculable, y para mí, una empresa científica sin precedentes. ¿Lo entiendes ahora?

Don Michele asintió y encendió un cigarrillo con un Cartier de oro macizo.

–Escúchame –continuó Ottaviani–, estoy convencido de que cuando se recuperaron las estatuas en el mar, encontraron también algún otro objeto, no sabría decirte qué, pero estoy seguro de que se trata de un objeto precioso, aunque no lo sea desde el punto de vista venal. Es precisamente esto lo que buscan quienes secuestraron a Lanzi.

–¿Crees que es gente de aquí?

–No lo sé, esperaba que tú me pudieras ayudar a averiguarlo. Sin duda, alguien de aquí tiene que estar implicado, aunque sea como informador. No lo sé, alguien que haya estado presente cuando recuperaron las estatuas, alguien que está metido en el tráfico clandestino de antigüedades, algún colaborador de Lanzi en la dirección general de Palermo.

Don Michele se pasó la mano por la frente haciendo destellar el solitario que lucía en el anular y permaneció un momento pensativo.

–Profesor, ya sabes que yo me dedico principalmente a la construcción y un poco a la agricultura como puedes ver –le dijo indicándole con una mano cuidadísima los viñedos que rodeaban la villa–, pero cuento con varios amigos, personas respetables que tienen la bondad de tenerme cierta consideración. Veré qué puedo hacer... ¿Cuánto vas a quedarte?

–El tiempo suficiente para averiguar lo que me interesa, pero no quiero molestarte, vuelvo a Taormina y te dejo el número del hotel.

–Estás de broma, profesor, no puedes privarme del placer de hospedarte para una vez que vienes a esta isla. A Taormina iremos a cenar o a bañarnos cuando quieras. De todas maneras, aquí también te puedes bañar –dijo indicando la piscina que había en medio de un prado de hierba verde cubierto de oleandros y chamaeros.

Lella llegó en ese momento acompañada de Elizabeth y anunció que la comida estaba lista; don Michele tomó al amigo del brazo y le hizo ocupar en la mesa un lugar a su derecha, mientras los sirvientes empezaban a servir los entrantes: ostras al limón y cigalas. Siguió luego un sargo a la brasa y por último, la triunfal y coloreada *cassata* de rigor. En el momento del marsala, servido en antiguas copas napolitanas, finas como pompas de jabón, Turi, el viejo criado, les ofreció la caja de toscanos.

Lella tomó a Elizabeth de la mano y le dijo:

–Será mejor que nos vayamos, querida; el humo de esos puros es insoportable. Subamos a mi salita, tengo aire acondicionado y podemos tumbarnos un poco, ¿quieres?

Elizabeth la siguió. Don Michele también se levantó y después de disculparse, dejó el puro encendido en el cenicero, señal de que volvería de inmediato.

Ottaviani se quedó solo tomando un buen café cargado que la mujer de Turi le había servido, puntualmente, cinco minutos después de terminada la comida. Don Michele regresó enseguida.

–¿Estás cansado, quieres dormir?

–En absoluto.

–¿Te apetece dar una vuelta?

–Vamos –dijo Ottaviani poniéndose en pie.

Don Michele enfiló por la carretera de Adrano, siempre al costado del Etna y, poco después de salir de la ciudad, giró a la izquierda y se metió por un camino que ascendía por las laderas del volcán. Hacia las cuatro de la tarde detuvo el coche delante de un caserío rodeado de higueras y algarrobos.

–Aquí vive y trabaja el maestro Calogero Licodia, el más hábil falsificador de antigüedades de toda Sicilia –le dijo don Michele–. Es un lugar tranquilo y aislado, ideal para un artista como él.

Se apeó del coche y llamó a la puerta. Fue a abrirle un viejecito adusto, encorvado como un garfio, con un delantal de cuero y pantalones cortos.

–Su excelencia, por favor –dijo don Michele con sumo respeto.

–Pase, pase.

Y el viejecito lo precedió en dirección al interior de la casa. Recorrió un pasillo largo y estrecho a paso rápido e hizo pasar a los huéspedes a su taller: una especie de antro negro, con suelo de ladrillo, atestado de máquinas de otras épocas. Había una fragua de fuelle, un torno de alfarero, un horno de fusión con el crisol colgado de una pesada cadena de hierro y, en las paredes, tenazas, martillos, pinzas, buriles, escofinas, estiques, espátulas, escalpelos, rascadores, garlopas, limas, taladradoras, muelles, separadores, norays, leznas, paletas, tornos, bisturíes, cucharas. En el centro destacaba un yunque enorme con un martillo de tres kilos. Ottaviani reparó en los brazos delgaduchos del viejo, la piel arrugada y reseca que recubría tendones y venas, como una vela lascada en su jarcia.

–Algunas de sus piezas están expuestas como auténticas en museos famosos –le explicó don Michele acercándose a una silueta cubierta con una tela–. ¿Qué hay aquí debajo, don Calò?

El viejo levantó la tela y descubrió una terracota de magnífica belleza. Una muchacha embozada, de grandes ojos tristes y cuerpo grácil, envuelto en un largo peplo: una cerámica de Tánagra, perfecta hasta el último detalle. Ottaviani la levantó: era ligera como una pluma; el viejo conocía a fondo hasta el último secreto de los antiguos coroplastas. Sólo le faltaba el envejecimiento que conseguía con un procedimiento secreto de familia transmitido de padres a hijos.

–Mi amigo –prosiguió don Michele– intenta ayudar al pobre profesor Lanzi, el director general de Bellas Artes, que parece que ha sido secuestrado. Considera que fue por algún objeto arqueológico que encontraron junto con los bronces de Taormina. ¿Usted sabe algo, don Calò? Naturalmente puede usted fiarse, es como si me lo hubiera dicho sólo a mí. El profesor es como un hermano para mí.

El viejo maestro Calogero Licodia se sentó en un tocón ennegrecido por el humo; durante un rato se dedicó a mascar con la boca desdentada y luego, con una sonrisita maliciosa, dijo:

–Las lanzas y los escudos; todos los buscan, pero no están. Sin embargo –añadió guiñando los ojos–, se pueden hacer. El yelmo también se puede hacer, se puede hacer todo, basta tiempo y dinero, mucho dinero.

–Entonces, ¿no encontraron nada más? –insistió Ottaviani.

–Nada... o casi nada. Trozos de madera podrida y un pedazo de metal. –Separando las manos un par de palmos, añadió–: Más o menos ancho así, lleno de incrustaciones, pero flexible, delgado, pesado como...

–¡Como el oro! –exclamó don Michele interesado de repente en la conversación.

–O como el plomo –lo corrigió Ottaviani.

–Como el plomo, como el plomo –sentenció el maestro Calogero–. Los muchachos del puerto dijeron que era plomo. Puede creerlo, don Michele.

–¿Y dónde fue a parar? –preguntó Ottaviani.

–Se lo entregaron al profesor, ¿adónde iba a ir a parar si no?

–Gracias, don Calò. Es todo lo que quería saber.

Salieron acompañados por el viejo y emprendieron el regreso a casa.

–Lo siento, Fabio, si no sabe nada más quiere decir que no hay nada más que saber. Todos los traficantes de objetos arqueológicos de Sicilia lo conocen y él los conoce a ellos. No se le escapa nada, porque los tiene a todos en un puño y además, en las épocas de vacas flacas, los enriquece con su producción.

–No tienes por qué sentirlo –le dijo Ottaviani–. Ha sido muy interesante conocerlo y no te oculto que me gustaría verlo trabajar. Además, ya he sabido bastante.

–¿Una losa de plomo? ¿Qué importancia puede tener?

–En los barcos antiguos solían escribir el cuaderno de bitácora en delgadas láminas de plomo para que el agua de mar y la sal no pudieran dañarlas. Ese trozo de metal puede contener un documento de enorme importancia.

–¿Y en tu opinión a Lanzi lo secuestraron por eso?

–Mimì –le dijo Ottaviani con seriedad–, si te consta que lo secuestraron por otro motivo o... o que lo mataron...

–Profesor –respondió don Michele apartando la vista del camino y mirándolo directamente a los ojos–, nunca me he relacionado con gente capaz de matar. A la mínima sospecha, me aparto de ellos.

–Disculpa, Mimì, no me he explicado bien.

–Lo he entendido, profesor; no tienes que disculparte con un amigo. Lo que sé es que hubo mucho jaleo por esas estatuas y que en un momento dado faltó poco para que desaparecieran. Un buen día, alguien le avisó al director general y Lanzi intervino como el rayo dejando a todo el mundo con un palmo de narices. Nadie sabe por qué desapareció después de la circulación, pero te puedo asegurar que no está en Sicilia y que este asunto no empezó aquí. Sé que algunos están alarmados, como si temieran la intromisión de alguien de fuera, probables competidores, extraños y peligrosos. Hay gente que tiene miedo.

–Mimì, te pido por favor, si sabes algo en concreto, dímelo. ¿Quiénes son esos extraños?

–Sólo sé lo que acabo de decirte, Fabio, créeme. Pero si tanto te importa, trataré de averiguar algo más.

–Gracias –dijo Ottaviani tendiéndole una tarjeta–, éste es mi número de Roma. Me encontrarás casi siempre a la hora de la cena.

El sol se ocultaba detrás de la cima violácea de las Madonie. A la derecha, el penacho gris que salía de la boca del volcán se elevaba recto un centenar de metros para disponerse luego horizontalmente, como un paraguas; seguramente había una corriente fría en las alturas.

El Mercedes de don Michele llegó a los recodos de Bronte cuando el valle estaba ya en sombras; cruzó la ciudad avanzando solemne sobre el adoquinado de piedra volcánica y enfiló por el camino comarcal que llegaba hasta Villa Licasi. Cuando se detuvo en el patio, don Michele retuvo a su amigo, que se disponía a apearse.

–Fabio –le dijo con seriedad–, ¿por qué no te olvidas de todo este asunto? Me temo que es muy peligroso. La policía de Roma ya se está ocupando de todo; el investigador improvisado que descubre la verdad sólo existe en las películas. Hazme caso, olvídalo todo y disfruta de unas buenas vacaciones con nosotros, báñate en la piscina, haz el amor con esa magnífica morena, discute con Lella de vuestros estudios... Aquí hará buen tiempo hasta finales de septiembre... hazme caso.

Ottaviani le palmeó la espalda y le dijo:

–Vamos, hombre, ¿a qué viene tanta preocupación? Estoy haciendo una investigación científica, es todo. Si puedo, quiero saber dónde está ese trozo de plomo y qué hay escrito en él. Es todo.

Volvió a abrir la puerta para apearse pero su amigo lo retuvo otra vez.

–Profesor –le dijo meneando la cabeza–, no me creo una palabra de lo que acabas de decir y tengo miedo de que acabes metiéndote en camisa de once varas. Por lo menos manténme informado de los líos que montas. Puedo echarte una mano, incluso en Roma, o en Pavía, o en Milán…

–Eres un gran amigo –le dijo Ottaviani–, gracias.

Bronte, Villa Licasi, diez de la noche

Lella Licasi cerró el libro que estaba leyendo y se volvió hacia Ottaviani, que se había sentado en el sillón de enfrente con una copita de marsala en la mano.

–¿Dónde está Elizabeth? –le preguntó ella.

–Arriba, preparando la habitación. Bueno, ¿qué te ha parecido?

–Es una muchacha estupenda, culta, muy inteligente. Estás colado por ella, ¿eh?

–Me temo que sí.

–Cuidado, no vayas a quemarte.

–Vamos, Lella, vosotros, los sículos, sois todos unos trágicos. Me gusta, y yo le convengo; pues bien, fiesta mientras dure y después sanseacabó, cada uno en su casa y Dios en la de todos. ¿Qué leías?

–Nostradamus.

–No pierdes comba, ¿eh? ¿Nunca te tomas vacaciones?

–¿Sabías que hay una centuria que dice que cuando aparezca la tumba de Eneas se levantará un ejército para amenazar Italia y todo Occidente? Fíjate, es impresionante, recuerda en cierto modo ese oráculo de Delfos.

Du Pont Euxine et de la grand Tartarie
Un Roy sera qui viendra voir la Gaule
Transpercera Alane et l'Armenie
Et dans Bizance lairra sanglante Gaule.

–Probablemente una coincidencia.

–Puede ser...

Ottaviani se dirigió hacia el gran porche y se asomó a la galería que daba a oriente. La cima del Etna lanzaba resplandores sangrientos hacia el cielo negro. El coloso alimentaba su cólera en la oscuridad.

Cerveteri, necrópolis etrusca,
11 de septiembre, tres y media de la tarde

Ioannidis había llegado ya y esperaba sentado en una piedra, al fondo del sendero de las grandes tumbas de túmulo. Fumaba y de cuando en cuando miraba a su alrededor. Ottaviani se dedicó a observarlo un rato y después giró por el lado norte de la necrópolis y se le acercó por la espalda sin hacer ruido.

–¿Esperaba a alguien? –le preguntó casi al oído.

Ioannidis dio un brinco y se giró de golpe esbozando una sonrisa irónica.

–Un marco digno de un estudioso de antigüedades –le dijo señalando los túmulos dispuestos en doble fila delante de él.

–En vista de su predilección por las tumbas –le respondió Ottaviani, tajante–, supuse que le gustaría.

–Extraño encuentro el nuestro –agregó Ioannidis–, he venido porque cree que tengo algo que pedirle. En realidad esperaba que fuera usted quien me pidiera algo a mí, una explicación por lo de aquella noche, quizá. Tuve un accidente y no me pude presentar a la cita que había concertado con usted, pero no tuve valor para...

–Y un cuerno. Desde que nos vimos en la abadía no me dejó usted ni a sol ni a sombra. Si me toma por imbécil, le demuestro ahora mismo que está muy equivocado; en primer lugar, no es usted de Creta y es muy probable que ni siquiera sea griego. Diría que es turco de Alexandrópol o de Komotini; en segundo lugar, para ser un estudioso es usted muy negligente: en el registro de entrega de volúmenes que hay en la sala de consulta su nombre no aparecía ni una sola vez; en tercer lugar, entró en mi habitación la mañana del nueve de agosto entre las seis y las seis y media, desmontó el cargador de mi cámara para ver si contenía un carrete y volvió a montarlo deprisa y mal...

–No puede usted afirmar...

Ottaviani sacó del maletín una pequeña estampa y se la enseñó:

–Aquí tiene su foto, tomada con una microcámara oculta detrás de las persianas de la ventana, accionada por una mísera fotocélula de las que se usan en las bodas, película de alta velocidad retocada al revelarla. Está un poco contrastada, pero no cabe duda de que ésa es su cara.

Ioannidis miraba boquiabierto la pequeña foto en la que aparecía inequívocamente con la cámara de Ottaviani.

–Como no logró encontrar lo que buscaba, me tendió una trampa en un lugar oscuro y aislado para que me cogieran esos dos gorilas. Pero como soy un motorista prudente y disciplinado, llevo siempre el casco puesto y tuve suerte. No obstante, he decidido no correr más riesgos y acabar de una vez con esta comedia. A principios de mayo alguien estaba explorando el fondo del mar delante de Taormina, cerca del lugar donde se encontraron las dos estatuas de Villa Giulia y usted estaba allí cerca. Se alojó en el hotel Sorriso durante dos semanas, en la habitación treinta y nueve. Tampoco tuvo suerte entonces, porque no logró encontrar nada. Lo único que rescataron del mar en ese sitio fue una lámina de plomo que quedó en poder del director general Lanzi. Cuando se marchó para Roma, usted o alguien en su lugar debió de buscarla en la oficina o en la casa de Lanzi. Como no la encontró, dedujo que Lanzi la llevaba encima, por eso lo mandaron secuestrar. Así las cosas, quedan dos alternativas, o Lanzi se niega a colaborar o el documento que tienen no les alcanza para dar con lo que verdaderamente buscan: las armas de los héroes de Taormina. Una noche, en una pizzería de Roma, usted me oye hablar con unos colegas y decide comprobar si en verdad tengo una pista. Se marcha a San Nilo y espera pacientemente a que el perro le levante la perdiz. Pero como el sujeto es menos tonto de lo que usted esperaba, entonces decide capturarlo y obligarlo a hablar por las buenas o las malas. Ioannidis, o como diablos se llame, usted trabaja para alguien que tiene ojos y oídos en todas partes, alguien que mandó robar el torso de una estatua de Lavinium porque sospecha que representa a los héroes de Taormina, alguien capaz de infiltrarlo, sin duda con datos falsos, en la abadía de San Nilo. Yo no quiero que me muelan a palos, por lo que le propongo un intercambio equitativo: ustedes sueltan a Lanzi y yo me ofrezco en su lugar. Me muestran lo que Lanzi llevaba encima y yo estoy dispuesto a revelarles lo que he descubierto.

Ioannidis lo miró con cara de sorpresa, luego bajó la vista al suelo y le dio una profunda calada al cigarrillo.

–¿Cuándo? –le preguntó.

–Ahora mismo.

Llegaron a la salida justo cuando el guardia cerraba el portón porque ya había concluido el horario de apertura.

Esa noche, Elizabeth se encontró una carta mecanografiada sobre la mesa.

Lizzy:

Esta noche no vendré y, para serte sincero, no sé si alguna vez voy a volver. Hice bien en no querer mezclarte en este asunto, porque la investigación que inicié con tanto entusiasmo hace unos días acabó llevándome hacia un camino fascinante pero peligroso. No soy ningún tonto y he procurado curarme en salud, tener una salida abierta para poder huir, pero hay otro aspecto que me preocupa: ya no soy el de antes; tu amor me ha cambiado profundamente, me ha cambiado también cuanto he visto, leído y hecho. Hace varias semanas que vivo como en un sueño, en una dimensión irreal.

Sé que lo que voy a decirte te parecerá una locura, pero te quiero, de manera que no me avergüenza contarte los sueños locos que pululan en mi mente. Soy la única persona del mundo que ha leído palabras que llevaban siglos sepultadas, y tal vez he hecho mal al no revelarlo inmediatamente a todos. De esa manera, ese texto habría sido examinado por doctos congresistas, como ocurre con cualquier otro objeto de este tipo, habría sido desmontado, desarticulado, desactivado por la investigación filológica y la exposición al público.

Fui tan presuntuoso y ambicioso como para guardármelo y así fue como acabó por dominarme. Poco a poco, día tras día, la fuerza de esa mente, capaz de superar siglos de oscuridad y silencio, se me ha impuesto, y no es la primera vez que ocurre. Antes de mí sé que hubo otro hombre que leyó ese texto y quedó atrapado por él. Él no lo reveló, es más, lo ocultó, dejando en una copia mutilada y espuria la clave para descubrir la verdad.

He encontrado esa clave, como ya sabes, de un modo tan fortuito que resulta increíble. Dormí en su celda y he hecho mías sus pesadillas, han atormentado mis noches y ahora, amor mío, ahora intento hacer lo que él no pudo o no quiso hacer: intento recoger su testamento. Te repito que me doy cuenta de que esto es una locura, pero no me queda otra salida: ni mi preparación, ni la metodología, ni siquiera la prolongada familiaridad con documentos antiguos me sirven de ayuda. Muchas veces me he repetido «Santo cielo, soy un investigador, conozco los instrumentos científicos de la investigación; ¿cuántas veces me he reído de las fantasías y los juegos sugestivos de los aficionados?», pero no me ha servido de nada, te lo juro, de nada. Me impulsa la necesidad y no puedo obrar de otro modo. Amor mío, sueño de mi vida, el ídolo más poderoso y tremendo de la antigüedad permaneció enterrado dos mil años en estos campos y sobre su cabeza pasaron los arados de los campesinos y los bueyes con sus carros; durante dos mil años los dos guerreros de bronce durmieron en el fondo del mar y muchas veces las redes de los pescadores rozaron sus miembros poderosos. Las páginas de ese texto protegidas por una gruesa capa de cera conservaron durante siglos un mensaje terrible y olvidado. Hoy el ídolo ha salido a la luz, los guerreros se yerguen sobre sus pedestales y hoy, como entonces, se cierne sobre nosotros la amenaza de la catástrofe, pero los guerreros están desarmados.

Estoy a punto de saber dónde se encuentran las armas, tengo que hallarlas y volver a colocar sobre la roca de la ciudad a la diosa y sus guerreros.

El saber que todo esto es una locura, un saber tranquilo y meditado, me habría ayudado a recuperar la dimensión natural de mi vida, pero por desgracia he descubierto algo terriblemente real y concreto: alguien intenta adelantárseme, pero por otros motivos que desconozco. Alguien quiere el Paladión y quiere los guerreros y sus armas. No se trata de unos simples traficantes, porque su empresa sería insensata. ¿Quién osaría pergeñar el robo de la loba del Capitolio o de la cátedra de Pedro de su basílica? Esa gente tiene otros motivos, otros fines, y no se detienen ante nada para conseguirlos: secuestraron al profesor Lanzi, un hombre mayor y enfermo, y lo tienen prisionero, estoy seguro. Ya sabes que intentaron cogerme a mí también, a punto estuvieron de conseguirlo. He comprendido que no podía evitar la prueba final y a ella he decidido someterme.

Sólo una cosa habría podido detenerme: tú, el cariño que te tengo, pero soy desafortunado, Lizzy. La noche que salí de casa después de recibir aquella llamada telefónica no encontré al hombre que había llamado, sino que te vi a ti, vi tu imagen aparecer en aquel sitio que había visto en mis pesadillas recurrentes. Tu imagen me condujo a la trampa. ¿Sería una alucinación, quizás, una señal? Éste es otro de los motivos por los que me entregué: siempre he creído en las señales. Así es que, amor mío, si la señal resulta falsa, encontraré sin duda la fuerza inmensa que me hará volver a tu lado, pero si resultara cierta, no sé si tendré valor para terminar lo que me he propuesto, no sé siquiera si mi vida sin ti tendrá sentido.

Sólo te pido una cosa. Mi padre es un hombre ya mayor, consumido por toda una vida de trabajo. Vive solo en su granja en un valle de los Apeninos. Le escribí algunas cartas con distintas fechas; envíaselas, por favor, en los días indicados para que pueda vivir tranquilo.

¿Te acuerdas de la leyenda de Teseo? Partió para combatir al monstruo del laberinto llevando velas negras en su barco y prometió que al regreso pondría velas blancas si salía victorioso en la empresa. Su anciano padre oteaba el mar todos los días con la esperanza de ver la vela blanca que le devolvería a su hijo. Pero un día, en el horizonte divisó una vela negra y se lanzó al mar desde lo alto de un promontorio. En estos momentos esta leyenda me recuerda a mi padre, no sé por qué. Él no es un rey, no es más que un pobre campesino y está claro que yo no soy un héroe; sin embargo, en este momento en que me dispongo a entrar en el laberinto siento que no estará Ariadna para enseñarme el camino de la salvación.

No pude amarte por última vez, ni besarte, ni mirarte largamente a los ojos, a pesar de desearlo inmensamente y ya no sé si me estará concedido hacerlo.

Por eso esta hora me resulta tan amarga.

FABIO

A casa de Paolo y Silvia Quintavalle llegó otra carta, pero ninguno de los dos estaba para recibirla. Se habían tomado unas vacaciones y en ese momento se encontraban en la playa de un pueblecito de la Apulia. Tenían previsto regresar a finales de mes.

Monte Circeo, 15 de septiembre, diez de la noche

Ioannidis detuvo el coche al comienzo del sendero y apagó el motor. Al final del paseo flanqueado por una fila de cipreses se vislumbraba la silueta oscura de la villa adosada a un torreón medieval y detrás de ella, el mar resplandecía bajo los rayos de la luna. Esperó unos minutos, luego encendió repetidamente las luces largas; desde la villa el haz de una linterna respondió a la señal. Transcurrieron algunos minutos más, luego se oyó el chirrido de una verja al abrirse, el gañido de un perro seguido del ruido de pasos al pisar la grava del sendero, al principio lejano y poco claro, pero después cada vez más nítido: era un paso lento, inseguro.

Finalmente, bajo la luz de la luna apareció la silueta de un hombre que avanzaba despacio hacia el coche aparcado. Ioannidis le dio al arranque pero Ottaviani lo detuvo diciéndole:

–No te muevas. Primero quiero asegurarme de que sea él y después esperaremos media hora más para que le dé tiempo a llegar al camino asfaltado. Era lo convenido.

–Como quiera –repuso Ioannidis quitando la llave y apoyándose en el respaldo del asiento.

El hombre siguió avanzando y Ottaviani calculó la distancia que lo separaba del coche contando los intervalos claros entre las sombras que proyectaban los cipreses sobre el sendero.

Pasó delante del coche sin volver la cabeza y Ottaviani pudo verlo: no cabía duda de que era el profesor Lanzi. No vio bien qué aspecto tenía, pero le impresionó la forma en que mantenía la cabeza levemente erguida, como si mirara hacia arriba, al vacío. Los hombros cargados más de lo normal, el paso cansino, como si las piernas lo sostuvieran a duras penas. Daba la impresión de que aquel hombre había pasado por una dura experiencia y Ottaviani lo siguió con la mirada durante un largo rato, temiendo que fuera a desplomarse de un momento a otro. Lo último que vio fue el blanco de su cabeza cana al final del paseo; después, la negrura. Ioannidis dejó transcurrir otros veinte minutos antes de arrancar el coche y cuando Ottaviani asintió con un movimiento de cabeza, se dirigió hacia la villa sólo con las luces de posición encendidas. La verja se abrió automáticamente, Ioannidis giró a la izquierda en dirección al torreón y se detuvo delante de una puerta cerrada por una persiana metálica. Accionó las luces un par de veces y cuando la persiana empezó a levantarse, puso la primera y entró.

Se encontraron en un amplio garaje con el suelo y las paredes de cemento, iluminado por un par de luces de neón. Al fondo a la derecha había un Jaguar berlina con matrícula de Liechtenstein. A la izquierda se abría una puerta y se divisaban unos escalones que debían conducir al interior del torreón. Ioannidis bajó y le indicó a Ottaviani que entrara. La escalera comunicaba con la planta baja del torreón y seguía luego hacia un lateral de la amplia sala circular hasta llegar a la terraza superior.

Al acceder a la galería, Ottaviani se quedó maravillado al ver una antigua torre de guardia, que en la época medieval había servido para avistar los barcos de los piratas sarracenos que infestaban el Mediterráneo. Desde lo alto de la torre, las escoltas escrutaban el horizonte para descubrir las velas negras de las fustas de los corsarios y difundir la alarma a la población indefensa.

Otra vez la vela negra, ¿se trataría de una señal, quizá? Miró a su alrededor en cuanto sus ojos se acostumbraron a la oscuridad y a su izquierda vio la silueta oscura de un helicóptero. Lo hicieron subir a él. El piloto encendió los motores y al cabo de dos minutos el aparato se elevó dirigiéndose hacia el sur.

En ese momento, en la carretera de la costa, una pareja de turistas que regresaban a Anzio vieron a un hombre tendido en el arcén izquierdo. Pararon para prestarle ayuda: estaba mortalmente pálido y tenía los ojos trastornados. Le preguntaron quién era, si se encontraba mal, pero no obtuvieron respuesta. Le quitaron la cartera del bolsillo y miraron su carnet de identidad: estaban delante del profesor Giovanni Lanzi, residente en Palermo, en la calle Ruggero III, número 57.

Lo subieron como pudieron al coche y se lo llevaron al hospital de Anzio donde los médicos le diagnosticaron un estado de confusión, como si le hubieran suministrado una potente droga. Tenía el pulso muy débil e irregular, la respiración entrecortada; el electrocardiograma reveló una situación gravísima, próxima al colapso. Mientras lo ingresaban de urgencia en cuidados intensivos y lo colocaban en la tienda de oxígeno, uno de los enfermeros bajó al teléfono de urgencias y llamó a la policía.

A medianoche, un télex de agencia daba la noticia a los principales periódicos de la península: el profesor Lanzi había sido encontrado en la costa del Circeo y lo habían ingresado en estado grave en el hospital de Anzio.

Llamaron urgentemente al jefe de servicio, que se presentó de inmediato junto al lecho del estudioso e hizo lo imposible por arrancárselo a la muerte.

Hacia la una, cuando los periódicos entraban en prensa, su estado había empeorado. A las siete de la mañana entró en coma profundo; el electroencefalograma plano no dejaba lugar a la esperanza: la mente de Giovanni Lanzi se había apagado para siempre.

IX

Diez y media de la noche

El helicóptero sobrevoló la costa durante aproximadamente un cuarto de hora y luego giró a la derecha, hacia mar abierto. Ottaviani alcanzó a ver durante unos minutos las luces de Terracina y los arcos iluminados del templo de Júpiter Anxur, después no vio nada más; el helicóptero volaba sin duda hacia el suroeste, por lo que debía dirigirse hacia el archipiélago de las islas Pontinas, las únicas tierras que había en esa dirección, tal vez iba hacia la desierta Zanone.

Le extrañó que sus compañeros de vuelo no le hubieran vendado los ojos para impedir que se orientara, que viera los instrumentos de a bordo, que consultara el reloj. A la media hora comprendió por qué lo habían hecho cuando a un par de kilómetros a proa vio debajo de él, anclada en medio del mar, una gran embarcación de altura con dos palos. El helicóptero empezó a descender mientras una luz hacía señas desde el alcázar del yate.

Se detuvo casi sobre la superficie del agua, al costado de una chalupa en la que un hombre estaba sentado a los remos. Ioannidis abrió la portezuela, dejó caer una escalera de cuerda e hizo bajar a Ottaviani y él lo siguió. Las hélices del helicóptero levantaron un torbellino de agua en la superficie encrespada del mar, por lo que Ottaviani no lograba ver nada y tuvo que explorar con la punta del pie el espacio que había debajo de él hasta dar con el asiento de la chalupa. Cuando Ioannidis hubo bajado de la escalera de cuerda, se volvió hacia lo alto y el helicóptero desapareció en un instante en dirección nordeste. Ottaviani miró entonces al hombre que tenía delante y que remaba para acercarse al yate: era un joven de cuerpo hercúleo, cabellos largos y ondulados; vestía pantalones muy cortos y camiseta oscura.

Una vez a bordo e izada la chalupa, Ottaviani fue conducido bajo cubierta a una cámara suntuosamente decorada con muebles de teca, alfombra de Kayseri, lámparas de bronce reluciente, cuadros antiguos en las paredes, los altavoces de la instalación estereofónica hábilmente empotrados en una estantería de caoba. En un momento dado notó una vibración seguida del ruido apenas perceptible de un motor: la embarcación se ponía en marcha.

Transcurrieron unos minutos en los que Ottaviani no apartó la vista de la puerta esperando que entrara alguien. De repente oyó la voz de una mujer y se volvió bruscamente mirando a su alrededor; se dio cuenta de que la voz salía de los altavoces.

–Buenas noches, señor Ottaviani, bienvenido a bordo. Lamentamos mucho el accidente que tuvo en la vía Apia Antigua de Roma. Fue un error deplorable que no volverá a ocurrir. Hemos recibido con agrado su propuesta, que nos pareció la única razonable y sabia. Sabemos que es usted un gran estudioso y que ha conseguido un resultado digno de una mente brillante. Ha logrado descubrir todo lo relacionado con el motivo que, muy a nuestro pesar, nos obligó a retener al profesor Lanzi.

Ottaviani paseaba la mirada por el lugar, seguro de estar bajo el objetivo de una cámara, pero no lograba precisar dónde estaba. Sin duda la habrían ocultado hábilmente.

–Durante mucho tiempo pensamos que el profesor Lanzi nos ocultaba algo muy importante: el documento que tenía, y que estamos en condiciones de enseñarle, posee un valor excepcional, pero por sí solo no basta para proporcionarnos los datos que necesitamos. El señor Ioannidis logró oírlo cuando hablaba una noche con su colega, el profesor Quintavalle, y decidió seguir de cerca sus movimientos. Sin embargo, he de decirle que no logró descubrir el motivo exacto de sus investigaciones y únicamente gracias a usted, a su decisión de colaborar con nosotros, hemos podido liberar al profesor Lanzi e iniciar una operación que podría conducir a resultados satisfactorios tanto para usted como para nosotros.

–¿Quiénes son ustedes? –inquirió Ottaviani, seguro de que además de verlo, lo oían.

–Lo lamento –respondió la voz–, es una pregunta que no puedo contestar y que le ruego no vuelva a hacerme. Estará usted cansado y tendrá hambre. Si quiere, puede pasar a su camarote donde le han servido una cena fría; se encuentra en la primera puerta a la derecha por el pasillo que, recorrió al entrar en esta cámara. Podrá darse un baño y descansar. Mañana ultimaremos los detalles de nuestra colaboración. Buenas noches, señor Ottaviani.

Se oyó la descarga de un interruptor: quien le había hablado no tenía nada más que decirle. Se levantó y salió al pasillo; giró a la izquierda y llegó al camarote que le habían indicado. Se encontró en un espacio no muy grande, amueblado con una mesita, una silla y un catre. En la pared se veían las puertecitas de un pañol; lo abrió y dentro encontró sábanas, alguna prenda de vestir, toallas. En la mesa había una bandeja dividida en compartimientos: filete con verdura cocida, natillas de chocolate, ensalada de tomates y, aparte, un sobre de *Italian dressing* para aliñar, un trocito de pan y una botella de cerveza. No tenía hambre, pero de todos modos se sentó y comió. En una caja de madera había cigarrillos de todas las marcas, italianos, franceses, griegos, egipcios, todos con la etiqueta *duty free.* Cuando terminó de comer, se tomó un café liofilizado, luego se desvistió y se fue a dormir.

En toda su vida, era la primera noche en la que se veía obligado a acostarse sin haberle echado antes un vistazo al cielo o a la tierra, sin haber mirado a la cara a un ser humano.

Lo despertó la luz del sol que entraba por la portilla del techo del camarote; aparte del chapoteo del agua en los costados de la embarcación no se oía ningún otro ruido: el motor estaba apagado y el yate navegaba a vela.

El sol se encontraba fuera de su campo visual, por lo que ni siquiera pudo calcular el sentido de la ruta. Observó que la pared externa del camarote era curvada; debían de haberlo alojado a proa, en uno de los camarotes de la tripulación, y el lavabo debía apoyarse en el compartimiento estanco de la cámara, de cuyos altavoces había oído salir la voz de la mujer. Calculó que detrás de la cámara estaría el cuarto de derrota con la radio y después un gran camarote de popa. Al otro lado del pasillo, frente a su puerta de entrada, debía de encontrarse el otro camarote de proa destinado quizás a alojar a Ioannidis o a un marinero de la tripulación con funciones de vigilancia. Mientras intentaba imaginarse más o menos la estructura del yate volvía a oírse la voz de la mujer por el altavoz.

–Buenos días, señor Ottaviani. Espero que haya dormido bien; me alegra verle más descansado y relajado.

Ottaviani maldijo al tiempo que giraba sobre sí mismo en busca del ojo invisible de la cámara.

–¡No me espiarán también cuando voy al retrete! –gritó.

La voz permaneció callada unos instantes.

–Tenga la bondad de pasar a la cámara –prosiguió sin la mínima alteración–, tiene el desayuno servido.

Ottaviani no se movió.

–Puede salir libremente de su camarote, la puerta está abierta.

Era cierto. Ottaviani recorrió el pasillo contando los pasos para poder trazar al menos una parte de la topografía de la embarcación y entró en la cámara. No encontró a nadie; sobre la mesa, en una bandeja, había dos huevos fritos, café negro, zumo de naranja y tostadas con mantequilla.

–Lamentamos que tenga que comer solo –continuó diciendo la voz–, pero consideramos que para usted sería mucho más desagradable tener que hacerlo en compañía de un comensal con la cara cubierta. Nos comportamos así por motivos de seguridad. Le rogamos que intente comprenderlo.

Ottaviani no contestó y desayunó en silencio; lo único que deseaba era saber dónde estaban colocadas las cámaras que lo observaban. Cuando terminó, la voz le dijo:

–Y ahora, señor Ottaviani, ha llegado el momento de que examine el documento que nos dejó el profesor Lanzi. Abra el cajón del mueble que hay en la pared de enfrente, saque lo que hay dentro y vuelva a la mesa. Puede trabajar aquí, estará mucho más cómodo que en su camarote. En la estantería encontrará ayuda bibliográfica; si necesitara material técnico, no tiene más que pedirlo. El yate en el que nos encontramos navega en un amplio círculo, alrededor del mismo punto; cuando esté en condiciones de proporcionarnos datos precisos, fijaremos la ruta y nos pondremos en viaje hacia la meta que usted nos diga.

–¿Y si no lo logro? –preguntó Ottaviani.

Se produjo un silencio al cabo del cual la voz contestó:

–Nos acercaremos a la costa y le daremos una chalupa en la que podrá alcanzar tierra firme. Pero tenga presente cuanto le digo: no traspase nunca la línea de popa de la cámara. Puede subir a cubierta cuando se encienda una luz azul que hay en su camarote o aquí, en la cámara; en cubierta, una señal acústica le advertirá cuándo debe regresar a su camarote. Obedezca estas instrucciones y no correrá ningún riesgo; de lo contrario, lamento decirle que no podremos garantizar su seguridad. Por favor, dígame si acepta estas condiciones.

–Las acepto –respondió Ottaviani.

Se levantó y fue hacia el mueble que tenía delante, abrió el cajón y vio lo que contenía: una lámina de plomo de unos treinta y cinco centímetros de largo por diez de ancho, con una inscripción latina grabada con la punta de un estilo. La sacó del cajón, volvió a sentarse a la mesa y se puso a estudiarla.

Se trataba de una fusión, por lo que habían utilizado un material bastante puro y la habían repasado con un rodillo de madera que le dejó una serie de huellas recurrentes a intervalos regulares que afectaban, aquí y allá, la escritura. No había renglones de guía por lo que las líneas fluían de arriba hacia abajo.

Se sintió presa de una inmensa satisfacción al ver que arriba, a la izquierda, figuraba el sello del capitán que reproducía la figura de un ave con las alas desplegadas y a su alrededor la inscripción *Águila*, el nombre de la embarcación, el mismo que llevaba el códice de Polibio.

En ese momento, para él no había nada más importante: se encontraba otra vez sobre la pista, la investigación continuaba con un documento nuevo y excepcional.

La escritura era bastante pulcra pero irregular, como si hubiese sido trazada sin tener demasiado en cuenta la elegancia; daba la impresión de tratarse de un apunte para uso personal, no oficial. La lámina había sido objeto de una primera operación de limpieza y restauración principalmente con solventes químicos; probablemente, los surcos de las letras habían sido limpiados con una sonda neumática. Pero no habían terminado la obra: el restaurador había intervenido más bien para que el texto fuera legible que para devolver al objeto sus condiciones originarias.

Ottaviani se dio cuenta de que para poder leer el documento tenía que reproducir la escritura en relieve; pidió agua, papel secante, una cámara con flash y algún aparato para secar, con un secador de pelo se las arreglaría. La voz asintió desde los altavoces y al cabo de diez minutos apareció Ioannidis con el material solicitado. Al salir masculló una especie de saludo que Ottaviani no se dignó contestar.

Embebió el papel secante y lo pegó a los bordes de la lámina con un adhesivo, luego sacó una vela de un candelabro y la pasó como rodillo sobre el papel secante para que a cada pasada fuera penetrando más profundamente en los surcos de la escritura. Una vez concluida esta operación, secó el papel mojado, lo despegó y lo fotografió con luz directa sobreexponiendo drásticamente la película para que sobre el fondo oscuro aparecieran sólo las partes en relieve fuertemente iluminadas. Cuando hubo terminado, pidió una cubeta y líquidos de revelado. Volvió a aparecer Ioannidis, que lo llevó al cuarto de derrota, donde había una cámara oscura. Las copias resultaron bastante buenas y nítidas; regresó a la otra cámara y se puso a transcribir palabra por palabra el texto y mientras escribía se olvidó de todo: de los ojos de cristal de las cámaras que lo observaban, de la misteriosa voz de mujer que le hablaba, de la absurda situación en la que se había metido. Lo invadió una extraña y poderosa energía; por lo que había logrado intuir del texto en el que trabajaba, dedujo que la solución del problema, el fin de su investigación, estaba próximo. No quiso almorzar para poder terminar la transcripción de todo el texto que al final resultó, como había intuido, un párrafo del diario de a bordo escrito con estilo por el capitán del barco romano que había transportado las dos estatuas de bronce hasta Italia.

… por lo que en verdad puedo decir, estando yo al timón … no vi … caer … al mar.

… imposible por un fuerte viento que … Tenedos durante dos millas ya en dirección a Reteo … Por tanto, teniendo que seguir el viento … al anochecer al puerto de Adramiteo. Desde allí, en dos días de navegación llegamos a Esmirna donde prevaleció un viento oriental … días de navegación a Delos. Desde allí en dos días de navegación ... más allá del cabo Malea y a eso de medianoche ... la isla de Esfacteria que se encuentra frente a Pylos. Desde allí, en un día de navegación llegamos a Kerkyra. Desde allí, en dos días de navegación ... a Callipolis. Desde allí, alcanzamos el cabo Lacinio en dos días de navegación. Desde allí, en un día de navegación llegamos ... pero se desató de pronto una fuerte tempestad que nos impidió entrar en el estrecho...

A pesar de presentar algunas lagunas debidas a la corrosión, el texto completaba bastante bien el códice polibiano de San Nilo. El capitán refería al principio que las armas habían caído al mar mientras él estaba ocupado con las maniobras a popa. Un fuerte viento de dirección noroeste le había impedido retroceder empujándolo hacia la costa de Asia Menor. Una vez superado este contratiempo había logrado proseguir con la ruta occidental aprovechando la corriente meridional del viento estesio. Había doblado el cabo de Santa María de Leuca, cruzado el golfo de Taranto para enfilar, pasado el cabo Colonne, hacia el estrecho de Messina donde lo había sorprendido la tempestad. El texto, simple y esencial, reflejaba en gran parte un portulano y no dejaba dudas sobre su autenticidad.

Lanzi debía de haberlo leído y, al ver las fotos de los objetos hallados en Lavinium, descubrió el torso que robaron después y había relacionado el bajorrelieve del torso con el descubrimiento de los dos guerreros de bronce. Una brillante observación que le había costado el secuestro y la cautividad.

Ioannidis debió de contar sin duda con un informante en Sicilia que, a su vez, había puesto sobre aviso a la organización que ahora lo tenía prisionero. Ya no había motivos para dudar: todo estaba claro. Había que llegar a Tenedos, llamaba Bozcaada por los turcos, y buscar allí el puerto oriental; de ahí habría que trazar una ruta en dirección al promontorio Reteo y señalar el lugar a dos millas marinas de la isla. En ese sitio, cubiertas por la arena del fondo, descansaban las armas de los héroes.

Miró el reloj; eran las cuatro de la tarde y había terminado su trabajo. ¿Cuánto tiempo había transcurrido desde que iniciara su investigación? En el fondo, no demasiado; sin embargo, tenía la impresión de que eran muchos meses. Levantó la cabeza hacia la estantería y en ese momento recordó que alguien lo había observado a cada minuto, espiando todas sus reacciones en la expresión de su rostro. Decidió entonces que les revelaría poco a poco lo indispensable para que la misión pudiera continuar; era la única defensa que tenía contra aquella gente.

–He terminado –avisó–, estoy en condiciones de interpretar el contenido de este documento. No cabe duda de que se trata de un trozo del cuaderno de bitácora del barco que llevó a Italia las dos estatuas de bronce; contiene información que permite completar los datos que ya tengo y localizar el sitio donde deberían estar las armas de los guerreros.

–¿Quiere decirnos dónde se encuentra ese lugar? –preguntó la voz que salía de los altavoces.

–No –respondió Ottaviani–. Se lo diré en su momento. Por ahora tendrán que conformarse con saber que tienen que dirigirse hacia el estrecho de Messina. Mañana les daré más información.

Siguieron unos instantes de silencio tras los cuales la voz le preguntó:

–¿Tiene miedo, señor Ottaviani?

–Sí, tengo miedo.

–No tiene motivos.

–Tal vez, pero todo me conduce a pensar lo contrario. Secuestraron a Lanzi y no sé qué le hicieron; intentaron secuestrarme a mí, me golpearon, me siguieron. Me espían ustedes las veinticuatro horas del día, controlan todos mis movimientos mientras que yo no puedo verles la cara pues corro el riesgo de ser eliminado. ¡Me tienen ustedes como un insecto bajo el microscopio! –gritó.

La voz volvió a callar unos instantes y luego dijo:

–Ya le he dicho que el accidente del que fue víctima fue un error. En cuanto a lo demás, lamentablemente no podemos actuar de otro modo. Esta noche, cuando oscurezca, si quiere, podrá subir al puente. Puesto que no ha almorzado, dentro de una hora le servirán la cena. Puede retirarse a su camarote para recuperar fuerzas, estará usted cansado.

Se oyó la descarga del interruptor: habían cortado la comunicación. Ottaviani se puso en pie y llegó a su camarote donde, completamente exhausto, se tumbó sobre el catre. Al cabo de un rato notó que la embarcación viraba de bordo: comenzaba el viaje. Miró el reloj y tomó nota de la hora para poder calcular aproximadamente la velocidad de navegación en el momento en que le pidieran más detalles sobre la ruta.

Se preguntaba si Quintavalle habría leído ya su carta al regresar a su casa. Le habría gustado hablar con él, pero nadie había cogido el teléfono. Se interrogaba si Elizabeth habría leído su mensaje y cómo reaccionaría. Lamentaba no haber sido más preciso, le habría evitado una larga época de preocupaciones, de angustias... días y más días... tal vez semanas... ¿Mantendría en secreto su desaparición? ¿Enviaría las cartas que le había dejado para su padre? ¿Qué más podía haberle dicho si él mismo ignoraba qué le esperaba, cuando su alma estaba llena de amargura, la mente oprimida por la melancolía más profunda, por oscuros presentimientos?

Se preguntó qué sería de él cuando hubiese logrado recuperar las armas perdidas de los guerreros. ¿Qué motivos tendrían sus carceleros para respetar su vida? Se estremeció al pensar en su cuerpo lanzado al mar. Nunca se le había ocurrido imaginar dónde iba a ser sepultado, pero siempre había asociado la idea del descanso eterno con el pequeño cementerio de su pueblo, en los Apeninos, y la idea del abrazo frío del mar lo aterraba. Con insistencia volvían a su mente las escenas de viejas películas de piratas, el cadáver envuelto en una sábana, como una momia, que se desliza por una tabla y cae al mar y se hunde en un abrir y cerrar de ojos, arrastrado al abismo por un peso atado a los pies.

Pero le quedaba una carta por jugar: si era cierto que esa gente había robado el torso de la estatua de Lavinium, entonces era evidente que de algún modo la consideraban importante, que pensaban que podía contener elementos útiles para la solución de un problema, pero ¿cuál? ¿Eran los dos desnudos masculinos, es decir, las estatuas de los héroes, lo que les había llamado la atención o acaso era el grupo de las tres figuras, la diosa y los héroes?

Colocad entonces, oh desventurados,
sobre la alta roca, el Paladión sagrado
vigilado por los héroes preferidos
de la diosa: Ulises, maestro de engaños,
y el divino Tidides.

Se pasó la mano por la frente sudada; si era así, y no podía ser de otro modo, estaba claro que esa gente también quería el Paladión. Pero ¿por qué? ¿Y si Lanzi llevaba consigo algunos apuntes? No, no era posible. A lo mejor se trataba sólo de criminales que robaban obras de arte por encargo. Pero si era factible en el caso de los dos bronces estupendos que habían fascinado a millones de personas, ¿qué sentido tenía tratar de robar una modesta estatua de terracota, objeto de limitado valor artístico y, para colmo, documentado en decenas de fotos? No, lo que le había escrito a Elizabeth en su última carta estaba bien: un robo de ese calibre era algo inconcebible. A esa gente la impulsaba un motivo preciso, poseían un plan bien definido en el que los héroes de bronce se encontraban estrechamente ligados a las estatuas de Lavinium. Tal vez nunca lograría descubrir la trama, pero cabía la posibilidad de que ese torso fuera su salvación, suponiendo que se encontrara a bordo y que esa gente le atribuyera a él la capacidad o la posibilidad de desvelar su misterio. De todos modos habría podido mentir, fingir que sabía lo que todavía ignoraba. Podía ser su camino hacia la salvación... el hilo de Ariadna que lograra ayudarlo a salir del laberinto.

Se acordó de la foto que le había dado Paolo Quintavalle; sacó la cartera y la buscó entre los pocos billetes que contenía, pero en ese momento, la señal le indicó que debía dirigirse a la cámara para cenar. Volvió a guardar la foto y llegó a la cámara donde se sentó delante de la bandeja con la comida.

Reinaba un profundo silencio; el yate navegaba a vela y el ruido de los cubiertos al chocar contra el plato resultaba extrañamente fuerte, como amplificado. Ottaviani se dio cuenta de que aquella soledad completa, que le daba la impresión de encontrarse en un velero fantasma, ejercía en él un pernicioso efecto: perdía la noción del tiempo y, en cierto sentido, incluso de sí mismo. Por momentos, sus seres queridos, sus amigos, la misma Elizabeth, se convertían en retratos difuminados; tenía la sensación de que llegaría un momento en el que ya no lograría reconocerlos. Con cada hora que pasaba sentía cada vez con más fuerza la necesidad de comunicarse con alguien, de hablar con un ser humano. Si el aislamiento duraba mucho, sería capaz de acoger agradecido la compañía de Ioannidis.

Miró a su alrededor, tratando de no centrar la mirada en los objetos para no dar la impresión de estar observándolos, y notó que de las paredes colgaba una serie de platos. Parecían objetos de adorno, pero a pesar de tener decoraciones distintas, poseían un punto en común: una serie de círculos concéntricos, más bien evidentes, como si estuvieran en relieve. Notó, además, que se encontraban equidistantes del punto en el que él estaba sentado. Al salir, se escudó un instante tras la puerta y comprobó que tenía uno a sus espaldas, y que en el centro del techo había otro, exactamente sobre su cabeza. Cerró la puerta y se dirigió a su camarote.

Aunque no lograba explicarse el sentido y la función de aquellos objetos, se sintió invadido por una gran sensación de pánico y deseó ardientemente salir de aquella situación.

El sol debía de haber tocado ya el horizonte: a esa hora, en la plazuela de su pueblo, los niños correteaban de un lado a otro jugando a la pelota, y los hombres, sentados delante del único café, hablaban de la vendimia, de cómo saldría el vino nuevo, esperaban que les preparasen la cena. A esa hora su padre regresaba de los campos en el viejo tractor asmático y se encargaba del ganado antes de prepararse un plato de sopa en la enorme cocina vacía y oscura, y el perro lo seguía a todas partes moviendo la cola.

Se secó los ojos con las manos antes de encerrarse en el espacio angustiante de su camarote.

Monasterio de San Nilo, 18 de septiembre, nueve de la noche

El coche oficial de color negro se detuvo en el patio de la abadía y de él bajó un hombre de unos sesenta años, vestido con un traje gris oscuro y tocado de un sombrero flexible negro. Sólo la diminuta cruz de metal que lucía en la solapa de la americana indicaba que se trataba de un eclesiástico.

El portero corrió a abrirle, lo saludó con una reverencia y lo hizo pasar al salón de la planta baja. Subió entonces al despacho del archimandrita.

—Ha llegado ahora mismo el cardenal Montaguti —anunció.

—Hazlo pasar, lo esperaba.

Mientras el portero bajaba la escalera, el archimandrita se puso de pie, se acercó a la ventana y lanzó una mirada al patio: el coche negro con matrícula vaticana volvía a marchar en dirección a Roma, señal de que el cardenal se quedaba a pasar la noche. Un ligero golpecito en la puerta lo hizo volverse y se encontró delante del prelado.

–Pase usted, eminencia, siéntese –le dijo ofreciéndole una silla y sentándose delante de él–. ¿Ha cenado ya?

–Sí, gracias, no se moleste.

–Para nosotros siempre es un honor tenerlo de huésped en esta casa. ¿Cómo se encuentra su eminencia?

–Como Dios quiere, su paternidad. Por desgracia, la situación se agrava día tras día. Su santidad está profundamente preocupado por la entrevista que tuvo con el secretario de las Naciones Unidas: la situación actual es dramática.

–¿Quiere usted decir que se han producido acontecimientos de especial relevancia?

–No sabría decirle con seguridad, pero en el palacio apostólico se respira una atmósfera de ansiedad y preocupación. Su santidad está profundamente turbado por lo que ocurre en su país y por las noticias que nos llegan a través de los canales reservados de las diócesis orientales. Se tiene la clara impresión de que la paz no ha estado nunca tan amenazada. Por desgracia, la Iglesia no puede hacer demasiado en estos momentos, más que rezar; cuando las naciones se dejan llevar por la tentación belicista son sordas a todo ruego.

–En efecto –dijo el archimandrita–, no nos queda más que esperar la misericordia del Señor. Pero no deseo entretenerlo, eminencia, tal vez quiera retirarse a descansar.

–Sí, claro –dijo el cardenal–, pero antes me gustaría preguntarle a su paternidad si el doctor Ottaviani vino a la abadía y si pudo realizar su investigación.

–Vino, sí. ¿No se lo ha dicho?

–Me había prometido que iría a visitarme en agosto, antes de que me marchara de Villa Altobelli, donde suelo pasar unos días de vacaciones, pero no he vuelto a verlo ni a saber de él, y la verdad, me parece extraño. Aprecio mucho a ese muchacho y lo conozco a fondo; estoy seguro de que sólo algo grave pudo haberle impedido venir a visitarme. Telefoneé al párroco de su pueblo, me aseguró que por ahí no lo han visto. ¿Usted no notó nada especial? ¿Habló con él, por casualidad?

–Sí, hablé con él un par de veces. Lo extraño es que, exceptuando el primer día, no lo vieron nunca por la biblioteca y usted me había comentado por teléfono que venía a vernos para llevar a cabo una investigación.

–¿Quiere usted decirme que se pasó todo el tiempo en su habitación? –inquirió el cardenal con el ceño fruncido.

–Así fue. Y cuando se marchó y vino a saludarme lo vi muy trastornado, como si llevara varios días sin dormir. Tenía la voz ronca, un brillo extraño en los ojos. Me dio miedo, le pregunté si se encontraba mal, si quería que llamara a un médico.

–¿Tan mal estaba? –preguntó el cardenal–. ¿Qué pudo haberle ocurrido? ¿No le preguntó ni le dijo nada cuando vino a despedirse?

–Sí –contestó el archimandrita–, me preguntó si sabía algo de un monje que había vivido en este monasterio en el siglo XI, un amanuense.

–Sin duda la pregunta debía de estar relacionada con la investigación que llevaba a cabo –observó el cardenal–. ¿Y usted qué le dijo?

–Que sí, que era posible que hubiera existido un monje con ese nombre, y tal vez más de uno.

–¿Y él qué dijo?

–«Al que yo me refiero murió desesperado.»

El cardenal dio un leve respingo, y su rostro adoptó una expresión de tristeza.

–Una respuesta muy extraña, su paternidad –dijo–. ¿Qué significaría?

El archimandrita se mostró titubeante e indeciso en cuanto a la respuesta que debía darle y el cardenal parecía sumido en sus pensamientos. En ese momento recordaba la mañana en la que el secretario de Estado Palazzeschi le había comentado lo que Ottaviani le dijera al director de la Biblioteca Vaticana al despedirse, que había descubierto una glosa críptica en el códice de Polibio. Su investigación lo había llevado luego a San Nilo, cuya biblioteca no había pisado siquiera y de donde había salido absolutamente turbado dejando como único rastro una frase sibilina.

Era inconcebible que después de haberle pedido que lo ayudase telefoneando personalmente al secretario de Estado no hubiera dado señales de vida, ni siquiera para agradecérselo. No era propio de él.

Miró al archimandrita y vio que su larga barba se movía como impulsada por un ligero temblor de la barbilla.

–Eminencia –prosiguió el anciano–, existe una remota posibilidad de que yo pueda interpretar esa frase, pero me siento sumamente reacio a afrontar este tema.

–Al menos puede darme algún detalle –insistió el cardenal–. Hay algo que me preocupa en toda esta historia.

–Eminencia, sabemos bien que las instituciones de la Iglesia incluyen, como escoria en una piedra preciosa, herencias olvidadas de un pasado milenario, hechos que en su momento tuvieron un valor, una importancia, en relación con la sensibilidad de su época y que ahora serían, como mucho, fuente de pensamientos ambiguos, una traba para la serenidad de la mente y el alma...

–Discúlpeme, su paternidad –dijo el cardenal–, ahí está precisamente la cuestión. Por lo que acaba de comentarme, ese muchacho estaba sereno cuando entró aquí y salió trastornado, exactamente lo contrario de lo que razonablemente podía esperarse. Ahora bien, si nosotros, con toda la tranquilidad y la buena fe de este mundo, pudiéramos atribuir este hecho a una coincidencia casual, no valdría la pena seguir hablando. Pero esa frase, ligada a la situación que me acaba de describir usted y al extraño comportamiento del doctor Ottaviani con respecto a mí, indica, a mi modo de ver, un estado profundamente anómalo. Y si usted considera que todo esto pudiera estar relacionado, aunque no sea más que remotamente, con hechos que podrían procurarnos una explicación verosímil, francamente no comprendo su renuencia. Perdóneme, su paternidad, pero tiene usted delante a un obispo de la Santa Iglesia Romana, y dicho con toda la humildad, puede usted tener la certeza de que estoy acostumbrado al ejercicio de la meditación y al estudio, y además al oficio de gobierno con todas las responsabilidades que comporta.

–Está bien –dijo el archimandrita, resignado–. Le diré lo que sé. Hace muchos siglos, en este monasterio se produjo un hecho muy triste que condujo a la muerte de un monje, un amanuense llamado Theodoros. Nadie, salvo su confesor, supo nunca el motivo de su muerte. Eran aquellos tiempos en los que, a pesar de todo, la sugestión supersticiosa se mezclaba con un celo justo y un sentimiento sinceramente religioso. El confesor del pobrecillo, obligado por el secreto sacramental, no pudo revelar cuanto había oído de labios del penitente, pero lo trastornó de tal manera que al poco tiempo murió también, o eso fue lo que se creyó. Sin embargo, antes de morir, le entregó un documento al archimandrita Demetrios I y le pidió bajo juramento que no revelara a nadie su contenido.

»Desde entonces, los superiores de esta comunidad han mantenido oculto ese texto en la parte secreta de nuestro archivo y yo hice lo mismo, aunque debo serle sincero, nunca le atribuí excesiva importancia. Pero usted sabe, eminencia, que ciertas costumbres pluriseculares adquieren por sí mismas... no sé cómo decirlo... adquieren una cierta fuerza. Hace tiempo tuve ocasión de leer esas páginas; se trata de un diario en el que Theodoros de Focea cuenta su experiencia, una historia extraña, fruto sin duda de una mente enferma. Parece sugestionado por lo que leyó en un antiguo texto pagano, habla de profecías tremendas que amenazan a Roma, a Italia y a todo Occidente, de la potencia de una antigua divinidad. Además, descubre con detalles de un realismo un tanto repugnante la exhumación del cuerpo de una mujer al que parece ser que asistió mientras viajaba a Roma. En fin, si no recuerdo mal, esa imagen lo turbó profundamente, por no decir que lo superó. Su eminencia, trate de comprender, está claro que se trata de delirios. La muerte de Theodoros se produjo sin duda por causas naturales y sólo las circunstancias deben haber alimentado las habladurías... las fantasías carentes de todo fundamento.

El cardenal dio la impresión de esperar a que la campana de la torre terminara de tocar la hora y cuando volvió a restablecerse el silencio entre los muros de la abadía dijo:

–Me siento profundamente incómodo por haber obligado a su paternidad a revelarme un hecho tan delicado, un hecho que, por mi honor de sacerdote, quedará sepultado en el fondo de mi corazón. Por desgracia, cuanto acaba de contarme no ha hecho más que aumentar mi preocupación. Perdone usted la franqueza, pero estoy convencido de que la frase que le dijo el doctor Ottaviani era una referencia precisa e inconfundible a los acontecimientos que usted conoce. Además, si esa historia le llegó a usted a través de su lejano predecesor, debe poseer una fuerza intrínseca, basada, mucho me temo, en el miedo, mejor dicho, en el terror, y esto me llena de zozobra.

–Eminencia –dijo el archimandrita–, le he comentado ya que en ciertas épocas, la superstición pudo haber desempeñado un papel determinante y a esto debo añadir las inevitables deformaciones de un hecho que nos ha sido transmitido a través de muchos siglos. Perdóneme, pero creo que es del todo inútil seguir hablando del tema.

El cardenal inclinó la cabeza y dijo:

–Su paternidad, querría pedirle una cosa: ¿podría rezar conmigo por ese muchacho?

–De todo corazón, eminencia –repuso el archimandrita.

Se puso en pie y fue a abrir una puertecita que había en

la pared derecha de su despacho; hizo entrar al cardenal en una minúscula capilla decorada al estilo bizantino. En un altar, una imagen copta reproducía a la Virgen con el Niño dando la bendición sentado en su regazo. Los dos príncipes de la Iglesia se arrodillaron en el suelo y el cardenal comenzó a rezar:

–Escucha, oh, Señor, nuestra plegaria, protege a tu siervo al que un día redimiste con el agua del bautismo y que recibió el nombre de Fabio, no permitas que nada malo le suceda.

–Líbralo, oh, Señor –prosiguió el archimandrita–, líbralo de los malvados, sálvalo de las insidias del Maligno por el afecto que le profesan estos dos humildes servidores tuyos y por intercesión de tu Madre santísima, amén.

Permanecieron unos instantes en meditación y luego volvieron al despacho. El cardenal recogió su sombrero y el bolso de viaje y el archimandrita se dirigió a la puerta.

–Querría pedirle otro favor –le dijo el cardenal–, aunque pueda parecerle extraño. Querría que mandara preparar mi cama en la celda en la que se alojó el doctor Ottaviani. No sé, tal vez logre sacar algo en limpio, tener una buena inspiración.

–Lo lamento, eminencia –le contestó el archimandrita–, pero esa celda no está en condiciones de ser utilizada, hay una avería en la instalación eléctrica. Le mandé preparar su habitación de costumbre. Buenas noches.

–Buenas noches –repuso el cardenal. Se puso el sombrero y se perdió en la penumbra del corredor.

Yate North Star, *40° 3' norte; 14° 6' oeste,*
18 de septiembre, diez y media de la noche

La embarcación avanzaba silenciosa, impulsada por un viento sostenido de poniente; llevaba todas las velas desplegadas y, cosa muy extraña, en la verga de proa habían añadido un *spinnaker* negro que ondeaba, hinchado como un balón, sobre la cresta de las olas. Sentado en la proa, en el cajón del ancla, Ottaviani intentaba recordar todas sus nociones de navegación para poder calcular aproximadamente cuántas personas había a bordo. Sobre la base de lo que había podido observar bajo cubierta, sus cálculos resultaban más o menos acertados: la embarcación tenía unos veinte metros de eslora y todo conducía a pensar que, aparte de él, a bordo no iban más de cuatro personas: Ioannides, el marinero que lo había recibido en la chalupa, la mujer que le hablaba desde el altavoz y, con toda probabilidad, otro marinero encargado de las maniobras.

A popa había una chalupa de salvamento, la misma en la que lo habían recogido del helicóptero, con un motor fuera borda cubierto por su funda de tela y una balsa neumática. Le quedaban tres o cuatro días para preparar un intento de fuga cuando se presentara el momento oportuno, pero cuanto más reflexionaba, más se convencía de que la mejor carta que le quedaba por jugar era la de dar la impresión de que podía interpretar el significado del bajorrelieve del torso robado. Por desgracia, no era cosa fácil; suponiendo que hubiera podido descubrir dónde estaba, le habría resultado prácticamente imposible moverse a bordo sin escapar al control omnipresente de las cámaras.

La inmensidad del mar, cuya titánica respiración le llegaba en medio de la oscuridad, la grandeza de la bóveda celeste tachonada de estrellas aumentaban descomunalmente su soledad, su inerme pequeñez, anulaban la poca seguridad que le quedaba, apagaban su esperanza. Una voz lo sacó de sus pensamientos.

–Buenas noches, doctor Ottaviani. –Era la misma voz que le hablaba desde los altavoces de la cámara.

–Buenas noches –contestó sin volverse–. ¿Cómo es que en esta ocasión no se escuda tras los altavoces? ¿No teme que pueda reconocerla?

–¿Considera que mi voz natural es distinta?

–Mucho. Diría que cuando me habla por los altavoces su voz sale filtrada a través de un ecualizador.

–Es usted inteligente, Ottaviani.

–No es más que espíritu de observación y algún que otro conocimiento técnico.

–Algo insólito en un estudioso de antigüedades.

–Entonces, ¿no considera imprudente que escuche su voz... al natural?

–No, volverá a acostumbrarse a mi voz ecualizada y será la última impresión la que se fije en su mente.

–O sea que lo tiene todo calculado. ¿También han previsto qué van a dejar y qué van a borrar de mi mente? ¿O acaso han pensado en un tratamiento... definitivo?

–No tiene nada que temer, Ottaviani, si se atiene a las reglas que hemos acordado.

–Las reglas que me ha impuesto.

–¿Qué cambiaría si me viera la cara? Una curiosidad inútil que lo pondría en grave peligro y podría echar a perder una misión importante.

–Cambiaría mucho. Usted no para de observarme y yo no puedo hacer lo mismo. Sabe bien que me da una sensación de absoluta impotencia, me hace sentir como un objeto en sus manos, destruye mi voluntad, me humilla. Pero recuerde que soy yo quien los encontró a ustedes, no fueron ustedes quienes me cogieron. Así como acudí a ustedes, puedo irme.

La voz permaneció callada y Ottaviani inclinó la cabeza escuchando el viento y el chapoteo monótono del agua contra la quilla.

–No, Ottaviani –siguió diciendo la voz–, no intentará marcharse. Desea más que nosotros encontrar lo que estamos buscando.

–Es cierto.

–¿Por qué? ¿Por curiosidad científica?

–He dejado a la mujer que quiero más que a mi vida, he dejado a mi padre, viejo y solo, corro el riesgo de morir lejos de todos. ¿Acaso cree que la curiosidad científica basta para explicar todo esto?

–Entonces, ¿por qué?

–No lo sé. Sólo sé que tengo que hacerlo.

La voz volvió a guardar unos instantes de silencio, pero Ottaviani notaba que ella seguía allí, a sus espaldas, de pie en la oscuridad.

–¿Qué será de mí cuando haya encontrado lo que buscan? –preguntó de pronto.

–No lo sé –respondió la voz–, no depende de mí ni de ninguna de las personas de esta embarcación, pero sea prudente. Le ruego que sea prudente.

–Si llegara a... en caso de que me ocurriera algo –dijo Ottaviani al cabo de una breve pausa–, por favor, avise a mis amigos, al profesor Quintavalle. En mi agenda tengo apuntada su dirección. A usted no le cuesta nada, y a mi padre le ahorraríamos una larga agonía.

–Ottaviani –siguió diciendo la voz–, si le garantizáramos el poder volver, ¿estaría dispuesto a empeñar su palabra?

–¿Con qué fin?

–No pensar más en las armas si es que las encontramos, olvidarse de todo. Nosotros seguiremos necesitando su ayuda.

–Lo sé.

Se produjo otro largo silencio. Ottaviani no apartaba la vista de la proa ni de la gran vela negra desplegada sobre la cresta de las olas.

–¿Qué es lo que sabe? –inquirió la voz.

–Robaron ustedes el torso de una estatua de Lavinium, ¿no es así?

–Sí.

–Creo conocer las razones por las que lo hicieron. También puedo decirle que no les falló la intuición, pero jamás podrán descubrir por sí solos lo que les interesa. Por tanto, no están ustedes en condiciones de imponerme ninguna condición.

–Cuidado, Ottaviani, si por casualidad llegamos a descubrir sin ayuda alguna la clave de la interpretación, para nosotros usted sería más peligroso que útil.

–Es un riesgo que debo correr. ¿Qué puedo perder?

–La vida.

–Entonces, ¡dímelo a la cara! –aulló Ottaviani girándose de repente.

Por un instante, bajo el reflejo de la cúpula luminiscente de la portilla de proa, dos ojos dorados centellearon fríos como los de una rapaz nocturna; se dibujó una silueta oscura que desapareció enseguida bajo el perfil de cubierta, como un espectro tragado por la tierra.

Monasterio de San Nilo, 18 de septiembre, doce de la noche

El cardenal Montaguti se disponía a terminar, como era su costumbre, el oficio de completas antes de acostarse cuando oyó que alguien llamaba a la puerta. Era el archimandrita.

–Eminencia –le dijo–, he de confesarle que le he ocultado algo.

–Su paternidad no tiene por qué disculparse –respondió el cardenal.

–No, por favor, déjeme hablar. Después de mucho reflexionar, me he dado cuenta de que existe la posibilidad de que el doctor Ottaviani esté en grave peligro, posibilidad que por remota que sea, existe. No le he dicho todo lo que sabía y a estas alturas no me siento con fuerzas para asumir la responsabilidad de callar.

El cardenal le ofreció una silla a su huésped y se sentó a su vez delante de él.

–¿Su eminencia se ha preguntado cómo es que conozco hasta sus mínimos detalles una historia escrita hace nueve siglos y olvidada en el fondo de un archivo desde tiempos inmemoriales?

–Sí que me lo he planteado –respondió el cardenal–, y lo cierto es que me ha parecido un tanto singular. Por otra parte, usted me dijo que hace poco tuvo ocasión de leer ese texto…

–Eminencia, hace dos meses yo ignoraba incluso el nombre de Theodoros de Focea. Hace veinte años que soy el superior de este monasterio y en todo este tiempo sólo había estado en el archivo reservado unas tres o cuatro veces. La última fue precisamente hace dos meses. Acababan de dar las doce de la noche y estaba a punto de dormirme cuando me pareció oír ruido de pasos en la cripta. Verá usted, mi despacho se encuentra justo encima de la cripta, en contacto con la pared de la derecha del ábside.

–Le habría parecido a usted…

–No. Se oyeron pasos seguidos del chirrido de unos goznes y después, el ruido de una puerta que se cerraba. En la cripta hay una sola puerta, la del archivo secreto. Me levanté y apoyé la oreja sobre mi mesita de noche: no lo dudé más, alguien había entrado en el archivo. Me llevé la llave y bajé con un candil. Me encontré con la cripta desierta y a oscuras, pero por debajo de la puerta del archivo se filtraba algo de luz; no me había equivocado. Llamé despacio preguntando: «¿Quién anda ahí?», pero nadie me contestó. Entré; el archivo estaba desierto, no había nadie. Sobre el atril de lectura había una vela encendida y encima de la mesa un cuaderno abierto en la primera página; era el diario de Theodoros de Focea.

–La persona que entró oyó sus pasos y salió a toda prisa sin que le diera tiempo a volver a colocar el cuaderno en su sitio y apagar la vela –observó el cardenal.

–No, eminencia.

–¿Por qué no?

–Hace años que soy el único que conoce la existencia de ese archivo y sólo yo sé cómo abrirlo. No saque usted conclusiones erradas, eminencia; ahí dentro no hay nada especial, nada realmente importante, ya se lo he explicado...

–Sí, claro. Pero ésa no es la cuestión.

–Ya. Ese diario se ha convertido en el centro de una serie de acontecimientos extraños.

–El primero de los cuales es su... digamos insólita aparición sobre esa mesa. ¿Cómo se lo explica?

–Sinceramente, no sé qué contestarle. He hecho algunas averiguaciones, pero no encontré ninguna explicación razonable.

–Pero al menos lo ha leído; ¿qué opina?

–Pues que esa historia, sobre la que encontré algunas referencias en las crónicas del monasterio, debe atribuirse a una credulidad supersticiosa. Lo que me ha impulsado a venir a verlo es otro aspecto: me refiero a los peligros que puede crear la sugestión, peligros que quizá podamos evitar sabiamente en el momento oportuno. Cuando Theodoros de Focea murió a los treinta y cuatro años, su muerte fue atribuida, como se acostumbraba hacer en aquella época, a los influjos del demonio que se habrían manifestado a través del misterioso texto que Theodoros buscaba, texto del que, por otra parte, nunca se ha tenido noticia.

–La frase que pronunció Ottaviani al salir de su despacho –le dijo el cardenal–, nos permite suponer que conocía esta historia. ¿Qué probabilidades tenía de conocerla si nadie le dijo nada? ¿O acaso piensa usted que consultó el diario de Theodoros?

–He considerado esa posibilidad, pero la he descartado; dudo que el doctor Ottaviani intentara forzar la puerta y los armarios del archivo reservado...

–Nunca habría hecho una cosa así –corroboró el cardenal.

–Suponiendo que lo hubiera hecho, no sé si habría sido capaz de descifrar la caligrafía y el lenguaje en tan poco tiempo. Sólo unos pocos especialistas estarían en condiciones de...

–Pero pudo haberlo leído otra persona.

El archimandrita vaciló un instante, como si intentara recordar algo.

–Efectivamente, pudo haberlo visto otra persona que después se lo comentó a Ottaviani.

–¿Qué quiere decir?

–Junto con Ottaviani hubo otro estudioso, Stavros Ioannidis, un experto en arte bizantino de Creta; un personaje extraño, para serle sincero. Una noche me dio la impresión de que me seguía cuando fui al archivo para continuar con la lectura de ese diario. No puedo excluir la posibilidad de que me haya visto abrir la puerta, aunque tomé todas las precauciones.

–Imagino que a ese hombre se lo presentaría alguien. Con los tiempos que corren, me sorprendería que cualquiera pudiera ser acogido en el monasterio.

–Efectivamente, eminencia, es como usted dice.

–¿Sería demasiado si le pidiera que me dijese...?

–La recomendación vino del profesor Herbert Morrison.

–¿Morrison...? Académico pontificio, miembro del Instituto de Estudios Bíblicos, una persona imprescindible; me resulta muy extraño.

–Eminencia, en este asunto hay un exceso de cosas extrañas.

El cardenal Montaguti se quedó un largo rato reflexionando mientras con la estilográfica hacía garabatos en un papel.

–De cuanto me ha contado –le dijo al fin al archimandrita–, parece evidente que tanto Ottaviani como el tal Ioannidis buscaban algo que en cierto modo está relacionado con Theodoros de Focea, algo que trastornó profundamente a Ottaviani. ¿No podría tratarse de ese antiguo texto pagano del que me hablaba usted?

–Por lo que yo sé, ese texto no se encontró nunca, quizá ya no exista.

–Sin embargo, tiene que haber una explicación –dijo el cardenal–. ¿Recuerda algo más que Ottaviani le dijera cuando fue a despedirse?

–Ahora que lo menciona, me ofreció dinero para pagar el alojamiento y no quise aceptárselo porque en realidad casi nunca había bajado al refectorio, pero él insistió y me dijo: «Cójalo de todos modos, para una misa de sufragio».

El cardenal frunció el ceño: lo veía como si hubiera estado presente, el candil encendido en el sótano inaccesible, el cuaderno sobre la mesa, abierto por manos invisibles, oía el eco de aquellos pasos por las bóvedas de la cripta desierta.

–¿A qué edad me ha dicho que murió Theodoros de Focea? –inquirió.

–A los treinta y cuatro años –respondió el archimandrita.

–Treinta y cuatro años. Fabio Ottaviani cumplirá treinta y cuatro años exactamente dentro de dos semanas... ¡Oh, Señor todopoderoso!

X

Yate North Star*, 18 de septiembre, once de la noche*

Fabio Ottaviani levantó la vista hacia el cielo estrellado: a babor, más o menos en mitad de la embarcación, Casiopea brillaba baja en el horizonte. Dentro de poco tendría que volver a su camarote.

Se fue hacia la popa, pegado casi a la pared derecha de la cámara; en el interior, justo antes del mástil, se entreveían la sala iluminada del timón con todos sus instrumentos y el hombre que llevaba la barra. Se apretó contra el tabique y avanzó hasta que alcanzó a ver bastante bien a aquel hombre: tendría unos cuarenta años, llevaba barba y el cabello largo y rizado, y apoyaba los brazos musculosos en la rueda. Vestía una ceñida camiseta negra, sin mangas, y miraba la lejanía con una extraña fijeza en los ojos. No lo había visto nunca; en cambio al otro, el joven de cuerpo hercúleo que lo había llevado a bordo del yate, había pasado a veces por encima de su cabeza cuando se encontraba en el camarote y había podido entreverlo apenas, de abajo arriba, por la portilla del techo.

Mientras observaba al piloto oyó resonar una voz en la sala del timón que estaba abierta por los lados, como si alguien hablara a través de un intercomunicador, y acto seguido, la voz del hombre que respondía:

–*Où, Ànassa, tòn àndra où dynamai horàn.*

Se quedó atónito; el hombre había contestado en griego antiguo; lo había oído bien, había dicho en griego antiguo: «No, señora, no lo veo». Se humedeció los labios y en un instante notó que estaba empapado de sudor y que el corazón le latía enfurecido en el pecho.

Avanzó sigilosamente y se acercó más a la sala del timón, protegido por la sombra de la obra muerta y giró la cabeza hacia arriba para ver al hombre inmóvil delante de la caña del timón: tenía los ojos oscuros, el pecho ancho, los labios gruesos, la cara bronceada. La luz de los instrumentos del puente de mando lo iluminaba desde abajo resaltando cada detalle de sus facciones fuertes, duras, como esculpidas en piedra, y su mirada siempre fija, velada a veces por una repentina tristeza.

Volvió a oír el sonido de la voz por el intercomunicador; era confusa, apenas audible y el hombre contestó:

–*Nài, Ànassa.*

Había intentado convencerse de que estaba soñando, pero esa respuesta nítida, clara, proferida sin mover los labios, o eso le pareció, había sido pronunciada en una lengua muerta hacía siglos.

Se disponía a levantarse y abalanzarse sobre aquel hombre para arrancarlo de aquella fijeza irreal, para golpearlo y apartarlo del timón, para obligarlo a luchar, a derramar un verdadero sudor, una sangre real, cuando oyó que a proa sonaba la señal acústica que le indicaba que debía bajar a su camarote. No se movió durante un instante y después, lentamente, se puso en pie a escasos tres metros del parabrisas de la sala del timón.

El hombre no se movió, no pestañeó, no lo miró, como si la cubierta que tenía delante estuviera desierta. Ottaviani permaneció mucho rato sin moverse en esa posición respirando con dificultad. Finalmente, el hombre giró de repente la cabeza y lo miró un instante a los ojos. Ottaviani sintió como si una descarga le hubiera recorrido el cuerpo, empezaron a temblarle las piernas como si sobre los hombros llevara un peso enorme y se le nubló la vista.

Instintivamente se apoyó en la barandilla mientras se oía el eco repetido de la señal acústica.

La salpicadura de las olas le mojó la cara y se recuperó; se incorporó otra vez, firme sobre las piernas. Volvió a mirar en dirección de la sala del timón: no había nadie, la barra inmóvil del timón mantenía la embarcación en su ruta. Retrocedió hasta la escotilla y bajó al interior del yate. Antes de entrar en su camarote se acercó a la puerta de enfrente, apoyó la oreja pero no oyó nada.

–¿Estás ahí, Ioannidis? –preguntó con voz ronca–. ¿Estás ahí, hijo de puta? –Como no le contestaba, se puso a gritar–: Ya estoy harto, harto, ¿me oyes, cabronazo?

Pero su voz se perdió rápidamente en el estrecho pasillo; sólo persistía el ruido amortiguado de las velas en cubierta y el crujido leve de la tablazón. Entró en su camarote, se tumbó en la cama mientras a sus espaldas resonaba el golpe metálico de la cerradura, y en silencio, lloró de rabia.

Pasó así unos diez o quince minutos y después, en un momento dado, le pareció oír un ruido; se volvió hacia la puerta: tras la mirilla vio un instante esos ojos dorados, traspasados por la luz de la lámpara que iluminaba el pasillo. Pero carecía ya de fuerzas, estaba cansado, vencido, domado.

Le habría gustado estar lejos, con sus amigos, en Roma, en la universidad, o con Elizabeth paseando en moto por los montes Albanos, o con su padre, en la granja del Apenino, recogiendo la uva madura, porque ya estaban en pleno septiembre, época de vendimia. ¿Cómo iba a arreglárselas su padre para vendimiar solo?

Un extraño zumbido palpitante le dio vueltas en la cabeza, cada vez más nítido y fuerte. Era el ruido de un motor, las aspas de una hélice. El helicóptero, seguramente se trataba del helicóptero suspendido encima del yate. Habría ido para llevarse algo, o para llevarse a alguien. El ruido duró unos minutos, después aumentó repentinamente en intensidad para volver a atenuarse hasta desaparecer en la lejanía. Era casi la una de la madrugada pero a bordo había movimiento; se oía ruido de pasos en cubierta, en las escaleras de la escotilla y por el pasillo que conducía a la cámara.

Apoyó la oreja en la puerta y oyó claramente que la puerta que daba a la salita de la cámara se abría y se cerraba dos veces con un intervalo de pocos minutos. Se acostó; trató de imaginar qué estaría sucediendo y volvió a oír pasos por el pasillo y el ruido de la puerta del camarote de enfrente. ¿Ioannidis? ¿O sería otra persona? Notó que el cansancio no le permitía razonar y se abandonó al sueño.

Durmió un par de horas sin dejar de dar vueltas en la cama y se despertó empapado de sudor: hacía un calor sofocante y el aire estaba cargado. Debía de haberse apagado el aire acondicionado; la atmósfera del pequeño camarote completamente cerrado se había vuelto irrespirable. Si no funcionaba el aire acondicionado tal vez sería a causa de alguna avería eléctrica. ¡Y las cámaras no funcionarían!

Accionó el interruptor de la lámpara de su mesilla pero la luz no se encendió; buscó a tientas su navaja multiusos y el encendedor y se acercó a la puerta iluminando la cerradura con la llamita: estaba fijada a la madera con tres tornillos de cabeza cruciforme. Sacó el destornillador en estrella y los aflojó uno tras otro hasta que se quedó con la placa en la mano. Guardó el destornillador, sacó el punzón y empujó hacia atrás el pasador: la puerta estaba abierta.

Se deslizó descalzo por el pasillo, alcanzó sin hacer ruido la cámara y entró en la salita. La llama del encendedor iluminó la mesa donde vio una masa oscura cubierta por una tela. La levantó y se encontró con el torso de la estatua robada en Lavinium. De la mesa cogió un trozo de cinta adhesiva, después de regular al mínimo la salida del gas, inmovilizando la tecla de plástico del encendedor.

Tenía bastante luz para examinar por fin aquel hallazgo. Cogió de la mesa la lupa y observó atentamente el pequeño bajorrelieve del centro del torso; a derecha e izquierda se veían dos desnudos masculinos que empuñaban el escudo y la lanza vuelta hacia abajo y uno de ellos, el de la izquierda, llevaba el yelmo crestado; no cabía duda, eran los héroes de los que hablaba el códice de San Nilo, los que habían sacado del mar en Taormina.

En el centro había otra figura armada con lanza, escudo y yelmo, seguramente se trataba de una imagen de Atenea. La pequeña imagen aparecía encerrada en una suerte de portal formado por dos montantes verticales y un travesaño horizontal, una especie de estilización de un templete o un oratorio. El travesaño horizontal estaba ornamentado por un friso en forma de línea quebrada. ¿Acaso no serían letras del alfabeto griego calcídico? Claro que sí, bastaba con rascar levemente los restos de tierra con la punta del abrecartas para que resultaran legibles, una detrás de la otra: ΑΛΛΑΔΙΟΝ hasta componer la sucesión *alladion*. Sólo faltaba la P inicial. Qué raro, porque no había señales de que la abrasión hubiera borrado una letra. A menos que… ¡La línea del templete! Ahí estaba la pe griega, las dos líneas verticales rematadas por una línea horizontal y se tenía así la palabra completa: ¡PALADIÓN!

Se enjugó el sudor de la frente y echó un vistazo a la llama del encendedor; no le quedaba mucho tiempo. La pequeña imagen entre los dos guerreros representaba evidentemente el verdadero Paladión; aquélla era la forma elegida por el antiguo depositario del secreto para distinguir la verdadera imagen de las demás estatuas.

Examinó hasta el último detalle para identificar la figura que el coroplasta quiso representar. La divinidad aparecía cubierta de pies a cabeza por la égida, pero no llevaba coraza ni coselete. Sólo la Gorgona, apenas visible sobre el pecho, un cordón a manera de cinturón… ¿o sería una serpiente? Se acordó de la estatua que había visto en el fondo del almacén de Torre Rossa, rígida como la primitiva representación de un ídolo esculpido en un tronco de árbol. Le pareció oír su propia voz que decía: «¡Tiene los ojos cerrados!», y no lo dudó más.

Guardó el reloj; eran las tres y media de la madrugada y el gas del encendedor se estaba terminando. Debía regresar a su camarote. Mientras se disponía a abandonar la cámara principal, pensó en los extraños movimientos que había notado esa noche, se acordó del helicóptero que tal vez debía haber llevado a alguien. Recordó entonces la frase que aquella mujer le había dicho la última vez en cubierta: «Cuidado, Ottaviani, si por casualidad llegamos a descubrir sin ayuda alguna la clave de la interpretación, para nosotros usted sería más peligroso que útil».

Volvió junto al torso, aferró un pesado cenicero y con un golpe seco hizo añicos el centro de la escultura, después recorrió a gatas el pasillo hasta alcanzar su camarote. Había calculado que cuando volviera la luz le quedarían unos minutos antes de que las cámaras se activaran y la imagen quedar enfocada, lista para filmar. Volvió a montar cuidadosamente la placa de la cerradura y se acostó completamente exhausto.

La luz de la lámpara se encendió a las cuatro en punto cuando por la portilla del techo empezaba a filtrarse una leve claridad.

Se despertó hacia las ocho, al oír que se abría la puerta de la cabina de enfrente y los pasos de dos personas que se alejaban en dirección a la cámara. No se movió de la cama y esperó con los ojos cerrados casi una hora; normalmente a esa hora lo llamaban para ir a desayunar. Era obvio que en la cámara había otra persona, alguien que había bajado esa noche del helicóptero.

Hacia las nueve volvió a oír ruido de pasos por el corredor, se levantó, se acercó a la puerta y espió por la mirilla: vio a Ioannidis que le daba la espalda y tapaba a otra persona que entraba en el camarote. Le vio la cara un instante cuando se volvió para cerrar la puerta: era el profesor Morrison de la Universidad de Michigan, el famoso arqueólogo y académico pontificio.

Seguramente lo habían llevado hasta allí para enseñarle el torso de Lavinium. ¿Sería posible que un científico tan célebre estuviera asociado con esa gente? Probablemente no, debían de haberlo engañado de alguna manera, vaya a saber qué le habrían dicho, o algo peor, a lo mejor lo habían secuestrado a él también, como hicieron con el profesor Lanzi.

Se alejó entonces de la puerta para no llamar la atención en caso de que alguien lo estuviera observando por el monitor y se metió debajo de la ducha. Mientras el chorro de agua le masajeaba los hombros notó una sensación de alivio; ya no estaba solo, ahí cerca tenía a un colega, mucho más ilustre y famoso, pero que seguía siendo un estudioso, un anciano caballero de cuya inteligencia y honestidad podía fiarse si lograba establecer contacto con él.

Al cabo de unos minutos lo llamaron para desayunar y se dirigió a la cámara. Estaba todo sobre la mesa: huevos, tostadas y café negro. Mientras comía miró a su alrededor; ni en la mesa ni en el suelo había quedado el mínimo fragmento de terracota, los trozos del torso había sido recuperados hasta el último granito. Tal vez intentaran recomponerlo con la ayuda de Morrison. Se dijo entonces que un científico de semejante talla jamás le habría seguido el juego a esa gente.

Terminó el desayuno sin oír la voz del altavoz y aquello le produjo una sensación de incomodidad y aprensión: tal vez no lograban explicarse cómo había podido destruir la escultura. Se levantó, fue a su camarote y se tendió en la litera. A eso de las diez oyó que Morrison iba hacia la cámara seguido de otra persona, probablemente Ioannidis; a las cuatro de la tarde volvió a entrar solo en el camarote. Media hora más tarde se dio cuenta de que el yate se había detenido y oyó el ruido del cabrestante en el cajón del ancla y después el sonido del ancla al zambullirse en el agua.

Volvió a asaltarlo el nerviosismo; ¿por qué se habría pasado Morrison casi seis horas en la cámara? Aguzó el oído: la puerta de enfrente se abrió, Ioannidis y Morrison subían al puente de mando.

Seis horas. Suficientes para recomponer el torso. Y no le habían llevado el almuerzo: tenía hambre y miedo. Le llegó el ronroneo de una lancha de motor que se alejaba. Calculó aproximadamente que el yate debía encontrarse en ese momento frente al Peloponeso o cerca de las Cícladas.

La embarcación volvió a zarpar navegando a motor: cuarenta y ocho horas más de navegación y se hallarían más o menos en el lugar de destino, entre la isla de Bozcaada y la costa turca de Çanakkale. Estaba seguro de que allí, en el fondo del mar, cubiertas de arena, se encontraban las armas de los guerreros, que llevaban dos mil años sin ser tocadas por mano humana alguna.

Yate North Star, *puente de cubierta,*
20 de septiembre, diez de la noche

–¿Me da su palabra de que no intentará darse la vuelta, señor Ottaviani? –inquirió imprevistamente la voz a sus espaldas.

–Le doy mi palabra.

–¿Tiene ganas de hablar?

–Sí.

–Entonces, en primer lugar, dígame qué ruta debemos seguir esta noche y mañana.

–¿Dónde estamos ahora?

–A unas treinta millas al este de Skiros.

–Tèn hodòn labè éis tòn Hellèsponton.

–¿Qué ha dicho? No le entiendo.

–Por los Dardanelos, pongan ruta hacia los Dardanelos.

La voz calló unos instantes y Ottaviani encendió un cigarrillo tratando de calmarse, pero las manos le temblaban.

–Esta noche salió de su camarote. ¿Cómo lo hizo?

Ottaviani inclinó la cabeza, entristecido.

–No me moví de la cama.

–Entró en la cámara y destruyó el torso de Lavinium. Un acto inútil y estúpido.

Se sintió invadido por el pánico; ¿y si Morrison había logrado recomponer la pieza y la hubiera descifrado? No, no era posible... la había golpeado justo en el centro y la inscripción era pequeña, apenas legible cuando el torso estaba entero... era un alarde.

–En ese torso estaba la respuesta a lo que ustedes querían saber –dijo–. No podía arriesgarme a que lo descubriera otra persona. Ahora soy el único que lo sabe, descifré la señal que alguien había grabado en ese torso para que no se perdiera la clave del secreto. Y después la borré.

–No siguió mi consejo. Ha sido usted temerario; alguien pudo haberlo visto y en ese momento su vida habría pendido de un hilo. ¿No lo ha pensado acaso?

–Me desperté porque en mi camarote hacía mucho calor; deduje que el aire acondicionado debía de haberse parado por falta de luz y, por tanto, las cámaras tampoco funcionarían. Si nadie se dio cuenta, estaba claro que era porque todos dormían, menos el piloto, encargado del timón. Me subí a un taburete y miré por la portilla. En el puente de mando había luz; deduje que la cubierta tenía un circuito independiente, por lo que el piloto no iba a enterarse de que la instalación del interior del yate se había averiado, y me fui a la cámara.

–Es usted astuto, Ottaviani, y hábil. Pudo incluso abrir la puerta.

–Si no quiero enloquecer tengo que hacer trabajar la cabeza.

–¿Por qué lo dice?

–Estoy solo y a veces mi mente vacila. Tengo la impresión de que vivo así desde siempre. No sé nada de cuanto ocurre a mi alrededor, no sé qué ocurre en el mundo; tengo alucinaciones.

–El mundo corre gravísimos peligros. Hace falta una fuerza nueva que lo gobierne; una fuerza nueva y... antigua a la vez. Es la fuerza que lleva usted dentro, Ottaviani. ¿Por qué no nos ayuda?

–Los estoy ayudando.

–Sabe a qué me refiero.

–Lo sé.

–Entonces, ¿por qué...?

–Todo hombre tiene un fin en la vida. Yo sé lo que tengo que hacer.

La voz volvió a guardar silencio unos instantes. Ottaviani miraba el mar hacia estribor: desperdigadas por encima de las olas brillaban unas luces de colores; se podían imaginar los pueblecitos de las islas recostados alrededor de las calas tranquilas. Pensaba en la gente sentada al aire libre, debajo de las pérgolas, tomando *ouzo* helado y hablando de pesca y política. Le parecía estar oliendo el fuerte aroma del *retsina* y el café hirviente mezclado con el perfume de romero y el mastranzo. Deseaba con todas sus fuerzas que todo acabara pronto.

–¿Por qué la llaman *Ànassa*? –preguntó de repente–. Es una palabra en griego antiguo, y sin embargo, hace poco, cuando le hablé en esa lengua, no me entendió.

–Sabe usted muchas cosas; esto también debería saberlo.

–Lo que pienso ya no tiene sentido. Lucho contra los espectros de mi propia mente.

–Es mentira, Ottaviani. Si es como dice, ¿por qué quiso impedir que otros intentaran descifrar el secreto de ese torso? Su mente está perfectamente lúcida y le permite llevar a cabo sus planes con lógica determinación.

–No hay nada más lúcido que la locura –replicó Ottaviani con ánimo sombrío.

Roma, 20 de septiembre, ocho de la tarde

Paolo Emilio Quintavalle aparcó el coche debajo de su casa, recogió el correo del buzón y subió a su apartamento del primer piso. La portera tenía razón: se había producido un pequeño desastre. Un grifo viejo, que goteaba desde hacía tiempo, había cedido a la presión de la tubería e inundado media casa antes de que alguien se diera cuenta y tomara las medidas oportunas.

El parquet de la entrada y de la sala se había hinchado y varias tablillas se habían levantado: un daño bastante serio. Abrió la ventana para ventilar y salió a la terraza a regar las plantas; después se fue a abrir la ventana del despacho; menos mal que los libros de la biblioteca no habían sufrido daño alguno; sólo un paquete de extractos de *Hellenic Studies* olvidado en el suelo se había empapado por completo. Los colgó con pinzas de la ropa para que se secaran y luego se sentó a su escritorio para echar un vistazo a la correspondencia. Le había llegado el catálogo de novedades de Oxford University Press y el de Thames and Hudson, una postal de los chicos desde el campamento de verano para niños exploradores, una reclamación de la Academia Nacional de Arqueología pidiéndole un texto concedido en préstamo y una carta de Fabio Ottaviani con fecha del 11 de septiembre. Decía así:

Querido Paolo:

Habría preferido decirte personalmente lo que me veo obligado a plasmar en este papel. Hace mucho que no tienes noticias mías porque he estado completamente concentrado en una investigación que me ha llevado a unos resultados tan asombrosos que resultan increíbles. No dispongo ahora de tiempo para explicártelo todo y espero tener la posibilidad de hacerlo a mi regreso.

Cuando leas esta carta, creo que el profesor Lanzi habrá sido liberado por quienes lo secuestraron y sus declaraciones constituirán una prueba de que lo que digo responde a la verdad. Cuando vi la foto del torso robado en Lavinium tuve la impresión de que los dos desnudos masculinos que flanqueaban la imagen central del bajorrelieve estaban relacionados de alguna manera con los dos bronces de Taormina; tuve entonces la corazonada de que la desaparición de Lanzi en las proximidades de Lavinium se debía a que a él se le había ocurrido exactamente lo mismo que a mí y que quiso ver personalmente el objeto. Sin embargo, alguien más había tenido la misma idea y había robado el torso de Lavinium.

Esas mismas personas secuestraron luego a Lanzi creyendo que disponía de alguna información adicional que a ellos les resultaba imprescindible. Esa misma gente que ha estado vigilando y siguiendo y ha intentado capturarme por la fuerza porque yo también sé algo que para ellos es muy importante, una pieza fundamental para recomponer una página increíble del pasado.

Descubrí un códice íntegro de Polibio y tengo la clave para encontrar las armas pedidas de los héroes de Taormina. No sólo eso: las páginas de Polibio que tuve la suerte de leer son testimonio de que una de las estatuas de Atenea que tú encontraste en Lavinium fue venerada en la antigüedad como el Paladión que Eneas trajo de Troya.

Las personas que secuestraron al profesor Lanzi quieren apoderarse de los guerreros, de sus armas y también del Paladión. No hay nada que pueda detenerlos y creo que están dispuestos a cualquier cosa con tal de salirse con la suya. No se trata de ladrones de obras de arte, Paolo, créeme, son algo más, algo muy diferente, y aunque tengo miedo, he decidido entregarme a ellos con la condición de que liberen al profesor Lanzi.

Mi querido Paolo, no tengo madera de héroe, y en otras circunstancias, no habría podido tomar una decisión tan peligrosa, pero pensé que si alguien quiere a toda costa despojar a nuestra tierra de estos preciosos símbolos de su pasado, el motivo debe de ser sumamente importante. No he podido resistirme; la curiosidad y tal vez también la ambición me permitieron superar el miedo.

No sé qué ocurrirá pero no desespero: son muchas más las personas que me quieren bien que las que me quieren mal. Si tuviera suerte, quién sabe... podría regresar y devolver las armas a los guerreros; tú, mientras tanto, protege las estatuas de Lavinium que representan a la diosa, sobre todo protégelas. Ya sé muy bien que no cuentas con medios y que seguramente te negarán una vigilancia costosa. En ese caso, Paolo, organiza una exposición para que la gente las vea y las custodie en el centro mismo de la ciudad, en un museo grande, en el Capitolio incluso. Será difícil que se las lleven de allí, pero sácalas de Lavinium, por lo que más quieras. Amigo mío, te juro que no se trata de una tontería, ni de una quimera: nadie arriesga la vida por una broma.

Por un tiempo no te ausentes de Roma porque, si vuelvo, necesitaré un amigo de confianza y me hará falta localizarte. Si no llegara a volver, querría decirte que te acordaras de vez en cuando de este viejo amigo, pero me parece melodramático, y el shakesperiano «Adiós para siempre, Casio» es decididamente excesivo, así que no digo más; sólo me resta enviarte un abrazo con el afecto y la amistad de siempre,

FABIO

P. D.: No avises a la policía, pero si no te queda más remedio, habla con el capitán Raggiani de la Legión Lacio de carabineros.

Quintavalle dejó la carta sobre la mesa y se reclinó en el respaldo del sillón tratando de ordenar sus ideas. Todo le resultaba increíble; sin embargo, recordaba haber leído en los diarios cómo habían encontrado al profesor Lanzi en la costa del Circeo.

Levantó el auricular del teléfono y llamó a la agencia ANSA.

–Habla el profesor Quintavalle de la Universidad de Roma; necesitaría una información.

–Usted dirá, profesor –repuso la voz.

–Por favor, ¿me podría decir cuándo encontraron al profesor Lanzi? No sé si lo recuerda, lo secuestraron y después lo liberaron en la carretera de Anzio.

–Sí, ya lo recuerdo, espere un momento. –Se oyó que removía unos papeles y al cabo de unos instantes la voz le contestaba–: Aquí lo tengo. Al profesor lo encontró una pareja de excursionistas, los señores Proietti, alrededor de las doce de la noche del 15 de septiembre.

Quintavalle le dio las gracias y colgó; comprobó luego el matasellos de la carta de Ottaviani: era del 11 de septiembre. Llamó entonces al teléfono de Elizabeth pero no le contestó nadie, tal vez había salido a cenar a algún sitio. Encendió un cigarrillo y releyó la carta de Ottaviani con atención: no cabía duda de que era su letra y que no se trataba de una broma aunque todo le parecía inverosímil. Un códice inédito de Polibio, un descubrimiento que habría conmocionado el mundo entero.

«Fabio es un muchacho emotivo –pensó–, pero no es un loco y goza de cierta reputación en el mundo científico; no es posible que haya organizado un montaje de este tipo... además está preocupado, asustado. Pero ¿cómo es que Elizabeth no me dijo nada? ¿Es posible que no esté enterada? Tal vez la mantuvo al margen y se inventó alguna excusa.»

Comprobó la fecha en el calendario que tenía sobre el escritorio, junto a la foto de Silvia y de los chicos. Si Fabio se había entregado en lugar de Lanzi, llevaba desaparecido más de una semana; quizá fuera conveniente que llamara a la policía.

Decidió entonces que más tarde volvería a llamar a Elizabeth y si la muchacha no le daba ninguna noticia, daría parte a la policía... no le quedaba otra alternativa. Cuando apagó el cigarrillo sonó el teléfono.

–Aquí Quintavalle –dijo al levantar el auricular.

–¿El profesor Quintavalle? –inquirió la voz al otro lado de la línea.

–El mismo. ¿Quién habla?

–Soy el cardenal Fabrizio Montaguti. No nos conocemos, perdone si me he tomado esta libertad.

–Eminencia, faltaba más, usted dirá.

–Usted es amigo de Fabio Ottaviani, ¿verdad?

–Sí.

–Verá, profesor, ese muchacho me tiene muy preocupado. He sido su profesor cuando iba al colegio y siempre he seguido su trayectoria, fui yo quien lo presentó en la Borromeo. Bien, por lo que yo sé, desapareció hace unos días y nadie conoce su paradero. Pasó unos días en el monasterio de San Nilo, en Grottaferrata, para hacer una investigación sobre ciertos textos. Hace aproximadamente unos diez días yo mismo le conseguí permiso para consultar un antiguo códice de la Biblioteca Vaticana. De allí se marchó a San Nilo, donde me parece que estuvo entre tres y cuatro días, y después de eso su rastro se pierde. Tal vez me estoy preocupando por nada, a lo mejor estaba con usted excavando en algún yacimiento arqueológico.

–Yo tampoco he vuelto a verlo, eminencia; me había ido de vacaciones con mi mujer y he vuelto por pura casualidad y me he encontrado una carta suya.

–¿Sería mucha indiscreción si le pregunto qué le cuenta en ella?

Quintavalle vaciló un momento.

–Discúlpeme –siguió diciendo el cardenal–, tal vez no debería…

–No se trata de eso, eminencia… Yo mismo me encuentro en una situación muy difícil. En esta carta, Fabio me cuenta un hecho excepcional; dice que descubrió un códice inédito de Polibio, un texto muy antiguo y desconocido.

–Santo Dios… –dijo el cardenal–, ¿y qué más?

–No lo sé, eminencia. Tal vez no sea prudente hablar de esto por teléfono.

–Ocurre algo grave, ¿verdad?

–Me temo que sí.

–No diga más, por favor, no le cuente nada a nadie. ¿Podemos vernos? Estoy en Roma, en el colegio de Propaganda Fide.

–Ahora mismo voy para allá, eminencia.

–Se lo agradezco. ¿Me traerá la carta?

–Por supuesto que sí –respondió Quintavalle.

Cogió el portafolios, metió la carta de Ottaviani y bajó a la calle. Poco después, su Alfa rojo avanzaba raudo por la vía Nomentana, enfilaba con un chirrido de los neumáticos el Murotorto y se lanzaba por el paso subterráneo para reaparecer al comienzo de la vía Pinciana. Allí giró a la izquierda lanzándose por la pendiente en dirección a Trinità dei Monti, cruzó los jardines del Pincio y aminoró la marcha para acercarse a la acera, junto a una cabina de teléfonos que había detrás de la plaza del Popolo.

Quintavalle se metió en la cabina y marcó el número de la centralita de la Legión Lacio de carabineros.

–Habla el profesor Quintavalle –dijo en cuanto le contestaron–, ¿me puede poner con el capitán Reggiani?

–Un momento –le dijo el centinela de guardia.

Se oyó el timbre de la extensión y otra voz le contestó:

–Aquí el capitán Reggiani.

–Capitán, soy Paolo Emilio Quintavalle, de la Universidad de Roma, amigo de Fabio Ottaviani.

–Ah, Fabio –dijo la voz–, hace justamente un mes que lo salvé de que le pusieran una denuncia de campeonato y le retiraran el permiso de conducir por exceso de velocidad. ¿Cómo está el muy pirata?

–Verá, capitán, lo llamo para hablarle precisamente de él. Me temo que Fabio se encuentra en grave peligro.

–Es una broma, ¿verdad?

–Por desgracia no se trata de una broma, capitán. Se trata de algo muy serio.

–¿Qué ha ocurrido?

–No puedo contárselo por teléfono. ¿Podríamos vernos?

–Claro que sí, ahora mismo, si quiere.

–Lo siento, pero ahora no puedo. ¿Qué le parece dentro de un par de horas?

–De acuerdo. ¿Dónde?

–En el Colony de vía Sicilia. Está justo detrás de vía Véneto.

–Lo conozco, iré sin falta.

–Ah, como no nos conocemos, yo mido un metro setenta y cinco, tengo cabello negro y llevo bigote; iré con un portafolios de cuero marrón...

–No se preocupe, profesor, lo encontraré sin falta; al fin y al cabo soy policía, ¿no?

–Muy bien. Hasta entonces.

Quintavalle volvió a subirse a su coche y prosiguió en dirección al puente Vittorio Emanuele. En quince minutos llegó al colegio de Propaganda Fide. El cardenal Montaguti lo esperaba en la entrada y en cuanto se bajó del coche acudió a su encuentro y lo acompañó hasta una salita apartada. Quintavalle sacó la carta del Ottaviani del portafolios y se la enseñó al prelado.

–¿Ha avisado ya a la policía? –le preguntó el cardenal cuando terminó de leer la carta.

–Todavía no.

–¿Lo hará?

–¿Qué le parece a usted?

–No lo sé, resulta difícil tomar una decisión. Por desgracia, ese muchacho no dejó ninguna pista.

–Al profesor Lanzi lo encontraron en la costa del Circeo.

–Pueden haberlo llevado hasta allí en coche desde quién sabe dónde.

–Pero lo dejaron de modo tal que antes de morir no pudo proporcionar ningún dato.

El cardenal se quitó las gafas con montura de oro y se llevó una mano a la frente.

–Profesor –le dijo–, usted es su colega y su amigo; según usted, ¿por qué lo hizo? ¿Es posible que haya arriesgado la vida por unos objetos arqueológicos, por importantes que sean?

–Le salvó la vida a Lanzi, o al menos ésa era su intención.

–Pero no la principal, por lo que se deduce de esta carta.

–Es cierto que descubrió ese códice y si en ese texto existen datos realmente explícitos relacionados con las estatuas de Lavinium... no sé, quizá le parezca extraño, pero la idea de llegar hasta el fondo de un descubrimiento sin precedentes puede haberlo tentado hasta el punto de...

–Profesor, le diré una cosa. ¿Sabe que existen referencias a ese códice en un documento antiguo que todavía se conserva?

–No, no lo sabía. Si ese documento existe debe haber permanecido inaccesible hasta el día de la fecha; de lo contrario, no se entiende cómo ha podido ser desconocido. ¿Puede decirme de qué se trata?

–Del diario del amanuense medieval que transcribió el códice.

–¿Y Fabio pudo consultarlo?

–Diría que se puede excluir esa posibilidad. Durante todo el tiempo que duró su investigación no salió de la celda en la que se alojaba. De eso tengo testigos.

–¿Y usted vio ese diario?

–No, se encuentra en un archivo al que no se puede acceder, pero conozco más o menos su contenido. Le diré que en él se habla del códice. Parece ser que el amanuense lo descubrió y que quedó tan trastornado que manifestó síntomas de locura. Abandonó unos días el monasterio en el que se encontraba y cuando regresó se retiró a su celda, donde lo encontraron muerto; tenía treinta y cuatro años. Al poco tiempo, su confesor murió también sin un motivo aparente.

–Pero eminencia, usted no cree en brujerías –dijo Quintavalle con un tono levemente irónico.

–No, pero no voy a ocultarle que de todos modos estoy preocupado... angustiado es la palabra exacta. Fabio cumplirá treinta y cuatro años dentro de un par de semanas y no cabe duda de que leyó ese códice.

–Si le ocurriera algo malo, seguramente no será por... por el influjo maligno de ese texto. En cuanto a la edad de Fabio, no querrá usted darle peso a una simple coincidencia.

–Profesor –le dijo el cardenal con toda seriedad–, es usted un estudioso de fama y querría preguntarle si... si no es posible que ciertos hallazgos antiguos puedan estar... no sé cómo decirlo... contaminados. He oído hablar de arqueólogos que fueron víctimas de misteriosos virus.

–Eminencia –repuso Quintavalle encendiendo un MS–, se trata de fantasías que carecen de todo fundamento, se lo aseguro. Si sólo fueran ésos los peligros que amenazan a Fabio, podríamos estar tranquilos.

–De todas maneras, en esta historia hay un montón de elementos que no cuadran y le he pedido esta entrevista para tratar de reunir las piezas dispersas de este asunto, unir lo que yo sé con lo que usted sabe. Veamos, hace unas tres semanas, Fabio Ottaviani me pidió que le consiguiera permiso para consultar un texto de la Biblioteca Vaticana, el pergamino polibiano 4731, después de lo cual me volvió a pedir que lo recomendara al archimandrita del monasterio griego de San Nilo, que está en Grottaferrata. Me prometió que cuando terminara su investigación iba a ir a visitarme a Villa Altobelli, mi residencia de verano en Romaña antes de marchar a la granja de su padre en los Apeninos. Como no volví a verlo y tenía que bajar a Roma, decidí pasar por San Nilo, donde suelo alojarme, para ver si por casualidad seguía allí. El archimandrita me dijo que había estado alojado en el monasterio. Durante el tiempo que duró su estancia no apareció nunca ni en el archivo ni en la biblioteca, y fue a ver al archimandrita para saludarlo y pagarle el alojamiento. Estaba trastornado, pálido, alucinado. Le había preguntado al archimandrita si sabía algo de un monje del medievo, un tal Theodoros. Al obtener una respuesta vaga, evasiva, aclaró: «Al que yo me refiero murió desesperado», y se marchó después de dejar una ofrenda para una misa de sufragio.

–¿Para quién?

–El archimandrita no supo decírmelo. Tal vez para el antiguo monje, ¿o sería para él mismo?

–¿Piensa usted en una premonición?

–¿En qué si no?

–No hay una explicación. Fabio leyó el diario del tal Theodoros y se sugestionó.

–El archimandrita excluyó esta posibilidad, ya se lo he dicho, pero… pero me dijo que tal vez otra persona lo había intentado y quizá lo consiguió.

–¿Quién? –inquirió Quintavalle encendiendo otro cigarrillo con la colilla del anterior.

–Un tal Ioannidis, Stavros Ioannidis, un experto en arte bizantino, creo. Entró en el monasterio para investigar por recomendación del profesor Morrison.

–¿El arqueólogo?

–El mismo.

–Si lo he entendido bien, ese hombre entró a escondidas en un apartado cerrado del archivo del monasterio, sin permiso del archimandrita.

–El archimandrita tenía sus motivo para sospechar de él. Ya sabrá usted, profesor, que muchas instituciones tienen un archivo reservado.

–Ya lo sé, eminencia, y puede contar con mi discreción. ¿Cuándo se fue el tal Ioannidis?

–Inmediatamente después de marcharse Fabio.

–Entiendo…

–Hay otra, digamos otra coincidencia singular –dijo el cardenal–. En su diario, Theodoros refería una serie de desatinos acerca de una profecía que amenazaba a Roma y a todo Occidente y del poder inmenso de una divinidad pagana. Fíjese en esa carta –le dijo indicando la hoja abierta sobre la mesita–; Fabio le suplica que ponga a salvo las estatuas de Lavinium, todas las que representan a la diosa, porque entre ellas está el Paladión. ¿No se trata tal vez de uno de los ídolos más poderosos de la antigüedad clásica?

–¡Válgame Dios! –exclamó Quintavalle–, la más antigua de esas estatuas data aproximadamente del siglo VII antes de Cristo. Suponiendo que haya existido, el Paladión se encontraba en la roca de Troya en el siglo XII.

–No me ha entendido, profesor. En la vida de un hombre lo que más cuenta no es lo que existe, sino lo que se cree que existe.

Quintavalle observó la mano del cardenal; apretaba contra su pecho la cruz episcopal que le pendía del cuello.

–Ya –dijo–, la fe mueve montañas.

–Ese muchacho está obsesionado por la idea de que alguien pueda adueñarse de esas estatuas y quiere devolver sus armas a los guerreros de Taormina. Las coincidencias entre su situación y la de Theodoros de Focea son demasiado exactas como para resultar casuales. Profesor, soy un ministro de la Iglesia católica; ¿piensa quizá que creo en… en fenómenos de magia?

–Jamás me atrevería a…

–Entonces seamos objetivos y atengámonos a datos seguros. La única explicación lógica es que, hace nueve siglos, una combinación de hechos, digamos que casual, provocó la muerte de Theodoros de Focea. Ahora bien, si Fabio Ottaviani se encuentra hoy en esa misma situación, ¿no podríamos pensar que, por una extraña casualidad, esa misma combinación se repitió con exactitud, involucrándolo y recreando para él, Dios no lo quiera, el mismo peligro mortal?

–Pero Fabio Ottaviani es un investigador, un hombre del siglo XX; no podemos compararlo a un monje de la Alta Edad Media.

–Profesor, la ciencia, la lógica, la razón no sirven para protegernos de los fantasmas de nuestra naturaleza ancestral. A veces basta con que una nimiedad ponga en funcionamiento un mecanismo misterioso y el terror infantil a la oscuridad no nos abandona más, y a usted le consta. Ese muchacho se ha lanzado a una aventura en la que corre el riesgo de sucumbir porque hay algo que lo ha trastornado, algo que ni yo ni usted logramos explicarnos, pero que no podemos negar.

–Tal vez tenga razón, eminencia, pero yo... yo pienso más bien en la gente que lo tiene secuestrado y que ha provocado la muerte del profesor Lanzi; podemos despertarnos de una pesadilla, pero no de la muerte.

–¿Qué debemos hacer entonces? –le preguntó el cardenal.

–Por desgracia, no mucho. Si damos publicidad al asunto, no ayudaríamos en nada a Fabio. Pero tal vez exista una posibilidad, algo a lo que podamos aferrarnos. Sea quien sea esa gente, quiere algo que por ahora está bajo mi custodia, suponiendo que lo que Fabio escribe en su carta sea verdad. Si es así, es factible que yo pueda ponerme en contacto con ellos. Es posible que haya encontrado incluso a la persona que me puede ayudar. –Echó un vistazo al reloj y agregó–: Me espera dentro de media hora en un bar del centro. Debo marcharme.

Cogió la carta de la mesa, la dobló y la guardó en el portafolios.

–Gracias, profesor –le dijo el cardenal–, gracias por lo que pueda hacer por ese muchacho.

–No tiene por qué darme las gracias, eminencia. Fabio también es amigo mío. Anímese, es un hombre listo, ya verá que sabrá salir del apuro. Mientras tanto, nosotros tenemos que estar preparados porque tarde o temprano dará señales de vida, ya lo verá.

–Espero que sea así –dijo el cardenal–. De todas formas, por mi parte ya sé lo que tengo que hacer.

Su voz tenía un tono extraño y en su mirada había una expresión decidida. Quintavalle le tendió la mano.

–Hasta pronto, eminencia, lo mantendré informado.

–Hasta la vista, profesor, y gracias otra vez.

Lo acompañó a la puerta y se quedó mirándolo hasta que se alejó, luego volvió a entrar y dirigiéndose al clérigo de la portería le preguntó:

–¿Mi chófer ya se ha acostado?

–No, eminencia, creo que está viendo la televisión.

Cogió el sombrero del perchero y pasó a la salita contigua. Del televisor le llegaba el silbido lacerante de un grupo de aviones de combate que bombardeaban una ciudad oriental. Se acercó a un hombre vestido de negro que estaba sentado en un costado.

–Giuseppe –le dijo–, te necesito, ¿te importa venir?

–Faltaría más, eminencia –respondió el hombre poniéndose en pie–. Todavía no he metido el coche. ¿Adónde vamos?

–A Grottaferrata... al monasterio de San Nilo.

XI

Roma, bar Colony, 20 de septiembre, diez de la noche

–¿El profesor Quintavalle? Soy el capitán Reggiani.

El arqueólogo dejó sobre el mostrador el bocadillo que tenía en la mano y se giró; se encontró con un hombre corpulento, de unos treinta y cinco años, vestido con un tejano y una cazadora negra de cuero.

–Perdone –dijo tragando el bocado–, no tuve tiempo de cenar y estaba tomando algo.

–Yo tampoco he podido cenar –le dijo Reggiani–, lo acompañaré con algo.

–Entonces déjeme que lo invite –ofreció Quintavalle–. ¿Qué quiere tomar?

–Gracias. Un bocadillo de jamón y una cerveza.

Fueron a sentarse a una mesita del fondo de la salita iluminada por luces difusas, al estilo de los restaurantes norteamericanos.

–¿Le puedo preguntar cómo me ha encontrado? –le preguntó el capitán Reggiani.

–Fabio me dejó su nombre y su número.

–Suele recurrir a mí cuando está en apuros. A ver si nos entendemos, somos muy buenos amigos, compañeros del bachillerato, pero ya sabe cómo son estas cosas, se pierde de vista a la gente y después uno se ve de vez en cuando en una de esas reuniones, o como le decía, me llama para sacarlo de algún follón cuando organiza una de las suyas.

Ya lo conocerá, es un impulsivo, por no decir un calavera; nunca ha sido por nada grave, una pelea a puñetazos, alguna trifulca, una carrera con un coche patrulla de la policía. Por desgracia, por lo que me ha dicho, me temo que esta vez se trate de algo muy diferente.

–En efecto –reconoció Quintavalle–. Se trata de un asunto peligroso y enmarañado. Quizá debería haber avisado en seguida a la policía.

–Pero yo soy de la policía –le dijo el oficial con una sonrisa.

–Es verdad, pero tengo la impresión de que Fabio pensó en usted más como amigo que como policía.

–En los dos, si lo conozco bien, en los dos. Pero cuénteme, profesor, no logro imaginarme de qué se trata.

–Nada de profesor –dijo Quintavalle–, en vista de que somos amigos de la misma persona, más vale que nos tuteemos, si usted quiere. Me llamo Paolo.

–Y yo Marcello. Venga, te escucho.

Quintavalle pidió dos cafés, encendió un cigarrillo y empezó a contarle cuanto sabía tratando de ordenar la historia cronológicamente. No le ocultó siquiera lo de la entrevista con el cardenal Montaguti y al final le enseñó incluso la carta de Ottaviani que el oficial leyó detenidamente, con la máxima atención.

–Te puedo asegurar que me esperaba cualquier cosa –dijo cuando terminó de leer–, menos un asunto de este tipo. Estamos ante una gente peligrosa y carente de escrúpulos. Así, a la primer impresión, diría que puede tratarse de una importante banda de traficantes de obras de arte. ¿Cuánto podrían valer esas estatuas y esos objetos? Me refiero a las armas de los guerreros.

–Varios cientos de millones, miles de millones, quizás.

–Más que suficiente. Hoy por hoy hay gente capaz de matar a un hombre por un puñado de billetes.

–Ya. Pero hay algo que no me convence; en primer lugar, en su carta, Fabio parece excluir que se trate de unos simples traficantes y como él tuvo que tratar con esa gente, es probable que cuente con elementos seguros para afirmarlo. Además, me parece raro que quieran precisamente las estatuas de Lavinium, raro que hayan robado sólo ese torso cuando podían llevarse otras piezas de muchísimo más valor. Y después está ese curioso personaje, el tal Ioannidis del que me habló el cardenal. Se quedó en San Nilo mientras estuvo Fabio y después desapareció. Presentó una recomendación del profesor Morrison, un estudioso de fama mundial, que dudo que pueda comprometer su reputación prestando su nombre para recomendar a una persona que después se introduce a escondidas en un archivo reservado, si he entendido bien lo que me ha contado el cardenal.

–Si analizáramos el caso por el método del absurdo y admitiéramos que ese profesor Morrison estuviera realmente implicado en este asunto –dijo Reggiani–, ¿no te parece que cambiarían muchas cosas?

–¿Como cuáles? –inquirió Quintavalle.

–El móvil es importante; en esta historia participa un estudioso, un científico y no un ladrón, ni siquiera de guante blanco y fama internacional. Si el robo fuera de una fórmula química o del proyecto de un arma secreta y estuviera implicado un famoso físico o un conocido inventor, ¿no te resultaría fácil relacionar ambas cosas? En nuestro caso robaron un torso que Fabio logra relacionar con las estatuas de Taormina. Al mismo tiempo, nuestro amigo dice haber encontrado un códice inédito que le permitiría localizar las armas perdidas de los dos bronces. Ahora bien, justo cuando llevaba a cabo su investigación, le sigue los pasos este individuo sospechoso, recomendado por Morrison. Y no sólo eso, Fabio jura que esa gente quiere el Paladión, y si lo entendí bien, es una de las estatuas de Lavinium. Tienes que perdonarme si te hago una pregunta obvia: ¿no era el Paladión la estatua de Atenea que se encontraba sobre la roca de Troya? ¿Qué pintan aquí las estatuas de Lavinium, que según me parece haber oído comentar, son mucho más recientes?

–Digamos que entre esas estatuas se encuentra una que tal vez fue venerada como el Paladión que Eneas trajo al Lacio. Evidentemente se trata de una hipótesis. En cualquier caso, sería lamentable que alguien robara esos objetos arqueológicos que poseen un gran valor histórico y artístico.

–Lo que me llama la atención de esta carta es el tono –comentó Reggiani releyendo la hoja que tenía en la mano–; ¿no te parece que Fabio no habla de esas estatuas como un profesional lo haría de unos objetos arqueológicos?

–Tienes razón. Aunque es cierto que Fabio no es exactamente arqueólogo, pero trabaja en esto y ha visto miles de piezas en su carrera. Para serte sincero, habla de esas estatuas como un aficionado un poco loco.

–Ya. Parece atribuirles una importancia mucho mayor, no sé... diferente... una importancia tal que le hizo tomar una decisión que al fin y al cabo implica arriesgar la vida. En fin, que se trata de un comportamiento muy serio, aunque por ahora nos siga pareciendo extraño. ¿Cómo te lo explicas?

Quintavalle no contestó.

–¿Y si se tratara de un caso de... cómo decirlo... de mitomanía? –prosiguió el oficial no sin cierta incomodidad–. Lo digo porque soy su amigo y porque tú también eres amigo suyo y es importante que comprendamos en qué estado se encuentra, incluso desde el punto de vista psíquico, quiero decir.

El arqueólogo sacudió la cabeza y repuso:

–Fabio es un estudioso serio, de esto no cabe duda. Sus trabajos están bien documentados, son exactos, realizados con metodología rigurosa, pero al mismo tiempo es un entusiasta con carácter, impulsivo incluso en el campo de la investigación, de modo que no podría excluir la posibilidad de que una hipótesis particularmente sugestiva lo haya desbordado. Pero me niego a creer que haya llegado al extremo de inventarse el descubrimiento de un códice de Polibio.

–O que se haya escondido en alguna parte a la espera de que estalle el escándalo para reaparecer luego imprevistamente en el centro de la atención nacional –añadió Reggiani con la vista baja mientras jugueteaba con el paquete de cigarrillos.

–Tal vez tú conoces aspectos de Fabio que yo desconozco –continuó diciendo Quintavalle con tono turbado–, pero me parece una hipótesis demasiado arriesgada. No conseguiría más que coronarse para siempre con el ridículo, destrozar su carrera, perder el aprecio de sus amigos. No, francamente me parece absurdo.

–No me interpretes mal –se explicó Reggiani–, la deformación profesional me impulsa a tener en cuenta todas las posibilidades, pero sólo como principio metodológico. Yo también creo que en esta carta Fabio dice la verdad, o por lo menos que está sinceramente convencido de lo que afirma. De todos modos, lo más importante es descubrir dónde se encuentra y, si es posible, sacarlo de una situación arriesgada.

–¿Cómo?

–Si es cierto que esa gente quiere las estatuas de Lavinium o una de ellas en especial, entonces tendrán que dar señales de vida, y en una de ésas podremos pescarlos con las manos en la masa. De todas maneras hiciste bien en no dar parte a la policía; la noticia se habría filtrado a los diarios y habríamos perdido el elemento sorpresa. Ahora bien, ten cuidado porque tú también podrías estar en peligro o metido en este asunto. Mantenme informado de todos tus movimientos pero llámame siempre desde una cabina de teléfonos, nunca desde tu casa.

–De acuerdo. ¿Y en cuanto a las estatuas qué?

–Fabio te ha dado un magnífico consejo: exhibirlas en

una exposición pública sería una forma de sustraerlas al peligro. Se firmaría un contrato de seguro por un valor muy alto y en ese caso, no sólo la policía estatal, sino también los agentes privados de la empresa aseguradora las vigilarían constantemente. ¿Es posible organizarlo todo en un plazo relativamente breve?

–Para serte sincero, la administración ya me lo había solicitado y tiene un proyecto terminado que debería aprobar. Mientras tanto, podría mandar que las embalaran y las transportaran a la ciudad.

–¿Adónde?

–Al Palacio de los Conservadores, en el Capitolio.

–Muy bien –dijo Reggiani. Sacó de la billetera una tarjeta y se la dio al arqueólogo–. Aquí tienes el número de mi casa y el de mi teléfono móvil. Llámame a cualquier hora del día o de la noche si hace falta.

–Entendido –dijo Quintavalle. Se levantó y dejó sobre la mesa un billete–. Entonces hasta la vista y gracias.

–¿De qué? Ha sido un gusto conocerte.

–Lo mismo digo –repuso Quintavalle–. Vaya –añadió después de echar un vistazo a su reloj–, se ha hecho tarde, es hora de volver, podría telefonear a mi mujer. Buenas noches.

–Buenas noches –dijo Reggiani.

Quintavalle se disponía a dirigirse hacia la salida pero vaciló un instante; se volvió otra vez hacia el oficial que estaba sentado y fumaba con expresión ausente, como si en las volutas azuladas que despedía la brasa de su cigarrillo siguiera el hilo de un pensamiento.

–¿Crees que se salvará? –le preguntó mirándolo fijamente a los ojos.

No esperó la respuesta, se dio media vuelta y salió a la calle a paso rápido.

Yate North Star, *22 de septiembre, siete y media de la mañana*

Ottaviani miró hacia arriba, a través de la portilla y lo vio erguido en la proa, casi encima de él. La curvatura del casquete de plexiglás deformaba su imagen haciendo que pareciera desproporcionado. Era el más joven de los dos, sin duda el que lo había recogido en la chalupa al bajar del helicóptero junto con Ioannidis. Llevaba unos pantalones cortos y tenía en la mano una escota con la que probablemente maniobraba el tangón del palo de la vela mayor. El otro, sin duda, estaría al timón. Al cabo de un rato oyó el típico ruido que hace la vela al aflojarse: la embarcación se había puesto a la capa.

Fue a apoyarse en la pared de proa y alcanzó a ver de refilón la gran vela latina que bajaba por el mástil, después vio al joven dirigirse hacia proa, seguramente para arriar el *spinnaker.* Al poco tiempo, el yate se había detenido prácticamente. Oyó llamar a la puerta, luego el ruido del pestillo y apareció Ioannidis.

–*Kalyméra, kyrie kathighetìs* –le dijo con un sonrisa burlona–, *pòs ìste?*

–Cada vez que te veo, mal –respondió Ottaviani–. ¿Qué quieres?

–Hemos llegado, profesor. Ahora tiene que desayunar y después empezará a trabajar; me han pedido que le dijera lo que tiene que hacer. Por favor, sígame hasta la cámara; si no le importa, desayunaré con usted para explicarle todo. Si no le apetece mi compañía, se lo explicaré todo después.

–Es inútil que perdamos tiempo –dijo Ottaviani siguiéndolo por el pasillo–, más vale que me entere de lo que tengo que hacer. Además, detesto comer solo.

–Muy bien –dijo Ioannidis, abrió la puerta de la cámara y entró detrás de él.

Sobre la mesa había tostadas, salchichas y mantequilla salada con café y zumo de naranja.

–Después de desayunar –le comentó Ioannidis tras sentarse y mientras le servía el café– pasará al cuarto de derrota para seguir las operaciones de búsqueda en el fondo. Esta embarcación está provista de aparatos muy sofisticados que permiten localizar todo tipo de masa metálica en un radio de cien metros y a una profundidad de trescientos.

–Creía que iba a poder sumergirme yo mismo –observó Ottaviani.

–No hace falta. En el camarote está el mapa náutico y podrá indicar allí el punto exacto que transmitirá al puente de mando por el interfono Uno de nuestros marineros bajará equipado con una radio y usted le comunicará la dirección que debe seguir sobre la base de lo que vea por la pantalla del monitor.

–¿Y estaré solo en el cuarto de derrota?

–Estará conmigo.

–De acuerdo. Estoy listo –dijo Ottaviani tragando el último bocado y un sorbo de café negro.

–Hay tiempo, hay tiempo –replicó Ioannidis–; nos darán la señal cuando llegue el momento oportuno.

Sacó un paquete de Papastratos y le ofreció un cigarrillo. Ottaviani se reclinó en el asiento para saborear en lentas bocanadas el fuerte tabaco griego y cerró los ojos. Había llegado el momento de la verdad: allá abajo, en alguna parte, enterradas en el limo, estaban las armas de los guerreros, los escudos historiados, las lanzas, el yelmo con la celada rematada por la cimera.

¿Y si no llegaban a encontrar nada? ¿Si todo hubiera sido inútil? Pensarían que se había burlado de ellos; entonces se convertiría en un peligroso estorbo. No creerían que sabía el secreto del Paladión. No volvería a ver su pueblo, a su padre, a los amigos, a Elizabeth. Le habría gustado ver sobre todo a Elizabeth. ¿Dónde estaría en ese momento? Seguramente durmiendo en su cama, una cama tibia por el calor de su cuerpo. Pero no, se dejaba llevar por el desconsuelo... tantos días solo, en un barco fantasma, poblado de fantasmas. No, no había motivo para desesperarse; las armas tenían que estar allí, las armas que se le habían caído de las manos a los marineros del *Águila* hacía dos mil años estaban, sin duda, allá bajo; en la cavidad de los grandes escudos habrían encontrado refugio moluscos y crustáceos y las largas astas estarían repletas de miles de incrustaciones.

Las armas estaban allí. Ahora estaba seguro. Sonó la señal en la cámara y Ioannidis le dijo:

–Venga, es hora de marchar.

Isla de Andros, base secreta de la «Institución»,
22 de septiembre, cuatro de la tarde

La gran sala con suelo de mármol blanco se abría con cuatro arcos acristalados y daba a un jardín que miraba al mar. En el centro del jardín, la piscina aparecía rodeada de grupos de palmeras y pitosporas florecidas, y la tapia encalada estaba cubierta aquí y allá por buganvillas. Al otro lado del portón, custodiado por dos hombres armados, se entreveía el embarcadero privado.

El hombre del traje azul y las gafas de sol, erguido detrás de la cristalera central, mantenía la mirada fija en el portón, como si esperase a alguien. A sus espaldas, otras personas aguardaban sentadas alrededor de una mesa de caoba maciza y conversaban en voz baja. En un momento dado, el hombre de azul se volvió hacia ellos diciendo:

–Ahí está, acaba de llegar. Ahora sube.

Se dirigió luego hacia la puerta de entrada e hizo pasar a un hombre de unos sesenta años que llevaba un portafolios de cuero debajo del brazo.

–Bienvenido, profesor Morrison –lo saludó–, lo estábamos esperando. Pase, póngase cómodo. –Lo hizo sentar y fue a ocupar su sitio en el extremo opuesto de la mesa–.

Y ahora –añadió dirigiéndose al recién llegado–, nos puede contar cómo ha ido su misión. Estamos todos impacientes por oírlo.

Morrison abrió el portafolios, sacó una carpeta llena de apuntes y fotos, se puso las gafas y dijo:

–Señores, lamento informarles que no pude obtener ningún resultado apreciable durante mi visita a bordo del *North Star.* El señor Ottaviani, el estudioso italiano sobre el que estamos haciendo nuestro experimento, es mucho más hábil y astuto de lo que esperábamos. Logró destruir el torso de Lavinium antes de que yo pudiera examinarlo.

Presa de la cólera, el hombre de azul se levantó de un salto y gritó dando un puñetazo sobre la mesa:

–¡Cómo es posible! Alguien tendrá que rendir cuentas por esto.

–No hubo negligencia a bordo del *North Star* –dijo Morrison sin perder la calma–. Por desgracia, una noche se produjo una avería en la instalación eléctrica auxiliar y Ottaviani se dio cuenta. Logró llegar a la cámara y romper el torso con un cenicero. Trabajé varias horas para arreglarlo, pero algunas partes quedaron literalmente pulverizadas. Si en esa escultura había algo que podía habernos servido, ya no se encuentra en nuestro poder.

–Pero tenemos las fotos –dijo el hombre de azul volviendo a sentarse.

–Las tenemos desde el principio pero no hemos podido averiguar nada. Yo esperaba que el examen directo de la pieza me revelara algún elemento que no aparecía en las fotos. El ojo de un especialista no es como el del fotógrafo. Es cierto que hay fotos que revelan lo que a simple vista no se distingue, pero puede ocurrir también lo contrario. Ese torso tenía una forma convexa y sólo la vista estereoscópica del ojo humano puede conseguir una visión de conjunto que el objetivo de una cámara no logra captar. Es inútil hacer recriminaciones. Una cosa es cierta: si ese torso contenía el secreto del Paladión, Ottaviani debe de haber logrado descubrirlo. Por tanto, lo destruyó para ser su único depositario. Estando así las cosas, no nos queda más remedio que convencerlo de que colabore con nosotros.

–*Dark Sail* –dijo el hombre de azul–. *Dark Sail* lo conseguirá.

–Eso mismo creo yo –dijo Morrison–. Pero debemos tener mucho cuidado; si Ottaviani llegara a intuir nuestros objetivos podría plantearnos problemas muy graves. Ese hombre ha revelado poseer unas habilidades insospechadas.

–Nos queda la posibilidad de condicionarlo contra su voluntad –terció uno de los presentes, un hombre de unos cincuenta años, enjuto, vestido con una camisa y pantalón militar–; medios no nos faltan.

–No –repuso el hombre de azul–, es algo que no podemos hacer. Condicionar a Ottaviani comportaría el riesgo de desequilibrar sus facultades mentales. Y precisamente son esas facultades las que nos interesan para el éxito de nuestro experimento. Por eso disfruta a bordo de una cierta libertad. Ahora es preciso que los ponga al corriente de los detalles y resultados que hemos conseguido y del éxito del plan que trazamos durante meses de estudios y proyectos.

Se dirigió al hombre sentado a su derecha y le dijo:

–Profesor Shu, ya puede exponer su informe.

Shu, que rondaba los sesenta y cinco años, era profesor de psicoanálisis de la Universidad de Seúl y había enseñado en los centros universitarios más prestigiosos de Estados Unidos y Europa, pero sólo la «Institución» le había ofrecido la posibilidad de llevar a cabo un experimento científico que comportaba la instrumentalización total de un hombre y su mente.

Shu empezó a hablar en buen inglés, con un levísimo acento de su lengua materna.

–Señores –dijo poniéndose en pie–, hace siglos que es sabido que la mente humana posee capacidades y poderes superiores a los corrientes. En la antigüedad, las personas que estaban en condiciones de manifestarlos eran consideradas por sus semejantes, que no se daban cuenta de que todos poseemos esas cualidades de forma natural, como videntes, brujos o dioses. Evidentemente, para ustedes no es ésta una revelación. Hubo quienes exhibieron sus poderes delante de una platea de espectadores o de las cámaras de televisión. Pero lo que nadie sabe es que el hombre está en condiciones de cargar, por así decirlo, con estos poderes ciertos objetos materiales.

»Fetiches, ídolos, imágenes sagradas, reliquias estuvieron y siguen estando dotadas de poderes que la gente considera milagrosos.

»Sin embargo, estos poderes son el resultado de una inmensa concentración de energía que las mentes de grandes multitudes han depositado durante siglos en dichos objetos y éstos han encerrado en su interior esa energía psíquica y magnética.

»Desde un principio, para nosotros fue sólo una intuición, pero después de la recogida de datos en todo el mundo pasó a ser una certeza. En función de estos estudios y de estos datos estamos hoy en condiciones de explicar una serie de fenómenos conocidos como «prodigios» o «milagros». En algunos casos, la activación de estos fenómenos por parte de la mente humana resulta evidente: varias veces al año, en el duomo de Nápoles se produce uno de estos supuestos prodigios. La sangre del mártir Genaro, obispo del siglo IV de nuestra era, es exhibida en una ampolla de vidrio al pueblo que abarrota la iglesia y espera el milagro con gran excitación y fervor religioso.

»Al cabo de un tiempo, a veces unos pocos minutos; otras, de varias horas, la sangre, que aparece seca y coagulada, se expande, bulle, recobra la vida y también la temperatura corporal, como si acabara de brotar de las venas de un hombre. Pero el fenómeno no es nunca igual y las características que asume el líquido varían cada vez.

»Hemos podido construir un aparato capaz de revelar la intensidad de la energía que emana del cerebro de las personas que llenan el templo. De ese modo pudimos comprobar que la rapidez y la intensidad del prodigio es directamente proporcional a la energía producida por las mentes humanas que concentran su fuerza en la ampolla que el arzobispo mantiene levantada, quizá no por casualidad, de manera que todas las miradas puedan centrarse en ella, como los rayos del sol en una lente.

El profesor Shu hizo una señal al joven que estaba de pie, a sus espaldas, y éste fue a bajar las persianas de las arcadas que daban al jardín y luego encendió un panel luminoso en la pared del fondo.

–En la pantalla que ven a mis espaldas –siguió diciendo Shu– pueden ver los gráficos en ejes ortogonales en los que aparecen resumidos los experimentos que realizamos en esta ocasión. Notarán que cuanto mayor es la cantidad de energía liberada por el cerebro de los presentes, mayor es la rapidez con la que se verifica el prodigio. La temperatura de la sangre también es proporcional a la energía que se concentra en la ampolla. No obstante, por debajo de cierto umbral, el fenómeno no se produce porque la energía resulta insuficiente para provocarlo.

–Es un fenómeno reproducido hace poco en un laboratorio universitario por unos investigadores que demostraron que se trataba de una reacción química trivial –dijo uno de los presentes.

–Ya –repuso Shu sin inmutarse–, pero puedo asegurarles que esa reacción química que usted menciona no tiene nada que ver con el fenómeno que hemos estudiado. Nuestros descubrimientos han ido más allá, sabíamos que la posibilidad de que ciertos objetos produzcan los llamados prodigios depende de la energía mental del hombre. En efecto, cuando cesa la veneración o la plegaria, cesan también los prodigios. Para poder analizar mejor todas las posibilidades, hace aproximadamente un año, a manera de experimento mandamos sacar de una iglesia de Venecia las reliquias de una famosa santa, cuyo culto se ha extinguido.

»Los diarios italianos dieron gran relieve al asunto y se publicaron las hipótesis más extrañas para explicar el robo, pero nuestros agentes sembraron indicios que consiguieron desviar toda investigación para poder evitarnos riesgos inútiles. La fuerza de la Iglesia de Roma sigue siendo grande y, con frecuencia, temible.

»En otras partes del mundo se efectuaron retiros parecidos y todos los objetos conseguidos fueron sometidos a un riguroso estudio. En el panel luminoso pueden ver las fotos de los mismos con sus respectivas fichas.

Las personas que estaban sentadas alrededor de la mesa con los ojos fijos en la pantalla estaban acostumbradas desde hacía tiempo a otro tipo de imágenes: complicados sistemas de armas, planos de tecnologías avanzadas; los rostros de los poderosos de la tierra, jefes de Estado, generales, científicos. Ahora miraban casi con incredulidad los grotescos fetiches, cráneos roídos por el tiempo engarzados en relicarios preciosos, amuletos, talismanes. ¿Era acaso posible que aquel extraño conjunto de objetos pudiera revestir tanto interés para impulsar a la «Institución» a convocarlos de urgencia?

–Esos estudios –prosiguió el profesor Shu– nos llevaron a una conclusión inesperada: parece ser que el poder de algunos de estos objetos puede subsistir incluso cuando son separados del culto, o bien cuando, después de permanecer perdidos y olvidados, llegan a nosotros como hallazgos arqueológicos de civilizaciones desaparecidas. Lo más sorprendente, sin embargo, es que ese poder, a veces enorme, puede ser reactivado de alguna manera en presencia de personas dotadas de la capacidad, que por ahora denominaremos «magnética», de entrar en contacto con la fuerza dormida del objeto almacenada durante siglos o milenios de veneración y fe.

»Mientras hablo con ustedes, y como ya sabrán, está a

punto de producirse el más delicado e importante de nuestros experimentos. De su éxito puede depender la suerte futura de la «Institución».

»Todo empezó hace unos meses, cuando en Italia se publicaron algunos descubrimientos arqueológicos de gran interés, menospreciados por la opinión pública internacional. Se trataba de dos bronces gigantescos encontrados en el mar, cerca de Taormina, y restaurados por los especialistas italianos.

En la sala se produjo un murmullo de admiración cuando en la pantalla se proyectaron, en rápida sucesión, decenas de imágenes de las dos estatuas.

–Lo que me llamó la atención –siguió diciendo Shu– fue el enorme impacto que estas dos estatuas tuvieron en el público, sobre todo si se piensa que los italianos están acostumbrados desde hace siglos a la presencia de todo tipo de obras de arte en su territorio y que manifiestan escaso interés por los tesoros que abundan en sus museos.

»Como pueden ver por estas fotos, las estatuas representan a dos guerreros a los que les faltan las armas.

»Con este fin, enviamos a uno de nuestros agentes a Sicilia para que se cerciorara si por casualidad los escudos y las lanzas de los guerreros habían ido a parar al mercado clandestino de obras de arte, mercado muy floreciente en la isla. No encontró rastro de las armas, pero logró reunir datos interesantísimos, los mismos que nos indujeron más tarde a recoger al profesor Lanzi y a adueñarnos del valioso documento que tenía consigo.

»Mientras tanto, otro de nuestros agentes nos comunicó que cerca de Roma, un arqueólogo había descubierto, en circunstancias especiales, un grupo de antiquísimas estatuas, entre las cuales parece ser que podría encontrarse el fetiche más poderoso de la antigüedad clásica: el legendario Paladión.

»Desgraciadamente, el profesor Morrison, a quien han

oído hace unos momentos, no pudo identificarlo, por lo que tendremos que posponer el plan ya estudiado por nuestros expertos para adueñarnos de la estatua.

»Ahora sabemos que las armas de los guerreros de Taormina y los guerreros mismos tienen que relacionarse con el Paladión, suponiendo que las hipótesis que el profesor Morrison pudo deducir de unos apuntes del director general Lanzi sean exactas.

»Bien, pasemos ahora a considerar al estudioso italiano que se encuentra en estos momentos a bordo del *North Star.* Nos llamó la atención en la época en que nuestros agentes se encontraban en Roma para observar de cerca los objetos descubiertos en Lavinium y los dos guerreros de Taormina. Nos enteramos que había realizado un descubrimiento de gran importancia: un códice íntegro del historiador griego Polibio, en el que había indicios que nos permitirían localizar las armas perdidas de los guerreros. Gracias a las informaciones de *Dark Sail* pudimos conseguir estos datos que nos permitieron darnos cuenta de que los descubrimientos de Fabio Ottaviani se debían más que a su habilidad de estudioso a sus excepcionales dotes de percepción extrasensorial.

»Su mente es capaz de captar, quizá sin que él mismo lo sepa, el flujo de energía que despiden los objetos aparentemente inanimados de un pasado lejano y posteriomente ampliarlo. Desde que comenzamos a tenerlo bajo nuestra vigilancia hasta este momento no hemos ahorrado esfuerzos para potenciar esta sensibilidad, para sugestionarlo en todas las formas posibles, para cargar al máximo sus facultades. A bordo del *North Star* su mente ha sido estimulada, tanto dormido como despierto, por haces de ondas magnéticas de gran concentración y las reacciones de su cerebro han sido captadas y analizadas.

»Fabio Ottaviani se ha convertido, sin quererlo, en el sujeto ideal para la realización de nuestro experimento.

En ese momento se abrió la puerta de la sala y entró un

hombre que se acercó al profesor Shu y le susurró algo al oído.

–Señores –anunció entonces Shu con imprevisto entusiasmo–, nos comunican del *North Star* que acaban de localizar en el fondo del mar las armas de los guerreros de Taormina; los instrumentos instalados a bordo registraron el flujo de energía magnética que indicó sin vacilación alguna a Fabio Ottaviani la posición exacta en la que se hallaban las armas. Encienda la luz –le ordenó al hombre que había bajado las persianas para la proyección–. No necesito más argumentos para ilustrar el alcance de este experimento. Dentro de poco, en cuanto le hayan quitado a las armas parte de las incrustaciones que las cubren, mandaré que las pongan en contacto directo con él. Si ocurriera lo que yo pienso, si el polo viviente fuera capaz de despertar la enorme energía que encierran esos objetos, dispondremos de un arma con una potencia inimaginable.

Los aplausos resonaron en la sala mientras las persianas que cerraban las arcadas subían con un leve chirrido.

–No dudo que ese experimento tendrá éxito –prosiguió Shu en cuanto volvió a hacerse el silencio–; en ese caso pasaremos a la segunda fase del plan: nos apoderaremos de la estatua que fue venerada durante siglos como el Paladión de Troya, el ídolo más poderoso y temido de la antigüedad y quizá... quizá también de los guerreros de Taormina. La empresa puede parecer imposible, pero les recuerdo que lo que acaba de ocurrir a bordo del *North Star* también supera toda imaginación, y que hace apenas unos años nos habría parecido del todo improbable. Profesor Morrison –dijo dirigiéndose al arqueólogo–, puede regresar inmediatamente a Roma: el helicóptero está a punto de despegar. Deberá comunicarnos lo antes posible dónde están las estatuas y todos los detalles útiles que puedan servirnos para conseguir nuestros objetivos.

Morrison hizo apenas un gesto con la cabeza, cogió su

bolso y salió. El hombre de azul se levantó y tomó la palabra.

–Señores, nunca como en este momento la situación internacional ha sido tan crítica. El desmembramiento de la Unión Soviética ha despojado de todo sentido a las negociaciones para las armas estratégicas. Las tecnologías militares más avanzadas están ahora al alcance de quien pueda satisfacer el precio adecuado, mientras que los arsenales convencionales se venden en los teatros de guerra regionales. Son precisamente los conflictos locales los que constituyen uno de los mayores problemas. Los grandes traficantes quieren mantenerlos abiertos para no interrumpir el circuito armas-droga-armas; se está preparando una serie de acciones terroristas de impacto devastante para invertir el proceso de pacificación, tanto en los Balcanes como en Oriente Medio. En Rusia, la ultraderecha nacionalista, financiada por los grandes traficantes de droga y armamento, podría ganar las próximas elecciones poniendo en entredicho todos los equilibrios conseguidos con tanto esfuerzo. Saben ustedes muy bien que la lucha por apoderarse de los secretos militares no había alcanzado nunca este grado de encarnizamiento. Gracias a esto, el poder de la «Institución» ha aumentado. Ahora bien, si los experimentos que estamos llevando a cabo llegan a tener el éxito que esperamos, dentro de poco tiempo podremos disponer de un arma nueva, totalmente desconocida, que nos permitirá influir en los actuales equilibrios. Tratamos de estudiar y controlar una fuerza que no conocemos del todo. Por el momento sabemos que existe, que puede ser enorme y que se puede medir. Si logramos controlarla de manera tal que podamos utilizarla a nuestro antojo, aislarla de sus catalizadores materiales y hacerla pura y dócil, no habrá objetivo, por ambicioso que sea, que no podamos conseguir.

»Mañana al amanecer la unidad especial *Eagle* que navega en las proximidades de las costas italianas ordenará al

North Star que proceda al experimento y en nuestros monitores de la base podremos ver y medir el foco de energía que se liberará en el momento del contacto. Veinticuatro horas más tarde, tenemos previsto el encuentro con el *North Star* y el trasbordo del señor Ottaviani a nuestra unidad. El *North Star* seguirá con su valiosa carga hasta nuestra base de las Hébridas, hacia donde nos dirigiremos también nosotros en cuanto hayamos concluido con la segunda fase de nuestro plan.

Se dirigió al hombre vestido de militar y le dijo:

–Avise inmediatamente a nuestros agentes de Roma que Morrison está a punto de llegar, para que hagan los preparativos oportunos. Es inútil que les diga que la segunda fase es sumamente delicada y que debemos eliminar todo margen de error antes de lanzarnos a ella. Se ha previsto y calculado absolutamente todo, no pueden fallar.

Roma, 23 de septiembre, seis de la tarde

La muchacha dejó en la mesa el tomo de la Pauly-Wissowa que había sacado del estante y levantó el auricular del teléfono.

–Instituto de Arqueología, buenas tardes.

–Soy Silvia Quintavalle. ¿Está mi marido?

–Sí, señora, está en la sala de consulta. Ahora mismo lo llamo.

La bibliotecaria dejó el auricular sobre la mesa, fue a la sala contigua, miró a su alrededor y sólo vio a un par de estudiantes y al profesor de epigrafía latina inclinados sobre sus libros.

En ese momento, Paolo Quintavalle cruzaba el patio de Minerva e iba hacia el portón. Lanzó una mirada a la estatua mussoliniana de la diosa, que le pareció más ceñuda que de costumbre, cruzó con paso veloz la amplia plaza desierta y fue hacia el palacio del Consejo Nacional de Investigaciones. Un Giulietta negro apareció en la esquina de vía Monzambano y le cortó el paso antes de que pudiera alcanzar la acera. Sorprendido, el arqueólogo retrocedió para volver sobre sus pasos, pero el coche se había detenido y la puerta de la derecha se había abierto hacia él.

Se inclinó para mirar en el interior y al reconocer al hombre que iba al volante subió rápidamente y cerró la puerta. El Giulietta reinició la marcha a toda velocidad y enfiló por la avenida Università para desaparecer en unos instantes en el cruce con la avenida Regina Margherita.

Mientras tanto, en el Instituto de Arqueología, la bibliotecaria había vuelto al teléfono.

–Lo siento, señora, pero no encuentro al profesor. Hace cinco minutos estaba en la sala de consulta. He ido a mirar en su despacho, pero tampoco estaba.

–Qué raro que se haya marchado así, sin decir nada. ¿No estará en el lavabo? –preguntó Silvia Quintavalle no sin cierta incomodidad.

–No, señora –le respondió–, la llave está en su sitio. Normalmente, cuando se marcha sin avisar es porque ha bajado a comprar cigarrillos aquí en la esquina, pero vuelve enseguida. ¿Quiere dejarle algún mensaje?

–Quería recordarle que dentro de una hora vendrá el profesor Morrison a casa. No me gustaría hacerlo esperar.

–No se preocupe, señora –le dijo la bibliotecaria–; en cuanto vuelva se lo recordaré y le diré que lo ha llamado.

Mientras Silvia Quintavalle colgaba, su marido pasaba a poca distancia de su casa, por la avenida Regina Margherita, a más de cien por hora, en el Giulietta negro, pero no tenía forma ni tiempo de detenerse.

–Hay más de veinte kilómetros de aquí a Lavinium –le decía en ese momento a su compañero que iba al volante–, aunque corramos como locos como estamos haciendo no lograré regresar a tiempo para entrevistarme con Morrison.

–¿Y a quién le interesa que llegues a tiempo? –le contestó el capitán Reggiani abriéndose bien para meterse en al vía Salaria.

–Entonces, ¿por qué corremos así?

–Para que puedas telefonear desde Lavinium dentro de media hora y disculparte porque te ha surgido un contratiempo imprevisto.

–Perdóname, Marcello, pero sigo sin entender.

Reggiani pisó con fuerza el pedal del freno para no embestir a un autobús lleno de japoneses que iban a visitar las catacumbas de Pricilla, después puso la segunda y la tercera y en unos instantes recuperó la velocidad de crucero.

–Me dijiste que Morrison te telefoneó para pedirte una cita a las siete y media y que después lo invitaste a cenar –dijo sin inmutarse.

–Exactamente.

–Pero a esa hora tú tendrías que haber estado en Lavinium para vigilar cómo embalaban las estatuas. Tuviste que posponer la operación porque Morrison insistió en verte en tu casa.

–Sí, así es. ¿Y?

–¿Sabes dónde se aloja Morrison?

–En su hotel de siempre, en la plaza de Santa Susanna, creo.

–Crees mal. Morrison está en el Cristoforo Colombo, en el EUR. Lo que significa que podría haberte citado en el mismo hotel, porque te quedaba de camino; a ti te queda a trasmano y deberías haber pospuesto el compromiso que habías tomado.

Quintavalle se llevó una mano al bigote como tenía por costumbre cuando se concentraba, pero se tuvo que agarrar inmediatamente de la manivela de la puerta porque Reggiani estaba subiendo la rampa de la vía Olímpica a ochenta por hora. Cuando el Giulietta volvió a la posición horizontal, Quintavalle siguió mesándose el bigote.

–Tu razonamiento es de una lógica apabullante –admitió al cabo de un momento de reflexión.

–Ojo –le advirtió Reggiani–, que a lo mejor hacemos el viaje en balde, pero admitirás que es sospechoso. Supongamos que alguien intenta un golpe para apoderarse de las estatuas antes de que lleguen al Capitolio; está claro que tu presencia les estorbaría, sin ti todo les resultaría más fácil. En otras palabras, la cita que te pidió Morrison podría ser un pretexto. ¿Qué te dijo exactamente?

–Bueno, dijo que el Rotary Club de Michigan ofrecía cinco becas a la Universidad de Roma y quería hablar conmigo para concertar un programa común de investigación en el que emplear a los becarios. Es completamente normal. Este año ha trabajado conmigo una ayudante de él, una muchacha guapísima que tenía el máster en arqueología por la Universidad de Ann Arbor. Fabio estaba colado por ella, aunque me parece que la cosa era mutua.

Reggiani se volvió de golpe hacia él y le preguntó:

–¿Has dicho que Fabio se había enamorado de esa muchacha? ¿Y salía con ella? Quiero decir, ¿tenían relaciones?

–Y tanto. Llamé a la muchacha cuatro o cinco días después de que conociera a Fabio y él ya dormía con ella.

Reggiani frunció el ceño.

–¿Qué más me puedes decir de esa chica?

–Pues no sabría qué decirte; es competente, muy preparada, ha trabajado siempre con diligencia, ¿qué más...?

–¿Cuánto hace que no la ves?

–Desde finales del mes pasado... sí, desde que me marché de vacaciones.

–Y cuando regresaste y encontraste la carta de Fabio, ¿no la has telefoneado para preguntarle si sabía algo?

–Sí, claro, pero no la localicé.

–¿Y no te pareció raro?

–La verdad... no. Fabio pudo haberse ido sin decirle el verdadero motivo de su marcha y a lo mejor ella estaba de vacaciones, o tal vez había salido con sus amigos... yo qué sé. Después no volví a pensar en ella.

–No se te olvide darme su número de teléfono y su dirección. Quiero comprobar su identidad. Todos los que están relacionados con Morrison son sospechosos.

Quintavalle le escribió en un papel los datos que le pidió y se lo entregó. Permanecieron callados durante unos momentos mientras el coche salía de la vía Olímpica y se dirigía a la carretera de la circunvalación. Cuando Reggiani enfiló la vía Pontina en dirección a Lavinium, Quintavalle pareció salir de su ensimismamiento y le preguntó:

–Marcello, ¿con qué nos encontraremos en Lavinium?

–No lo sé. ¿Tienes miedo?

–Verás... es que tengo familia, ¿sabes?

–Yo también.

–Sí, pero...

–¿Quieres decir que éste es mi trabajo, mientras que el tuyo son las excavaciones? Tienes razón. Si quieres, voy solo. Mira, ahí tienes un autobús que vuelve a la ciudad.

Quitó el pie del acelerador e hizo una maniobra para acercarse al arcén.

–Pero ¿qué haces? –le preguntó Quintavalle–. Vamos, hombre, acelera, que no tenemos tiempo que perder. –Sacó el paquete de cigarrillos y encendió dos–. ¿Te apetece? –inquirió soltando una gran nube de humo.

–Nunca se dice no a un cigarrillo y a una mujer hermosa –replicó Reggiani cogiendo el MS.

Recorrieron el tramo de carretera encajonado entre las laderas de las colinas, cruzaron el bosque y llegaron a la gran curva sobre la escarpadura que había a los pies del foso de Torre Rossa.

–¿Falta mucho? –inquirió Reggiani.

–Dos kilómetros.

–¿De carretera recta?

–No, nos queda una curva al pie de esta colina, más o menos a un kilómetro de aquí. A la izquierda hay una explanada con una fonda donde voy a comer con los estudiantes.

–Perfecto. Pararemos allí para telefonear a tu casa y darles una excusa.

–¿Qué quieres hacer?

–Me adelantaré a pie. En el maletero llevo una cazadora, un gorro y una escopeta de doble cañón. Tendré aspecto de cazador que vuelve de una batida.

–¿Sin perro?

–Bueno, se puede cazar palomas desde un puesto, ¿no?

–Es verdad.

–Cuando hayas telefoneado, siéntate al volante y espérame. Dentro de poco oscurecerá; el coche es negro, no correrás peligro.

–No te preocupes. Cuídate tú, más bien.

Al llegar a la curva, Reggiani se aseguró de que la carretera estuviera libre en ambos sentidos, giró a la izquierda y aparcó cerca de la explanada de la fonda. Se vistió, cogió la escopeta y se puso en marcha mientras Quintavalle entraba en el local.

–¡Profesor! –exclamó el propietario, que estaba detrás de la barra–. ¿Cómo le va? Hacía tiempo que no lo veía.

–Estuve de vacaciones, Sergio, y ahora, por desgracia, hay que seguir trabajando. ¿Qué pasa, no tienes clientes esta noche?

–Ay, profesor, después de las vacaciones la gente está sin blanca, no tienen dinero para venir a la fonda. Y además, los lunes por la noche hay poco movimiento.

–¿Puedo llamar por teléfono?

–Claro que sí, pase.

Quintavalle marcó el número de su casa.

–¿Silvia? Soy yo, Paolo.

–¡Paolo! Llevo toda la tarde buscándote. ¿No sabías que...?

–Ya lo sé, ya lo sé. Te lo explicaré todo cuando vuelva. ¿Ha llegado Morrison?

–Sí, hace poco. Iba a poner la mesa.

–Bien, pásame con él. Le diré que tuve un accidente con

el coche y que estoy bloqueado en las afueras de Roma. Después te explico. Quédate tranquila que no me ha pasado nada, sólo tengo que ver a una persona por algo referente a Fabio.

Oyó la voz de Silvia que llamaba a Morrison para que se pusiera al teléfono.

–¿Profesor? Soy Quintavalle. No sabe usted cuánto lamento este inconveniente. Por desgracia acabo de tener un accidente y todavía no he podido conseguir una grúa, por lo que no sé a qué hora voy a llegar. Silvia le hará compañía y mientras tanto le puede explicar a ella el programa que tenía preparado. Si no pudiera llegar a tiempo lo llamaré mañana, está en el hotel de siempre, ¿verdad?

–Sí, en el mismo –respondió Morrison–. Espero que no se haya hecho daño.

–Por suerte no. Sólo he abollado un poco el coche.

–Mejor así… hasta la vista, pues.

–Hasta la vista, profesor, y que aproveche la cena.

Colgó el auricular, fue a la barra a pagar la llamada y luego volvió al coche, lo puso en marcha y lo adelantó unos cien metros. Ya había oscurecido y a lo lejos apenas se veía la bombilla encendida encima de la puerta del almacén en el que se conservaban las estatuas de Lavinium. Se arrimó al arcén de la derecha y apagó el motor.

El capitán Reggiani llevaba un tiempo apostado detrás de un encinar, desde el que podía vigilar el camino tanto en dirección a la fonda como al cruce que llevaba a Pomezia por un lado y a Torvaianica, por el otro. Hacia las ocho vio una luz que avanzaba lentamente hacia él: era el faro de la bicicleta del guarda que hacía su primera ronda de control. Se detuvo delante del almacén, apoyó la bicicleta en la pared e inspeccionó el edificio todo alrededor, luego colgó en la puerta la tarjeta con el horario y volvió por donde había llegado.

Transcurrió otra hora sin que ocurriese nada; en total habían pasado una decena de coches y un par de tractores.

Hacia las nueve y media, Reggiani pensó que en vista de que todo estaba tranquilo, quizá podía permitirse fumar un cigarrillo, pero cuando se disponía a accionar el encendedor, oyó un ruido extraño, una especie de silbido metálico, como de engranajes que giran en el vacío. Se volvió hacia la izquierda y vio una silueta oscura que avanzaba hacia él: una furgoneta bajaba la pendiente en punto muerto y con las luces apagadas. El vehículo giró imprevistamente hacia la izquierda, entró un instante en el radio de luz de la bombilla del almacén para detenerse inmediatamente después con un chirrido de frenos, justo al borde de un pequeño descampado.

Reggiani sacó del bolsillo interior de la cazadora la pistola reglamentaria, calibre nueve largo, amartillada y lista, salió a gatas de su escondite y se acercó al borde del camino. De la furgoneta habían bajado tres hombres: uno se había apostado cerca del camino y los otros dos se acercaron al portón. Un momento después se apagó la bombilla y, desde el portón, se oyó un ruido metálico: cortaban la cadena con unas tenazas. No había tiempo que perder; Reggiani sacó una potente linterna, la apoyó en un guardarruedas enfocándola hacia la entrada del almacén y, en tres segundos, la encendió, gritó «¡alto o disparo!» y se lanzó a unos metros de distancia agazapándose contra el suelo.

Apenas le dio tiempo a apuntar a los dos hombres iluminados por el haz de luz cuando una descarga de ametralladora hizo saltar la linterna del guardarruedas. Efectuó un par de disparos pero la furgoneta ya se había puesto en marcha.

Volvió a disparar hacia donde provenía el ruido de las puertas que se cerraban y corrió velozmente de costado esquivando por un pelo otra ráfaga de ametralladora dirigida hacia el punto en el que un instante antes la llamarada de su pistola había hendido la oscuridad.

La furgoneta se encontraba ya a cien metros de donde él estaba, en el camino que llevaba al cruce, y mientras corría hacia el centro de la calzada, oyó a sus espaldas el rugido de su Giulietta que llegaba a toda velocidad.

–¿Te han dado? –gritó Quintavalle sacando la cabeza por la ventanilla.

–Por suerte no –respondió Reggiani subiendo al coche–. Vamos, pisa el acelerador que los cogemos.

Quintavalle puso la segunda forzando al máximo la marcha, luego la tercera y la cuarta mientras Reggiani sacaba de debajo del asiento un fusil y se asomaba por la ventanilla de la derecha. En escasos segundos alcanzaron la cima de la que poco antes había bajado la furgoneta y se la encontraron de frente, cruzada en el camino. Quintavalle pisó con fuerza el pedal del freno mientras Reggiani lograba dar en el blanco dos veces, pero el coche iba demasiado deprisa y patinó sobre las ruedas bloqueadas, por lo que Quintavalle soltó el freno, giró todo el volante a la izquierda y se detuvo justo a tiempo quedando colocado en dirección contraria.

Reggiani bajó de un salto y se abalanzó sobre la furgoneta: estaba vacía. En ese momento oyó el rugido de un motor y se asomó por el otro lado de la furgoneta a tiempo apenas para ver que un coche se alejaba a gran velocidad.

–Nos han jodido –dijo alcanzando a Quintavalle, que seguía sentado al volante–. Ya no los cogeremos.

Regresaron al almacén y Quintavalle detuvo el coche.

–¿Qué hacemos? –preguntó.

–No creo que vuelvan a intentarlo y menos con la furgoneta fuera de servicio. Será mejor que nos marchemos antes de que llegue la policía. Hemos montado tal follón que nos habrán oído hasta Pomezia.

Quintavalle echó un último vistazo al almacén, luego arrancó y partió en dirección a Torre Rossa para alcanzar la Pontina sin pasar por Pomezia.

–Querría pedirte perdón –dijo en un momento dado el capitán Reggiani.

–¿Por qué?

–Esta tarde, cuando veníamos hacia aquí, estuve a punto de hacerte bajar. Fue como tratarte de gallina, sin embargo…

–Sin embargo tuve un miedo de narices.

–No se notaba. Te juro que no se te notaba.

–No lo dudo, estaba oscuro…

–Vamos, profesor, eres cojonudo –le dijo Reggiani llevándose a los labios dos cigarrillos–. ¿Quieres uno?

–¡Qué te parece! –exclamó Quintavalle–. Nunca se dice no a un cigarrillo y a un agente de policía.

XII

Yate North Star, *26 de septiembre, ocho de la mañana*

Fabio Ottaviani se levantó de la mesa sin haber probado la comida; sólo había tomado una taza de café negro y fumado un cigarrillo. Mientras se acercaba a la puerta, la voz de los altavoces le preguntó:

–¿Se encuentra mal, Ottaviani?

Se detuvo con la mano en el picaporte de la puerta, pero no contestó.

–Hace tiempo que no come bien, tiene el sueño agitado y, sin embargo, ha tenido éxito en una gran empresa.

Ottaviani se volvió hacia los altavoces.

–Puedo decirle que sus indicaciones fueron exactas y que nuestra misión ha tenido éxito; las armas de los héroes de Taormina ya se encuentran a bordo.

Ottaviani notó que se le aflojaban las rodillas. Lo habían tenido cuatro días sin ninguna noticia, sin decirle palabra, para que lo carcomiera la incertidumbre, para que rumiara su miedo y su frustración, dándole vueltas a mil interrogantes. Empezó a temblar convulsivamente y se cubrió el rostro con las manos para ocultar la emoción que le crispaba las facciones. Cuando por fin logró dominarse, volvió a mirar hacia los altavoces.

–¿Podré verlas? –inquirió.

–Con una condición –respondió la voz.

–¿Cuál?

–Todavía lo necesitamos, y lo sabe. Es usted la única persona que puede decirnos cuál es el Paladión de Lavinium. Queremos esa estatua.

–Y si yo los ayudo, podré ver las armas.

–Es la única manera.

–¿Cuándo?

–Ahora.

Ottaviani permaneció unos minutos inmóvil en medio de la cámara y luego respondió con un hilo de voz:

–De acuerdo, los ayudaré.

–¿Nos da su palabra?

–Les doy mi palabra.

–Entonces salga de la cámara y gire a la derecha hacia el mamparo de popa, está abierto. Encontrará a alguien que lo acompañará al camarote de popa. Allí se encuentran las armas.

Isla de Andros, base de la «Institución»,
26 de septiembre, ocho y tres minutos de la mañana

El profesor Shu, situado en el fondo de la sala, tenía delante una consola con todos los terminales de los ordenadores. Estaba sentado en un sillón de cuero, inmóvil, con las manos apoyadas en los brazos; su rostro no permitía adivinar emoción alguna y sus ojos parecían brillar únicamente por el reflejo centelleante de las pantallas catódicas que tenía delante.

De pronto dio un respingo y acercó las manos a la consola cuando la onda plana de las pantallas comenzó a animarse y los instrumentos de medición emitieron un leve zumbido. Echó un vistazo al rollo de papel donde quedaban asentadas las reacciones: la pluma había comenzado a moverse y trazaba una línea quebrada por picos cada vez más agudos. Parecía como si aquel instrumento escuchara un corazón humano enloquecido.

–Se está acercando –dijo con un leve murmullo–, ahí está... se acerca.

Yate North Star, *26 de septiembre,*
ocho y cinco de la mañana

Ottaviani abrió la puerta del mamparo y, por primera vez desde que estaba a bordo, entró en el pasillo que llevaba al camarote de popa. Se sentía nervioso, débil, sudado; parpadeaba cada vez con mayor frecuencia y la respiración se le había hecho breve, como si tuviese fiebre.

Avanzó apoyándose en la pared exterior de la cámara porque las piernas apenas lo sostenían en pie. Se encontró delante de la puerta del camarote y, a ambos lados, vio a dos marineros apoyados en las jambas. Los miró fijamente, desde el centro del pasillo y sintió de improviso que dejaba de temblar y que la respiración volvía a ser normal y firme.

El más joven de los dos le abrió la puerta y le hizo señales de que se acercara; sus dientes blanquísimos asomaban apenas bajo el labio superior. El otro esperaba de brazos cruzados sin mirarlo y se movió sólo cuando él avanzó y aferró el picaporte de la puerta.

Entró, seguido de los dos hombres, que cerraron las puertas; se encontró en el interior del amplio camarote de popa, pleno de instrumentos y aparatos electrónicos, pero apenas reparó en ellos porque en el fondo, apoyadas sobre dos soportes, se encontraban las armas de los guerreros.

Había una celada corintia sobre la que estaban esculpidos los dos leones yacentes en actitud de sostener sobre el lomo una gran cimera crestada; se veían también las lanzas de más de dos metros de largo, rematadas por largas moharras en forma de llama: en los grumos de plomo de las virolas aparecían las huellas de las manos que un día las habían empuñado. Al costado estaban los escudos, inmensos, de forma redonda y convexa, orlados por un borde plano que giraba todo alrededor.

Les habían quitado las incrustaciones más grandes, pero todavía estaban cubiertas en toda su superficie por una capa blanquecina de sedimentos, por lo que no se apreciaba ningún detalle. Ottaviani se quedó mucho rato mirando fijamente aquellas armas fantásticas mientras de su frente resbalaban unas gruesas gotas de sudor que le cayeron cálidas sobre los ojos muy abiertos. Notó la fuerte sensación de náusea y los agudos pinchazos en la cabeza que había experimentado ya la noche en que había sacado el códice de Theodoros de su nicho.

En un momento dado, como obedeciendo a una orden, tendió las manos, aferró por el borde uno de los dos escudos y en ese instante, una fuerza inmensa le invadió los miembros y sus dedos se cerraron como tenazas sobre el enorme bronce.

Al contacto con el metal sintió un gélido escalofrío, pero no lo soltó, y poco a poco se fue entibiando en sus manos para volverse cada vez más caliente. Una vibración sorda le resonó en el fondo del cerebro, y a través de su brazo pasó al metal hirviente por entre sus dedos contraídos. El bronce comenzó a vibrar, y él, recorrido por un estremecimiento, lo sacó de su soporte.

Lentamente levantó el inmenso escudo, pesado como un enorme peñasco, por encima de su cabeza. El arma vibraba en sus manos con un lóbrego zumbido, como un trueno lejano, que aumentaba poco a poco en intensidad. Ante sus ojos entrecerrados, la capa blanquecina que recubría el escudo empezó a resquebrajarse, a romperse en mil fragmentos diminutos que se desprendieron uno tras otro y cayeron al suelo.

Los calambres le destrozaban los músculos de los brazos y del pecho, el sudor le cubría el rostro y le caía en hilillos por el cuello, pero sentía que no podía dejar la presa, mientras iba soltando el aliento por entre los dientes apretados. Tenía los ojos fijos en el centro del arma soberbia donde se veía, al principio confuso tras el velo de lágrimas y sudor, y luego cada vez más nítido, el más tremendo de los símbolos de Palas: la horrenda Medusa rodeada de áspides venenosos, los ojos llameantes, la lengua inmunda asomándole, con una mueca atroz, entre los colmillos de bestia sanguinaria.

De aquella boca salía un silbido, el siseo de mil sierpes, estridente, lacerante, afilado como una cuchilla.

Exhausto, oprimido por una infinita angustia, comprendió en un instante de fría lucidez que se encontraba al borde de la muerte; entonces hizo acopio de todas sus fuerzas y, abriendo la boca, lanzó junto con su grito todo el terror que encerraba en su alma.

Oyó resonar aquel grito propagado hasta el infinito, multiplicado en mil ecos, mientras la imagen espantosa desaparecía lentamente en la oscuridad.

Sólo quedó un movimiento alternativo, regular, tranquilizador, como de olas que lamen la playa... el mismo ritmo de su aliento.

Isla de Andros, base de la «Institución»,
26 de septiembre, ocho y ocho minutos de la mañana

El profesor Shu miraba incrédulo los monitores y los indicadores de sus instrumentos y murmuraba:

–Es increíble... increíble... supera todas las expectativas, toda imaginación. Deprisa –ordenó saliendo de su ensimismamiento–, deprisa, llamen ahora mismo al *North Star*, ¡ordenen que se interrumpa ahora mismo el contacto!

El operador obedeció.

–Aquí Faro, llamando a *North Star*. Faro, llamando a *North Star*, respondan, cambio.

–¿Y? –inquirió Shu, impaciente.

–No contestan, señor.

–¡Vuelva a intentarlo, maldita sea!

El operador volvió a llamar con insistencia, pero no obtuvo respuesta. Entre tanto, Shu había vuelto a la consola para observar sus instrumentos.

–Déjelo –le indicó finalmente al operador de radio–, el experimento ha sido interrumpido. Probablemente nos han oído, pero nosotros no logramos oírlos a ellos; a lo mejor hay interferencias que no podemos filtrar o tal vez la emisión de energía creó un campo magnético que impide la transmisión.

En efecto, los instrumentos que un momento antes parecían enloquecidos se estabilizaron en la señal base.

–Señores –dijo Shu con un suspiro de alivio–, nuestro experimento ha sido un éxito total, el contacto ha liberado una cantidad de energía tal que nuestros instrumentos no lograron medirla y todos los indicadores se salieron de escala. Por un momento temí lo peor, pero, por suerte, en el *North Star* deben habernos oído y han interrumpido el experimento. Señores, éste es sólo el principio, nos aguarda una intensa actividad de estudio e investigación, pero pronto llegará el día en que podremos controlar y guiar esta fuerza. Ahora trataremos de restablecer contacto por radio con el *North Star* para fijar el punto de encuentro con la unidad *Eagle*, que deberá recoger las armas recuperadas y también al señor Ottaviani.

Se levantó de la consola y se acercó a uno de los técnicos para preguntarle:

–¿Dónde debería estar ahora el *North Star*?

El hombre se dirigió hacia un gran panel luminoso que representaba la carta náutica del Mediterráneo, accionó un interruptor y, apenas al norte de las islas Pontinas, se encendió una luz roja intermitente.

–Hace media hora se encontraba más o menos en esa posición –dijo–, a no más de cuarenta millas de la unidad *Eagle*. Dentro de tres horas se habrá producido el trasbordo.

–Si logramos establecer contacto con el *North Star* –dijo Shu lanzando una ojeada ansiosa al operador que se había puesto a llamar otra vez.

Del velero aún no le llegaba respuesta alguna.

Yate North Star, *26 de septiembre, ocho y doce minutos de la mañana*

Fabio Ottaviani abrió los ojos despacio, como si temiera encontrarse todavía delante de las fauces abiertas de la Gorgona. Miró a su alrededor: las armas de los guerreros habían caído al suelo; sólo el yelmo seguía en su soporte. Se dio cuenta de que había perdido el conocimiento, cayendo de bruces. Se levantó, se volvió hacia la puerta y preguntó:

–¿Qué ha ocurrido? Me he sentido mal...

Llegó hasta la puerta saltando por encima de los cuerpos sin vida y salió al pasillo pero se encontró de frente con Ioannidis que asomaba en ese momento por la puerta del mamparo con una pistola en la mano.

Retrocedió para refugiarse en el camarote al tiempo que Ioannidis gritaba:

–¡Alto! ¡No se mueva o disparo!

Al retroceder, Ottaviani tropezó con los dos cadáveres tendidos en el suelo y cayó de bruces mientras Ioannidis se acercaba a la puerta, gritando:

–¡Ottaviani, déjese de tonterías, salga con las manos en alto!

Ottaviani miró a su alrededor con aire perdido, vio el enorme escudo vuelto boca abajo en el suelo, lo levantó y se protegió tras él en el momento en que Ioannidis aparecía en la puerta empuñando la pistola y se detuvo al ver el arma reluciente. Ese instante de vacilación le resultó fatal: Ottaviani se abalanzó sobre él sujetando el pesado escudo por los bordes y lo derribó aplastándolo contra el suelo.

Ioannidis intentó aferrar la pistola que se le escapó de la mano, pero Ottaviani se había incorporado de un salto y con todas sus fuerzas le encajó una patada en la cara que lo echó hacia atrás contra la pared, luego lo agarró del cuello y levantó el puño para volver a golpearlo pero comprendió que era inútil; Stavros Ioannidis estaba muerto. El golpe le había partido la nuca y la cabeza le colgaba inerte sobre el hombro derecho, como si fuera la de una marioneta.

Jadeante, se apoyó en la pared de la cámara y entonces oyó un ruido que venía de fuera, el ruido de una embarcación con motor fuera borda que arrancaba. Se acordó de la voz de mujer que lo había dominado durante todo ese tiempo, fue hasta la escalera de la escotilla y subió a cubierta. Se asomó al parapeto y vio que la mujer se alejaba en la chalupa de motor: a su lado, a derecha e izquierda, los dos marineros que había visto al timón del *North Star*. Disparó una vez al aire y gritó:

—¡Detente! ¡Detente o disparo!

La mujer se volvió un instante hacia él: ese rostro, esos cabellos, esos ojos... los había visto... aquella noche en la vía Apia... el mismo rostro de Elizabeth detrás del triple arco.

La mano con la que empuñaba la pistola cayó inerte sobre el parapeto y con la mente turbada y el corazón vacío se quedó viendo la pequeña embarcación que desaparecía en la distancia.

Se había quedado solo a bordo. ¿O acaso había alguien más cuya presencia no había advertido? Fue hacia el puente de mando y vio que estaba puesto el piloto automático: la embarcación navegaba en una dirección bien definida, seguía una ruta paralela a la costa que se entreveía a la derecha. Tenía que tratar de virar y buscar un lugar donde atracar.

Recorrió rápidamente todo el yate y no encontró a nadie; regresó al puente de mando, desconectó el automático y trató de maniobrar para capear y así poder arriar las velas que él solo no habría logrado dominar nunca. Soplaba un viento de poniente bastante regular de aproximadamente cuarenta grados; Ottaviani viró de bordada sin mayores dificultades. Cuando vio que las velas estaban flojas bloqueó la barra del timón y salió otra vez a cubierta para arriar las velas de los dos palos. También intentó recuperar el *spinnaker* negro que colgaba de la verga de proa pero desistió al cabo de dos intentos en los que estuvo a punto de caer al mar. Pensó en el cadáver de Ioannidis que había quedado bajo cubierta: la idea de tocarlo le repugnaba profundamente, pero no le quedaba más remedio, porque su presencia a bordo le habría causado problemas. Bajó al camarote de popa, arrastró el cuerpo de Ioannidis hasta el pie de la escalera e intentó inútilmente cargarlo a hombros. Había oído decir lo que puede llegar a pesar un cuerpo inerte, pero la experiencia superaba todas sus expectativas. Tuvo que izar el cadáver hasta apoyarlo en los primeros escalones, luego volvió a bajar, lo agarró por un brazo y se colocó debajo de él con los hombros a la altura de la cintura, para que el peso le quedara repartido en partes iguales por delante y por detrás.

Subió tambaleándose hasta llegar a cubierta y lo lanzó al mar.

Extenuado, se apoyó en la barandilla y vomitó, pero como tenía el estómago casi vacío, las arcadas lo sacudieron durante un largo rato dejándolo completamente sin fuerzas. Se dio cuenta de que el yate navegaba a la deriva; tenía que tratar de gobernarlo como fuera. Entró en el puente de mando, arrancó el motor y enfiló la proa hacia la costa; entre tanto, consultó las cartas de navegación sobre las que una hora antes habían marcado el rumbo.

La tierra que aparecía en el horizonte era Italia, probablemente la costa septentrional de Campania. Si le alcanzara el combustible podría llegar frente a Circeo a últimas horas de la tarde. El ronroneo del motor diesel le daba una sensación de tranquilidad y seguridad, el miedo fue desapareciendo poco a poco y por un momento tuvo casi la impresión de haber soñado todo aquello. A lo lejos, los montes azules desfilaban bajo su mirada, pero sus ropas estaban manchadas de sangre y olían a muerto y, en alguna parte, en el mar o en tierra, la mujer que llamaban *Ànassa* le estaría quizá tendiendo una trampa para capturarlo, para volver a encerrarlo, para observarlo con sus gélidos ojos, para guiarlo con su voz firme, que no admitía réplicas. Sin embargo, no lejos de allí estaba su tierra, su elemento, sus amigos, su padre... y Elizabeth, que lo esperaba a la salida del laberinto.

Si tan sólo hubiera podido arriar la vela negra...

Roma, 26 de septiembre, diez de la noche

–¿Quién te ha llamado? –preguntó Silvia Quintavalle mientras su marido colgaba el teléfono.

–Fabio. Fabio Ottaviani.

–¿Ottaviani? Hacía tiempo que no daba señales de vida. ¿Dónde está?

–Aquí cerca.

–¿Y no sube?

–No, iré a reunirme con él.

–Pero Paolo, ¿a estas horas? Mañana tienes que madrugar.

–Ya lo sé, Silvia, pero ya sabes cómo es Fabio, no quiere molestar y además, está de paso. Vete a la cama, a lo mejor llego tarde.

Cogió la chaqueta, bajó a la calle y en unos minutos llegó hasta la cabina de teléfonos de la plaza Quadrata. Entró y marcó el número.

–Está por llegar.

–¿Quién? –preguntó al otro lado de la línea el capitán Reggiani.

–Fabio.

–¡Caray! ¿Y dónde está?

–En una embarcación. Me llamó por radioteléfono. Oye, sé que es para no creer, pero dice que tiene las armas de los guerreros de Taormina. Quiere que vaya a buscarlo ahora mismo con la furgoneta del Instituto a la cala pequeña de Astura.

–¿Estás seguro de que era él? No me haría ninguna gracia que se tratara de una trampa.

–Te digo que era él.

–¿Y si alguien lo hubiera obligado a telefonearte amenazándolo con un arma? Escucha, Paolo, después de la bromita del otro día, no me fío ni de mi padre. Tú no vas a ninguna parte.

–Entonces, ¿quién irá, tú?

–Tampoco. Ayer me siguieron, temo que me han descubierto, y en cualquier caso, no quiero arriesgarme; si nos pescan, Fabio estará solo en poder de esa gente.

–Y entonces, ¿qué hacemos?

–Tú, tranquilo, alguien irá. ¿Desde dónde me llamas?

–De la cabina de la plaza Quadrata.

–Perfecto, ¿llevas un paquete de cigarrillos?

–Qué pregunta, claro que sí.

–Vacíalo, mete dentro las llaves del garaje y las de la furgoneta y tíralo en la papelera que hay al costado de la cabina, luego vuelve a tu casa, ha sido una imprudencia que salieras a estas horas. Ah, y mantente al lado del teléfono, a lo mejor te llamo.

–De acuerdo, haré lo que me pides. Sea lo que sea que estés planeando... te deseo suerte.

Reggiani metió la pistola en la cartuchera, se puso la cazadora de piel y cogió las llaves de casa para salir.

–Si he entendido bien, nuestro hombre está metido en un lío –dijo una voz a sus espaldas.

–Has entendido perfectamente –respondió Reggiani–. Escúchame bien: ¿tienes la moto de Fabio?

–Claro.

–Entonces vete ahora mismo a la plaza Quadrata; en la esquina con vía Po hay una cabina de teléfono y al lado una papelera. En un paquete vacío de MS encontrarás dos llaves, una abre el garaje de la Universidad que está en el número cuatro de vía dei Marrucini y la otra es la de la furgoneta del Instituto de Arqueología, una Fiat 238 azul. Ten cuidado que no te vea el guardia nocturno ni la patrulla de la policía que pasa… –Consultó el reloj y, tras una pausa momentánea, añadió–: Dentro de exactamente doce minutos y después cada cuarenta minutos hasta las cinco y media de la mañana. Procura que no te sorprendan.

–Qué tonterías dices. ¿Te has olvidado de cuando le robamos la capa al rector de la Universidad de Perugia, y el grifo de bronce y todo lo demás?

–No. Por eso te llamé a ti y a los demás. ¿Ya están en sus puestos?

–Sí, señor. Rasetti está en el bar, frente al Capitolio, le dejé mi Gilera; Claudio Rocca está en el vestíbulo del Cristoforo Colombo jugando a la escoba con un turista polaco.

–Estupendo. Entonces ya podemos irnos.

–¿Y la moto de Fabio? ¿Qué hago con ella?

–Déjala donde está, delante del garaje. Átala con la cadena y deja la llave entre el guardabarros y la rueda anterior. Dentro de un cuarto de hora iré a buscarla. Mientras tanto, tú ya te habrás ido. Aquí tienes el itinerario –le dijo entregándole un mapa de carreteras–, ve por la estatal 148 Pontina, allí gira a la derecha y llega hasta Torre Astura…

–Cuando llegues a la playa, vete hacia el norte por el camino de la costa, ojo que está lleno de baches, hasta llegar a la cala pequeña. Ahí tendrías que encontrar un gran velero cerca del promontorio.

–A bordo del cual se encuentra el desventurado.

–No bromees, no sé en qué estado lo encontrarás. Debe

de haberle ocurrido de todo, y si es verdad lo que dice, tiene a bordo las armas de los guerreros de Taormina.

–¡Joder!

–Venid a toda pastilla. Os esperaré en algún lugar de la Pontina, pero no puedo moverme demasiado porque tengo que coordinar los eventuales movimientos de los otros. Ah, se me olvidaba, en cuanto estés a tiro de la embarcación, hazle una señal con las luces, tres guiños en dos tandas. Te contestará con una linterna. Vete ya.

Media hora más tarde, Paolo Quintavalle le pasaba por teléfono a Ottaviani las instrucciones que acababa de recibir del capitán Reggiani, el cual, montado ya en la moto, se dirigía hacia la casa de Elizabeth Allen. Claudio Rocca terminó de desplumar al turista polaco y subió a su cuarto desde donde vigiló la habitación en la que se alojaba el profesor Morrison. Dino Rasetti, vestido con harapos y con un macuto en bandolera, salió del bar y se tendió en un banco de la plaza Aracoeli.

Mientras tanto, la furgoneta azul del Instituto de Arqueología avanzaba a cien por hora por la carretera Pontina entre Castel di Decima y Tor de'Cenci.

Cala pequeña de Torre Astura, once de la noche

Fabio Ottaviani estaba sentado en el puente de mando y escuchaba la radio con las luces apagadas. Buscaba las noticias para enterarse de lo ocurrido en su ausencia y de cuando en cuando lanzaba una ojeada ansiosa hacia el mar abierto, de donde temía que pudiera llegar alguna amenaza. Tres horas antes, la radio de a bordo había captado repetidamente la misma llamada: «*Eagle* a *North Star, Eagle* a *North Star*, cambio…».

Había cambiado de onda para dar la impresión de una interferencia y al cabo de diez minutos había apagado la radio por temor a que las ondas de radio revelaran su posición. De vez en cuando miraba también hacia la costa, que estaba oscura y desierta, con la esperanza de ver llegar a alguien; tenía preparada y a mano la pistola de Ioannidis y la linterna para hacer las señales. A su derecha se encontraba la desembocadura del torrente Astura y a la izquierda, recortadas contra el cielo nublado, veía las murallas del castillo de los Frangipane. Finalmente, en el primer canal logró captar un trozo del programa de noticias: en Rusia, la ultraderecha nacionalista de Dimitri Zamjatin había ganado sobradamente las elecciones. En Irak, las fuerzas integristas habían depuesto al régimen de Baath haciéndose con el poder. Los partidos afines sostenidos por Irán conseguían un amplio consenso en las elecciones de Turquía. En las fronteras de la moderada Jordania se producían amenazantes movimientos de tropas. Dos mil soldados italianos habían partido para Oriente Medio como fuerza de interposición entre las fuerzas beligerantes.

Qué extraño; Roma, pequeña y decadente, al cabo de veintidós siglos volvía a enviar a sus soldados más allá de la frontera infranqueable… más allá del Taurus. Sintió escalofríos y unas punzadas de hambre; en todo el día no había comido más que un trozo de queso que había sacado de la cocina. Apagó la radio y encendió un cigarrillo para tranquilizarse.

Transcurrieron así diez minutos más; el aire fresco y húmedo le entumecía los miembros y le calaba los huesos. Se dirigió bajo cubierta a buscar un jersey y cuando volvió a subir vio que por la carretera de la costa se acercaban unos faros a paso de hombre. El vehículo se detuvo cerca de la playa, en línea recta, a escasos cien metros de la embarcación y apagó las luces. Pasaron unos cuantos segundos y volvieron a encenderse, guiñaron tres veces, se apagaron, volvieron a guiñar y volvieron a apagarse.

¡Por fin! Paolo Quintavalle había ido a buscarlo. Aferró la linterna y respondió a la señal, luego lanzó al mar la balsa neumática y remó hasta la costa.

–Paolo, ¿eres tú? –preguntó al poner pie en tierra.

–No. Cuando hay que sacarte de algún follón, me mandan siempre a mí –le contestó una voz conocida.

–¡Que me aspen... Scooter! –exclamó Ottaviani asombrado, al tiempo que levantaba la linterna e iluminaba la cara de su interlocutor.

–El mismo que viste y calza. Vamos, démonos prisa que no hay tiempo que perder. ¿Dónde están los hierros que tenemos que cargar?

–¿Los hierros? Ah, sí, están a bordo. Tienes que acompañarme en la balsa neumática, subiré al yate y te bajaré las piezas.

–Vamos, espabila, que habrá baile.

–¿Quieres decir que te han seguido? –inquirió Ottaviani cogiendo los remos.

–Creo que no. Al menos aquí, pero en Roma, la cosa estará movida.

–A ver si lo entiendo. ¿Quién te ha mandado? ¿Cómo sabías que...?

–Ha sido Marcello.

–¿Quién, Reggiani?

–El mismo. Venga, rema.

–Entonces fue Quintavalle quien le avisó.

–¡Blanco!

–Pero en vez de enviar a sus hombres te hizo venir a ti.

–Ya sabes cómo es Marcello. Tendría que haber dado explicaciones, pedir autorizaciones. Para ciertas cosas prefiere tomar por los atajos. ¿Te acuerdas aquella vez en Ferrara, cuando teníamos que fotografiar a aquel tío?

–Ya... Y también me acuerdo de esa otra vez que había que llevar a ese otro de Parma a Milán.

–Exactamente. Ha mandado llamar a la vieja guardia.

–¿Por qué, hay alguien más?

–Sí, Claudio Roca con el *jeep* y Dino Rasetti con la Gilera, que a estas horas vigilan la ciudad. En fin, las fuerzas al completo. Eh, para, que hemos llegado.

–Ya veo… –dijo Ottaviani y subió a bordo por la escalerilla de cuerda.

Bajó a la balsa neumática las dos lanzas, el yelmo y, por último, los escudos, asegurándolos con un cabo, y después bajó él también.

–Más despacio, o nos hundimos. Esto pesa la tira –dijo Scooter, que había cogido los remos. Llegaron a la costa, cargaron la furgoneta y partieron.

Ottaviani se volvió para mirar la silueta oscura del *North Star* que se mecía sobre las olas, como si temiera verlo cobrar vida imprevistamente. Sí, se encendía la luz en el puente de mando, el hombre de la barba gris estaba al timón y el otro, el joven de la potente musculatura, se encontraba de pie en la proa.

La luna se asomó por una abertura en las nubes e iluminó la cubierta desierta. Lo único que se movía era el *spinnaker* negro que colgaba casi inerte de la verga de proa, como una bandera funeraria.

–Pedazo de embarcación –dijo Scooter enfilando por la carretera asfaltada–. Dime una cosa, ¿dónde ha ido a parar la tripulación?

Ottaviani rebuscó en los bolsillos de la camisa y le preguntó:

–¿Tienes un cigarrillo? Me he dejado el paquete a bordo.

Roma, once y cuarto de la noche

Marcello Reggiani paró la moto delante del número 23 de vía Selinunte y entró en una cabina de teléfonos para llamar a Rocca al Cristoforo Colombo.

–Por aquí todo marcha sin problemas –respondió Rocca–. El hombre no se movió de su habitación. ¿Qué tal por ahí?

–Todo tranquilo. La chica está en casa y no parece que tenga intenciones de salir. Quizá nos preocupamos por nada. De todos modos, tú no te muevas de ahí, que las cosas podrían cambiar.

–Espera un momento –le dijo Rocca–. No cortes.

–De acuerdo –asintió Reggiani sin dejar de vigilar la calle.

Le llamó la atención un pequeño MG que se detenía delante del número 23, la casa donde vivía Elizabeth Allen. Bajó una muchacha con pantalones de piel y cazadora, entró en el zaguán y subió la escalera.

–El hombre ha recibido ahora mismo una llamada telefónica –dijo Rocca cuando volvió a ponerse al teléfono–, pero no entendí un pimiento. El chisme que me has dado debe estar averiado.

–Pero ¿sabes inglés? –le preguntó Reggiani.

–La verdad, me arreglo mejor con el turco.

–Pero sabías que Morrison es norteamericano, ¿no?

–Claro que lo sabía, hombre… eh, espera un momento, no me cortes.

En el primer piso, en el apartamento de Elizabeth Allen, se había encendido una luz. Reggiani sacó la cabeza de la cabina para poder apuntar el número del MG; llevaba una matrícula ovalada de la aduana alemana.

–El hombre está haciendo una llamada –le informó Rocca–, sigo sin entender un pimiento; pero logré cazar los cuatro últimos números. Tres, siete, tres, nueve.

Reggiani consultó su agenda, los cuatro números correspondían con el teléfono de Elizabeth. En ese mismo momento se arrepintió de no haber informado oficialmente a su departamento, porque habrían mandado intervenir todos los teléfonos y así se habrían enterado de las conversaciones.

–¿Qué hago ahora? –le preguntó nuevamente Claudio Rocca.

–Quédate donde estás. Pero si Dino te llama desde la plaza Aracoeli, reúnete con él lo antes posible. Ahora voy a encontrarme con Fabio y Scooter. Adiós.

Al salir de la cabina, Marcello Reggiani miró hacia el

primer piso de la casa que tenía enfrente: se había encendido otra luz, probablemente la del despacho. Elizabeth Allen seguía hablando por teléfono con Morrison, ¿o estaría llamando a alguna otra persona?

Se puso el casco y salió velozmente en dirección de la Nueva Apia. No imaginaba lo acertada que había sido su intuición.

Once y dieciocho minutos de la noche

–¡Elizabeth, por fin! Hace tiempo que intento localizarte, pero no hubo manera, ¿dónde has estado?

–Estuve en Francia por trabajo, Paolo; *I'm sorry*, yo también te telefoneé para decirte dónde estaba pero no te encontré. Ay, Paolo, estoy desolada, encontré una carta de Fabio… es terrible. Dice que…

–Ya lo sé –la interrumpió Quintavalle–. A mí también me escribió.

–Eso no es todo. Escúchame, Paolo, vinieron a verme hace un momento y me han dicho que hay una persona que puede darme noticias de Fabio.

–¿Y quién te fue a ver?

–No lo sé, quiere que nos encontremos dentro de media hora.

–No le hagas caso. Fabio está libre, me ha llamado hace más de media hora.

–*I know*, me ha dicho que había huido pero que lo han vuelto a coger.

–Lo que nos faltaba, maldita sea… ¿Dónde dijo que quería verte esa persona?

–En los jardines de monte Tarpeo… pero tengo miedo… *Should I call the police?*

–No, no llames a la policía, es demasiado peligroso. ¿Y esa persona no te dijo nada más? ¿Cómo sabemos que nos dice la verdad?

–Por desgracia dice la verdad, Paolo. Llevará el anillo del Saint Patrick College que le había regalado a Fabio y que él usaba en el meñique, es verdad, Paolo, es verdad. –Se echó a llorar.

Quintavalle se quedó pensativo y guardó silencio durante un instante. La muchacha parecía sincera, pero ¿y si mentía? Era bastante posible que a Fabio hubieran vuelto a cogerlo, al fin y al cabo estaba solo a bordo de un yate grande.

–Ya voy para allá –le dijo finalmente–. Tardaré una media hora. Subiré por vía delle Tre Pile.

–Oh, Paolo, *thank you so much*, no sabes el miedo que tengo.

–No te preocupes, Lizzy… anda, no llores más, ya verás que todo saldrá bien. Lo encontraremos y lo traeremos de vuelta, ya lo verás.

Colgó y salió sin hacer el menor ruido. La calle que había delante de su casa hacía una ligera pendiente; empujó su coche hasta que cogió velocidad, luego se subió de un salto y arrancó el motor cuando estuvo seguro de que el rugido familiar del Alfa no despertaría a Silvia.

Once y veinticinco minutos de la noche

Dino Rasetti se apartó de la cara el sombrero de cuero y lanzó un vistazo en dirección de vía del Teatro di Marcello donde una gran berlina negra con matrícula de Liechtenstein aparcaba al pie de la colina del Capitolio. Se apeó un joven alto, ancho de hombros, vestido con un impermeable negro. Se acercó al pie de la escalinata y luego subió la rampa de la derecha hacia el muro septentrional del Museo de los Conservadores. Reapareció diez minutos después y entró en el bar de enfrente. Toda la zona estaba medio desierta y el tráfico había disminuido bastante. Dino Rasetti se levantó tranquilamente de su saco de dormir y se acercó al bar semivacío donde el extranjero estaba pagando el café que acababa de tomarse.

–Un *cappuccino* con mucha espuma –le pidió al camarero.

–¿Tienes dinero? –le preguntó el hombre observando el aspecto miserable del cliente.

Rasetti sacó del bolso un puñado de monedas y las dejó sobre la barra.

–Aquí está la pasta, hombre de poca fe –le dijo–, dame también una ficha para el teléfono.

Se puso a sorber su *cappuccino* sin perder de vista al hombre del impermeable negro que se había apostado detrás de la puerta de cristal y vigilaba la calle. Se asomaba a la derecha y a la izquierda y de vez en cuando echaba un vistazo a su reloj. Rasetti fue hasta el teléfono y llamó a Claudio Rocca.

–Hay movimiento.

–¿De qué tipo?

–Acaba de bajarse un tío de un Jaguar con matrícula extranjera. Fue hasta el Capitolio por vía delle Tre Pile y después volvió a bajar; entró en el bar de enfrente y está vigilando la calle... mira de vez en cuando el reloj. No me gusta su cara.

–¿No tendrá una cita amorosa?

–¿En esta mierda de bar? No me hagas reír. Además, tiene un bulto cerca del sobaco, pero la billetera la guarda en el bolsillo trasero del pantalón.

–Mmm... ahí detrás está la Embajada de Siria, podría tratarse de un agente de ellos... o de los nuestros.

–¿Con un Jaguar de ochenta millones? No fastidies, hombre.

–Oye, aquí ya no pasa nada y estoy hasta los huevos. Voy para allá.

–Date prisa.

–Iré volando.

Rasetti colgó, volvió a su banco y se acostó en el saco

de dormir echándose el sombrero sobre los ojos, como para dormir. En realidad no dejaba de vigilar la salida del bar. Minutos más tarde, el hombre del impermeable negro salió a la acera y se volvió hacia el Teatro di Marcello. En ese momento llegaba un coche; se detuvo en la explanada que había delante del monumento, hizo una breve señal con las luces largas y luego apagó los faros. El hombre encendió un cigarrillo y volvió a entrar en el bar.

Rasetti, seguro de que se trataba de una señal, se levantó y salió corriendo por vía di Tor de' Specchi y en un instante dio la vuelta a la manzana. Se ocultó en la esquina que daba a la plaza de Campitelli justo a tiempo para ver que del coche se bajaban dos hombres que fueron hacia el templo de Portunus y cruzaron la calle en dirección del callejón Jugario. Estaba claro que subían a los jardines del Capitolio. Volvió a la carrera a su puesto de la plaza Aracoeli y, jadeante, se tumbó en el banco.

Echó un vistazo al reloj: eran casi las doce.

Kilómetro 17 de la vía Pontina,
once y media de la noche

El hombre se encontraba casi en medio de la calzada y hacía señas para que parara. Vestía una cazadora negra y llevaba en la mano el casco de motorista.

–No te detengas –le dijo Ottaviani a su amigo, que había empezado a disminuir la marcha–. No podemos fiarnos.

–Tranquilo –le dijo Scooter poniendo la tercera–, y agáchate. Si el tío tiene ganas de broma, me le tiro encima y no le dará tiempo a decir ni pío. Oye, esa de ahí es tu Benelli... es Marcello, es Marcello Reggiani.

Aparcó a la derecha mientras el capitán Reggiani se asomaba por la ventanilla.

–¡Fabio! ¿Qué tal, todo en orden?

–Todo en orden –respondió Ottaviani apeándose del coche–. Oye, Marcello, no sé cómo agradecerte…

–Ahora no hay tiempo, Fabio, tenemos que volver a la ciudad.

–¿Por qué, ha ocurrido algo? –le preguntó Scooter.

–Mientras estuve en Roma, no, pero hay movimientos sospechosos. Claudio Rocca está vigilando a Morrison y Dino…

–¿Morrison? –preguntó Ottaviani.

–Sí, sospechamos que…

–Ya puedes dejar de sospechar, estuvo a bordo del *North Star*; estaba de acuerdo con los que me tuvieron secuestrado.

–¡Diablos! Espero que Rocca no me lo deje solo. Vámonos, estoy preocupado por Quintavalle.

–Espera –le dijo Ottaviani–. ¿Dónde están las estatuas de Lavinium?

–En el Capitolio. Harán una exposición… Pero no te preocupes, que allá tengo a Dino Rasetti que vigila la situación. Nos reuniremos con él y luego llamaremos a Quintavalle.

–Oye, Marcello. ¿Te ha hablado Quintavalle de mi novia?

–¿De Elizabeth Allen?

–Sí, ¿sabes dónde está?

–En su casa. Al menos hasta hace media hora…

–Entiendo. Mira, vete tú con Scooter que yo cojo mi moto.

–¿Estás seguro de que te sientes bien? No es prudente que vayas por ahí solo. Hazme caso.

–Me encuentro estupendamente. Vamos, pásame el casco y la cazadora que hace frío. Y vosotros tened cuidado. Ya sabéis lo que llevamos en la furgoneta.

Reggiani se quitó la cazadora y le entregó el casco.

–Ten mucho cuidado, Fabio, no hagas locuras. Acabas de salir de una aventura que podía haberte costado la piel.

–No te canses –masculló Scooter–, es más terco que una mula; total, después voy yo y lo saco de los follones.

–Nos vamos para el Capitolio –le dijo Reggiani–, te esperamos allí.

Ottaviani montó en la moto y salió a toda velocidad.

–Tal vez no tendría que haberlo dejado marchar –dijo Reggiani–, ¿has visto en qué estado se encontraba?

–Sí, no tenía demasiado buen aspecto, pero tú tranquilo, Marcello, sabrá arreglárselas solo. Es más, si quieres que te diga lo que pienso, para mí que se ha cargado a la tripulación de ese yate. Pero no me preguntes cómo.

Roma, doce menos cuarto de la noche

–¿Qué haces, duermes?

–¿Ya has llegado? –dijo Dino Rasetti quitándose el sombrero de la cara–. Joder, tío, qué rápido has ido. ¿Dónde tienes el coche?

–Aquí detrás, en pórtico d'Ottavia –respondió Rocca–. ¿Y qué hacemos?

–Han llegado otros dos, subieron por el callejón Jugario. Para mí que se han apostado en los jardines.

–¿Y el del bar?

–Chss, no te des la vuelta. Está saliendo ahora mismo... sube por la rampa... va hacia los Museos.

–¿Crees que intentan robar las estatuas?

–¿Sólo tres tíos? ¿No te parecen pocos?

–Yo qué sé. A lo mejor montamos la de dios es cristo por nada. ¿Dónde carajo se habrá metido 007?

–¿Quién, Reggiani? No debería tardar mucho, Scooter salió hace rato, a esta hora no hay tránsito. Oye, vuelve a coger el coche y vete al pie de la colina por el lado del callejón Jugario. Yo subiré a echar un vistazo... ey, fíjate, ahí tienes otro más.

–¿Dónde?

–Ahí, delante de la escalinata de Aracoeli. Acaba de bajarse de ese Alfa GT rojo.

–Viene hacia aquí... viene hacia aquí... viene hacia aquí... ¡y también sube!

–Venga, espabila, vete por el otro lado, que así podrás controlar si llegan Scooter y Reggiani.

Rocca se alejo corriendo y dobló la esquina mientras Rasetti cruzaba la vía del Teatro di Marcello con paso indolente. Entre tanto, Quintavalle había llegado a lo alto de la rampa y miraba a su alrededor tratando de ver si llegaba Elizabeth, pero sólo vio un mendigo con un sombrero de cuero en la cabeza que pasaba delante de la esfinge egipcia, al pie de la escalinata.

–No se mueva, profesor –le ordenó una voz a sus espaldas–. Lo estamos apuntando con una pistola. No intente nada raro y siga caminando.

Quintavalle se sobresaltó; instintivamente miró hacia atrás por el rabillo del ojo, pero la rampa estaba vacía y en ese momento, al pie de la colina, sólo pasaba un taxi a toda velocidad. Se acercó al seto del que salía la voz maldiciendo su precipitación. Se encontró frente a un hombre con un impermeable negro que empuñaba una pistola.

–¿Dónde están las estatuas de Lavinium, profesor? –le preguntó el hombre.

–En el museo. Pero ¿qué quiere hacer?

–Usted tiene la llave, profesor, abra la puerta.

–Le aseguro a usted que se equivoca.

–Es inútil, lo sabemos. La llave está en el mismo manojo en el que lleva las de su coche.

«Elizabeth –pensó Quintavalle–, lo sabía, alguna vez me ha visto abrir la puerta para subir a la biblioteca. Ella me ha hecho venir aquí a estas horas. ¿Cómo he podido fiarme?»

–Está bien –dijo–, pero nunca podrá... ¿Cómo puede pensar que...?

–Déjese de tonterías. Vamos, diríjase a la puerta, abra y luego vuelva aquí caminando como si nada.

Quintavalle avanzó hacia la puerta de la dirección y en ese momento se dio cuenta de que la bombilla que iluminaba la fachada del edificio estaba apagada, rota; en el suelo vio los trozos de cristal. No había esperanza de que nadie lo notara. No imaginaba que un ángel de la guarda, cubierto de harapos y oculto detrás del seto, lo había oído todo.

Rasetti había subido por los jardincillos de la rampa de Cola di Rienzo y había alcanzado a oír las últimas frases de la conversación. Se volvió hacia la calle, vio un Alfetta de la policía que pasaba despacio al pie de la colina y estuvo a punto de salir cuesta abajo gritando, pero el coche ya se había alejado antes de que le diera tiempo a moverse. Esperó que Rocca lo viera, pero cayó en la cuenta de que su amigo no tenía motivos para pararlo.

Y efectivamente, Rocca ni siquiera vio el coche de la policía porque dedicaba toda su atención a un camión, un Bedford gris con el logotipo de una empresa de mudanzas, que subía despacio por vía Monte Caprino. Al llegar a la cima de la colina se detuvo y apagó las luces. No se apeó nadie, o al menos Rocca no oyó el ruido de las puertas.

Mientras tanto, Quintavalle había metido la llave en la cerradura y había abierto la puerta del museo.

–Ahora vuelva aquí –le ordenó el hombre escondido detrás del seto–, así, despacio.

Quintavalle volvió hacia él mientras los otros tres, vestidos con monos azules, salían del parque.

–Y ahora, profesor, explíqueme dónde están las cajas con las estatuas.

Quintavalle vacilaba; el hombre enroscó un silenciador al cañón de la pistola y le apuntó al estómago.

–Hable, profesor, no me obligue...

–Está bien –dijo Quintavalle–. Crucen la entrada y sigan por el pasillo. Al fondo a la derecha hay una puerta que da a un sótano, donde están los cimientos del templo de Júpiter Capitolino; allí encontrarán las cajas con las estatuas.

–Nos interesan únicamente las que contienen las estatuas de Atenea. ¿Qué marcas llevan?

–Números romanos del uno al siete.

El hombre se dirigió en alemán a los otros; éstos marcharon uno detrás del otro, en dirección al museo.

Rasetti volvió en silencio al pie de la rampa, corrió hacia la moto y se reunió con Claudio Rocca en el callejón Jugario.

–Claudio, hay que darse prisa. El tío que bajó del GT rojo es el arqueólogo Quintavalle. Lo han cogido y lo han obligado a decirles dónde están las cajas con las estatuas de Lavinium. Las tienen en el museo.

–Ahora mismo me preguntaba qué estaría haciendo a estas horas un camión de mudanzas en esa calle –dijo Rocca indicando vía Monte Caprino.

–Voy a avisar a la policía. En el Lungotevere Cenci tiene que haber una comisaría de policía. Los cogeremos a todos con las manos en la masa.

–¿Y Quintavalle? Son capaces de matarlo. Dios santo, ¿dónde se habrá metido Reggiani, cuánto más tardará? De acuerdo, tú vete que yo me quedo. Con ese camión, por aquí no podrán pasar.

–De acuerdo. Y si te ves muy apurado, monta un cirio... ey, ¿tienes miedo?

–Qué va, me lo estoy pasando en grande.

–Venga, hombre, que si todo sale bien, de aquí sacarás una nota de primera plana. Tú aguanta que vuelvo enseguida.

Le dio una patada al pedal de arranque de la Gilera y salió a toda velocidad en dirección del Tíber. Empezó a lloviznar.

Dino Rasetti bajó de un salto de la Gilera y entró corriendo en la comisaría. Detrás del mostrador había un solo agente con cara soñolienta.

–Oiga, tienen que ir ahora mismo al Capitolio, a la entrada de la Dirección de Museos –le dijo Rasetti–. ¡Hay gente armada, han apresado al arqueólogo Quintavalle y quieren robar las estatuas de Lavinium, dése prisa, por favor, o se irán!

–Un momento, con calma –le dijo el agente–, primero déme su nombre, su apellido y su domicilio y dígame si quiere poner una denuncia formal. En ese caso llamaré a una patrulla de emergencia porque aquí no hay nadie. Hace más de un mes que esta comisaría sólo funciona como oficina de pasaportes.

–¡Joder! –soltó Rasetti–, entonces no me he explicado: han secuestrado a un hombre, a quinientos metros de aquí están por cometer un robo de obras que pertenecen al Estado... –Rebuscó en el bolso, sacó de la billetera el carnet de identidad y lo lanzó sobre el mostrador–: ¡Ahí tiene, escriba que denuncio formalmente a unos desconocidos, pero, por lo que más quiera, llame a la patrulla! En lo alto de vía Monte Caprino, en el Capitolio, hay un camión gris, ¡están allí, pero dése prisa!

Volvió corriendo a su moto y salió como un rayo para reunirse con Rocca en el callejón Jugario.

–He encontrado la comisaría, supongo que ya mandarán un coche patrulla, pero me temo que tardarán un poco. ¿Qué ha pasado?

–Me parece que han terminado de cargar las estatuas y se disponen a marcharse. ¿Qué hacemos?

–No nos queda otra que montar un cirio.

–Entonces, allá voy –dijo Rocca. Arrancó el motor, puso el volumen a tope y conectó la sirena.

El imprevisto sonido y el silbido lacerante de la sirena

sembró la confusión entre los hombres que seguían concentrados en subir las cajas al camión. El del impermeable dejó a Quintavalle y corrió hacia el camión, cerró las puertas y gritó:

–*Schnell, schnell, fahren!*

Mientras tanto, el ruido llegaba hasta el Lungotevere Aventino donde el 238 azul avanzaba a todo gas.

–Esa sirena me suena –dijo Scooter–. La robé yo de un coche de la policía y ahora está en el *jeep* de Rocca. Seguro que están metidos en un follón de cojones.

–Pisa el acelerador, vamos –le ordenó Reggiani, sacó la pistola y se asomó por la ventanilla–. Vamos, vamos, que ya estamos. Deben de estar cerca del Capitolio.

Scooter giró delante de Santa Maria in Cosmedin y se lanzó hacia vía del Teatro di Marcello.

–¡Los veo! –gritó Reggiani–. Tírate a la derecha que están ahí.

Scooter volvió a girar, corriendo el riesgo de volcar y clavó los frenos justo delante del *jeep* de Rocca.

–Bajan con un camión –les informó Rasetti–. Hay que pararlos. Tienen a Quintavalle.

–Yo me encargo –dijo Scooter volviendo a salir con la furgoneta.

En un santiamén llegó al inicio de vía Monte Caprino, dejó el vehículo atravesado en la calzada con la marcha y el freno de mano puestos y retrocedió a toda carrera. En ese momento llegaba un Alfetta de la policía con las sirenas a todo volumen. Reggiani se lanzó al centro de la calzada.

–Soy el capitán Reggiani –gritó–, id a toda prisa a Vía Monte Caprino. Si alguien intenta escapar, disparad, pero tened cuidado que han secuestrado a un hombre. ¡Claudio, ven por aquí! –le ordenó a Rocca. El *jeep* llegó haciendo chirriar las ruedas y Reggiani se subió de un salto empuñando la pistola–. ¡Corre! Hay que cerrarles el paso por Aracoeli.

Rocca pisó el acelerador a fondo y se lanzó hacia la derecha en dirección al Teatro di Marcello, mientras del otro lado de la colina les llegaba el eco de unos disparos. En un instante llegó a la recta que llevaba a Aracoeli, a tiempo para ver a cuatro hombres montarse en un Jaguar negro.

–¡Son ellos! –gritó Rocca mientras Reggiani sacaba medio cuerpo por la ventanilla para apuntarles.

El Jaguar hizo un cambio de sentido para huir hacia donde ellos estaban; un taxi que venía embalado desde la plaza Venezia intentó esquivarlo girando todo a la derecha y Rocca, que había hecho una maniobra para cortarle la salida al Jaguar, evitó de milagro la colisión frontal.

Mientras el taxista se apeaba lanzando imprecaciones, Reggiani se volvió y disparó tres tiros en rápida sucesión apuntando a las ruedas de la berlina negra. Pero el Jaguar estaba ya fuera de tiro y desapareció por el Lungotevere Cenci haciendo chirriar los neumáticos. Rocca había girado ya su coche, dispuesto para iniciar la persecución, pero su amigo lo detuvo.

–Es inútil, Claudio, ya no los cogeremos.

–Me cago en vosotros y en vuestros muertos –les soltó el taxista, enfurecido.

–Que te den morcilla –le contestó Rocca, impasible.

–Oiga –intervino Reggiani–, soy de la policía... hubo un secuestro...

–Perdonadme, ¿me podéis prestar atención? –los interrumpió una voz a sus espaldas.

–¡Paolo! –gritó Reggiani dándose le vuelta–. Temíamos que te hubieran secuestrado.

–Gracias a Dios no. En un momento dado hubo un follón de padre y señor mío... parecían las trompetas del juicio –dijo Quintavalle–, así que aproveché y me fui corriendo rampa abajo. ¿Habéis encontrado a Fabio?

–Y tanto. Lo recogió Scooter en Astura.

–¿Y dónde está ahora?

Reggiani frunció el ceño y contestó:

–En casa de Elizabeth Allen, me temo.

Al entrar por vía Selinunte, Ottaviani forzó la marcha al máximo, luego puso la moto en punto muerto y apagó el motor. Se detuvo delante del número 23 y miró hacia arriba: en el apartamento de Elizabeth había luz. Se quitó el casco y se apoyó un momento en el portón. Cuando se calmó un poco, abrió la puerta y subió la escalera despacio, sin hacer ruido.

Apoyó la oreja en el batiente de la puerta; no se oía nada. Tal vez se había olvidado de apagar la luz al irse a dormir. Metió la llave en la cerradura y entró en el pequeño recibidor a oscuras, apenas iluminado por la luz que filtraba por la puerta de cristal del salón.

La abrió y se encontró cara a cara con Elizabeth.

–Fabio… oh, Dios mío, Fabio. –Se levantó para ir hacia él.

–No, Elizabeth, quédate donde estás. No hace falta que sigas fingiendo… *no more lies.* –La muchacha lo miró sorprendida–. Sabes de sobra que no me habría enterado de lo que me has hecho sólo si yo hubiera adoptado una actitud pasiva. Pero en un momento dado decidí tomar la iniciativa y entregarme a tus amigos, y para colmo, he logrado volver. Los acontecimientos se fueron sucediendo tan deprisa que no tuve tiempo para pensar, o a lo mejor no quise hacerlo. Pero los días que me tuvieron secuestrado fueron largos, eternos. Tuve tiempo para reflexionar mientras tus amigos me observaban como un conejillo de Indias.

–Escúchame, Fabio –le dijo Elizabeth mirándolo a la cara con los ojos empañados.

–No, Lizzy, ya no quiero escucharte. Aquella noche tú sabías quién me esperaba en la Apia Antica. Ese fantasma rubio con tu cara. He vuelto a verla, ¿sabes? La he mirado bien, como te miro ahora a ti. Fuiste tú quien hizo entrar a Ioannidis en San Nilo, o tal vez fue Morrison, tu jefe, y te aseguraste de que no pudiera moverme inutilizando mi moto. Tú le contaste a Ioannidis lo que estaba buscando, y después le dijiste lo que había encontrado; fuiste tú quien mandó robar el torso de Lavinium. ¿Quién si no? Tengo buena memoria, cariño. Aquella noche en la pizzería, después de haber ido a ver los guerreros a Villa Giulia, Ioannidis estaba sentado a una mesa detrás de ti; te hacía señas y yo interpreté que intentaba propasarse. En San Nilo me pregunté mil veces dónde había visto yo su cara pero después, a bordo del *North Star*, me acordé, y ahora todo está claro. A bordo de ese maldito yate también vi a Morrison, sí, a él en persona, fue un instante, pero lo vi bien. Al principio no podía creer que un hombre como él estuviera relacionado con esa gente, pero en esto también la memoria acudió en mi ayuda. Me toca a mí asombrarte, cariño; escucha, no te lo pierdas, el 10 de julio, a las tres de la mañana uno de tus amigos estaba en Estambul... buscaba el Paladión en la base de la Columna quemada. Gran científico, ese Morrison, quién sino él podía acordarse de un minúsculo fragmento de Esiquio de Mileto, aquel en el que cuenta que el ídolo quedó incorporado a la base de la columna por el emperador Constantino. No, querida, esta vez no es cuestión de prodigios, sino solamente de la casualidad pura y simple; en ese momento pasaba por ahí una persona que pensó que se trataría de un atraco al Banco Yapi, pero esa noche no se produjeron atracos en Estambul y esa misma mañana yo había cambiado dinero en el Yapi. Como en Estambul no tuvisteis suerte os trasladasteis a Lavinium. Morrison te puso a trabajar con Quintavalle para que pudieras disfrutar de un puesto de observación privilegiado. Dime una cosa, ¿también te pidió que te acostaras conmigo? ¿Fue él quien programó tus... tus prestaciones? ¿O acaso fue Ioannidis, o como cuernos se llamara?

–No, Fabio –le contestó Elizabeth–. Yo te quería... te quiero. –Tenía los ojos llenos de lágrimas.

Ottaviani se quedó callado, con el corazón encogido y después le contestó:

–No lo sé; además, ya no importa.

–Fabio, *please*, escúchame. Por ahora has ganado tú, pero la cosa no acaba aquí; si no te dejas convencer, seguirás estando en peligro. Escúchame, porque quiero ayudarte. Yo no pude elegir, no puedo explicártelo ahora, pero yo nunca pude elegir. Procuré siempre que no te ocurriera nada malo. No quiero que te pase nada malo. Te quiero, Fabio.

–Lo siento, Lizzy, pero estás asociada con unas personas que matan, y quién sabe si tú no... No, Lizzy, basta, ahora vendrás conmigo.

–No es posible, Fabio. Escúchame, por favor te lo pido, escúchame, el Capitolio ya no está en Roma. Roma no es más que un viejo museo, el Capitolio está en otra parte.

–Ahora vendrás conmigo –repitió Ottaviani mecánicamente, como si no oyera su propia voz–. Vendrás conmigo.

Hablaba con tono firme, perentorio, y la miraba fijamente al tiempo que avanzaba hacia ella, con los ojos hinchados y enrojecidos por el cansancio. Pero cuando le tendió la mano, a su izquierda oyó la voz que había oído tantas veces en el *North Star.*

–No, Ottaviani, Elizabeth no irá con usted. Será usted quien vendrá con nosotros y esta vez no huirá.

Se sintió perdido, la pesadilla volvía a apoderarse de él, esta vez para siempre. Cuando se disponía a entregarse, pensó en su padre, que lo esperaba en su casa de los Apeninos, y en ese instante, la sangre volvió a fluir impetuosa a sus sienes. Veloz como el rayo, empuñó la pistola que llevaba en el cinturón mientras Elizabeth gritaba: «¡No!», se abalanzó hacia adelante y disparó hacia la voz. En un instante vio los cabellos rubios y los ojos dorados brillar con una luz fría y el rostro de Elizabeth mortalmente pálido. Y los dos rostros se fundieron en uno solo. Un rostro inmóvil, de piedra. Como el de la diosa inmortal. Con los ojos cerrados.

Después sintió que se hundía en la oscuridad, como una hoja muerta que cae del árbol en una noche otoñal.

XIII

Roma, bar Colony, 10 de octubre, nueve de la noche

–Bien, ha sido un triunfo –dijo Marcello Reggiani doblando la servilleta–, periódicos, televisión, entrevistas, sois los personajes del momento, y la exposición del Capitolio tiene un gran éxito de público.

–Ya –dijo Quintavalle–, pero a ti, Marcello, que en todo este asunto las has pasado canutas igual que nosotros, apenas te han nombrado.

–Ya sabes cómo son las cosas; los hombres de las fuerzas de seguridad siempre tienen que permanecer en el anonimato.

–¡Acostumbrados a obedecer y callar, y a callar y morir! –declamó Scooter, enfático.

Ottaviani no decía palabra; con la cucharilla se dedicaba a mezclar el fondo de su tacita de café.

–¡Arriba ese ánimo, Fabio! –le dijo Quintavalle dándole un golpe en la espalda–. Al fin de cuentas, te has salvado por los pelos. Un centímetro más allá y habrías acabado besándole las sandalias a san Pedro. Venga, hombre, ya verás cómo todo volverá a ser como antes; necesitas descansar, tranquilizarte.

–Pero él no piensa siquiera en que ha estado a punto de palmarla –intervino Scooter–, ¡él lo que hace es pensar en ese maldito cartapacio!

–Tu códice –dijo Quintavalle, pensativo–. Fabio, por

desgracia lo has visto bien, en ese nicho de San Nilo no había ni rastros del manuscrito. Tal vez fue una imprudencia de tu parte dar la noticia con tanta seguridad.

–¡Otro que también cree que lo soñé! –le espetó Ottaviani–. Igual que soñé el lugar exacto donde estaban las armas de los guerreros, y que vi a Morrison a bordo del *North Star*, y que le disparé a Elizabeth y a esa otra chica rubia…

–Escúchame, Fabio –le dijo Reggiani–, Claudio Rocca y yo llegamos a vía Selinunte a eso de las doce y media y no había rastros ni de Elizabeth ni de la otra muchacha de la que me hablas. Sólo te encontré a ti, con una herida en la cabeza; gracias a Dios que la bala te rozó apenas. Cuando te llevaron al hospital, revisé a fondo el apartamento y créeme, no encontré nada, ni una copia, ni un negativo de las fotos que dices haber sacado del códice.

–Está claro que no pudiste encontrarlas, las había escondido bien.

–Sí, pero no pudiste encontrarlas cuando las buscaste.

–Habían pasado cuatro días, Marcello. Quién sabe qué pudo haber ocurrido en ese intervalo. Esa gente seguía en Roma… tal vez sigue estando aquí ahora.

–Sí, Fabio, es verdad, pero por desgracia tienes que hacerte cargo de la realidad; de ese códice no queda rastro alguno; nadie, excepto tú, está en condiciones de avalar su existencia. En cuanto a Morrison, no dijo ni hizo nada de lo cual se lo pueda acusar. No puedes aportar ninguna prueba de que estuviera a bordo del *North Star* el dieciocho de septiembre y, por otra parte, está documentada su presencia en Roma el diecisiete y el veinte de septiembre. Debes reconocer que a los ojos de un posible investigador es más bien improbable que en ese breve intervalo de tiempo haya podido desplazarse para estar a bordo de un yate anclado en medio del Mediterráneo y después volver tranquilamente a su hotel.

–Pero no imposible.

–Fabio, confía en mí que soy tu amigo. Tienes que resignarte; si lo acusaras formalmente, perderías el juicio y harías el ridículo más espantoso. Lo siento, pero las cosas son así.

–¡Joder, tío! –intervino Scooter–. Te queda siempre el honor de haber recuperado cien kilos de hierro... me estoy refiriendo a las armas de los guerreros. ¿No te satisface?

–Claro que sí, la prensa ha hecho bastante ruido. Claudio Rocca le vendió notas hasta a las hojas parroquiales, pero ¿has oído las primeras reacciones en el ambiente científico? Paolo, cuéntale tú cuáles fueron los primeros comentarios.

–Vamos, Fabio, conoces el ambiente tan bien como yo –le dijo Quintavalle–; por otra parte es comprensible; en estos casos, toda prudencia es poca. Al fin y al cabo se trata de objetos arqueológicos erráticos.

–¡Por Dios, hubo quien insinuó que se trata de falsificaciones!

–Fabio, entendemos tu estado de ánimo, pero ellos no saben lo que has pasado. Para ellos no eres más que un personaje que aparece de repente con unos objetos de procedencia desconocida y afirma que son las armas de los héroes de Taormina. Yo en su lugar también me mostraría prudente. Lo importante es que el Instituto Central de Restauración las ha aceptado en consigna y se ha propuesto restaurarlas. Yo mismo hablé con el profesor Carani. Claro que hará falta tiempo, ya sabes que hay pocos broncistas y que los pocos que hay están trabajando en la estatua ecuestre de Marco Aurelio, en el filósofo de Pozzuoli... y después está el Hermes de Capo Rizzuto...

–Ya lo sé, ya lo sé –dijo Ottaviani con una sonrisa amarga–, dentro de unos años, tal vez...

–Vamos, hombre, no te desanimes. Te juro que me ocuparé del asunto, haré todo lo que pueda. Diablos, ¿no te fías de un amigo? Además, ahí dentro trabaja Silvia, ella también pondrá manos a la obra.

–Tienes razón, Paolo, perdóname. Gracias por lo que puedas hacer y agradéceselo también a Silvia de mi parte.

–De nada, hombre. Puedo adelantarte que el escudo A ha causado impresión en el Instituto. En la parte central aparece como parcialmente restaurado, libre de incrustaciones. Y esa Gorgona es realmente formidable, algo único. Aunque nadie logra explicarse cómo fue posible en tan poco tiempo realizar un trabajo tan perfecto, aunque parcial. Que se sepa, no existen especialistas capaces de conseguir en pocos días resultados de ese tipo. Precisamente por esto, a algunos les ha parecido un objeto sospechoso. ¿Tú sabes algo por casualidad?

Ottaviani no paraba de atormentar el paquete vacío de cigarrillos.

–No sé –repuso, vacilante–, no sabría explicártelo, ya estaba así cuando lo vi por primera vez.

–Mirad –dijo Reggiani–, han llegado Dino y Claudio.

–¡Hola, gentuza! –los saludó Dino Rasetti acercándose a la mesa y cogiendo una silla.

–Perdonadnos –dijo Claudio Rocca tomando asiento–, pero en la autopista nos encontramos una caravana de diez kilómetros, había un TIR volcado en la calzada. Pero veo que ya habéis comido, mejor así; nos hemos tomado un par de bocadillos en un bar de la autopista. Ey, ¿a qué viene este aire de funeral? Hemos venido a festejar.

–Claudio –dijo Reggiani–, Fabio está cansado, ha pasado por experiencias desagradables; vamos, que está en baja forma.

–Y un cuerno –replicó Rasetti sirviéndose una copa–. Le subiremos la moral y lo dejaremos como nuevo. Este tío tiene necesidad de alejarse un poco de las antiguallas... a mi modo de ver, se le han subido a la cabeza.

–¡Sabias palabras las tuyas! –exclamó Rocca indicando la venda que llevaba Ottaviani en la frente.

Todos soltaron la carcajada y Ottaviani también se echó a reír. Rocca pidió una botella de Marino.

–¡Camarero! Traiga otra, que invito yo. Muchachos, he escrito seis mil artículos sobre esta historia, soy rico y poderoso. Scooter, tú también tendrías que invitar a algo. ¡Te ayudé a vender hasta la foto de tu abuela!

Nada ni nadie podía detener a Claudio Rocca cuando se embalaba; ni siquiera el camarero, preocupado por la tranquilidad del local, pudo hacer gran cosa por contener los bríos del periodista que, cada vez que le pedían que moderase el tono, respondía:

–Usted no se preocupe.

Llegó la hora de marcharse.

–Bueno, muchachos –dijo Ottaviani estrechándole la mano a Marcello Reggiani–. No sé qué deciros... no tengo palabras para lo que habéis hecho.

–¡Caray! ¿Has decidido conmoverme? –inquirió Reggiani con una carcajada.

–Yo tengo un nudo en la garganta que ni me sube ni me baja –corroboró Rasetti.

–Es el bocata que te tomaste en la autopista –le explicó Rocca–, estaba un pelín seco.

Salieron a la calle y Scooter fue a buscar el *jeep* que había aparcado en la esquina de vía Sicilia.

–Ah, Fabio, se me olvidaba –le dijo Quintavalle–, ¿te acuerdas de la inscripción y de los utensilios de la vía Salaria?

–¿Los de Lucius Fonteius Hemina? Claro que me acuerdo...

–Silvia logró fechar la sepultura en la base de la moneda que encontró dentro y después descubrió que el padre del tribuno había muerto en la batalla de Canne más de veinte años antes. Encontró la documentación en el *Corpus Inscriptionum Latinarum*.

–Entonces, ¿quién mandó grabar la inscripción?

–El mismo tribuno Hemina, antes de morir.

–¿Presagio del fin inminente?

–Sí –repuso Ottaviani–, ¿por qué no?

Se marcharon todos, uno tras otro. Claudio Rocca se quedó.

–¿Tú no te vas? –le preguntó Ottaviani.

–No. Mañana tengo que terminar un trabajo aquí en Roma. Te acompaño, si te apetece dar un paseo.

Echaron a andar en silencio por la calle casi desierta.

–¿En qué estás pensando? –inquirió Claudio Rocca al cabo de un momento.

–¿En qué quieres que piense? Lo que me ha ocurrido últimamente bastaría para volver loco a un hombre normal.

–La verdad es que no resulta fácil explicar el enigma de Elizabeth y de su álter ego rubia de la que me has hablado. ¿Qué opina Reggiani?

–Que es producto de mis sueños –contestó Ottaviani sacudiendo la cabeza–. Una sugestión o algo parecido.

–¿Y tú qué opinas?

–No lo sé. Yo... la verdad es que no lo sé.

Tenía la mirada confusa, como perdida.

Siguieron caminando un largo trecho sin decir palabra, con el cuello del abrigo levantado y las manos en los bolsillos. De repente, al salir de una estrecha callejuela del centro histórico, se encontraron en la amplia explanada iluminada de Largo Chigi, dominada por la mole de la Columna Antonina. Rocca sacó el paquete de cigarrillos, le ofreció uno a su amigo y encendió otro para él.

–¿Has oído hablar alguna vez de los fenómenos extáticos?

–¿Te refieres a la gente que cree que sale de su propio cuerpo, desdoblándose, por así decirlo, para estar en dos lugares distintos a la vez?

–Algo por el estilo.

–¿Me estás diciendo que Elizabeth tenía el poder de la ubicuidad? Vamos, Claudio.

–Desde la más remota antigüedad existen infinidad de testimonios de personas que fueron vistas al mismo tiempo en dos lugares diferentes. Parece ser que ciertos individuos tienen el poder de proyectar a gran distancia la propia imagen, como una especie de holograma psíquico. ¿A quién le disparaste, Fabio? Seguro que no era Elizabeth, ¿verdad?

–Disparé hacia el otro lado, hacia la voz que oía en el *North Star.*

–Y mientras disparabas viste la cara de la otra, ¿no es así?

–Sí.

–Pero no mataste a nadie. Te heriste a ti mismo. La bala que te dio de rebote era tuya. Y tuya la sangre que encontraron en el suelo. Sin embargo, era imposible no dar en el blanco desde tan cerca. Prácticamente disparaste a quemarropa.

–Sí –asintió Fabio Ottaviani–, prácticamente a quemarropa.

–Eso excluye la posibilidad de que le hayas disparado a una persona real… qué sé yo, a una hermana gemela, a una doble. Reggiani también la excluyó. Por eso habla de sugestión. Además, me dijiste que la última imagen que viste fueron los dos rostros que se fundían en uno solo. Tu disparo hizo que Elizabeth se desconcertara y que su imagen ubicua se disolviera…

Aspiró una última bocanada de humo, tiró al suelo la colilla y prosiguió:

–Como ves, en contra de toda lógica y de toda apariencia, mi hipótesis es mucho más realista que la de Marcello Reggiani.

Fabio Ottaviani inclinó la cabeza, permaneció en silencio durante unos minutos interminables y luego dijo:

–¿Realista? Más allá de nuestras limitadas fronteras racionales no hay nada realista. En cuanto trasponemos esas fronteras sólo podemos elegir entre la fe ciega y todas las posibles formas de locura.

CUARTA PARTE

Dos años más tarde

Denique res omnis eadem vis causaque volgo
conficeret, nisi materies aeterna teneret...*

Lucrecio

* Agitadas por una fuerza idéntica todas las cosas quedarían destruidas si una materia eterna no las mantuviese unidas...

[illegible]

[illegible]

La multitud abarrotaba [illegible] de la gente que continuaba dentro y se acumulaba [illegible] a la fuente de Neptuno, aunque desde allí [illegible] espacio despejado para [illegible] el [illegible] del [illegible] de gente y los [illegible] que [illegible] con los balcones [illegible]

[illegible] de negro y de [illegible] a pla-za [illegible] contaban como velas o estandartes [illegible] el único que apenas [illegible] era el [illegible] estandarte [illegible] con la inscripción «Libertas» [illegible] en el balcón del palacio [illegible]

[illegible] de San [illegible] los por-[illegible]

XIV

Bolonia, plaza Maggiore, 7 de junio, cinco de la tarde

La multitud abarrotaba hasta el último rincón de la plaza y la gente que continuaba llegando se agolpaba alrededor de la fuente de Neptuno, aunque desde allí no se pudiera ver el palco preparado para la reunión delante del palacio municipal. También el pórtico del Pavaglione estaba atestado de gente y los agentes de policía a duras penas lograban mantener libre un pequeño pasillo para que circularan los peatones que iban y venían de la plaza Galvani y de vía Rizzoli. En los balcones y las escalinatas, sobre soportes metálicos, estaban emplazadas las cámaras de todos los canales nacionales.

Por el cielo navegaban lentos inmensos cúmulos orlados de negro y, de cuando en cuando, se abatían sobre la plaza ráfagas de viento que nada bueno presagiaban. Con cada ráfaga, los cientos de banderas rojas y tricolores se hinchaban como velas o estallaban con un ruido seco, como de trallazo. El único que apenas se encrespaba era el pesado estandarte rojiazul con la inscripción «Libertas» que lucía en el balcón del palacio municipal.

Los canónigos de San Petronio mandaron cerrar los portones de la basílica a pesar de que ya era la hora de vísperas, acostumbrados desde años a olfatear los humores del pueblo cada vez que era convocado en aquella grandiosa tribuna. Nunca esperaban que el murmullo creciera hasta convertirse en un rugido de trueno bajo las arcadas góticas del templo.

La campana de la torre cívica tocó la hora; desde las almenas del Palazzo Re Enzo una bandada de palomas levantó el vuelo con un denso crepitar de alas.

Era la hora prevista: el orador subió al palco y se hizo el silencio.

–¡Ciudadanos! –exclamó–, por primera vez en casi medio siglo nos encontramos ante una situación dramáticamente peligrosa, una situación que, de hecho, está fuera de control y que hemos intentado conjurar inútilmente por todos los medios. Con la caída del muro de Berlín y el fin de la guerra fría muchos se habían hecho la ilusión de que se abría al mundo un largo período de paz y prosperidad. Nosotros también lo esperábamos, pero nos hemos engañado.

Un murmullo se alzó de la plaza y las banderas y pancartas se agitaron.

–Las grandes potencias, o mejor dicho, los poderes fuertes de este mundo, no entienden que la paz no puede existir en un sistema en el que a la riqueza y la prosperidad de unos pocos se oponen la miseria y la desesperación de muchos, el retraso, el subdesarrollo, las frustraciones de generaciones enteras de jóvenes a los que se les ha negado un futuro. ¡Cuántas veces nos tacharon de populistas y demagogos, pero ahora podemos afirmar que nuestra voz hablaba no sólo en favor de la paz mundial, sino en defensa de los intereses vitales de nuestro país!

El pueblo estalló en un bramido alzando en alto las banderas, y miles de palomas, asustadas por el ruido, levantaron vuelo entre la fachada de la basílica y la torre de la tribuna.

–Ahora –continuó con énfasis el orador–, la situación se nos escapa de las manos. En Rusia se ha hecho con el poder un aventurero que supo explotar la frustración y la rabia de un pueblo iluso y burlado, privado de su dignidad y presa ya de las formas de explotación más salvajes y feroces, y ahora, ese hombre debe mantener sus locas promesas: reconquistar el imperio disuelto, sojuzgar naciones acostumbradas ya a la independencia y a la libertad democrática.

»El integrismo islámico ha desembocado en la crisis balcánica donde nos encontramos con una maraña inextricable y todo el sistema mundial de prevención pende de un hilo.

»Se han perdido miles de ocasiones, se han pasado por alto miles de señales y ahora no encontramos nada mejor que evocar los tétricos fantasmas de cruzadas imposibles. Pero ahora ya es tarde. ¡Ya no nos queda tiempo, no nos queda tiempo! De nada servirían ahora reproches ni sugerencias, y no hace falta ser profeta para prever que una chispa cualquiera, un incidente cualquiera pueden provocar lo irreparable. Durante décadas, los mejores recursos se invirtieron en sistemas de armamentos cada vez más letales. ¿Quién iba a pensar que esta enorme masa destructiva fuera a desaparecer de la escena como si jamás hubiese existido? ¿Acaso había ocurrido antes en la larga historia del hombre?

Una ráfaga más fuerte que las anteriores y el retumbo lejano de un trueno parecieron subrayar aquellas palabras. El orador trató de arreglarse con un rápido gesto el cabello despeinado y sujetar en el atril los folios en los que había anotado los párrafos principales de su discurso.

–Ahora –continuó en voz más baja– hemos llegado a la rendición de cuentas... al *Dies irae*.

»Hace unas horas escucharon ustedes el discurso del presidente por las cadenas unificadas. Oyeron sus palabras. No se ha producido un simple movimiento en falso, ni una chispa, ni un incidente trivial: se ha producido un acto de una violencia tan monstruosa y tan bestial que no deja más salida que un enfrentamiento total. El pontífice, el pontífice romano herido y apresado en su peregrinaje de paz a través de las tierras atormentadas por una guerra sin fin.

¡Ya han visto esas imágenes! ¡Han visto ese hábito blanco manchado de rojo, al venerado anciano empujado brutalmente, arrancado a rastras del altar al que se había aferrado!

El orador inclinó la cabeza y calló unos instantes, mientras en la plaza se hacía un pesado silencio; levantó luego la mirada y por un momento pareció que la fijaba en la Piedad de Jacopo della Quercia que adornaba la puerta de la basílica, el cuerpo martirizado e inerte de Cristo en brazos de la Virgen.

–Como ya saben ustedes –siguió diciendo–, el ultimátum presentado al presidente Zamjatin fue rechazado por éste, que achaca toda esta situación a un complot de Occidente. En estos momentos, Europa parece abocada una vez más a convertirse en un campo de batalla ensangrentado, pero si de verdad hubiera que llegar a un enfrentamiento ya no habrá mañana, ya no habrá futuro ni esperanza de que nuestros hijos puedan volver a levantarse de las ruinas. ¡Será el fin!

Las nubes se fueron acumulando sobre la ciudad para cerrarse lentamente sobre la plaza atestada, orladas de babas amarillentas. En la capa plúmbea sólo quedaba uno que otro retazo de azul.

–Son muchos los que nos miran ahora y se preguntan qué posición adoptaremos, de parte de quién se pondrán los que siempre fueron excluidos de las decisiones más importantes. A esta gente le respondemos que no tenemos miedo, que nunca hemos tenido miedo. En los años dolorosos de la última guerra, en los años sangrientos del desafío terrorista estuvimos en primera línea, ¡y ahora no tenemos intención de escondernos!

La plaza estalló en un prolongado aplauso y las banderas se hincharon al arreciar el viento.

–Nosotros que los representamos en el Parlamento de la República –siguió diciendo el orador–, también hemos cometido errores, pero por lo menos nuestro esfuerzo ha servido para mantener durante años a nuestro país en un constante empeño por la paz. Ahora que nos encontramos en primera línea en esta trágica confrontación, ahora que los acontecimientos parecen precipitarse, se nos pide que formemos parte de un gobierno de emergencia y hemos aceptado porque creemos que todavía nos queda un papel importante por desempeñar, creemos que podemos efectuar un aporte de fuerza, de dignidad, de sangre fría, creemos que podemos seguir empleando nuestras energías para evitar lo peor. Dentro de poco, este gobierno pondrá en estado de alerta a las fuerzas armadas –un grupo de jóvenes soltó una andanada de silbidos, pero el orador no se interrumpió–, pero esto no constituye un aval a ningún tipo de aventura. Nosotros seguimos creyendo que las negociaciones siguen siendo posibles, aunque por desgracia, a medida que transcurren los días, los márgenes se van estrechando más y más. Y ahora, amigos, ya no hay tiempo para hablar: es preciso pasar a la acción antes de que sea demasiado tarde.

El orador terminó su discurso; un hombre le tendió un impermeable, él se lo puso y bajó despacio del palco. El murmullo que comenzaba a levantarse de la plaza se acalló con la lluvia que, en pocos instantes, se convirtió en un fuerte aguacero.

Muchos echaron a correr hacia la plaza Galvani, otros en dirección a vía Ugo Bassi y vía Rizzoli para buscar refugio en los autobuses que los habían llevado a la manifestación.

Claudio Rocca y Dino Rasetti, resguardados debajo de la arcada de la puerta de San Petroni, se quedaron viendo cómo se iba vaciando la plaza y a la gente que buscaba refugio debajo de los pórticos.

–¿Qué te ha parecido? –preguntó Rasetti.

–Un discurso bastante honesto, sin histerismos ni instrumentalizaciones apreciables. Por otra parte, ¿a quién otro iba a mandar el gobierno a enfrentarse a esta plaza?

–Ya. Además, esta tormenta que calma los espíritus ardientes viene como anillo al dedo.

–Es cierto. Ni siquiera podemos recurrir a eso de que el gobierno tiene la culpa de todo, hasta de la lluvia. ¿Dónde está Scooter?

Rocca levantó la mirada hacia la torre del reloj.

–Ahí arriba. Le he pedido una foto espectacular, tengo que enviar el artículo a *Panorama* esta misma tarde.

–¿Y cuándo baja?

–Enseguida, si no quiere quedarse sordo; dentro de poco la campana dará las seis.

–¿De veras es tan grave la situación?

–Y empeora por momentos. Hace unas horas, en el diario, he visto las noticias de agencia; Tamer Evoglu, el presidente turco, ha sido asesinado en Urfa por los integristas; la sexta flota se está desplegando en la entrada de los Dardanelos, el mando de la OTAN ha solicitado al almirante Quadri que despliegue dos tercios de la flota en el canal de Sicilia y el de Otranto. Zamjatin ha trasladado once divisiones hacia la frontera húngara y otras cuatro al Cáucaso, hacia la frontera turca. Entre el golfo de Tarento y el cabo Pachino se ha detectado la presencia de cuatro submarinos desconocidos.

–Ya basta, gracias, me has convencido. ¿Dónde está Fabio?

–No lo sé, pensaba que vendría contigo. Ya verás cómo aparece esta noche por casa de Scooter.

–Ese hombre no me gusta, no me gusta nada. Está cada día más serio y melancólico. El domingo pasado hablé con su padre, el señor Eugenio; él también está desesperado, pobre viejo. Se puso tan contento cuando lo vio regresar, pero ahora lo atormenta verlo siempre ausente, abúlico. «Ese muchacho está muerto por dentro», me decía. Me dio mucha pena.

–No es para menos. Está convencido de que la chica que amaba lo traicionó, lo vendió, y también de haberla matado con sus propias manos. Tuvo que dejar la universidad porque no daba pie con bola. Con la historia del códice de Polibio ha perdido credibilidad. En cuanto aparecía, todo el mundo lucía una sonrisa irónica. Además, no sé qué pudo pasar en ese maldito yate. Nunca ha querido hablar con nadie de aquello.

–Por lo que oí decir, la restauración de las armas de los guerreros ha concluido y, en general, los arqueólogos están convencidos de su autenticidad. Es indudable que esto implica un gran mérito para Fabio.

–Es cierto, y la verdad es que últimamente lo veo cambiado, como presa de un extraño entusiasmo. Ya sabes que tenían previsto organizar una ceremonia solemne para la exposición de las estatuas con sus armas. Llegaron hace tres días de Siracusa. Deberían haberse exhibido en el Capitolio y estaba previsto que el presidente en persona colocara las lanzas en sus manos. Me parece que los escudos y el yelmo ya fueron montados. Pero ahora, con esta situación, no sé qué harán, a lo mejor todo se va al garete. En cualquier caso, pasado mañana iré a Roma junto con Fabio y Scooter para la inauguración. ¿Vendrás tú también?

–Veré cómo tengo la agenda en la universidad. Si logro librarme, te llamo.

La tormenta no daba señales de amainar y la plaza, desierta ya, era iluminada por los relámpagos que hacían brillar el pavimento con una luz azul enceguecedora. Mezclada con la lluvia, empezó a caer también una granizada que se partía crepitando contra los mármoles del recinto sagrado y, en pocos instantes, la plaza quedó cubierta de blanco, como en invierno.

Villa Altobelli, seis y media de la tarde

–Su eminencia lo espera en el despacho –dijo el secretario del cardenal abriendo la puerta–. Lo acompaño enseguida.

–No se moleste, don Luis –dijo Ottaviani plegando el paraguas–, conozco el camino.

Cruzó el vestíbulo y subió la escalinata hasta llegar al piso noble.

El cardenal lo esperaba en el umbral de su despacho.

–Pasa, Fabio, ponte cómodo. Te recibo con mucho gusto, aunque habría preferido verte en otras circunstancias. Imagínate mi estado de ánimo después de lo que ha ocurrido. Dios nos ampare, es como en los siglos más oscuros de la Edad Media. Qué augurio más negro para el tercer milenio...

Ottaviani se sentó en el sillón de brazos que estaba delante de la mesa traviesa del alto prelado. En la pared de enfrente había un retrato al óleo que representaba al cardenal Svampa con el hábito púrpura y el sobrepelliz.

–¿Y bien, a qué debo el honor de esta visita? –le preguntó el cardenal–. Hacía tiempo que no te veía.

–Eminencia, vine a verlo por un asunto muy delicado. Ya se enteró usted en su momento de lo que me ocurrió después que le pedí aquella recomendación para la Biblioteca Vaticana.

–Claro que sí. No sabes bien lo que padecí, muchacho. Gracias a Dios todo se resolvió de la mejor manera posible.

–Eminencia, en San Nilo encontré un códice inédito de Polibio, un descubrimiento de inestimable valor.

–Me enteré por los diarios.

–Sí, pero nunca pude probarlo. Cuando fui al monasterio, el códice había desaparecido, golpe al que todavía no me he resignado.

–Perdona la franqueza, Fabio –le dijo el cardenal inclinándose hacia adelante y apoyando los codos en la mesa–, pero no te entiendo. El mundo está al borde de la catástrofe y tú no logras encontrar la paz porque tu presunto códice ha desaparecido.

–¿Presunto? –inquirió Ottaviani, resentido.

–Perdona, no quería poner en duda tu palabra, pero insisto. Lo tuyo es una fijación que, en una situación como la actual, me parece injustificada.

–Eminencia, ¿sigue teniendo confianza en mí?

–Sí –respondió el prelado sin vacilaciones.

–Entonces escúcheme. En este momento no persigo ningún objetivo personal, no tengo ninguna ambición por una carrera que, por otra parte, ha quedado definitivamente en entredicho. No es por eso que busco ese códice, suponiendo que todavía sea posible encontrarlo.

–¿Por qué entonces?

–No se lo puedo decir, no me creería. Lo único que le puedo contar es que gracias a ese texto pude encontrar las armas de los guerreros de Taormina. Con ese texto podría probar... Dios mío... ¿cómo decirlo...? –Se cubrió el rostro con las manos mientras el cardenal lo miraba serio y en silencio–. Eminencia, sólo le diré una cosa: tengo que encontrar ese códice, es cuestión de vida o muerte, y no sólo para mí, tal vez para mucha gente. Se lo ruego, el archimandrita de San Nilo tiene que saber quién entró en esa celda en mi ausencia, o a lo mejor lo cogió él mismo, pero no puede haber desaparecido así. Eminencia, se lo suplico, usted conoce bien al archimandrita.

El cardenal sacudió la cabeza y repuso:

–Lo lamento mucho, Fabio, no puedo ayudarte. El archimandrita murió.

–¿Cuándo?

–El año pasado, a principios de abril.

–Pero a lo mejor, su sucesor... –insistió Ottaviani.

–No, Fabio. No lo conozco. No lo he visto nunca, no puedo hacer nada.

–Entiendo, entonces no le entretengo más. –Se levantó para marcharse.

–Escúchame, Fabio –le dijo el cardenal poniéndose también de pie–, no te pongas así, tú también debes fiarte de mí. ¿Acaso no te he ayudado siempre? Si pudiera hacer otra cosa, lo haría, créeme.

–Entonces –respondió Ottaviani deteniéndose en el umbral de la puerta–, tal vez pueda hacer algo por mí, si le parece.

–Dime.

–Dentro de dos días iré a Roma. Se ha organizado una ceremonia, en la que participarán las autoridades, para la recomposición del grupo de los guerreros de Taormina. El presidente en persona volverá a colocar las lanzas en sus manos.

–Y tú serás el invitado de honor, supongo.

–No es eso lo que me interesa, eminencia. Quiero hablar con el general Fabbri.

–El consejero militar del presidente. ¿Y por qué?

–Y con el senador Martini.

–El jefe de gabinete del Quirinal. Pides mucho.

–Eminencia, usted los conoce muy bien.

–Fabio, en nombre de Dios, ¿qué quieres de esa gente?

–Que me escuchen… media hora… diez minutos. Sólo quiero que me escuchen. Se lo ruego, eminencia, no le pido nada más, no le pediré nunca nada más.

–No es ésa la cuestión, muchacho. Te veo obsesionado. No quiero que sigas persiguiendo una fijación, malgastando tu tiempo, arruinando tu vida. ¿Por qué no vuelves a la universidad? Podría…

–Se ofreció a ayudarme; no se arrepienta, por favor.

El cardenal Montaguti vaciló un instante, pero luego se acercó y le puso la mano en el hombro.

–De acuerdo, haré lo que me pides, aunque no puedo asegurarte que acepten. ¿Me prometes que volverás a la universidad?

–Aceptarán, eminencia, estoy seguro.

–¿Me has oído? Te he pedido una promesa.

–Se lo prometo... suponiendo que las universidades sigan existiendo.

–Bien. Y... ¿dónde te gustaría verlos?

–Sé que deberían estar presentes en la ceremonia del Capitolio. Puedo disponer de una salita en el palacio de los Museos, en la oficina del director.

–Lo tienes todo preparado entonces...

–No, eminencia. Lo que ocurre es que en Roma tengo amigos.

El cardenal lo apuntó en su agenda personal y luego lo acompañó hasta la escalinata.

–No dejes de venir a verme, Fabio –le dijo al despedirse–, cuando quieras, ya sabes que mi puerta siempre está abierta.

–Lo sé, eminencia, gracias.

Salió al amplio patio sombreado por los cedros seculares. Había dejado de llover y en el aire flotaba un intenso aroma de coníferas.

Frascati, 10 de julio, cinco de la tarde

Dino Rasetti terminó de arreglarse la corbata delante del espejo, se colocó sobre los hombros la única americana decente que tenía y se dirigió a la puerta.

–¿No bajas? Mira que si queremos estar en el Capitolio a las seis tenemos que irnos. Claudio y Scooter nos esperan abajo.

Ottaviani echó un vistazo al reloj y respondió:

–Tienes razón, voy dentro de cinco minutos, lo que tarde en vestirme y ordenar mis cosas. Esperadme en el portón.

Entró en el dormitorio y se sentó junto a la ventana; sus amigos estaban abajo, ya trajeados; charlaban y reían.

Dos años. Habían pasado dos años y, sin embargo, cada vez que miraba la cama, le parecía ver a Elizabeth que se tapaba con su albornoz rojo y le sonreía mientras él le decía: «No te tapes, por favor... déjame que te mire... un día te marcharás y yo lamentaré no haberte mirado lo suficiente...».

Se puso una camisa limpia y una corbata azul, cogió del armario la americana azul. Estaba listo. Cuando salía del dormitorio sonó el teléfono de la mesita de noche.

–¿Diga? El profesor Barresi no está en Roma, soy un amigo suyo...

–Fabio –le dijo la voz.

Dios santo... no era posible... le temblaron las manos y el corazón se le enloqueció... no era posible.

–Fabio –repitió la voz–. Sé que me oyes. ¿No quieres hablarme?

–¿Quién es usted? –logró preguntar con un hilo de voz.

Esperó que el sonido de sus palabras disolviera la quimera. Esperó que todo fuera producto de su melancolía. La voz del teléfono cambiaría y entonces se daría cuenta de que había entendido mal, de que se lo había imaginado.

–Fabio, contéstame, por favor, contéstame. No te he olvidado. Te quiero, Fabio. Quiero volver a verte, ven a verme, por favor.

–No es verdad –dio con voz ronca–. No es verdad...

–Sí que es verdad, Fabio... no te engañes. Te esperaré, esta noche... donde me amaste por primera vez... a medianoche.

Oyó que alguien llamaba y que la puerta del dormitorio se abría a sus espaldas.

–Fabio, ¿quieres darte prisa? Llegaremos tarde –le dijo Rasetti al entrar.

Colgó y bajó la escalera detrás de su amigo.

–¿Quién te ha llamado?

–No lo sé... una persona que no conozco.

–Las mismas bromas tontas de siempre –protestó Rasetti cerrando la puerta de la casa.

Roma, Palacio Senatorio, seis y media de la tarde

El presidente levantó la vista hacia el pedestal sobre el que se alzaban los dos guerreros y se quedó mirándolos sin decir palabra. Los escudos resplandecientes de cobre y plata brillaban bajo los reflectores, y las puntas de las lanzas, vueltas hacia el suelo, parecían lenguas de fuego. Una señal luminosa de la dirección le advirtió que era el momento de pronunciar su discurso y se acercó a los micrófonos.

–En este momento tan terrible, me han pedido –comenzó diciendo– que me dirija a ustedes, amigos y ciudadanos, para hacerles llegar unas palabras de fe y valor, y lo hago de todo corazón. En esta hora tan llena de miedos y tensiones, mis colaboradores me aconsejaron que cancelara la ceremonia que acaban ustedes de ver en sus pantallas. Les parecía fuera de lugar que el jefe del Estado encontrara tiempo para presenciar en la colina del Capitolio, tan cargada de recuerdos, la recomposición de este grupo escultórico de magnífica belleza. Pero yo me empeñé en salirme con la mía: quise comportarme como si la vida de nuestro país transcurriera tranquila como en el pasado, y estoy convencido de haber hecho bien.

»Hace unos instantes observaba a los guerreros en sus pedestales y en su aspecto, en su actitud, me pareció ver el símbolo mismo de la actitud moral que nuestro pueblo debe adoptar en estos momentos.

»Los estudiosos y arqueólogos me perdonarán –añadió mirando a su alrededor y esbozando una sonrisa–, si mi interpretación es poco ortodoxa, pero veo en estas estatuas el triunfo de la vida más que la amenaza de la muerte. Veo un orgullo y un vigor inmensos en el joven guerrero de la cabellera abundante y en el otro, veo la sabiduría, el buen sentido y la calma de los fuertes. Ellos, como nosotros, provienen de un pasado lejano; sobre sus cuerpos pasaron incontables huracanes; sin embargo, aquí están otra vez sobre sus pedestales, empuñando el escudo y la lanza.

»Lo mismo le ocurrió a nuestro pueblo: siglos de sufrimientos, de carestías y de guerras no han logrado destruirlo, y estoy seguro de que sabrá superar este momento.

»Hace unos instantes volví a colocar en sus manos las armas que habían perdido, y allí están, dispuestos a afrontar el peligro y la lucha, pero sus lanzas apuntan hacia abajo. Es mi deseo que este mensaje simbólico llegue a todos ustedes y a nuestros hermanos de Europa y del mundo: nuestro pueblo está sumido en la angustia, pero no tiembla ni se esconde. Queremos la paz y por la paz estamos dispuestos a entregar todas nuestras energías, pero no renunciaremos a la vida y a la libertad sin defendernos.

Concluido su discurso, el presidente saludó a los presentes y después se alejó mientras las cámaras pasaban a enfocar a las dos estatuas.

Tomó la palabra el profesor Carani, director de la restauración, que recordó especialmente la empresa del joven estudioso de la Universidad Borromeo a quien se debía la excepcional recuperación de las armas. Ottaviani, sentado en primera fila junto a Quintavalle, miró a su alrededor con la esperanza de ver al director de su Instituto, pero el profesor Cassini no estaba. Vio en cambio a Lella Licasi que le ofreció una amplia sonrisa y en el costado derecho de la sala, a Rocca y Rasetti, que conversaban en voz baja con el capitán Reggiani, impecable con su uniforme en el que lucía la banda de plata de hojas de encina en el cuello de la chaqueta.

Carani lo nombró también y recordó el papel que había desempeñado en la salvación de las estatuas de Lavinium y, precisamente en ese momento, a una señal del orador, un ordenanza tiró de la pesada cortina de terciopelo marrón que servía de fondo a los dos bronces y, en un podio de madera, aparecieron las siete estatuas de Atenea.

La sala prorrumpió en aplausos; Ottaviani dio un respingo y se agarró a los brazos de la silla cuando delante de él, en medio de los dos guerreros, vio el pequeño Paladión rústico de arcilla roja, revestido con la égida, la Gorgona sobre el pecho y el cinturón de serpientes.

La sangre le subió a la cabeza y una fuerza desmesurada lo embistió de golpe clavándolo al respaldo de la silla, el cuerpo empapado de sudor.

Palacio del Quirinal, nueve de la noche

El teléfono comenzó a sonar; poco después se encendió la pantalla del ordenador y en ella apareció un comunicado por el canal reservado del Quirinal. El secretario del presidente, sentado delante de su mesa de trabajo, dio un respingo y se levantó para leer el mensaje.

Conectó inmediatamente la impresora como si temiera que aquellas asombrosas noticias que leía en pantalla fueran a esfumarse de repente en el aire. No daba crédito a sus ojos: ¡la trágica espiral que había llevado al mundo al borde del precipicio se invertía de repente!

Se disponía a arrancar la hoja para ir corriendo a ver al presidente pero la impresora volvió a ponerse en marcha: los ejércitos se detenían y retrocedían a sus fronteras. El presidente serbio-bosnio había viajado a San Petersburgo para reunirse con el mariscal Rustov. El secretario de Estado norteamericano había abandonado Ankara y los preparativos de la guerra para reunirse con él en su avión personal... un cruce de mensajes pasaba sobre le península... los gobiernos europeos retomaban la iniciativa saliendo de la postura de renuncia que los había mantenido inertes ante el terror del final y, por último, ¡el pontífice estaba vivo!

Antes del anochecer, una ambulancia lo conduciría hasta el aeropuerto de Sarajevo donde lo esperaría un avión de las Naciones Unidas.

El secretario del presidente volvió a su mesa y llamó al Ministerio de Asuntos Exteriores: se lo confirmaron todo, absolutamente todo.

El pobre hombre estaba trastornado, temblaba de emoción. Había que llamar inmediatamente al Ministerio de Defensa, pararlo todo... no, no, era el presidente quien ejercía el mando supremo de las Fuerzas Armadas.

Arrancó la hoja de la impresora, se precipitó hacia el pasillo y voló en la medida en que se lo permitieron las piernas, entre estatuas, bustos y tapices e irrumpió en el despacho del presidente agitando su pequeña bandera de paz.

–¡Señor presidente! –gritó con los ojos anegados en lágrimas–, señor presidente, mire, lea, se acabó, parece mentira pero se acabó... se han reunido en San Petersburgo, discuten, hablan...

Con incredulidad, el jefe de Estado aferró con mano temblorosa el papel y lo releyó varias veces.

–Pero Dossena, se ha cerciorado usted... ¿no se tratará de un error?, ha llamado a la Farnesina...

–¡He llamado, he llamado y es verdad! No hay dudas, es verdad.

El presidente se desplomó en el sillón.

–Dossena, necesitamos algo fuerte; coja el coñac y sírvame una copa por favor, y sírvase una usted también, amigo mío, falta le hace. Dios mío –dijo después de tomar un sorbo de licor–, si creyera en milagros...

–Perdóneme, señor presidente –lo interrumpió el secretario–, tiene que llamar al Comando del Estado Mayor General; tenemos siete divisiones en la frontera oriental, todos los barcos apostados frente al canal de Otranto y todos los aviones en alerta roja. Sería un desastre si la tensión hiciera perder los nervios a algún oficial. Estamos sentados encima de una santabárbara, bastaría una cerilla y...

–Caray, Dossena, tiene usted razón –dijo el presidente dejando la copa y cogiendo el teléfono.

En pocos segundos, la centralita le pasaba la línea directa reservada.

–General –dijo–, le habla el presidente de la República, ponga fin a la alerta; acabamos de recibir noticias de que se han iniciado negociaciones en San Petersburgo. La diplomacia tiene ahora la palabra. Sí, no hay dudas... las noticias son de buena fuente. ¿Cómo dice? No, continúe, está claro que me interesa... Lo que faltaba... ¿Está seguro? Es increíble. Si no me lo dijera usted personalmente... Está bien, general, se lo agradezco... pero dése prisa, y confírmemelo en cuanto se reciba la orden. Hasta la vista, general... y gracias; habrá pasado usted un momento muy desagradable.

Colgó el auricular y volvió a coger la copa.

–¿Todo en orden, señor presidente? –le preguntó el secretario con una mirada interrogante.

–Sí, Dossena, todo en orden, pero... no se imaginará nunca el verdadero motivo que ha impulsado a esos tercos a sentarse a una mesa de negociaciones.

–La verdad, no logro imaginármelo.

–Verá, hace poco, el general Valenti me dijo que se produjo un fenómeno muy extraño que no se ha aclarado del todo. Parece ser que en la zona crítica del campo de operaciones, en un área que va desde el Mediterráneo oriental hasta los montes Tatras, cayó una tormenta magnética de inusitada violencia. Durante unos minutos quedaron interrumpidos los servicios de radar, las comunicaciones vía satélite y todas las líneas de radio. Decenas de jefes de división y del cuerpo de la armada, flotas, escuadras aéreas en vuelo se encontraron completamente a oscuras; los instrumentos más perfectos, los sistemas de navegación más avanzados quedaron inutilizados, en fin, algo nunca visto. Fue tal el pánico que a los altos mandos, absolutamente a todos, sin excluir ninguno, les asaltó la idea de que podía tratarse de un arma en manos del enemigo... o quizá pensaron en qué podría ocurrirle a sus ejércitos en caso de que el fenómeno se repitiera. En fin, que esa cosa, sea lo que sea que haya ocurrido, debe de haberlos obligado a reflexionar, o a recuperar completamente el juicio.

El secretario se quedó pensativo.

–¿En qué piensa, Dossena?

–¿Le dijo el general cuándo ocurrió?

–Sí, me lo dijo; hoy por la tarde. Empezó a las seis treinta y seis minutos con los primeros disturbios, luego se repitió con más fuerza a las seis cuarenta y durante dos o tres minutos fue el caos.

–A las seis treinta y seis, dice...

–Exactamente.

–Señor presidente, usted ya sabe que estoy acostumbrado a cronometrar minuto a minuto cada una de sus intervenciones oficiales.

–Vaya si lo sé.

–Entonces puedo decirle que a las seis treinta en punto, usted colocaba las lanzas en las manos de los guerreros de Taormina.

–¿Ah, sí? Bien, todo esto es muy bonito... en el fondo, la simbología que atribuí en mi discurso a las estatuas se ha visto... cómo decirlo... confirmada por los acontecimientos. Oiga, por pura curiosidad, en vista de que usted permaneció unos minutos más en la sala, ¿qué pasó después?

–El profesor Carani mandó descorrer la cortina y descubrió las siete estatuas de Atenea de Lavinium.

Le tocó al presidente quedarse un instante pensativo mientras daba vueltas entre las manos la copa casi vacía.

–Dígame, Dossena, ese muchacho –le comentó al cabo de un momento–, cómo se llama... Ottaviani, me parece...

–¿Sí?

–El jefe superior de la policía me comentó cosas raras sobre él. Dossena, ¿por casualidad no habrá hablado con él?

–No, pero él solicitó hablar con el general Fabbri y con el senador Martini.

–Notable... Pida que le cuenten qué les dijo, me interesa.

–Délo por hecho, señor presidente. Pero ahora váyase a descansar, que estará cansado.

El secretario le dio las buenas noches y se disponía a ponerse en pie cuando el teléfono comenzó a sonar. Levantó el auricular y dijo:

–Despacho del presidente de la República.

Una intensa emoción se reflejó en su rostro. Tendiéndole el auricular al presidente, le anunció:

–Es el Santo Padre, quiere hablar con usted.

Salió por el amplio pasillo y lo recorrió a paso rápido y llegó a su despacho para ordenar sus papeles y organizar las citas del día siguiente. Antes de retirarse se asomó a la ventana y lanzó una larga mirada a la ciudad, sumida en la oscuridad y el silencio. La luna asomaba en ese instante entre los pinos y los laureles del monte Palatino.

Colina del Capitolio, nueve y diez de la noche

Fabio Ottaviani esperaba sentado en la escalinata que conducía a la entrada de la dirección. Ante él, la ciudad se perfilaba negra contra el cielo iluminado por la luna. La mayor parte de las luces del alumbrado público estaban apagadas por la falta de energía; en la puerta de la dirección, una modesta farola despedía apenas un poco de claridad. Oyó ruido de pasos y luego una voz.

–Profesor, lamentamos haberlo hecho esperar, pero como comprenderá, son momentos muy duros.

Ottaviani se levantó y estrechó la mano que le tendía el consejero militar del presidente de la República.

–Soy el general Fabri –añadió el oficial–, y éste es el senador Martini.

–Mucho gusto –dijo Ottaviani con una inclinación–. Síganme, por favor. –Abrió la puerta y los condujo a la oficina del director–. Espero no haberles causado demasiadas molestias –añadió no sin cierta incomodidad–, soy consciente de estar robándoles un tiempo valiosísimo.

–No se preocupe, profesor –le dijo el senador–; usted ha enriquecido a nuestro país con la recuperación de esos estupendos objetos.

–Y si son ciertos los comentarios que me han llegado –aclaró el general–, corriendo graves riesgos personales. Porque, si no recuerdo mal, su imprevista aparición con las armas no fue del todo clara. Esa noche usted recibió una herida.

–Señores –dijo Ottaviani–, quiero informarles con precisión y absoluta sinceridad de lo que ocurrió. Si hubiera sido posible, habría publicado en su momento las declaraciones que les haré en privado. Como comprenderán, cuando les haya dicho todo lo que sé, entenderán por qué tuve que dar una versión distinta. Existían serios motivos. Incluso ahora, a pesar de que ha transcurrido bastante tiempo, no creo que esas razones hayan desaparecido del todo, por lo que confío cuanto me dispongo a contarles a su discreción y responsabilidad de altos funcionarios del Estado.

Inició su relato y habló durante mucho tiempo, con calma y lucidez, sin omitir ningún detalle. A la única que no mencionó fue a Elizabeth. A medida que iba exponiendo sus vicisitudes, sus interlocutores escuchaban con mayor seriedad y atención y al final, cuando Ottaviani terminó su relato, se miraron con una expresión, mezcla de nerviosismo e incredulidad.

Ottaviani volvió a hablar, esta vez más inseguro, emocionado.

–Hay otras cosas que querría decirles, pero me las callo; cuanto acabo de contarles pone a prueba la disponibilidad de ustedes con respecto a mí, pero me hago cargo. Lo que voy a pedirles ahora está motivado por muchas otras razones, pero me limitaré a exponerles las que no desafían ni la lógica ni la razón, y espero de todo corazón que sean suficientes para convencerlos. Señores, la organización que me secuestró intentó por todos los medios apoderarse de las armas de los guerreros y tengo motivos para creer que habrían intentado robar todo el conjunto. Como recordarán, también trataron de robar las estatuas de Lavinium, las mismas que han visto esta tarde en el Capitolio. En realidad, les interesaba sólo una de ellas. Algunas personas perdieron la vida para conseguirlo y muchas otras estuvieron a punto de perderla, incluido yo. Soy el único que sabe cuál es la estatua que esa gente quería y no pienso seguir siendo el único, por si llegara a ocurrirme algo. Le escribí una carta al presidente... –les informó tendiéndoles un sobre cerrado–, les ruego que se la hagan leer. Los dos guerreros de bronce y la estatua de Atenea tienen que continuar donde están, en el Capitolio, protegidos por un sistema inexpugnable, y por ningún motivo deberán salir de allí. No sé cómo explicárselo, pero lo único que les puedo decir es que la organización que hizo lo imposible por apoderarse de estos objetos es muy poderosa... y debe de haberla impulsado un motivo sumamente serio. No les pido nada peligroso, sólo querría que bajo ningún concepto las estatuas salgan de donde están. Si es preciso, manden construir unas falsificaciones para colocarlas en los museos, pero no las quiten del Capitolio. Si me hacen caso, no tienen ustedes nada que perder, únicamente deberán superar alguna dificultad técnica. Pero si no lo hacen, les juro que la vida de muchas personas estará en grave peligro. No tengo nada más que decirles.

Se levantó y los saludó con un movimiento de cabeza; el senador y el general quedaron sumidos en sus pensamientos y no lo siguieron, ni siquiera oyeron los pasos de Fabio Ottaviani cuando salió del palacio, bajó la escalinata en dirección al Foro y se perdió en la oscuridad al quedar la luna oculta por las nubes.

Frascati, once y media de la noche

–¿Se puede saber adónde va a estas horas? –preguntó Rasetti mirando por la ventana a Ottaviani que subía a su moto.

–Vete a saber. De repente dijo que tenía una cita –le contestó Rocca.

–Para mí que volverá empapado –comentó Scooter asomando la cabeza por la ventana–. Está muy encapotado y sopla el siroco. Peor para él, se empeña en hacer siempre lo que le viene en gana. Venga, nos acomodaremos en el sofá y veremos el último telediario en el que saldrán nuestras caras bonitas, suponiendo que los de la tele hayan montado el material de las seis y media.

Las primeras gotas de lluvia comenzaron a caer cuando Ottaviani dejaba la carretera de circunvalación para entrar en la estatal 148. Cuando llegó a las inmediaciones de Castel di Decima llovía bastante y tenía dificultades para ver el camino. Aminoró la marcha al entrar en el pueblo porque la escena con la que se encontró era bastante extraña: por todas partes había gente que gritaba, reía, se abrazaba bajo la lluvia y seguía llegando más gente. No oía lo que decían, porque el casco le apretaba las orejas; tampoco le interesaba porque ya era casi medianoche.

Aceleró en cuanto salió de aquella confusión y a gran velocidad enfiló por el camino que iba a Lavinium. Recorrió a más de cien el primer tramo de bajada, encajonado entre dos orillas boscosas, luego dejó de acelerar, se inclinó hacia la izquierda y emprendió la curva pronunciada que cerraba la recta al borde de una profunda escarpa. En el momento de volver a darle al acelerador, la rueda posterior resbaló sobre una capa de barro y la moto dio un bandazo. Tocó el freno anterior y echó todo el peso del cuerpo hacia la derecha apretando con las rodillas el depósito, pero no pudo evitar el guardarruedas de cemento que había en el borde de la calzada. Sintió una punzada tremenda en las muñecas y los hombros y un terror infinito mientras salía despedido de la carretera en plena oscuridad, y después nada.

En medio del chapoteo de la lluvia, una voz insistente lo despertó. Notó brevemente que una mano le acariciaba el pelo y la frente y vio el rostro de Elizabeth contraído de dolor, oyó que gritaba su nombre con una fuerza desesperada. Con las últimas energías que le quedaban intentó vencer el entumecimiento que le invadía el cuerpo, levantar los brazos hacia el rostro de la chica, pero las fuerzas lo abandonaron y los párpados se le cerraron sobre los ojos llenos de lágrimas.

Adrano, taller de Calogero Licodia,
2 de septiembre, nueve de la mañana

–¡Es una putada, una putada! No tenían que hacerme esto, pero me vengaré, los joderé a todos, al senador, al coronel, a todos... haré como Sansón. ¡Muera Sansón con todos los filisteos!

–Don Calò, ¿quiere calmarse? Si le digo...

–¡Me extraña de usted, don Michele, que nunca fue un charlatán!

El viejo estaba enfurecido, los ojitos rapaces, ocultos tras los párpados arrugados, aparecían enrojecidos por la cólera. Michele Licasi perdió la paciencia.

–Don Calò, si no me escucha, me marcho y se las arregla usted solo.

El viejo acusó el golpe.

–Lo escucho –masculló–, pero con ese de ahí fuera no pienso hablar.

«Ese de ahí fuera» era el nuevo director de la IV Región Meridional, el profesor Livio Torrisi. Se había apeado del coche azul oficial, recalentado por el sol para pasearse por el patio y cada vez que oía los gritos del viejo echaba una mirada perpleja al antro de Calogero Licodia. Mientras tanto, su chófer intentaba con escaso éxito pelar unos higos chumbos.

Finalmente, Michele Licasi apareció en el umbral y le hizo señas de que entrara.

–Logré convencerlo –le dijo–, está de acuerdo en recibirlo.

–No creí que fuera tan difícil –comentó casi intimidado el director–. Espere un momento, vuelvo enseguida. –Se acercó a su chófer y, un tanto vacilante, murmuró–: Capitán Reggiani, voy a entrar… no habrá peligro, espero.

–Vaya usted tranquilo –le respondió–, no puede ocurrirle nada.

El director se acercó a Michele Licasi, que le abrió la puerta.

–No tiene que sorprenderse, profesor –le dijo indicándole el camino–, el maestro Calogero es un poco receloso, ya sabe usted, cosas de su oficio. Cuando le dije que el director quería hablar con él, se puso hecho una furia, creyó que alguien había cantado, temía que hubiese venido a hacer una investigación. La idea de acabar en la cárcel no le resulta agradable a nadie.

–Entonces, ¿puedo entrar?

–Claro, está todo en orden. Es más, si ya no me necesita, me voy a mi casa.

–Ya se puede ir, señor Licasi. Le agradezco otra vez su ayuda.

–A su disposición, profesor. Hasta pronto.

El profesor Torrisi entró en el taller del maestro Calogero y lo saludó respetuosamente.

–Buenos días, señor Licodia. –El viejo lo miró con suspicacia–. ¿Puedo sentarme?

–¿Qué es lo que quiere? –le preguntó el maestro Calogero y después de acercarle de mala gana un escabel fue a encaramarse sobre su yunque.

–Señor Licodia, comprendo que lo sorprenda mi visita –dijo el director–, pero el gobierno me ha encargado realizar un trabajo que exige al mismo tiempo una excepcional habilidad y el secreto más absoluto. A algunos les ha parecido usted la persona más adecuada...

–¿Y si no quisiera? –preguntó el viejo.

–Creo que aceptará en cuanto le comente de qué se trata. Verá, la cuestión es la siguiente: estamos dispuestos a hacer la vista gorda e incluso a no darnos por enterados de ciertas actividades suyas poco limpias, y a pagarle muy bien si acepta trabajar para nosotros y a mantener la boca cerrada. Lamento tener que decirle que si no aceptara o si llegara a escapársele una sola palabra sobre el trabajo que deberá realizar...

–Ya lo he entendido, ya lo he entendido –dijo el viejo, resignado–. ¿Qué hay que hacer?

–Señor Licodia –repuso el director–, se trata de un trabajo en el que deberá emplear toda su habilidad, deberá superarse a sí mismo...

El viejo se bajó del yunque y se le acercó. En su mirada ya no había desconfianza, sólo un imprevisto e inmenso interés.

–Lo escucho –le dijo.

–Tendrá que reproducir, a tamaño natural, y de forma absolutamente perfecta, unas estatuas antiguas. No tendrán que distinguirse de sus originales, ¿me entiende? Nadie, más que usted y yo, deberá estar en condiciones de distinguir cuáles son las copias y cuáles los originales.

El maestro Calogero inclinó la cabeza y permaneció un rato en silencio. Cuando volvió a levantar la cabeza, sus ojitos oscuros brillaban como dos cabezas de alfiler.

–Nadie podrá distinguirlas –le dijo–. Se lo garantizo. ¿De qué estatuas se trata?

Roma, cementerio del Verano, 10 de septiembre, seis de la tarde

La Benelli roja estaba apoyada en la tapia con la llave en el arranque. Claudio Rocca detuvo el *jeep* delante del portón y apagó el motor.

–Ya ha llegado Scooter –dijo indicando la moto–, ha hecho un buen trabajo: horquillas nuevas, faros, llantas nuevas de aleación, pintura del depósito. ¿No viene Elizabeth?

–Me ha llamado esta mañana, su avión llegará con un retraso de cuatro horas.

–¿Cómo te encuentras?

–Más o menos…

–Bueno, ya sabes que en momentos como éste no hay palabras adecuadas. Pero hombre, tienes que animarte. ¿Cómo crees que se sentiría si te viera así? Se pasó dos semanas velándote día y noche, comiendo poco o nada, hasta que saliste del coma, después tiró la toalla. Pero estoy seguro de que murió contento sabiendo que estabas vivo y a salvo. Créeme, ha sido mejor así. Desde que volviste al pueblo no hacía más que atormentarse, no se resignaba a verte en ese estado.

–Es cierto, yo tengo la culpa. No pude arriar la vela negra.

–Caray, Fabio, para de una vez. Trata de honrar la memoria de tu padre. Vamos, que nos lo llevamos a casa, al cementerio del pueblo.

El coche fúnebre salía en ese momento por el portón y se dirigía lentamente hacia la carretera provincial. El *jeep* de Rocca se colocó inmediatamente detrás, seguido de la Benelli roja.

La gente se volvía a mirar el pequeño y extraño cortejo.

EPÍLOGO

El marmolista se limpió las manos en el mandil y cogió el papel con el texto de la inscripción. Lo releyó atentamente por segunda vez moviendo la cabeza.

–¿Hay algo que no funciona? –le preguntó el joven que le había entregado el papel.

–Perdone, pero ¿no nos habíamos visto? ¿No fue usted quien vino hace tiempo a pedirme una inscripción... una inscripción para una lápida?

–Creo que me confunde con otra persona.

–Sin embargo... Perdone, ¿le importa seguirme un momento? Vamos al fondo del patio, me gustaría que viera una cosa.

–Sí, claro.

–Qué raro... juraría que andaba por aquí... No sé, me habré equivocado, perdone.

–No se preocupe. ¿Cuándo estará lista?

–Si quiere, esta misma tarde. Me pongo a trabajar ahora mismo.

–Se lo agradezco.

El marmolista lo observó un instante con una mirada perpleja, luego entró en el taller, cogió el cincel y se puso a copiar en el mármol, con unas bonitas mayúsculas, el texto escrito a lápiz en el papel:

EN MEMORIA DE
EUGENIO OTTAVIANI
QUE ME DIO DOS VECES LA VIDA
DE SU HIJO FABIO